Otto Ruppius

Gesammelte Erzählungen aus dem Deutschen und deutsch-

amerikanischen Volksleben.

Otto Ruppius

Gesammelte Erzählungen aus dem Deutschen und deutsch- amerikanischen Volksleben.

ISBN/EAN: 9783743617100

Hergestellt in Europa, USA, Kanada, Australien, Japan

Cover: Foto ©Andreas Hilbeck / pixelio.de

Manufactured and distributed by brebook publishing software (www.brebook.com)

Otto Ruppius

Gesammelte Erzählungen aus dem Deutschen und deutsch-amerikanischen Volksleben.

Otto Ruppius'

Gesammelte Erzählungen

erscheinen in 15 Bänden wie der vorliegende.

—ᴠᴠ—

Inhalt:

Bd. 1. Der Pedlar. ℳ 1.30.

„ 2. Das Vermächtnis des Pedlars. ℳ 1.30.

„ 3. Das Heimchen. — Eine Karrière in Amerika. ℳ 1.30.

„ 4. Prairieteufel. ℳ 1.30.

„ 5. Ein Deutscher. ℳ 1.55.

„ 6. Bill Hammer. — Eine Speculation. — Waldspinne. ℳ 1.30.

„ 7. Zwei Welten. ℳ 1.30.

„ 8. Drei Vagabonden. ℳ 1.55.

„ 9. Aus dem Schullehrerleben im Westen. — Ein deutscher Pferdedieb. — Der erste Ball in Milwaukie. — Wie ich im Westen hängen blieb. ℳ 1.30.

„ 10. Mary Kreuzer. — Auf Regierungsland. ℳ 1.30.

„ 11. Buschlerche. ℳ 1.30.

„ 12. Vermißt. — Unter Fremden. — Die Nachbarn. ℳ 1.30.

„ 13. Geld und Geist. ℳ 1.30.

„ 14. Schlamm und fester Boden. — Priester und Bauer. — Eine Weberfamilie. ℳ 1.30.

„ 15. Ein Stück deutsches Bauernleben. — Drei Tage aus dem Leben eines Schullehrers. — Traumkönig und Schneider. ℳ 1.30.

Jeder Band ist einzeln zu beziehen.

Gesammelte Erzählungen

aus dem deutschen und deutsch-amerikanischen Volksleben

von

Otto Ruppius.

Gesammt-Ausgabe in 15 Bänden.

8. Band:

Drei Vagabonden.

Leipzig.
Verlag von Th. Knaur.

Drei Vagabonden.

Von

Otto Ruppius.

9. Auflage.

Leipzig.
Verlag von Th. Knaur.

Die drei Vagabonden.

Vorspiel.

Ueber New-York lag die Sonnengluth eines September-
mittags und schien die letzte Kraft des scheidenden Sommers
zur vollen Wirkung bringen zu wollen. Der langgestreckte
Hafen war von der gewöhnlichen Menge der Lastkarren und
Arbeiter verlassen; während dagegen Gruppen der letzteren im
Schatten der hölzernen Vordächer, mit denen hier ein großer
Theil der ersten Häuserreihe der Stadt versehen ist, ihr Mittagsmahl aus der Faust verzehrten oder bewegungslos am Boden
hingestreckt lagen.

Ein schlanker, anständig gekleideter junger Mann schritt
langsam in der Schattenreihe hin und schien mit stiller Beobachtung der sich ihm bietenden Bilder die Zeit tödten zu wollen,
bis sein Auge auf zwei junge Leute in der gewöhnlichen Arbeitertracht, aber abseits von der Menge der übrigen Ruhenden,
fiel und auf ihnen wie zweifelnd haften blieb. Wenn auch in
äußerlicher Erscheinung kaum von den Andern verschieden, hatten
Beide dennoch Etwas in ihrem Wesen, das sie von ihrer Nachbarschaft auszeichnete: Beide saßen auf einem breiten viereckigen
Pfosten, welcher zu irgend einem baulichen Zwecke hier nieder-
gelegt war, zwischen sich, auf einem als Tischtuch dienenden
Zeitungsblatte, die Ueberreste kalter Speisen nebst einer kleinen,
zierlich in Stroh geflochtenen Flasche, während der Eine, Kleinere von ihnen, soeben beschäftigt war, mit augenscheinlicher
Fertigkeit eine Ananas zu zerlegen. Der Andere, eine breitschultrige aber nichts weniger als plumpe Gestalt mit gebräunten

1 *

nicht uneblen Zügen, wischte sich mit einem vollkommen weißen Taschentuche den Mund und begann dann, wie in Erwartung des vorbereiteten Nachtisches, den dunkelbraunen, glänzenden Schnurrbart zu streichen und aufwärts zu drehen.

„Ich weiß nicht," begann der noch immer in sichtlichem Zweifel Herantretende in halb gebrochenem Englisch, „ob ich die beiden Herren vor mir habe, mit welchen ich vorgestern in Niblo's Theater zusammensaß?

Der Kleinere richtete den Kopf auf und zeigte ein völlig glatt rasirtes Gesicht, in welchem soeben ein leichtes Roth der Ueberraschung aufgeschossen war, während der Andere bei dem ersten Klange der englischen Laute, nach einem kurzen Blicke auf den Nahenden, den Kopf wie in nachlässiger Gleichgültig-keit abwandte.

„O, ganz recht, ich entsinne mich Ihrer," erwiderte der Erstere in geläufigem Englisch, sich langsam erhebend; „ich muß nur um Entschuldigung bitten, wenn ich Ihnen bei unserer etwas lazaronimäßigen Niederlassung keinen bessern Sitz an-bieten kann —" er deutete mit einem Lächeln, das keine Spur der ersten Befangenheit mehr, wohl aber einen leisen Spott über die deutliche Unsicherheit in dem Gesichte des Herangetretenen zeigte, auf den Pfosten, welcher als Stuhl und Tisch diente. „Das ist der Gentleman, Hermann, welchen wir vorgestern bei Niblo's zwischen uns hatten!" wandte er sich deutsch an seinen Gefährten zurück und dieser blickte sich erhebend rasch auf, eine völlig salonmäßige Verbeugung gegen den Vorgestellten machend.

„Aber Sie reden deutsch, meine Herren, und sind demnach wohl auch Deutsche," begann dieser jetzt ebenfalls deutsch, einen ungewissen Blick über die Arbeitskleider der Beiden werfend, „ich habe davon keine Ahnung gehabt —"

„Und auch wohl nicht, daß Sie uns einmal in solchem Costüm treffen würden!" unterbrach ihn der mit „Hermann" Angeredete, welchem bei den deutschen Worten ein ganz neues Leben in's Gesicht getreten war. „Wir sind hier allerdings auf keine Besuche eingerichtet; heute Abend indessen stehen wir Ihnen wieder vollständig als Gentlemen zu Diensten!"

„Aber um Gotteswillen, Sie arbeiten doch nicht hier am

Hafen, während Sie zu anderer Zeit bei Niblo's unter der
Aristokratie sitzen?"

„Am Hafen nicht gerade," war die Erwiderung, mit welcher
sich der Sprecher den Schnurrbart strich, als handle es sich um
irgend einen fashionablen Gesprächsgegenstand, „es wäre etwas
hart, mit diesen verthierten Irländern zusammen sein zu müssen;
hier um die Ecke herum aber wird eine Straßenverbesserung
vorgenommen und wir sind da bei den Erdarbeiten beschäftigt;
— auch das scheint Ihnen jedenfalls noch sonderbar!" lachte
er bei einem Aufblick in das Gesicht des Fragers.

„Sie geben uns die Ehre, unser Desert zu theilen?" sagte
der Zweite, auf seinem Messer dem unerwarteten Gaste eine
Scheibe Ananas präsentirend, „Sie finden nichts Erfrischenderes
bei dieser Hitze!"

„Aber — nun ja, Sie sehen mich etwas consternirt, meine
Herren," versetzte dieser, mit einer Verbeugung das gebotene
Fruchtstück annehmend; „ich kann zwei so total verschiedene
Existenzen in denselben Personen nicht recht fassen und ver-
einigen —"

„Wie lange sind Sie in New-York?" unterbrach ihn der
Kleinere, das graue Auge, das einen eigenthümlichen Charakter
von Schlauheit zeigte, rasch erhebend.

„In New-York? allerdings noch nicht volle vier Wochen!"

„Doch schon so lange! Und darf ich mir die dreiste Frage
erlauben, welchem Geschäfte Sie folgen, oder was Sie treiben?"

„Treiben? ja mein Gott, eigentlich noch gar nichts als mir
die Eigenthümlichkeiten des neuen Landes zu betrachten; ich
habe allerdings einen Plan, nach dem nördlichen Theile von
Georgia zu gehen, wo die Ansiedelungs-Verhältnisse leicht sein
sollen, indessen bin ich mir noch nicht völlig klar darüber; einestheils würde ich allein kaum an die Betreibung der Landwirthschaft in unkultivirtem Lande denken können, anderntheils fürchte
ich noch für mein mangelhaftes Englisch —"

„Englisch, dummes Zeug! brummte der Schnurrbärtige, in
sichtlichem Behagen den Ananasscheiben zusprechend, „ich kann
der widersinnigen Sprache, die eigentlich nichts als ein Gemisch
von Plattdeutsch und verdorbenem Französisch ist, auch nicht

Herr werden, so viel ich auch, diesem Menschen hier zu Liebe, das unverständliche Geschrei der amerikanischen Schauspieler anhöre — will der Amerikaner mit dem Deutschen verkehren, so kann ich mit demselben Rechte, das von uns Englisch fordert, verlangen, daß er Deutsch lerne. Ich werde in einigen Wochen nach Californien gehen, wo Chinesisch, Spanisch, Französisch oder Deutsch noch nicht daran hindert, Gold zu erwerben!"

„Erlauben Sie mir, Ihnen mit zwei Worten den Unterschied zwischen Ihrer Stellung und der unseren zu erklären," begann der Andere, sorgfältig sein Messer an dem Zeitungsblatt abwischend und dann zusammenklappend. „Sie besitzen jedenfalls die nöthigen Mittel, um ruhig Ihrer Chance im amerikanischen Leben entgegen sehen zu können; unsere Mittel aber waren zu beschränkt — denn einige hundert Dollars sind hier nichts — um ohne den Verdienst des täglichen Lebensbedarfs die Eröffnung einer passenden Laufbahn abzuwarten; die deutsche Erziehung und Bildung allein ist hier oft mehr ein Hinderniß als ein Mittel zum Vorwärtskommen, und da keinerlei Art von Arbeit hier den Menschen schändet, da oft ein Präsident der Vereinigten Staaten in seiner Jugend das Vieh gehütet hat, so sind wir zu unserem Besten darin übereingekommen, unser tägliches Brot am Tage zu verdienen, wie es eben gehen würde; nach der Arbeit aber unsere eigentliche Stellung in der Gesellschaft wieder einzunehmen. Sie haben uns auf einem der bessern Plätze bei Niblo's getroffen — nun gut, wir haben dafür etwas Schlaf in den Morgenstunden geopfert, um Gehülfen beim Zettel-Ankleben zu werden — hat uns aber Jemand am Abend den Kleister angesehen? Sie hören, daß mein Freund aus reiner Antipathie gegen das Englische — die ich indessen einfach Geistesträgheit nenne — nach Californien gehen will, um dann möglicherweise mit großen Schätzen wieder nach Europa zurückzukehren; die Reise würde aber sehr schwer ausführbar werden, wenn das Reisegeld und die Mittel für die nöthige Ausrüstung nicht durch unsere Tagesarbeit erhalten und vermehrt worden wären —"

„Geistesträgheit!" unterbrach der Andere den Sprecher,

seinen Schnurrbart wie in halber Entrüstung aufwärts streichend, „es hat eben nicht Jeder die Gabe, sich in jedes neue Verhältniß zu schmiegen und sich ihm anzubequemen. — Hier sehen Sie sich den Mann einmal an," wandte er sich gegen den Herzugetretenen; „als wir hier an's Land stiegen, hatte er noch seinen vollen deutschen Bart; kaum aber merkte er, daß Bärte hauptsächlich nur von Ausländern getragen, von den Amerikanern aber nicht recht goutirt werden, daß die frömmsten Leute hier am glattesten rasirt gehen, so ist am nächsten Tage auch schon das letzte Haar in seinem Gesichte verschwunden; in der Kirche unten am Broadway steckt er dreimal jeden Sonntag — um Englisch durch die Predigt zu lernen; ja wohl! ich weiß jetzt, was für Englisch er da gelernt hat — Familienbekanntschaft machen, natürlich nicht ohne Töchter! und wäre es nicht die alte Reisekameradschaft, die ihn noch ein halbweg gutes Herz gegen mich erhält und ihn plagt, mich mit dem Segen des Englischverstehens zu beglücken, so würde ihn nicht einmal Jemand in's Theater bringen, denn das ist die lebendige Hölle der frommen Leute! Es hat eben nicht Jeder eine so elastische Natur — oder wie man es sonst nennen könnte!"

„Magst ‚praktisch‘ sagen," lachte der Kleinere, ohne einen leichten Unmuth in seiner Miene ganz verbergen zu können, — „und da wir doch einmal einen Schiedsrichter in unserem neuen Bekannten haben," wandte er sich an diesen, „so mögen Sie nach den Erfolgen meiner Verfahrungsweise entscheiden, die sich nur an das angeschlossen hat, was ich einmal hier als „Ton" vorfand. Er will nach Californien in die Goldminen, und an eine gänzlich ungewisse Sache Alles setzen, was er sich bis jetzt erhalten hat, unter dem rohesten Volke leben und möglicherweise todtgeschlagen werden, — ich bin so weit gekommen, daß ich in den nächsten Wochen als Commissionair einer hier sehr bekannten Firma eine Geschäftsreise antrete — zur Probe allerdings für's Erste, aber ich weiß, daß ich mich dabei nicht selbst stecken lassen werde, und habe dann eine mir bereits zugesicherte Zukunft vor mir — natürlich hat mich der Chef nicht als Arbeiter, sondern nur als Gentleman kennen lernen!"

„Wenn ich überhaupt Etwas sagen darf," erwiderte der

Dritte, welcher mit lebendigen Augen den Worten gefolgt war, „so ist es nur das Geständniß, daß ich in der kurzen Zeit des Gesprächs mit Ihnen mehr gelernt habe, als in den letzten vier Wochen. Ich bin durchaus ebenfalls nicht der wohlhabende Mann, für den Sie mich freundlichst halten, und habe mir in den letzten Tagen schon bereits um so mehr einige Sorgen um meine Zukunft gemacht, als ich, ehrlich gestanden, eine Art Verwandtschaft mit der unpraktischen Denkweise des Herrn Californier's in mir fühle —" er hob die Augen nach dem Genannten; dieser aber hatte bei den letzten Ausführungen seines Gefährten wie unmuthig den Kopf nach dem Hafen gewandt und erhob sich jetzt plötzlich, während ein helles Roth in sein gebräuntes Gesicht trat.

„Bei Gott, die irischen Ratten haben wieder einmal einen Deutschen zwischen sich und wollen ihm nicht sein saures Stück Brot gönnen!" rief er, und die Augen der seinem Blicke folgenden Andern trafen auf eine Anzahl Hafen-Arbeiter, von denen eine untersetzte, breitschulterige Gestalt trotz allen Wehrens mit Faustschlägen überdeckt und wie als Spielball nach allen Richtungen hin gestoßen und geworfen ward.

„Es ist ein Deutscher, der noch nicht einmal ein God dam'n! gelernt hat," rief der letzte Sprecher von Neuem, „und Gott verlasse mich, wenn ich das so ruhig mit ansehe!" Wie mit einem Striche war das frühere weltmännische Wesen von seinem Aeußern gewischt; die dunkeln Augen zogen aufblitzend sich dicht zusammen, die Fäuste ballten sich und mit wenigen Sprüngen war die hohe kräftige Gestalt über den Fahrweg hinweg und mitten in dem Haufen, wo der Gemißhandelte soeben eine kräftige Anstrengung, den Kreis seiner Quäler zu durchbrechen, machte, von der gehobenen Faust einer riesigen Figur aber soeben wieder zurückgeschleudert werden sollte.

Es war ein sonderbares Schauspiel, welches jetzt folgte. Wie ein Blitz hatte der herzugesprungene Deutsche dem großen Irländer einen so mächtigen eigenthümlichen Stoß unter das Kinn versetzt, daß ein Laut hörbar wurde, als seien beide Kinnladen darunter zerbrochen und der Getroffene wie ein gefällter Stamm zwischen die Uebrigen stürzte. „Nun durch, Lands-

mann, daß wir uns den Rücken frei machen," wurde zugleich die Stimme des Helfers laut, „dann mögen sie noch einmal kommen!" und ehe nur unter der augenblicklichen Verdutzt-
heit der Uebrigen eine Bewegung derselben erfolgte, hatten die
Eingeschlossenen bereits die entstandene Lücke benutzt und das
Freie gewonnen.

Damit war indessen der Auftritt nicht geendet. Die beiden
gespannt beobachtenden jungen Männer sahen, kaum daß ihr
Gesellschafter mit seinem Schützling an der nächsten Mauer
einen Rückhalt gewonnen, den niedergeschlagenen Irländer aufspringen und mit einem heulenden: „Schlagt sie todt, die
Dutchmen!" von der ganzen Schaar um ihn gefolgt, auf Jene
zustürzen.

„Um Gotteswillen, das giebt ein Unglück, wenn wir nicht
dazwischen treten können!" rief der Spaziergänger, wie in einer
jede Vorsicht übermannenden Regung dem Orte des bevor-
stehenden Kampfes zueilend; ihm war der Andere mit einem
unmuthigen: „Er wird sein Lebtage nicht klug werden!" gefolgt; ehe Beide aber ihre bedrohten Landsleute erreicht, waren
bereits die ersten Schläge gefallen. Wieder war der voran-
stürzende große Irländer mit demselben Stoße, welcher ihn zuvor gefällt, empfangen worden, und wieder wie von einer un-
widerstehlichen Gewalt rückwärts zu Boden geschlagen; ein
Zweiter, welcher dem Ersten hitzig gefolgt war, theilte gleiches
Schicksal; neben dem fertigen Schläger aber ließ dessen Schützling seine großen Fäuste gegen jedes ihm zu nahe kommende
Gesicht arbeiten, als sei erst jetzt die ganze Erbitterung über
die ihm zu Theil gewordene Behandlung zum Durchbruch gekommen; trotzdem war es aber ersichtlich, daß schon in den
nächsten Secunden die Masse der Angreifer die beiden Deutschen
erdrücken mußte, und ohne auf seine Toilette zu achten, warf
sich der frühere Spaziergänger mit lautem englischen: „Halt
an, Gentlemen! das sind Zwanzig gegen Zwei — ehrliches
Spiel, wenn hier Gentlemen sind — jeder weitere Schlag ist
eine Feigheit! in den Haufen und suchte sich Bahn zu den Bedrohten zu brechen; er hätte wahrscheinlich selbst nur das end-
liche Schicksal der beiden Angegriffenen theilen müssen, wenn

nicht plötzlich ein anderer, schriller Ruf: „Die Polizei!" er-
klungen wäre, der wie mit Zauberkraft jede erhobene Faust zu
lähmen schien. Der junge Mann sah unerwartet die dichte
Masse, in welche er eingedrungen war, auseinanderweichen und
dann plötzlich den größten Theil der Angreifer einen haftigen
zerstreuten Rückzug nach dem Hafen nehmen. Die nächste Erklärung für den Vorgang aber wurde ihm durch ein laut in
seine Ohren klingendes: „Sie sind Arrestant, Herr!" dem zugleich ein harter Griff an seiner Schulter folgte, und überrascht
aufblickend, fand er nicht allein sich in der Hand eines Polizei-
beamten, sondern auch seinen schlagfertigen Landsmann und dessen
Geretteten bereits arretirt. Ein dritter Beamter hatte sich des
langen Irländers und seines Nebenmannes bemächtigt, der
übrige große Haufe aber war nach allen Richtungen entkommen.

„Ich bitte Sie, meine Schulter nicht in dieser Weise fest-
zuhalten, ich denke nicht daran, mich Ihnen zu entziehen!" sagte
der junge Mann nach Ueberwindung der ersten Ueberraschung,
„geschieht aber dieser Arrest der eben stattgefundenen Schlägerei
wegen, so dürften Sie wohl meinem Aeußern ansehen, daß ich
keinen Theil daran genommen, und daß ich soeben erst, und
zwar nur, um einen wahrscheinlichen Mord zu verhüten, herzu-
gesprungen bin."

„Möglich, Sir," erwiderte der Beamte in etwas sarkastischem
Tone, indessen den Druck seiner Hand mäßigend, „darüber hat
aber allein der Polizeirichter zu entscheiden. Sie haben mir
jetzt zu folgen!"

„Darf ich Sie wohl um die Freundlichkeit bitten, einen
Augenblick sich zu mir zu bemühen?" klang es jetzt deutsch von
dem Helden der stattgehabten Scene herüber, und in den
Worten lag wieder der ganze verbindende Tonfall der gebildeten
Welt. „Wir können uns Beide hier mit diesem lebendigen
Sicherheits-Instrumente nicht verständigen, das uns keinen
Schritt zu thun gestatten will!"

Der Sprecher hatte sich, trotz der auf seiner Schulter ruhenden Hand des Polizei-Beamten, mit einer Art nobler Gering-
schätzung von diesem abgewandt, sich, die Antwort des Angeredeten erwartend, leicht den Schweiß von der Stirn wischend,

...und der Letztere folgte nach einer kurzen Erklärung gegen den Beamten an seiner eigenen Seite der Aufforderung.

„Vor Allem erlauben Sie mir," empfing ihn Jener, „mich einem Manne, der sich schon bei dieser ersten Begegnung mir so als Freund erwiesen, vorstellen zu dürfen, ehe man uns vielleicht trennt. Meine Bekannten nennen mich hier zu Lande Orlando, und ich habe diesen achtbaren Namen, da ich meinen eigenen bis auf bessere Zeiten begraben, adoptirt — und darf ich nun fragen, wen mir das Schicksal so freundlich zugeführt hat?"

Es lag etwas so Wunderliches in dieser Vorstellung während der augenblicklichen Lage Beider, daß sich der Andere eines unwillkürlichen Lächelns nicht erwehren konnte. „Ich heiße Eckart und bin in Deutschland Regierungs-Beamter gewesen," erwiderte er; „aber Sie wollten jedenfalls Etwas in Bezug auf unsere Verhaftung bemerken —?"

„Bald zu Ende dort? es wird Zeit!" ließ sich der Polizist, welcher die beiden Irländer in Gewahrsam hatte, ungeduldig hören und mit einem rauhen: „Vorwärts — das Reden führt hier zu nichts!" wurden die Sprechenden unterbrochen.

„Ich hoffe, Sie werden uns nicht wie Gefangene durch die Stadt führen?" fragte jetzt der frühere Regierungs-Beamte wie in plötzlich aufsteigender Sorge.

„Nur nach dem Polizei-Stationshause, gleich um die Ecke herum — das Weitere wird sich dann finden!" war die Antwort, mit welcher die Deutschen den Irländern nachgeführt wurden; „im Uebrigen möge Jeder gewarnt sein, einen Fluchtversuch zu machen!" und die fünf Gefangenen hatten sich, von den Polizeibeamten escortirt, längs des Hafens hin in Bewegung zu setzen.

„Die Sache ist Etwas unangenehm," wandte sich „Orlando", welcher, nachlässig seinen Bart streichend, in leichter Haltung zwischen den Uebrigen ging, nach einer kleinen Weile an den neuen Freund, „aber ich sehe, daß Talleyrand sich ungefährdet bei Seite gemacht hat und so hat die ganze Angelegenheit wenig zu bedeuten, wir können uns auf ihn verlassen!"

„Talleyrand?" fragte der Andere, welcher, um den Augen

der begegnenden Menschen auszuweichen, den Blick nicht vom Boden gehoben, zum ersten Male auffehend.

„Jawohl, und feien Sie deshalb nur außer Sorge, er ist ein richtiger Diplomat!"

„Mein Gott, das weiß ich!" erwiderte Eckart kopffchüttelnd, „aber was foll es mit diefem Talleyrand?"

„Oh, Entschuldigung, Entschuldigung! ich meine den Freund, mit welchem Sie mich zufammen trafen!" erwiderte Jener lachend, „er führt den genannten Namen ähnlich wie ich den meinen; beides find eigentlich noch Spitznamen aus einer frühern, luftigeren Zeit her, er trägt indeffen den feinen jedenfalls mit Recht. — Aber da fällt mir ein," fuhr er fort, fich rafch nach feinem frühern, halb hinter ihm herfchreitenden Schützling wendend, wie heißen Sie denn eigentlich, unglücklicher Landsmann, der für die erhaltenen Prügel noch arretirt wird? ift der ganze Muth in die Brüche gegangen?" und Eckart warf zum erften Male einen genaueren Blick auf die breite unterfetzte Gestalt, von welcher bis jetzt noch kein Wort gehört worden war. Ein dicker barhäuptiger Kopf mit plumpen Zügen, aber einem Paar wunderbar heller Augen, die fich jetzt mit einem gemifchten Ausdrucke von Schlauheit und Unficherheit hoben, zeigte fich ihm.

„Wenn die Herren aus fo einer Sache fich nichts machen, fo brauche ich es doch noch weniger!" erwiderte er. „Ich heiße Jacob Möhring, zu Befehl!"

„Herren? Teufel auch, Jakob Möhring!" rief der Erftere, während ein fchnelles Roth in feine gebräunte Wangen trat, „fehen Sie mir wenigftens einen Herrn an?"

„Ich fehe gar nichts, wenn's nicht fein foll; aber ich bin drei Jahr Offiziers-Bedienter gewefen!"

„So, und da meinen Sie fich auf Menfchen zu verftehen?"

„Auf Menfchen ja nicht — hab's immer am liebften nur mit dem Viehzeug gehalten," war die Erwiderung, mit welcher der Sprecher unter einer eigenthümlichen Gefichtsverzerrung die Hand hinter das Ohr fahren ließ, „aber ich habe Etwas von vornehmen Manieren gefehen!"

„Ob das nicht ein Stück Original ift!" wandte fich Drlando an Eckart, der seinen Mienen nach umsonst bestrebt zu sein schien, den Vorfall so gelassen als Jener zu nehmen; die Antwort des Letzteren aber wurde durch das Einbiegen des vordersten Polizei-Beamten nach einem niedern Hause in der sich öffnenden Querstraße abgeschnitten; der Zug betrat dort eine offene Vorhalle, an deren hinterm Ende sich jetzt eine Thür öffnete, und ohne Aufenthalt hatten die Arrestanten sich in einen durch zwei vergitterte, von Staub und Spinnweben halb undurchsichtige Fenster erleuchteten Raum zu begeben, in welchem sich außer zwei massiven Bänken nur eine breite hölzerne Pritsche für die Uebernachtenden zeigte.

„Ich bin völlig unglücklich, Ihnen ein solches Quartier verschafft zu haben," begann Orlando, als sich die Thür hinter den Eintretenden geschlossen und die beiden Irländer, als sei ihnen die Lokalität kaum fremd, mit still tückischem Gesichtsausdrucke gegen die Deutschen von der Pritsche Besitz genommen hatten, und ließ einen Blick voll vornehmen Mißbehagens über die Umgebung schweifen; „ich habe einmal wieder einen dummen Streich gemacht, ich kann mir aber nie helfen, wenn ich einen unschuldigen grünen Deutschen unter die Hände dieses New-Yorker Pöbels gerathen sehe. Im Uebrigen verlassen Sie sich nur darauf, daß Sie noch zu rechter Zeit Ihr gewöhnliches Mittagsmahl einnehmen werden, da Sie doch wohl nicht, nach unserer Arbeitermanier, um zwölf diniren!"

„Aber, liebster Herr, ich verstehe Ihre Zuversicht nicht," erwiderte Eckart, ohne seine unangenehmen Empfindungen ganz verbergen zu können; „ich bereue in keiner Weise, was ich gethan, würde es in gleichem Falle jedenfalls wieder thun; demohngeachtet scheue ich die Blame, als Arrestant vor dem Polizeigericht zu stehen, meinen Namen und die mögliche Strafe in den Zeitungen zu lesen, und ich sehe nicht, wie dem zu entgehen, selbst wenn ich durch eine Bürgschaft meines Hotelwirths, der mein Geld in Verwahr hat, heute Nachmittag von hier erlöst würde — aber ich will keine Unart gegen Sie begehen," unterbrach er sich, rasch mit der Hand über die Augen streichend, „nehmen wir die Sache vorläufig wie sie ist!"

„Und haben Sie vorläufig meinen Dank für das Letztere!"

verbeugte sich der Andere leicht, während er ein Taschentuch
zog und damit sorgfältig die Bank abstäubte, an deren Ende
ihr dritter Gefährte bereits Platz genommen.

„Jetzt, Jakob Möhring," wandte er sich dann in aufge-
wecktterem Tone an den Letzteren, „wollen wir einmal in Gegenwart dieses sprachkundigen Zeugen sogleich die Voruntersuchung
beginnen, denn uns Beiden könnten sie mit dem verwetterten
Englisch die ganze Sachlage verdrehen." Er deutete Eckart
lächelnd an, Platz zu nehmen, und ließ sich dann selbst bequem
nieder. „Sie wissen doch, unglückseliger Landsmann, daß Sie
der große Brocken sind, um den uns die jetzige Suppe gekocht
worden ist?"

Der Angeredete fuhr mit der breiten Hand in das buschige
Haar und ein Zug voll komischer Erbitterung auf sich selbst
breitete sich über die derben Züge. „Ich weiß es, der Teufel
hat mich beim Ohr, sobald ich nur unter Menschen komme;
aber diesmal hat der nur allein die Schuld, ich habe ja noch
nicht einmal ein Wort gesprochen."

„Gut, wir halten uns also vorläufig an den Teufel, was
in Amerika sogar äußerst kirchlich und modern ist; es fragt
sich jetzt nur, wie dieser Sie unter die irischen Fäuste gebracht
hat!"

„Ach, das ist eine ganze Geschichte!" seufzte Jakob, sich
von Neuem in den Haaren kratzend; dann aber, als fühle er es
wie eine Erleichterung, sich aussprechen zu können, fuhr er fort:
„Ich bin nur ein Bauernknecht, aber es ist mir immer wie angethan gewesen, daß ich den Leuten, und war's mein eigener
Herr, stets habe sagen müssen, was sie am unliebsten hörten,
und ich meinte doch, er war nur die richtige Wahrheit. Und
wie ich endlich die Prügel, die mir das überall eintrug, satt
hatte und die besten Stellen verlor, nahm ich mir vor, nur
noch mit dem Viehzeug zu reden, das wenigstens eine Wahrheit ver-
tragen kann. Beim Militair wurde ich nachher Bursche des
Regiments-Adjutanten, da ließ schon der Respekt kein unge-
höriges Wort zu und ich hatte das Pferd und den Hund zur
Gesellschaft; wie's aber dann wieder Knecht werden hieß, kam
eine wahre Angst um das Reden über mich, und als mir Einer

von Amerika erzählte, daß man dort für sich allein ein ganzes Bauerngut umsonst haben könne und im Walde so viel Vieh als man nur wolle füttern dürfe, als ich nachher weiter erfuhr, daß dem wirklich so sei, nahm ich meine paar Thaler Erspartes zusammen und ging mit Andern herüber. Aber die freien Bauerngüter sollten noch hunderte von Meilen weit hinten im Walde liegen und Reisegeld hatte ich nicht mehr. Ich konnte hier herum nun wohl wieder Arbeit als Knecht haben — das wäre aber wieder die alte Geschichte geworden und ich merkte es schon jetzt, wie es mich brannte, über das ganze Wesen hier meine richtige Meinung zu sagen. Da dachte ich denn vorläufig mein Brot mit Arbeit am Hafen zu verdienen, traf auch gestern einen Deutschen, der mich an die rechte Stelle brachte; konnte es aber dort nicht lassen, meine Bemerkung über das irische Volk zu machen, und daß ich für das schöne Geld eine ganz andere Arbeit schaffen wolle; that das auch heute Morgen und der Mann, der die Aufsicht führt, fuhr grimmig unter die andern Arbeiter hinein. Als aber Mittag gemacht wurde und wir herauf nach dem Schatten gehen, fällt die ganze Gesellschaft mit den Fäusten über mich her — ich hatte einmal wieder ein Wort gesagt — — und das ist die Geschichte! Ich wollte nur, ich wäre schon hier wieder weg, hinten tief im Walde meinetwegen, aber auf einem eigenen Stück Boden, sollte es auch noch so harte Arbeit kosten, das Bischen Leben herauszuschlagen!"

Während im Verlauf von Jakobs Erzählung das Auge Orlando's an Jenem im vollen Humor, wie im Betrachten einer Merkwürdigkeit gehangen hatte, war es in Eckart's Gesichte wie ein neuer, klarer Gedanke aufgegangen.

„Sie sind also an schwere Feldarbeit gewöhnt?" fragte der Letztere, sich die Stirn reibend. „Wenn sich Ihnen nun die Gelegenheit böte, mit einem Andern zusammen, der etwas Geld für die nöthigen Einrichtungen hat, sich hinten im Westen anzusiedeln, möchten Sie es unter einem Contracte, der Beiden für ihre Leistungen gerecht würde, wohl annehmen?"

„Annehmen?" wiederholte der Befragte, die Augen groß öffnend, „ich möchte jetzt irgend Etwas annehmen; wer will denn aber fein Geld an einen armen Kerl wie ich bin wenden? Und wegen der Ansiedelung — ich bitte Sie, kitzeln Sie einen Menschen nicht, wo er am schwächsten ist!"

„Er ist ein vollkommenes Original, ich sagte es ja!" lachte Orlando auf; „aber sehen Sie denn nicht, wunderlicher Jakob Möhring, daß heute Ihr Stern leuchtet trotz Prügel und Arretirung? Der Herr ist bis jetzt nur deshalb nicht nach dem Westen gegangen, weil die freien Bauerngüter sich nicht für einen Mann allein so ohne Weiteres aus dem Walde heraushauen lassen — ein Paar Fäuste wie die Ihren sind dabei ein halbes Capital!" Jakob aber blickte noch immer unsicher in des Ersteren Gesicht. „Es soll viel Geld kosten, ehe man nur bis dort hinter kommt!" erwiderte er endlich, mit der Hand nach dem Ohre fahrend.

„Die Reisekosten bezahle ich natürlich, wenn Sie mir nur versprechen, treu mit mir auszuhalten," versetzte Eckart, wie zu einem bestimmten Entschlusse gelangt; „haben Sie sonst keine Bedenken, so schlagen Sie ein, ich denke es mit Ihnen riskiren zu können, so kurz auch unsere Bekanntschaft ist — über das Weitere aber sprechen wir, sobald wir nur erst aus diesem verwünschten Stalle entlassen sind!"

„Herrgott, warum soll ich denn nicht?" rief der Bauernbursche aufspringend und die breite, harte Hand in die gebotene des jungen Mannes legend, „und so weit es an mir liegt, sollen Sie gewiß einmal nicht bereuen, was Sie thun wollen!"

„Teufel! Sie haben Recht, es ist im Grunde eine verwünschte Situation hier," unterbrach Orlando die Scene, seinen Platz verlassend und mit einem ungeduldigen Streichen des Schnurrbarts einen Gang nach dem Fenster machend, „diese Irländer verbreiten einen Duft — Talleyrand aber scheint sich volle Zeit zu nehmen, als gönne er mir einmal die jetzige Lehre — genau genommen hat er darin Recht, wenn ich auch tausendmal nicht er selber sein möchte!"

„Aber was erwarten Sie denn von ihm?" fragte Eckart lebhaft aufsehend, „die Polizei hält in der ganzen Welt fest, was sie einmal in den Händen hat."

„Daß er uns glatt hier heraus holt!" war die ruhige Ant-

wort, „nach dem Wie und Wodurch aber dürfen Sie mich
nicht fragen; ich kenne seine Schleichwege selbst nicht — arbeitete
er aber nicht für uns, so wäre er nicht so plötzlich verschwunden
gewesen. Wir könnten ohne ihn oder andere Hülfe, die aber
wohl nur Ihnen zu Gebote steht, bis zum morgenden Verhör
mit diesen Irländern zusammenstecken, und das weiß er!"

Das Gespräch stockte, als habe sich die Schwere des Ge=
dankens, den Nachmittag und die Nacht hier aushalten zu
müssen, auf die Seele eines Jeden gelegt — nur die Irländer
lagen, wie in ein gewohntes Schicksal ergeben, faul und
regungslos auf der Pritsche, kaum zu Zeiten in einzelnen
abgebrochenen Worten gegenseitig eine Bemerkung hören lassend.

Mehr als eine halbe Stunde mochte vergangen sein, in
welcher Eckart, die Arme auf die Knie vor sich gelegt, sich
seinen Gedanken überlassen, die, dem Ausdrucke seiner Mienen
nach, bald in seine fernere, jetzt festgestellte Zukunft zu schweifen
und sich freundliche Bilder von dieser zu schaffen schienen,
bald wieder, im Aufblicken, sich der augenblicklichen, unan=
genehmen Lage zuwandten; während Jakob sich wieder in
seine Ecke zurückgelehnt und die Augen kaum von dem Ge=
sichte des Sinnenden gelassen hatte, oft eine Frage auf den
Lippen zu haben, sie aber stets wieder zu unterdrücken schien,
und Orlando zeitweise seinen Standort an dem erblindeten
Fenster genommen, als habe er dort höchlich interessante
Beobachtungen anzustellen, dann aber in langsamen Schritten
nachdenklich den Raum durchmessen hatte — als sich Stimmen
in der Vorhalle hören ließen. Der Letztgenannte horchte
scharf auf, zuckte aber dann nur die Achseln und setzte seinen
Gang fort. Eckart aber hob jetzt den Kopf und sagte zögernd:

„Es ist doch wohl höchst ungewiß, ob ich Etwas durch Ihren
Freund zu hoffen habe und darum wäre es wohl das Beste,
meinen Hotelwirth von meiner Lage benachrichtigen zu lassen —"

Orlando hielt rasch seinen Schritt an. „Es wäre eine
schreiende Unhöflichkeit, nur mit einem Worte Sie zu einem
längern Verbleiben an diesem Orte zu nöthigen," erwiderte
er mit einer verbindlichen Neigung des Kopfes, „ich möchte
auch nicht die geringste Verantwortung für Ihre weitere

Unbequemlichkeit auf mich nehmen; ich darf es indessen sagen, wie tief es mir leid thun wird, gerade hier schon ein Zusammentreffen, das mir so wohl that, abgebrochen zu sehen, — überdies aber: was Talleyrand für mich thut, ist er Mann von Welt genug, auch für meine Schicksalsgefährten zu thun — ich bin ja doch der eigentliche und alleinige Uebelthäter!"

Es schien beinahe unmöglich, dieser Höflichkeit, die völlig aus dem Herzen zu kommen schien, nicht genug zu thun, und Eckart bereute fast die ausgesprochene Absicht, wie sehr auch seine Vernunft deren Ausführung als den geeignetsten Weg für ihn bezeichnete. „Ich bleibe hier und entschuldigen Sie nur, daß mich diese seltsame Lage zum Egoisten machte," rief er, dem Andern die Hand entgegenstreckend, „ich werde die ganze Angelegenheit als ein Stück Lehrgeld für Amerika betrachten!"

„Und selbst das, denke ich, soll Ihnen in einer andern Art werden, als Sie es vermuthen," erwiderte Jener, kräftig die ge= botene Hand schüttelnd; „im schlimmsten Falle aber bleibt Ihnen ja noch immer die Chance der Bürgschaft durch Ihren Wirth und Sie haben allenfalls nur einige Stunden verloren. Neh= men Sie übrigens meinen besten Dank für Ihre Freundlichkeit!"

Wieder verging eine Viertelstunde schweigend und Or= lando's Gang durch den Gefängnißraum war bereits rascher und ungeduldiger geworden, als dieser plötzlich seinen Schritt anhielt. „Das ist er!" sagte er, mit aufblitzenden Augen den Kopf hebend, und kaum hatten die Uebrigen auf die wenigen Worte, welche von außen laut wurden, gehorcht, als sich auch bereits der Schlüssel im Schlosse drehte und von einem der Polizeibeamten gefolgt, ein junger Mann in vollkommen fashionabler Kleidung eintrat. Ein sarkastischer Blick desselben musterte zuerst das deutsche Kleeblatt und flog dann durch den übrigen Raum; fast nur aber durch die frühere Be= gegnung im Theater vermochte Eckart Orlando's Gefährten in der völlig veränderten Erscheinung wieder zu erkennen.

„Suchen Sie sich selbst Ihre Leute aus, Sir!" begann der Beamte mit einer Art von Respect im Tone, und Or= lando, der bis jetzt wie auf einen Gruß des Eingetretenen gewartet hatte, trat rasch heran.

„Thue mir den Gefallen und mache jetzt nicht den Pharisäer: ich danke dir, Gott, daß ich nicht bin, wie und so weiter!" sagte er mit einem halb ärgerlichen Lachen. „Hier, dies ist Herr Eckart, früherer Regierungs = Beamter, künftig der Dritte im Bunde, der „treue Eckart" aus der Heldensage, wie er heißen soll, denn er hat in dem Elende hier mit mir ausgehalten, trotzdem ihm Bürgschaft zu Ge= bote stand. Dort aber ist sein Knappe Jakob, der sich mit Gut und Blut ihm angeschlossen, uns Beide habe ich bereits vorgestellt — und nun mache, daß wir allesammt schnell aus der Atmosphäre dieser Irländer kommen."

Der Eingetretene hatte dem neuen Bekannten lächelnd die Hand gereicht, dann einen kaustischen Blick auf den Bauern= burschen, der ihn wie eine Erscheinung anstarrte, geworfen, und wandte sich dann nachlässig an den Polizeibeamten. „Dies sind die drei Deutschen," sagte er, „Sie wissen, es ist nicht nothwendig ihrer im Rapport zu erwähnen!" und der Angeredete öffnete mit einer leichten Verbeugung die Thür.

„Vorwärts, Jakob Möhring!" rief Orlando dem Ge= nannten zu, welcher den Vorgang noch kaum zu begreifen schien; „diesmal kommen Sie mit einem blauen Auge davon, aber wahren Sie sich vor irländischer Gesellschaft!"

Eckart selbst, als er mit den Uebrigen in die sonnige Straße trat, vermochte nicht, sich diese willkürliche, bedingungs= lose Freilassung zu erklären. „Einen Augenblick, meine Herren," sagte er, stehen bleibend, „ich weiß nicht, wohin Sie Ihr Weg führt; wir dürfen aber nach diesem Abenteuer doch keinesfalls so ohne Weiteres scheiden. Es giebt dort die Straße hinauf einen vorzüglichen Ungarwein und Sie erlauben mir, Sie ohne besondere Formen zu einer Flasche einzuladen!"

„Vollkommen einverstanden, nur daß ich die zweite Flasche mir selbst vorbehalte und Talleyrand, sobald er den Gentleman angezogen hat, läßt nie erst die dritte an sich kommen!" rief Orlando, sich den Schnurrbart streichend, als wolle er diesen von der Gefängnißluft säubern; „im Uebrigen wäre ja eine so schnelle Trennung auch außer aller Rede gewesen."

„Unsere Wege führen uns wahrscheinlich so weit, daß

2*

wir sie im Augenblick nicht einmal antreten könnten," ließ sich jetzt der bisher schweigsame Dritte hören, „und darum mögen Sie nur ganz über unsere heutige Zeit disponiren. Unsere Arbeit nahe dem Hafen dürfen wir nach dem heutigen Vorfalle kaum wieder aufnehmen, wenn wir nicht bei ehester Gelegenheit von den Irländern todtgeschlagen werden sollen — es verschlägt übrigens nicht viel, da wir sie ohnedies bald zu quittiren gedachten. Ich habe soeben die Gewißheit erhalten, schon in den nächsten Tagen in mein Engagement eintreten zu können und Orlando wird sich glücklich fühlen, seiner californischen Sehnsucht genügen zu dürfen, die er eigentlich nur meinetwegen bis jetzt unterdrückt —"

„Und der treue Eckart geht mit seinem Jakob nach Georgia zum Bäumefällen!" unterbrach ihn der Letzterwähnte mit einem halb komischen Seufzer. „Finden und Scheiden, roth und todt, das ist so die eigentliche amerikanische Parole, aber sie soll uns wenigstens nicht die nächste fröhliche Stunde verderben. Also nur los!"

Sie waren die Straße hinauf dem Broadway zugeschritten. In der Nähe desselben vor einem der großen Kaufläden hielt eine Equipage, auf deren Vordersitz soeben ein Clerk des Geschäfts eine Anzahl Packete eingewickelter Waaren legte, während eine elegante Dame am Kutschenschlage stand, die sichtlich von dem Prinzipale der Handlung nach der Straße geleitet worden und mit diesem in einem Abschiedsgespräche begriffen war. Orlando schien kaum mit einem Blick das Gesicht der Dastehenden gestreift zu haben, als er plötzlich mit einem unwilligen Tritte auf das Pflaster stehen blieb. „Teufel, daß ich gerade wieder im Arbeitsanzuge sein muß; es ist, als sei ich zum Irländer verdammt! Dort ist Dein ungelöstes Räthsel, Talleyrand, und ich kann mich wieder nicht vorstellen lassen. Es ist etwas wunderbar Sympathisches in diesem Gesichte für mich!"

Gräme Dich nicht, Du verlierst nichts, denn sie ist in gewisser Beziehung spröde wie Stahl!" erwiderte der Angeredete, welcher dem Blicke des Andern gefolgt war, leicht; „zudem sprichst Du ja kein Englisch und sie redet grund=

fäßlich nicht deutſch; ich werde ſie nur kurz begrüßen und bin ſogleich wieder zurück.“

„We r iſt das?“ unterbrach Eckart die Bewegung des Sprechenden, ſich zu entfernen. Es war ein bleiches, aber in voller ariſtokratiſcher Schönheit geſchnittenes Geſicht, auf welches ſein Auge bei dem Blicke nach der Beſprochenen getroffen; lange dunkele Wimpern bedeckten ein Auge, das anſcheinend nur ſich voll öffnete, um einem geſprochenen Worte den rechten Nachdruck zu geben, dann indeſſen ſein Leuchten bis in die Entfernung der Beobachtenden erkennen ließ. Die reiche Toilette aber wie die Equipage deutete eine Stellung in der beſten Geſellſchaft an.

Talleyrand hatte auf die Frage mit einer ſonderbaren Mundverziehung die Achſeln gezuckt. „Eine deutſche Näh= oder Putzmachermamſell, eine geweſene Schauſpielerin oder Sängerin — ich bin mir ſelbſt noch nicht klar!“ erwiderte er. „Ich lernte ſie zufällig kurz nach unſerer Einwanderung kennen, was ein Jahr her ſein mag; damals wohnte ſie bei einer kleinen amerikaniſchen Familie und ſuchte Beſchäftigung im Nähen, Sticken oder dergleichen. Dann traf ich ſie in einzelnen feinen amerikaniſchen Cirkeln, zu denen ich Zutritt gewonnen, wo ſie die Geſellſchaft mit iriſchen Volksliedern begeiſterte — was Begeiſtern bei den Amerikanern heißt. Sie hatte meinen ärmlichen Anfang hier geſehen und behandelte mich bei unſerm neuen Zuſammentreffen, als liege etwas Verwandtes in dem beiderſeitigen Streben, uns im amerikaniſchen Leben hinauf zu arbeiten, und das hat mich eigentlich zu ihrem Freunde gemacht. Jetzt bewohnt ſie allein ein ſplendides Haus, hat ihre beſtimmten Abende, an welchen ſie in ihren Parlors empfängt und ich habe dort bisweilen mehrere unſerer erſten politiſchen Größen getroffen, welche ſich da ein Rendezvous zu geben ſchienen. Sie iſt eine von den unklaren Exiſtenzen, die jede Vermuthung zu Schanden machen — wenigſtens ſteht ſie in ihrem Verhältniß zu Allem, was Mann heißt, ſo unangreifbar da, daß man hier an keine unlautere Quelle ihrer Mittel denken darf und hochgeſtellte Familien ſie bei ihren eigenen „Parties“ ſehen. Trotz alledem mag ſie morgen vielleicht ſchon

durch eine plötzliche Veränderung von Verhältnissen oder durch
den Bruch einer ihrer jetzigen Stützen wieder in die Dunkel=
heit ihres ersten Anfangs zurückgeschleudert werden — der=
artige Erscheinungen verschwinden oft wunderlich schnell von
ihrem bisherigen Schauplatze und sind eben so schnell ver=
gessen! — Doch sie macht Miene zum Einsteigen, wenn ich
Sie vorstellen soll, so kommen Sie mit mir!"

„Und bei dieser prekären Existenz, welche Sie andeuten,
hat sie Equipage?" fragte Eckart, dem Andern bereitwillig
folgend, in hörbar angeregtem Interesse, während Orlando,
wie sich einem unabweisbaren Schicksal fügend, zurückblieb,
die blitzenden dunkeln Augen indessen unverwandt auf den
feinen, lächelnden Zügen der Frauengestalt hielt, — Jakob
aber, drei Schritte hinter ihm, den hellen, schlauen Blick
den Vorgängen wie in stiller Beobachtung folgen ließ.

„Ah, die Equipage!" erwiderte der Befragte nachlässig;
„ihr kostet sie keinenfalls Unterhaltungskosten; sie ist ihr von
irgend einer Seite zur Verfügung gestellt, denn es ist bereits
die dritte, die ich sie benutzen sehe!"

Die Besprochene hatte bereits die fein behandschuhte
Hand neben den Wagenschlag gelegt, um mit Hülfe des sich
verabschiedenden Kaufmanns einzusteigen, als ihr Auge die
Herantretenden traf und sie mit einem begrüßenden Lächeln
ihre Bewegung unterbrach.

„Miß Bering, ich benutze nur die gebotene günstige Ge=
legenheit, um Ihnen für einige Zeit Adieu zu sagen," sagte
Eckart's Begleiter mit halbvertraulicher Höflichkeit, „ich denke
übermorgen schon eine längere Reise anzutreten, die mir
kaum Zeit zu einem besonderen Abschiedsbesuche lassen wird.
Gestatten Sie mir indessen, Ihnen dabei einen Landsmann,
noch Neuling im großen Amerika, vorzustellen, Mister Eckart,
früherer deutscher Regierungsbeamter."

Der Vorgestellte sah den Blick der mädchenhaften Gestalt sich
rasch nach ihm wenden und fühlte eine fast magische Kraft aus
diesem großen dunkelbeschatteten Auge auf sich wirken. „Wen
der vorsichtige Mister Talleyrand empfiehlt, ist hinlänglich
empfohlen," sagte sie, während ein helles, offenes Lächeln

über ihr Gesicht ging, „zudem aber tragen so klar ausgeprägte deutsche Züge noch ihren ganz besondern Empfehlungsbrief in sich — wenigstens für mich. Es soll mich freuen, Sie in meinem Hause zu sehen. — Aber in Bezug auf Ihre Reise," setzte sie, sich rasch gegen Eckart's Begleiter wendend, hinzu, indem ein leichtes Roth, wie von dem fast starr auf sie gerichteten Blicke des Vorgestellten hervorgerufen, in ihre Wangen stieg, „glauben Sie denn, ich hätte nicht längst Alles, was damit zusammenhängt, gewußt? Ich will sogar ehrlich sein und Ihnen sagen, daß Sie möglicherweise mich einmal als Gegnerin treffen werden. Jedenfalls," lachte sie, wie von einem wunderlichen Gedanken berührt, auf, „sollten Sie sich einen andern Namen zulegen. Das englische „Mister" mit dem französischen „Talleyrand" und Ihr Deutschthum wollen so gar nicht zu einander stimmen, und könnten mir einmal eine Waffe gegen Sie geben, trotz unserer persönlichen Freundschaft. — Aber dort steht Ihr Freund, der nicht Englisch lernen will," fuhr sie plötzlich abbrechend fort, als ihr Auge mit einem raschen Streifblick sich nach der nächsten Umgebung gewandt, „warum haben Sie mich nach Allem, was Sie mir von ihm gesagt, nicht einmal mit ihm bekannt gemacht?"

„Sie haben ja nur zu befehlen — werden damit übrigens nur einen seiner heißen Wünsche erfüllen, wenn Sie sich nicht an seinen Arbeitsanzug stoßen wollen," erwiderte Talleyrand, als strebe er, eine Unsicherheit, die sich bei ihren Worten seiner bemeistert, zu überwinden, und der halbe Spott, den er hörbar in seine Worte sich zu legen bemühte, klang völlig gezwungen. „Ich werde ihm sein Glück verkünden, Miß!" Er wandte sich nach dem unfern stehenden Orlando zurück und ihr Auge schien fast gespannt sein Zusammentreffen mit diesem abzuwarten, und erst als der Letztere mit überrascht gehobenem Kopfe seinem Gefährten folgte, richtete sie das Auge wieder auf Eckart. „Vergessen Sie nicht, mich bald einmal in meiner Wohnung aufzusuchen," sagte sie, „ich gestehe Ihnen, daß ich mich oft danach sehne, mit einem noch nicht von diesem Amerikanerthum durchfressenen Charakter zusammen zu sein; was mich an dem Gefährten Ihres Freundes

hauptſächlich intereſſirt hat, iſt eben ſein Widerſtreben gegen
das hieſige Leben und Thun, ſelbſt bis auf die Sprache —"

„Aber, Miß, haben Sie ſich nicht ſelbſt dem amerikaniſchen
Leben völlig ergeben?" fragte Eckart faſt unwillkürlich, ſich
von ihrer leichten Weiſe, der doch das dunkle, tiefe Auge
völlig widerſprach, wie umgarnt fühlend.

Sie richtete einen großen, beſtimmten Blick auf ihn. „Was
wiſſen Sie von mir? Möglicherweiſe hat ſich m i r das ameri=
kaniſche Leben und Treiben ergeben!" Im nächſten Augenblicke
aber machte der Ernſt in ihren Zügen einem gefälligen Lächeln,
mit welchem ſie die beiden Herankommenden empfing, Platz.

„Ich bin ſo überraſcht von Ihrer Güte, Miß," trat
Orlando, hörbar ſeine ganze engliſche Sprachkenntniß zu=
ſammenſuchend, heran, während ſeine gebräunten Wangen ſich
höher färbten.

„O, wer nicht engliſch ſprechen will," erwiderte ſie lachend
in ein Hochdeutſch fallend, das faſt von jeder Dialectfärbung
frei war, „mit dem ſpreche ich auch deutſch; nur Ihrem Freunde,
der ſich viel auf ſein reines Engliſch einbildet, thue ich es
nicht zu Liebe. Ich wollte jetzt den Wunſch gegen Sie
ſelbſt, von dem ich vielleicht mehr kenne, als Sie wiſſen,
ausſprechen, Sie bald mit dem neu angekommenen Lands=
manne in meinem Hauſe zu ſehen, da Mr. Talleyrand uns
alleſammt verlaſſen will!"

„Ich weiß kaum, womit ich ſoviel Güte verdient habe!"
ſtammelte der Angeredete, während eine mit Ueberraſchung ge=
paarte Verwirrung ſich in ſeinen kräftigen Zügen geltend machte;
ihr Auge aber ſchien mit einem Blicke ſeine ganze Erſcheinung
voll in ſich aufnehmen zu wollen, dann neigte ſie im leichten
Gruße den Kopf und ſaß im Wagen, ehe nur einer der jungen
Männer ihr ſeine Hülfe zum Einſteigen anzubieten vermocht
hätte. Der Kutſchenſchlag fiel zu — noch ein Lächeln und
eine kurze Neigung ihres Kopfes und der Wagen rollte davon.

„Sie iſt eine lebendige Hexe, die einen Menſchen an ſich
ſelbſt irre machen könnte — aber mir wird ſie keinen
Streich ſpielen!" ſagte Talleyrand, mit einer Miſchung von
halb verhehltem Unmuthe und Lachen ihr nachblickend.

„Ich verstehe, ehrlich gestanden, nicht," versetzte Eckart, „wie Sie ihre sichtlichen Chancen bei ihr, mag sie nun sein wer sie wolle, nicht besser habe benutzen können. Ich, das gestehe ich Ihnen, wäre diesen Augen gegenüber völlig widerstands= und waffenlos!"

„Ja, dieser Spekulations=Mensch!" ließ sich jetzt Orlando mit einem tiefen Athemzuge, wie aus einem gänzlichen Versunkensein im Nachblicken des davon rollenden Wagens erwachend, hören, wenn es sich um irgend eine magere, nüchterne, amerikanische Schönheit mit der gehörigen silbernen Schwere gehandelt hätte —! Ich könnte nach ihrer Einladung ganz Californien aufgeben, wenn ich nur sicher wäre —"

„Daß Du nicht dabei verhungern könntest, mit Deinen Gefühlen wie mit Deinem Magen, ganz richtig; unterbrach der erste Sprecher die kurze Pause, welche Jener gemacht hatte. „Wollen mir die Herren einen Gefallen thun, so lassen wir die jetzige Begegnung ganz bei Seite und denken an unsere Flaschen Ungar. Orlando wird freilich ewig ein halbes Kind für Amerika bleiben, Sie aber, Herr Eckart, werden bald genug erfahren, daß es hier zu Lande für Jeden, der vorwärts will, das schlechteste Geschäft ist sich an jedem feurigen Auge die Flügel zu verbrennen!"

„Teufel! er mag in gewisser Beziehung Recht haben!" rief Orlando, sich vor die Stirn schlagend; „es ist möglich, daß ich wieder auf geradem Wege bin, eine neue Dummheit zu begehen, trotzdem ich erst aus dem Arrest komme. Also fort damit jetzt — wenigstens bis auf Weiteres, denn sehen muß ich sie doch noch einmal! — He, Jakob Möhring, vorwärts! Ob der Mensch nicht dasteht, als quäle er sich damit, einen Reim aus uns zu machen! — Können Sie Wein trinken?"

Der Angerufene war rasch aus seiner beobachtenden Stellung aufgefahren. „Ich denke, ich würde es schon fertig bekommen," sagte er, mit einer wunderlichen Grimasse herantretend, „aber eine ordentliche Unterlage ist doch immer die Hauptsache, wie mein Lieutenant sagte."

„Er hat wahrlich nicht Unrecht — ich spüre selbst etwas wie ein fehlendes Mittagsbrot, und e r ist mit Prügeln ab=

gespeist worden!" lachte Eckart! „nun das Nöthige wird sich
ja auch finden!" — —

Eine Viertelstunde darauf saßen die drei jungen Männer
in einer zu dieser Tageszeit außerdem völlig leeren Wein=
stube bei den gefüllten Gläsern, während Jakob in einer
Ecke die letzten Speisereste auf dem vor ihm stehenden Teller
zusammensuchte.

„Wenn ich Ihnen nun meinen Dank für die Erlösung
aus der Höhle des Stationshauses in aller gebührenden
Form abstatten möchte," sagte Eckart, sich an Talleyrand
wendend, „so möchte ich Sie doch auch zur Belehrung für
mich unerfahrenen Menschen um Aufklärung bitten, wie Ihnen
das so ohne Weiteres möglich geworden ist. Ich habe
sogar einen gewissen Respect des Beamten gegen Sie, den
ich noch kurze Zeit vorher erst in der Arbeitertracht gesehen,
bemerkt. Oder ist meine Frage indiskret —?"

„Bitte, bitte!" lachte der Angeredete auf, indem er ruhig
sein Glas zum Munde führte, „es handelt sich dabei nur um
ein sehr öffentliches Geheimniß, das Ihnen jeder amerikanische
Herumtreiber erklären könnte. Hier herrscht in Regierung
und Verwaltung immer eine bestimmte politische Partei, welche
gerade in der Majorität ist und natürlich das Schicksal der
von ihr angestellten Unterbeamten in der Hand hat. Dadurch
sind die Parteihäupter in den Kreisen, auf welche sie Ein=
fluß üben, mit einer kleinen Allmacht versehen — der Mann
aber, von welchem ich Ihnen sagte, daß er an meiner Zukunft
Antheil nimmt und mir Gelegenheit zur bessern Verwendung
meiner Kräfte geben wird, ist eine dieser einflußreichen Per=
sonen und es kostete ihm nur zwei Zeilen, um mir eine Ge=
fälligkeit mit der Befreiung meiner Freunde zu erweisen!"

Orlando schlug mit der flachen Hand auf den Tisch und stürzte
dann den ganzen Inhalt seines Glases hinunter. „Das heißt
nun hier praktisch; ich konnte mir ja so Etwas denken!" rief
er. „In Gottes Namen aber jetzt, da ich selbst den Nutzen
davon mir habe gefallen lassen — wollen indessen wenigstens
zu einem andern Thema übergehen. Ich habe einen großen
Gedanken!" Er füllte wie nachdenklich sein Glas von Neuem,

während sich ein halb spöttischer Zug um Talleyrand's Mundwinkel legte. „Was ist der Vorname der Lady, Deines ungelösten Räthsels?" sah er dann plötzlich wieder auf, „ich kann
mir denken, daß Du das trotz Deiner äußerlichen Kälte weißt!"

Der Andere schüttelte mit noch verstärkt ausgedrücktem
Spotte den Kopf. „Ich denke, ihr ganzer Gesellschaftskreis
weiß ihn und es hat also zur Kenntniß desselben nicht erst
verborgener Wärme bedurft. Lily nennt sie sich wenigstens!"

„Lily — Lilie!" wiederholte Orlando, einen Augenblick den
Kopf senkend, „es ist beinahe so! — ich werde ihr ein Denkmal
setzen, wenn ich doch einmal in dieser New-Yorker Welt keine
neue Dummheit machen soll. Laß Dein Pharisäer-Lachen und
warte, bis ich ausgeredet habe," wandte er sich an seinen
bisherigen Gefährten und blickte dann wieder in sein Glas.
„Wir sind heute so wunderlich zu einem Kleeblatte vereinigt
worden," fuhr er nach einer kurzen Pause fort, „und gehen
schon in der nächsten Zeit nach den verschiedensten Richtungen
in die Welt hinein — auf gut Glück, Keiner weiß, wie es einmal mit ihm kommen mag — daß wir nicht ohne eine Art
Band, das uns wenigstens geistig zusammenhält, von einander
gehen sollten. Und das soll sie werden; Lily soll unsere
Parole sein! Ich wenigstens werde das Wort in die Rinde
der Bäume graben, wo ich für eine Zeit lang meinen Aufenthalt genommen, damit es von mir Kunde gebe, wenn der
Fuß Eines von Euch die Gegend einmal betritt. Aber ich werde
es auch Jedem, den ich auf meinem ferneren Wege lieb ge-
winne, als Losung anvertrauen, und wo Ihr das Wort einmal hört, als ein ausgesprochenes Erkennungszeichen zwischen
Zweien, oder als Nothruf, so denkt, es sind meine Freunde,
die Euch an mich mahnen. Wollt Ihr aber nun dasselbe
Verfahren befolgen, so kann sich, wo wir auch sein mögen,
ein geistiges Band zwischen uns herstellen, an dessen Stärke
und Ausdehnung, die es vielleicht gewinnen mag, wir heute
noch kaum denken —"

„Er denkt bei Gott daran, einen neuen geheimen Orden
zu stiften," lachte Talleyrand hell auf. „Laß mich nur!"
unterbrach er eine unwillige Bewegung des bisherigen

Sprechers; „es ist mehr amerikanischer Geist in der Idee, als Du bisher in Deinem ganzen Thun entwickelt hast und ich will Dir durchaus nicht opponiren. Der Gedanke spricht mich an. Geheime Verbindungen unter den Advokaten, Kaufleuten und Spitzbuben, geheime politische Verbindungen, geheime Orden unter den unschuldigen Philistern, gehören hier, wo Alles sogar öffentlich ist, zu dem menschlichen Bedürfniß; jetzt nun ein Lily-Orden für alle würdigen Abenteurer und Vagabonden zur gegenseitigen Hülfe und Unterstützung, wo sich seine Mitglieder treffen, gegründet von den drei Aposteln, die bald in alle Welt gehen werden, um das neue Evangelium zu predigen — laßt uns darauf trinken, aber vor Allem erst das nöthige zweite Erkennungswort, welches die Antwort auf das erste zu bilden hat, suchen."

Eckart erhob sich angeregt. „Ein zweites Erkennungswort?" rief er, „ein Feldgeschrei zu der gegebenen Losung? Das magische Band! soll es heißen; Lily — das magische Band! denn Magisches giebt erst den echten Reiz. Jakob, haben Sie die Sache begriffen," wandte er sich lachend nach seinem künftigen Helfer, als er dessen großen aufmerksamen Blick begegnet.

„Nicht recht viel davon," erwiderte der Angeredete mit kurzem Kopfschütteln; „aber wegen der Hülfe und Unterstützung, von der hier geredet worden ist," fuhr er, die beiden riesigen geballten Fäuste hebend fort, „da werde ich immer da sein, um meine Schuld zu bezahlen!"

„Ganz im rechten Geiste gesprochen — Jeder nach seinen Gaben!" versetzte Talleyrand mit einem leichten Zucken seiner Mundwinkel. „Also die Gläser hoch!"

Orlando rieb sich wie in halber Unzufriedenheit die Stirn. „Es muß doch hier jeder Gedanke gleich in den Staub der Straße hinab gezogen werden," sagte er, „aber ich will annehmen, was ich doch nicht ändern kann! Lily — das magische Band!"

Die Gläser klangen zusammen und wurden geleert, dann aber sprang Eckart von seinem Platze auf, öffnete das seit-

wärts stehende Piano und begann nach einigen kräftigen
Accorden im wohltönenden Bariton:

> „Und wenn wir einstens uns dann wiedersehen,
> Zu einer schönern, bessern Zeit;
> Dann sei das erste Wort aus uns'rem Munde,
> Das erste volle Glas in unsr'er Runde
> Dem jetz'gen Augenblick geweiht!"

„Wissen Sie wohl," rief Talleyrand, sich auf seinem
Stuhle zurücklegend, als der Spielende mit einer Cadenz über
die ganze Claviatur geendet, „daß Sie in der Dreieinigkeit
Ihres Spieles, Gesanges und der Erscheinung Ihres blonden
Jünglingshauptes ein Capital von zweitausend Dollars jähr=
licher Zinsen hätten, wenn Sie als Musiklehrer hier blieben?"

„O dieser Geldmensch, diese reine Materie!" schrie Or=
lando, mit einem verzweifelnden Kopfschütteln sein Glas leerend.

Eckart aber erhob sich, den Kopf zurückwerfend.

„Und Sie glauben wirklich, ich hätte das alte Joch
drüben aufgegeben, nur um mich hier in ein neues zwängen
zu lassen?" erwiderte er, wie der Anregung des Augenblicks
vollen Raum lassend. „Freiheitsluft — Waldesluft — Ur=
sprünglichkeit! das soll erst in vollen Zügen gekostet werden.
Was dann weiter erfolgen mag, sei dem Fatum überlassen
— ich kämpfe nicht dagegen an!"

„Jacob, er hält Wort, es geht nach dem Westen — Sie
brauchen kein ängstliches Gesicht zu ziehen!" rief Orlando in
augenscheinlicher Befriedigung, „das Fatum sei unser Meister,
und Lily, das magische Band, unser Helfer!"

Und wenn wir einstens uns dann wiedersehen —

spielen Sie das Lied noch einmal, treuer Eckart! was doch
so ein echter feuriger Ungar thut, der jetzige Augenblick ist
himmlisch — mag es auch das Wiedersehen sein!"

Erstes Kapitel.

Deutsch und amerikanisch.

In dem geräumigen Zimmer, welches den ganzen südlichen Comfort, vom weichen durchgehenden Fußteppich bis zu den verschiedenen Arten reichgepolsterter Sessel, Fauteuils und Causeusen zeigte, waren die hohen, als Fenster dienenden Glasthüren geöffnet und ließen von der breiten Piazza, auf welche sie führten, die Düfte der hochstämmigen blühenden Topfgewächse, mit welchen diese besetzt war, hereinströmen. Es war so still in dem Raume, daß man meinte, das leise Wehen der warmen Abendluft zu vernehmen, und doch befanden sich zwei Personen hier, beide indessen völlig bewegungslos auf den von ihnen eingenommenen Plätzen.

In der Ecke eines kleinen Sophas lehnte ein eleganter junger Mann, mit zusammengezogenen Brauen, wie im Kampf mit einem entstehenden Entschluß starr nach der Piazza blickend. Dort saß auf einem niedern gepolsterten Schemel, halb von den Zweigen der Orangerie verdeckt, wie in sich selbst zurückgeflohen, eine jugendliche weibliche Gestalt, den Blick still und unverwandt auf einem Punkte am Boden vor sich ruhen lassend.

„Sibby!" begann der Erstere nach geraumer Weile.

„William!" war die nur halblaut erfolgende Antwort, ohne daß die Sprecherin dabei aufgeblickt hätte.

„Wir müssen zu einer Einigung kommen und Du wirst vernünftig sein. Wir sind nicht mehr in Deutschland und Du mußt Dich dem fügen, was Deine neue Heimath verlangt."

„Dir füge ich mich, William, denn Du verstehst mich — kannst mich wenigstens verstehen, wenn Du willst — aber nicht jeder Ansicht, die in der Unduldsamkeit des Fanatismus an mich heran tritt." Trotz der nur halblaut gethanen Aeußerung und des unverwandt gesenkten Blickes lag eine so eigenthümliche Bestimmtheit in dem Tone, daß der junge Mann wie in halber Besorgniß aufsah.

„Weißt Du nicht, Sidonie, daß man sich den Sitten und Gebräuchen jedes Landes, das man zu dem seinigen macht, zu fügen hat?" fragte er. „Hast Du mir nicht zugesagt, daß Du Amerikanerin werden willst nach dem biblischen Wort: Dein Land soll mein Land und Dein Gott mein Gott sein? Was geht Dir denn hier ab, wenn Du Deinem Versprechen nach handeln willst?"

Sie hob den Kopf, und in das kaum von einem schwachen Roth angehauchte Gesicht trat ein eigenthümliches Leben; die großen, wie im längeren innern Kampfe leicht einge= sunkenen Augen glänzten auf.

„Was mir abgeht, ist die äußere Freiheit, die Du mir zugesagt hast. Bin ich die Frau und Herrin, die in ihrem Departement hier zu bestimmen hat, oder sind es die beiden Ladys, Deine Verwandten, die mich wie ein unmündiges Kind hofmeistern? in jeder Aeußerung, in jeder Bewegung und Handlung einen Anstoß finden? die über mich, wie über eine unglückliche Wahl Deinerseits die Achseln zucken?"

„Sidonie, hättest Du sie nicht längst unnöthig machen können, wenn Du das amerikanische Leben genommen hättest, wie es war, und nicht wie es Deinem deutschen Auge erschien? Mußte ich Dir nicht eine Unterstützung an die Seite stellen?"

„Sage statt ‚Unterstützung‘: Schulmeisterin, Aufpasserin, Ruthenmeisterin, und Du hättest in dem, was Du „Muß" nennst, recht, wenn Du nicht selbst lange genug in Deutschland gewesen wärest. Was thue ich denn im Gegensatz zu Euren Sitten und Gebräuchen? Ich finde den todten, amerikanischen Sonntag mit seinen jeden raschen Schritt verbietenden Gesetzen gerade so unausstehlich, wie Du den deutschen Sonntag bei vernünftiger Erholung liebenswürdig gefunden hast. Ich soll nicht eine Taste vom Piano berühren — wen stört es denn in der Einsamkeit unserer Wohnung? Ich soll kein weltliches Buch lesen — ich soll keine Spazierfahrt machen — soll nicht einmal hell auflachen oder mich sonst einer Aeußerung meines innern Frohsinns überlassen — und doch ist Euer Gott auch der unsere, deutsche, dem ein aufrichtiges, fröhliches Herz lieber ist als die Heuchelei des Pharisäers — doch stimmt Dein

eigener Geschmack mit dem meinen überein. Warum, wenn
Deinen Verwandten das Kind des fremden Landes nicht zusagt,
gehen sie denn nicht, die kaum ein nachweisbares Recht, wenn
es nicht in Deiner eigenen Bestimmung liegt, haben, hier zu sein,
und möchte es mir mit jedem Worte nahe legen, daß ich hier
störend, überflüssig, Alles in Allem: eine Unglücksperson bin."

„Sidonie!" klang es vorwurfsvoll.

Sie schüttelte rasch den Kopf. „Es ist so," erwiderte
sie bestimmt. „Einmal fließt das Herz über, wenn es zu
voll ist, und wenn ich Dich mit Dem, was mir angeboren
und anerzogen ist, unglücklich mache, so bin ich es noch im
zehnfach erhöhtem Grade mehr!

„Sei ruhig, sei gelassen, Sibby," versetzte er, wie seine
eigenen Regungen mit Macht unterdrückend; in dieser Weise
kommen wir zu keinem Ziele. Ich habe Dir gesagt, daß ich
für manche Wochen werde abwesend sein müssen, daß mich
Geschäfte von hier treiben, deren volle Bedeutung Du nicht
verstehen würdest, auch wenn ich eine Erklärung derselben
versuchen sollte, die aber auf unsere Vermögensverhältnisse
den bestimmtesten Einfluß üben. Du kannst in dieser Zeit
nicht zurückbleiben, nur auf Dich selbst angewiesen; Dir fehlt
die Kenntniß der hiesigen Verhältnisse, die für die obere
Leitung einer Besitzung wie die unsere unbedingt nothwendig
ist, soviel ich mich auch im Allgemeinen auf die Aufseher
werde verlassen müssen, eine Kenntniß, die Du Dir der Zeit
nach allerdings hättest erwerben können, wenn Du nur ernst
gewollt hättest; und so bleibt mir doch nichts übrig, als Dich
inständigst zu bitten, Dich, wenigstens bis ich wieder zurück
bin, der Nothwendigkeit zu fügen, und dem bessern Verständniß meiner Cousinen ihr Recht widerfahren zu lassen."

„Weißt Du denn so genau," sagte sie rasch aufblickend,
„welchen Grad von Kenntniß der hiesigen Verhältnisse ich mir
erworben habe? Deine Schwarzen würden für mich durch's Feuer
gehen, während sie Deine Cousinen zu hassen scheinen und es
scharfer Zurechtweisungen bedarf, ehe diese nur Gehorsam finden; ich weiß mehr von dem Geschäftsbetriebe Deiner Plantage,
als Du vielleicht ahnest — und wenn ich in meinem eigenen

Leben nun auch meine deutschen Gewohnheiten nicht ganz fahren
lassen mag, wem geschieht damit ein Leid, wenn wir nur für
uns allein sind, ohne verhältnißmäßig Fremde, die deutsches
Gemüth und deutsche Anschauungsweise nicht verstehen können?"

Er nickte unmuthig. „Deutsche Anschauungsweise! Wir
leben auf keiner einsamen Insel, Sidonie, wo wir unsere Lebens-
weise nur nach unserer Laune regeln können. Wir stehen inmitten der allgemeinen Sitte, der wir uns nicht ungestraft entziehen dürfen. Der Schwarze bedarf eines Herrn, und Du
trittst mit Deinem deutschen Gemüth zu ihm, das bald die
Aufseher der Autorität und mich des nöthigen Einkommens
berauben würde. Die amerikanische Lady mag in Gottes
Namen den allgemeinen Betrieb von ihres Mannes Geschäft
kennen, aber sie soll die unsaubern Details jedes schwarzen oder
weißen Arbeiters nicht an sich kommen lassen; sie ist eben die
Lady des Hauses, die über den Inconvenienzen des niedern
Verkehrs steht — der Amerikaner hält seine Frau so und wenn
Dir das Bewußtsein dieser Stellung noch fehlt, so muß ich
natürlich dafür sorgen, daß Du eine Vertretung findest, von
welcher Du das Nöthige lernen kannst!"

Sie hatte während seiner Rede wieder langsam den Kopf
sinken lassen. „Aber wenn ich mich nun bestreben würde,
William, diesen Ansprüchen bis zu Deiner Abreise gerecht zu
werden, würdest Du mir dann die Stellung, die ich in dem
Hause meines Mannes einzunehmen verlangen darf, überlassen
und mich von meinen bisherigen Aufseherinnen befreien?"

„Ich glaube kaum, Sidonie, daß eine so schnelle Aenderung
aller Ansichten im Bereiche der Möglichkeit liegt."

Sie antwortete nicht und schien sich nur wieder völlig in
sich selbst zurückzuziehen.

„Nun, Siddy?" fragte er nach einer langen Pause, während sich der frühere Zug von Sorge auf's Neue zwischen seinen
Augen bildete.

„Ich wollte, Du hättest mich in Deutschland gelassen!"
erwiderte sie leise mit einem halbunterdrückten Seufzer, dann
erhob sie sich und verschwand zwischen der Orangerie. Einen
Augenblick war es, als wolle er sie zurückrufen; die sich öff-

Die drei Bagabunden.   3

nende Thür des Zimmers aber, zwischen welcher ein Schwarzer seinen wolligen Kopf hereinstreckte, unterbrach seine Bewegung.

„Wir haben drüben im Walde einen weißen Mann gefunden, Master Field, er scheint noch jung zu sein, der vom Pferde oder sonst wo heruntergestürzt sein muß," er ist noch nicht ganz todt, aber weiß auch nichts von sich selber. Und wir möchten gern wissen, ob wir ihn ins Haus hierher schaffen sollen!"

„Ein Mensch verunglückt? Natürlich hierher!" rief der Dasitzende aus seinen bisherigen Gedanken auffahrend. „Warte einen Augenblick, ich gehe selbst mit; schicke irgend Jemand von dem Hausgesinde sofort hinüber nach dem Doctor!" Der Neger verschwand.

Als Field seinen Hut herbeigeholt und mit einem Gesichtsausdrucke, als sei es ihm kaum unangenehm, durch das neue Ereigniß seiner bisherigen Stimmung entrissen worden zu sein, auf den von dichtbelaubten Bäumen beschatteten Vorplatz des Hauses, welches in seiner erhöhten Lage die ganze Plantage beherrschte, trat, sah er seine junge Frau mit dem Neger, welcher die Meldung gebracht, in kurzem Zwiegespräch zusammenstehen, und dann einem hellfarbigen Mulattenmädchen, das in der ganzen äußern Erscheinung die bevorzugte Dienerin der Hausherrin errathen ließ, eifrig Anordnungen ertheilen.

„Es wird Dich nicht unangenehm berühren, wenn ein verwundeter Fremder hierhergebracht wird?" fragte er, wie im halben Zweifel, über die Ursache ihrer Geschäftigkeit.

Sie schüttelte rasch den Kopf und ein lebendiges Roth stieg in ihre Wangen, ihr fast die Frische ihrer Mädchenjahre verleihend, in denen Field gemeint hatte, nicht ohne sie nach Amerika zurückkehren zu können. „Darin, wie in allem Vernünftigen und wirklich Guten habe ich von den Amerikanerinnen gelernt," sagte sie, halb gedämpft, „und ich hoffe, daß Du mir wenigstens in einem Samariterwerke nicht mein Recht als Hausfrau streitig machen wirst!"

Sie wandte sich kurz nach dem Hause und er stand einen Augenblick zögernd, als habe sie wirklich einen von ihm gefaßten Entschluß berührt; als aber der Neger mit einem: „Bob ist hinüber nach dem Doctor, Sir, und Dick geht eben mit den Betten voraus!" an ihn herantrat, deutete er diesem mit einem kurzen Nicken an, voran zu gehen und folgte ihm dann. — —

Eine halbe Stunde später war der angekündigte noch immer bewußtlose Verunglückte nach einem Hinterzimmer des Hauses, in welchem bereits ein Lager für ihn hergerichtet war, geschafft worden. Seine Bekleidung zeigte zwar die Spuren der Straße, auf welcher er gelegen, ließ aber sonst den Mann der besseren Gesellschaft erkennen. Eine Kopfwunde hatte sein Gesicht sowie das reiche blonde Haar mit Blut überströmt, daß von seinen Zügen kaum Etwas als der schmerzhaft verzogene bleiche Mund zu erkennen war. Sidonie hatte mit dem, was sie zur ersten Hülfe für nöthig gehalten, schon bereit gestanden, schien auch die beiden weiblichen Hausgenossen, welche mit Field eingetreten, kaum zu bemerken, sondern ließ sich nur von der Mulattin die nöthigen Handreichungen thun, und als unter ihrer sanften ge- schäftigen Hand das Blut entfernt, auch durch einen Umschlag aus Eis, das jede Familie im Süden zu den nothwendigen, stets vorräthigen Lebensbedürfnissen zählt, eine neue Blutung der Wunde verhindert war, wurde ein zwar sonnengebräuntes, todtenbleiches, aber regelmäßig schönes, jugendliches Gesicht erkennnbar.

Die junge Frau hatte kaum ihr christliches Liebeswerk be- endet, ohne es merkbar zu beachten, daß die beiden Cousinen ihres Mannes sich dessen bemächtigt und am andern Ende des Zimmers ein leises, von lebhaftem Achselzucken begleitetes Ge- spräch mit ihm begonnen hatten, als auch der Arzt erschien und nach einer kurzen schweigenden Begrüßung der Anwesenden sich dem Verwundeten zuwandte. Unter seiner Untersuchung schlug der Daliegende mit einem Schmerzenslaute die Augen auf, starrte erst wild um sich, ließ aber dann den Blick auf Si- donie's im warmen Mitleiden ihm zugewandten Gesichte haften und schloß zuletzt, während der Schmerzensausdruck von seinen Zügen wich, die Lider wieder.

„Die Lady's werden uns eine kurze Zeit allein lassen müssen, da ich mich von möglichen anderen Verletzungen zu unterrichten habe," sagte der Arzt unter einem Nicken der Befriedigung:

während aber Sidonie mit einem Wink nach der Mulattin sich
rasch mit dieser entfernte, schienen die beiden Amerikanerinnen
die Gelegenheit wahrnehmen zu wollen, um von dem Arzte eine
speziellere Kenntniß über die Lage der Dinge zu erhalten; nur
ein kurzes Zucken um den Mund der jungen Frau bezeichnete
die von ihr gemachte Beobachtung, dann schloß sie die Thür
ohne weitern Rückblick und schritt nach der Piazza, sich dort
auf ihrem früheren Sitze niederlassend. Bald erschienen auch
die beiden andern Frauengestalten, durch die Vorderthür des
Hauses nach dem Vorplatz hinaustretend und hier wie im
gegenseitigen Gespräche einen langsamen Gang mit einander
beginnend. Sidonie wandte aus ihrer geschützten Stellung den
Blick nach ihnen, als wolle sie jede Miene und Bewegung derselben durchdringen. Beide mochten wohl zehn Jahre im Alter
auseinander sein, und während die Eine trotz des wohlgepflegten
Haars und der noch immer jugendlichen Tracht die harten Formen und spitzen Züge einer schon vorgeschrittenen Lebenszeit
nicht mehr verleugnen konnte, bot die Erscheinung der Andern
den äußerlichen Reiz einer zwar gereiften, indessen noch immer
jugendlichen Schönheit, wenn auch die scharf geschnittene Nase
eine volle Familien-Aehnlichkeit mit ihrer Gefährtin hervortreten ließen.

Die Mulattin hatte, wie in Erwartung von Aufträgen
ihrer Herrin, sich am Eingange der Piazza aufgestellt und erkennbar Sidonie's Blick verfolgt. „Wenn Mr. Field nicht schon
verheirathet wäre," begann sie nach einer kurzen Weile mit vor-
sichtiger Dämpfung ihrer Stimme, „so sollte man fast meinen,
Miß Lucy wolle ihn noch heute erobern — sie hat es wenigstens
nicht daran fehlen lassen, ehe Mr. Field nach Europa ging und
als der alte Gentleman noch lebte."

Die junge Frau hob langsam und ernst den Kopf. „Habe
ich Dir irgend einen Anlaß gegeben, mir eine solche Mittheilung
zu machen?" fragte sie.

„Gewiß nicht, Ma'am," war die bereite Erwiderung, der
man es anhörte, daß die Redende noch wenig an Strenge von
ihrer Gebieterin erfahren; „aber man sieht doch und kann auch
seinem Gefühle nicht helfen, wenn sie jede Zeit wahrnimmt,

wo die eigentliche Miſtreß nicht bei der Hand iſt, um ſich an
ihn zu machen und lange Reden in ſein Ohr zu blaſen, bis er
ganz blaß und kummervoll ausſieht.“

„Das iſt meine Sache, Sarah!“ erwiderte Jene, leicht den
Kopf ſenkend, als ſcheue ſie ſich dem Blicke des Kammer-
mädchens zu begegnen, während dennoch ihr Ton feſt und be-
ſtimmt klang; „eine treue Dienerin kann Vieles ſehen, das ſie
perſönlich nichts angeht, ohne doch ihre unklugen Gedanken,
von denen ſie nicht weiß, was aus ihnen entſtehen kann, aus-
zuſprechen; ich wenigſtens verbiete Dir hiermit jede derartigen
Berichte gegen mich!“

„Aber, Ma’am, es iſt auch unſere Sache,“ erwiderte die
Farbige mit dem Ausdrucke halber Verſchüchterung. „Sie
haben wir Alle, von den Feldarbeitern bis zu der Hausdiener-
ſchaft ſo lieb wie unſer Leben; die Andere aber kennen wir und
auch die Schule, in der ſie groß geworden iſt; wenn es ihr
jemals gelingen ſollte —“

Ein großer, blitzartiger Aufblick Sidonie’s ſchnitt die Rede
ab. „Gehe nach meinem Zimmer und erwarte mich dort!“
ſagte die junge Frau ſtreng, und mit einem bittenden: „Ich
habe nichts Böſes ſagen wollen, Ma’am!“ entfernte ſich die
Mulattin. Die Zurückbleibende aber ſenkte, als wolle ſie den
Ausdruck ihrer Züge vor jedem Blicke verbergen, das Geſicht
in die feine Hand.

Erſt nach einer langen Weile ließ die Nennung ihres Namens ſie wieder aufblicken. Field war auf die Piazza getreten
und rieb ſich wie unter einer unangenehmen Aufgabe die ihm
geworden, die Stirn. „Der Doctor meint ſelbſt, Sidonie,“
ſagte er, „daß bei dem Zuſtande des Verunglückten eine er-
fahrene Pflegerin durchaus nothwendig ſei; der Mann wird
ohne ſchweres Wundfieber nicht hergeſtellt werden, wenn er auch
ſonſt keinen lebensgefährlichen Schaden gelitten, und da nun
Lucy in derartigen Dingen jedenfalls bewanderter iſt, als Du
es ſein kannſt, auch von ihrer Schweſter Unterſtützung erhalten
wird —“ er hielt inne, wie von dem ruhigen, todten Blicke,
mit welchem ſie das geröthete Auge gegen ihn erhoben, be-
troffen. „Haſt Du mir etwas Anderes zu ſagen, Sidonie?“

„Ich möchte Dir nur sagen,“ erwiderte sie kalt, sich langsam erhebend, „daß ich es einestheils für anständiger gehalten
habe, die Pflege eines jungen, fieberkranken Mannes einer ver-
heiratheten Frau, als einem Mädchen, so alt dies auch sein
mag, zu überlassen — daß Du anderntheils mit Deinen Anordnungen Dein eigenes Weib, das wenigstens so viel Verstand
besitzt, als sie nöthig hat, zum unverständigen Kinde erniedrigst.
Es ist aber auch deutsch, daß die Frau, selbst wenn sie im
Rechte zu sein glaubt, sich ihrem Manne fügt. Und so thue,
wie Du meinst, es verantworten zu können.“ Sie schritt mit
gesenktem Kopfe nach dem Innern des Hauses, sich dort durch
die ebenfalls mit Teppichen belegte Vorhalle nach einem der
hintern Zimmer wendend, welches in dem offenen Piano, der
seitwärts liegenden feinen Handarbeit und den einzelnen umher
gestreuten modernen Tändeleien den gewöhnlichen Aufenthalts-
ort der Dame des Hauses andeutete. Sie ließ sich auf dem
Schaukelstuhle neben dem offenen Fenster nieder, die Stirn in
die Hand legend, ohne von der in einer entfernten Ecke sich
erhebenden Mulattin Notiz zu nehmen, und erst als diese durch
ein Räuspern sich bemerkbar machte, hob sie rasch den Kopf
wieder.

„Gehe nach dem Zimmer des Kranken, Sarah, und sieh,
ob Du Dich irgendwie dort nützlich machen kannst!“ sagte sie,
erkennbar nur in der Absicht, die beobachtenden Augen der
Farbigen aus ihrer Nähe zu bringen; Sarah aber hob wie
bittend beide Hände. „O Ma'am, warum wollen Sie mich
denn von sich schicken? Wenn ich etwas Thörichtes gesprochen
habe, so hat es doch nur mein Herz gethan! Und bei dem Fremden ist schon Miß Lucy, von der Flora zu ihrer Unterstützung
gerufen worden ist — ich würde ja doch nur wieder fortgeschickt
werden!“

Die junge Frau neigte langsam, wie von der Wahrheit der
Bemerkung getroffen, auf's Neue das Gesicht. „So sprich
Etwas, das in Deinen Mund gehört, und lasse auch dieses An-
starren, als wolltest Du aus jeder meiner Mienen einen neuen
Gedanken herauslesen!“ Der Ton, in welchem die Worte ge-
sprochen wurden, sollte wohl streng sein, aber nur die Absicht

ließ sich in dem wie von innerem Druck belegten Klang der
Stimme erkennen, und die Farbige trat mit aufstrahlendem Gesichte rasch näher, sich plötzlich neben dem Schaukelstuhle auf
die Knie legend. Eine gelbe Rose neben einer weißen, roth
angehauchten ruhend; denn so sehr die junge Frau in jeder
Form, in der reinen jugendlichen Farbe verrieth, wie schnell sie
über Nacht wieder zur vollen Frische und mädchenhaften Schönheit, welche ihre ganze Erscheinung bezeichnete, unter einer wieder-
kehrenden inneren Befriedigung aufzublühen vermöge, so konnte
Sarah in dem reinen, wenn auch durch ihre Abstammung gebräunten Teint, in dem regelmäßigen Schnitt ihrer Züge —
die allenfalls nur in den etwas zu üppig aufgeworfenen frischen
Lippen den Kundigen an den Zusatz von „schwarzem Blute"
in ihr mahnten — in der feinen Taille und der wunderbaren
natürlichen Grazie jeder ihrer Bewegungen, als südliche Schönheit vollberechtigt neben ihrer Herrin von mehr europäischem
Charakter und Reiz gelten.

„Aber ich weiß doch selber kaum recht, was Sie thöricht
nennen, Ma'am, und was ich nicht sprechen soll," sagte die
Farbige; der kluge Blick ihrer großen schwarzen Augen und das
einschmeichelnde Lächeln um ihren Mund schienen indessen fast
das gerade Gegentheil von ihren Worten auszudrücken. „Ich
wollte eben Etwas sagen; es ist aber vielleicht wieder etwas
Thörichtes und dann werden Sie Sarah wieder mit Wegschicken
strafen wollen, ohne daß sie eigentlich selbst weiß, warum."

Die junge Frau ließ einen halben Blick, aus Wohlwollen
und leichtem Mißtrauen gemischt, auf die Daknieende fallen,
welcher deutlich zeigte, daß die Dienerin den rechten Ton zu
treffen gewußt.

„Was ist es?" fragte die Erstere, „wieder eine Beobachtung
wie die vorige?"

„Ich wollte nur Etwas über den Fremden sagen!"

Die Herrin nickte zustimmend.

„Daß ich noch gar keinen schönern Mann gesehen habe,"
fuhr Jene fort, „als wie er unter des Doctors Hand die Augen
aufgeschlagen und sie mit einem so wunderlichen Blicke auf Ihr
Gesicht, Ma'am, gerichtet hatte. Solche große blaue Augen und

dichte blonde Haare haben hier in unserm Staate nur einzelne
von den Deutschen — und es ist auch Einer davon, ich glaube
noch nicht einmal, daß er recht ordentlich Englisch spricht; ich
habe meine Anzeichen dafür!"

Die junge Frau hatte mit einem leicht aufsteigenden Roth
in ihren Wangen, als sei durch die Worte der Dienerin eine
verwandte Regung in ihr berührt worden, die Augen gehoben:
die weitere Rede der Sprechenden aber wurde durch das Oeffnen der Zimmerthür, durch welche Field rasch eintrat, unterbrochen. Sein Stirn war unwölkt, und ohne aufzublicken
sagte er: „Wir werden dennoch Deiner Hülfe bedürfen, Sidonie
— der junge Mann ist augenscheinlich ein Deutscher und es
scheint, daß meine Kenntniß der deutschen Sprache nicht ausreicht, um seine wirren Worte, die uns vielleicht über Wer und
Woher Aufschluß geben und so eine Benachrichtigung seiner
Angehörigen ermöglichen könnten, zu entziffern. Ich möchte
Dich deshalb bitten, mich für eine kurze Zeit zu dem Kranken
zu begleiten."

Ein helleres Roth als vorher erschien in Sidonie's Wangen
und ihre Augen begannen aufzuglänzen. „Hole mir mein
Tuch, das ich unter dem Portico gelassen!" wandte sie sich an
die Farbige, und als diese mit dem Ausdrucke vollen Verständnisses über die Ursache ihrer Entfernung die Thür hinter sich
geschlossen, erhob sich die junge Frau langsam. Ich glaube,
William," sagte sie, „daß ich mich bisher so Deinem Willen
gefügt habe, daß Du mit meiner Bereitwilligkeit nicht spielen
solltest. Mich aus dem Krankenzimmer entfernen und dann
wieder als Nothhülfe herbeiholen lassen, streitet gegen meine
Begriffe von der Würde einer Frau. Gieb mir mein volles
Recht im Hause und ich will in jeder Weise nach Deinem Willen
handeln, auch wo sich meine eigenen Ansichten und Neigungen
dagegen auflehnen möchten; bis dahin aber, William, lege mir
keine Pflichten auf, wo Du mir meine Rechte genommen;
ich bin durch die Enttäuschung, die darauf folgenden Kämpfe
und Schmerzen eines ganzen Jahres endlich mit mir zur Klarheit gelangt; ich werde dulden, ruhig dulden, aber auch nichts
mehr als das. Willst Du Deine eigene Frau zum unnützen

Möbel in Deinem Hause machen, so beklage Dich dann auch nicht, wenn sie es ist!" Sie senkte den Kopf und ließ sich auf ihrem frühern Platz wieder nieder.

Der junge Hausherr hatte während ihrer letzten Worte mit zusammengezogenen Brauen einen raschen Gang durch das Zimmer begonnen, und blieb dann neben ihr stehen. „Du hast mich eigentlich wohl kaum recht geliebt, Sidonie, als ich in Deutschland Dein Jawort empfing!" sagte er, den umwölkten Blick nach ihr senkend.

Sie wurde bleicher, aber hob offen und groß das Auge nach ihm. „Ich hatte Dir ein vollkommen freies Herz versprochen und es Dir ohne jede Reserve zugebracht; ich bin, nur auf Dich vertrauend, Dir in das fremde Land gefolgt — was soll ich noch mehr sagen?"

„Aber Liebe fügt sich gern den nothwendigen Wünschen des Andern!" erwiderte er rasch.

„Und warum sagst Du das Dir nicht, wo ich nichts als das Selbstverständlichste fordere?" versetzte sie mit unverändertem Blicke.

Er maß von Neuem mit raschen Schritten das Zimmer. „Es ist im Augenblicke nicht die Zeit, die Vernunft oder Zulässigkeit der gegenseitigen Wünsche abzuwägen," sagte er dann, „aber Du sollst jetzt Deinen Willen haben, sollst allein über die Pflege des Fremden bestimmen. Ich bitte Dich, mir nach etwa fünf Minuten in das Krankenzimmer zu folgen." Er machte eine Bewegung, sich nach der Thür zu wenden, unterbrach sie aber wie unter der Nothwendigkeit, die Antwort der jungen Frau zu erwarten.

Die Letztere erhob sich langsam. „Du giebst mir ein Almosen!" sagte sie, auf ihn zutretend. „Und wenn Du jetzt auch nicht zu mir hättest sagen wollen: nimm denn Dein ganzes Recht, aber thue auch in ganzer Pflicht, was Deine neue Heimath erheischt, ich will versuchen, ob es geht — warum wahrst Du mir nicht die nöthige Achtung, nimmst mich jetzt nicht ohne Weiteres mit Dir und sagst zu Deiner Verwandten: meine Frau wünscht selbst die Pflege des Verunglückten zu übernehmen? Wer, außer Dir, hat denn ein Recht hier im

im Hause, wenn nicht ich? — Und trotzdem will ich Dein Almosen annehmen, William — aber," fuhr sie hörbar erregter
fort, beantworte mir, wie vor Gott, die eine Frage: Bin ich
Dir nicht mehr das, was ich Dir unter deutscher Umgebung
war? Ich bin nicht anders geworden — hat sich Deine Anschauungsweise geändert, seit ich hier in die fremden Verhältnisse getreten bin?" Ihre Wangen hatten während der letzten
Worte eine erhöhte Farbe angenommen, ihre braunen Augen
hielten den erwartenden, festen, glänzenden Blick auf ihn gerichtet und in seinen Zügen begann, während er den eigenen
Blick nicht von ihrem belebten Gesichte abwenden zu können
schien, ein weicherer Ausdruck hervorzutreten.

„Laß jetzt derartige Erörterungen, Siddy, wir werden erwartet;" sagte er, ihr leicht die Hand bietend, „ich hoffe, es
soll Alles wieder zwischen uns werden, wie es war. Giebt es
Dir eine Befriedigung, wenn ich Lucy, ohne ein Wort der Er-
örterung, sogleich vom Krankenbett sende, so komm in Gottes-
namen, wie unangenehm mir auch ein solches Verfahren wäre!"

Sie hatte nur leicht seine Hand berührt und wandte sich
jetzt, während jede Spur des lebendigen Ausdrucks in ihrem
Gesichte schwand, ab. „Geh nur," sagte sie, „durch mich soll
Dir absichtlich nichts Unangenehmes bereitet werden. Ich werde
nach fünf Minuten folgen."

Zwei Secunden lang stand er sichtlich uneinig mit sich
selbst; als Sidonie indessen ohne weiteren Blick auf ihn nach
dem Fenster trat, schritt er mit einem gedrückten: „So erwarte
ich Dich!" der Thür zu. Als sich diese hinter ihm geschlossen,
hob ein tiefer Seufzer die Brust der jungen Frau. „Ausharren —
stark sein — auch das muß noch überwunden werden!" murmelte
sie. „Und ich werde es überwinden, denn er hat mich geliebt."
Sie sah wie im tiefen Grübeln starr in die abendliche Land-
schaft hinaus. „Und wenn es ihr jemals gelingen sollte —!
meinte Sarah —" sie schüttelte mit einem verächtlichen Aufwerfen der Lippe den Kopf. „Das ist es nicht; wollte nur
Gott, wir wären in Deutschland!" Mit einem neuen tiefen
Athemzuge preßte sie die Augen gegen ihre Hand, dann aber
schien sie mit Macht jeden bedrückenden Gedanken zurück zu

drängen und wandte sich mit hochaufgerichtetem Kopfe nach der
Thür. —

Als sie das Hinterzimmer, in welchem der Verunglückte
lag, das nur durch einen kurzen Corridor von dem ihren ge-
schieden war, betrat, fand sie außer ihrem Manne, welcher mit
leisen Schritten den Fußteppich maß, allein noch den Arzt, am
Lager des Fremden sitzend. Der Letztere, seiner Oberkleider ent-
ledigt und in eine leichte Decke gehüllt, zeigte einen breiten
Verband um die Stirn, welcher indessen der Erscheinung dieser
bleichen, von dem reichen blonden Haar umrahmten Züge,
keinen Eintrag that, ihnen im Gegentheil etwas Rührendes
verlieh — so wenigstens schien, dem Ausdruck von Sidonie's
Gesicht nach, der Anblick auf diese zu wirken. Sie hatte nur
einen kurzen Blick durch das Zimmer geworfen und näherte sich
dann dem Kranken, welcher mit leicht zuckendem Munde und geschlossenen Augen zeitweise einen Laut des Schmerzes hören ließ.

„Jetzt hat er seine Reden, die nach Mr. Fields Meinung
einigen Sinn zu haben schienen, eingestellt," sagte der Doctor,
„und wenn er wieder spricht, werden es nur die Irr-Reden des
Fiebers sein."

Sidonie beobachtete eine Weile, wie im halben Selbstvergessen, das leise Zucken in den bleichen regelmäßigen Zügen, bis
ein besonderer Gedanke sich ihrer zu bemächtigen schien.

„Was halten Sie von dem magnetischen Einfluß eines
Menschen auf den andern, Doctor?" fragte sie aufsehend. Field
hielt langsam seinen Schritt an.

„Sie sprechen vom thierischen Magnetismus — wollen Sie
ihn vielleicht im gegenwärtigen Falle anwenden?" fragte der
Arzt, während ein Zug von Satyre um seinen Mund spielte.
„Ich habe gehört, daß in Europa Mancherlei darin geleistet
worden ist!"

Ein leichtes Roth schoß in ihre Wangen und ihr Blick
wandte sich wie unwillkürlich nach dem unfern stehenden Field.
„Ich habe nur an eine Beruhigung der sichtlichen Schmerzen
gedacht," versetzte sie, wie kräftig eine augenblickliche Befangenheit niederdrückend, „und mir schwebte darin ein alter Ver-
wandter vor, der stets meinte, unter meinen aufgelegten Händen

die Schmerzen einer alten Kopfwunde zu verlieren — es war
eben nur ein einfacher Gedanke, wie ihn das Mitleid hervorruft!"

„Versuchen Sie Ihre Kraft!" nickte der Arzt mit seinem
frühern sarkastischen Lächeln, seinen Sitz von dem Krankenlager
rückend; aber wie in neuer Unsicherheit wandten sich die Augen
der jungen Frau wieder nach ihrem Manne. Dort indessen
ward ihr nur ein kurzes Achselzucken, mit welchem er seinen
Gang wieder aufnahm, als Antwort — einen Moment lang,
bis er der Gruppe den Rücken gekehrt, folgte ihr Blick seiner
Bewegung; dann zuckte ein Ausdruck, halb Bitterkeit, halb
kurzer Entschluß um ihren Mund; mit ruhigem bestimmten
Schritte trat sie an das Kopfende des Lagers und schob behutsam ihre beiden schmalen Hände tief in das dichte Haar des
Kranken.

Der Arzt verfolgte zuerst mit einer Miene ausgeprägter
Neugierde ihre Bewegung; als aber ihre Hände regungslos in
der ihnen gegebenen Lage blieben, hob er den Blick nach ihrem
Gesichte. Es war starr geradeaus gerichtet und das frühere
Roth der Erregung war bis auf die letzte Spur geschwunden.

Mehrere Minuten lang machte sich in dem Zimmer nichts
als das leise Geräusch von den Tritten Fields, der nur seine
eigenen Gedanken zu verfolgen schien, hörbar; dann hob sich
plötzlich die Brust des Daliegenden unter einem tiefen, freien
Athemzuge. Der Arzt bog sich zur Beobachtung vor; das Gesicht war regungslos, aber der Mund hatte den schmerzlichen
Ausdruck verloren und ein eigenthümlicher Charakter von Frieden lag in jedem Zuge.

Wieder vergingen einige Minuten, während welcher die
junge Frau regungslos in ihrer Stellung verharrte — da begannen sich die Lippen des Kranken zu bewegen. „Das magische
Band!" ward es halblaut, aber deutlich hörbar und zugleich
ging es wie der Sonnenschein eines halben Lächelns durch seine
Züge.

„Das war so ruhig wie in einem gesunden Schlafe — verstehen Sie das?" wandte sich der Arzt nach Field.

„Die Worte — ja! aber den Sinn nicht!" erwiderte der

Angeredete stehen bleibend, „es scheint mir nur die erregte
Phantasie des Fiebers darin zu liegen."

Der Arzt suchte behutsam den Puls des Kranken, schüttelte
nach einer kurzen Weile der Prüfung den Kopf und blickte dann
nach der jungen Frau auf. Sie hatte die Hände aus ihrer
bisherigen Lage befreit und trat jetzt von dem Bette zurück.
„Ich glaube, er wird nun ruhig schlafen," sagte sie, „und wenn
Sie, Doctor, keine besonderen Anordnungen für nothwendig
erachten, so mag Sarah während der Nacht hier bleiben. Sie
hat soviel Deutsch gelernt, daß sie sich für Nothfälle zurecht
finden kann."

„Es will mir selbst scheinen, als könnten Sie recht haben,
wenn es auch gegen alle Regel ist," versetzte der Arzt sich mit
einem wunderlich gemischten Gesichtsausdruck erhebend. „Ich
möchte kaum behaupten, daß von dem begonnenen Fieber noch
Etwas vorhanden ist — mag das nun darin liegen, daß ich die
Schwere der Verwundung überschätzt habe oder daß es durch
den Einfluß Ihrer Handauflegung geschehen ist. — Ich möchte
indessen wohl wissen, Mistreß Field, ob sich dieser Einfluß
Ihrer Finger öfters und überall so bewährt hat, als hier!"
Es sollte augenscheinlich nur ein launiger Blick sein, mit welchem der Sprecher die letzten Worte begleitete; Sidonie schien
indessen wie von einer halben Beleidigung dadurch berührt zu
werden.

„Was ist hier Besonderes, oder mehr als eine einfache
That der Christenpflicht?" fragte sie groß aufblickend; „ich habe
doch gesagt, daß mich nur die Erinnerung an einen alten Verwandten zu dem Versuche getrieben."

„Sie könnten aber in unserem Lande zu den besonders
ausersehenen und begnadeten Wesen gerechnet werden, wenn
sich Ihre Gabe auch anderwärts erproben sollte;" erwiderte der
Doctor, dessen Laune durch den Ernst der jungen Frau nur
noch mehr angeregt zu werden schien.

„Ich denke, wir lassen den Vorfall ein für allemal bei
Seite, Doctor, "schnitt Field wie in leichter Ungeduld Sidonie's
Antwort ab; „wir haben in unserer Nachbarschaft eben nicht
viel Toleranz gegen Ungewöhnliches und meine Frau hat ohne-

dieß noch so manche Vorurtheile gegen ihre deutsche Eigenthümlichkeit zu überwinden. Wenn wir den jungen Menschen
einmal über Nacht hier behalten müssen, — glauben Sie, daß
er morgen früh im Stande sein wird, uns die nöthigste Auskunft über sich selbst zu geben?"

Der Doctor zog einen Moment die Achseln in die Höhe,
wandte sich aber nach dem Kranken. „Er schläft so ruhig jetzt
wie ein gesunder Mensch," sagte er nach kurzer Beobachtung,
„ich weiß aber leider nichts von der Dauer so magischer Ein-
flüsse, wie sie hier ausgeübt worden sind — ich werde morgen
wieder hier sein, dann muß sich ja der Stand der Dinge zeigen!"

„Lassen Sie den Scherz, Doctor, ich gedachte morgen schon
eine längere Reise anzutreten, warte indessen auch bis übermorgen, wenn es durchaus nöthig ist."

Der Arzt griff nach seinem Hute. „Mein erster Ritt
morgen früh soll nach Ihrem Hause sein — und mehr verlangen
Sie jetzt nicht von mir!" Er grüßte mit einem kaum deutbaren
Blicke die junge Frau und verließ das Zimmer.

Sidonie hielt das große Auge auf ihren Mann geheftet,
welcher beim Abschied des Arztes, wie gänzlich mit den früheren
Gedanken beschäftigt, seinen Gang wieder begonnen hatte. „Hast
Du mir noch Etwas zu sagen, William?" fragte sie nach einer
Pause.

Er stand still und rieb sich die Stirn. „Nicht daß ich
wüßte;" erwiderte er. „Du wolltest Sarah senden."

„Und Du hast Dich entschlossen, schon morgen oder übermorgen Deine Reise anzutreten?"

„Ich habe gefunden, daß es nothwendig sein wird!" erwiderte er, ohne den Blick nach ihr zu wenden. „Ich habe
Dir bereits mitgetheilt, daß die Angelegenheit tief in unsere
eigenen Verhältnisse greift!"

Sie stand noch einige Sekunden, wie im Zweifel mit sich
selbst, dann warf sie einen kurzen Blick auf den ruhig athmen-
den Kranken und wandte sich ohne weiteres Wort nach dem
Ausgange.

In das Krankenzimmer hatten die letzten Tagesstrahlen ihr
Licht geworfen, die Corridors waren schon düster und die junge

Frau fand in dem eigenen seitwärts gelegenen Zimmer, die Mulattin bereits beschäftigt, die Lampe anzuzünden und die Jalousieen zu schließen. Ohne auf den leicht gespannten Blick zu achten, mit welchem die Dienerin die Eintretende empfing, ließ diese sich nachlässig in dem Schaukelstuhle nieder und schien die soeben durchlebte Scene in ihren Einzelheiten noch einmal an ihrer Seele vorüberziehen zu lassen. „Du sagtest, Du hättest Deine Anzeichen, daß der Fremde ein Deutscher sei und noch nicht einmal englisch spräche," begann sie endlich aufsehend, als Sarah ihre Beschäftigung geendet, „was sollte das heißen?"

Sarah zog eine Miene von halber Verlegenheit. „Well, Ma'am," erwiderte sie, an dem enganliegenden Schooßjäckchen, welches ihren feinen Oberkörper umschloß, zupfend, „ich meine, den Gentleman schon gesehen zu haben. Damals aber hatte er noch einen Andern bei sich, einen Diener oder dergleichen, wie es mir schien. Ich war drüben in Summerville gewesen und traf sie im Walde. Der Gentleman ging mitten durch das Pfirsichgebüsch den Berg hinauf, der Andere aber sah sich auf der freien Stelle wo er stand um, kratzte sich hinter dem Ohr und machte ein so wunderliches Gesicht dazu, daß ich lachen mußte — ich merkte gleich, daß sie den Weg verloren hatten; wenn ich aber nicht das Bischen Deutsch von Ihnen gelernt hätte, Ma'am, wäre doch mein guter Wille für eine Auskunft umsonst gewesen — der Diener verstand kein Wort, als ich ihn ansprach und wies nur nach der Grenze von Georgia hinüber. Dort ist aber immer eine kleine Ansiedelung von Deutschen ge- wesen, wenn auch keiner lange da geblieben ist, und ich dachte mir auch gleich das Rechte. Ich wünschte nur, Sie hätten das wunderliche Gesicht sehen können, als ich das erste deutsche Wort sagte und ihm den Weg zeigte; er lachte hell auf, aber es klang, als ob er mitten hindurch weinen wollte und er nahm mich in die Arme, ehe ich es nur hindern konnte. Und dann schrie er nach dem Gentleman, ich weiß den Namen noch ganz genau: „Herr Eckart!" ich war aber froh davon zu kommen, ehe der aus den Büschen kam. — Das ist die Sache, Ma'am!"

Sidonie hatte während der Schilderung langsam den Kopf

gesenkt. „Und Du glaubst sicher zu sein, daß der Verunglückte Derselbe ist, den Du damals gesehen?" fragte sie.

„Das heißt, der Gentleman, Herr Eckart, sicherlich Ma'am!" war die eifrige Antwort; „ich sah ihn zuerst und stellte noch meine Betrachtungen über das starke blonde Haar und die gerade, feine Nase an."

„Und Du glaubst, daß die Ansiedelung leicht zu finden ist?"

„Sie liegt nach dem Wege nach Summerville hinüber, ist kaum drei Meilen von hier und gar nicht zu fehlen, wenn man nicht näher durch die Berge gehen will — es kennt hier ziemlich Jeder den Platz, wo immer nur Deutsche gewesen sind."

„Sage Mister Field, daß ich ihn noch einen Augenblick sprechen möchte und bleibe dann bei dem Kranken."

Die Dienerin entfernte sich und die junge Frau ließ wie ermattet den Kopf in die Hand sinken.

Nach kurzer Zeit trat Field ein. „Du wünschest mich zu sprechen, Sidonie?" Der Ton war nicht nachlässig, gegen keine Form verstoßend, aber auch wie jedes innern Interesses entbehrend, und mit einer raschen Bewegung erhob sich die junge Frau. „Sarah weiß, wo der Fremde zu Hause ist, William, und Du kannst noch heute Nachricht über ihn senden," sagte sie, „es wird Dich dann nichts in Deinen Geschäften hindern. Sage mir aber jetzt: willst Du wirklich von hier gehen, für längere Zeit gehen, ohne daß wir mit einander klar geworden sind, ohne daß Du Deine Frau in einem Verhältnisse zurücklässest, das ihrer und Deiner würdig ist?" Sie hatte mit ihrer Hand seinen Arm umschlossen, ihr Auge strebte das seinige zu durchdringen, aber an seinem ruhigen kalten Blicke schien der ihre völlig abzugleiten.

„Ich denke, wir haben uns genügend über die Nothwendigkeit ausgesprochen, die Dinge zu lassen, wie sie jetzt liegen," erwiderte er, „und wenn mich noch Etwas in der Ueberzeugung von dieser Nothwendigkeit hätte bestärken können, so wäre es die kaum erst von Dir gespielte Scene gewesen. Ich ehre das Gefühl, welches Dich dazu bewogen, vollkommen; ich würde aber kaum ruhig abwesend sein können, wenn ich fürchten müßte, mein Interesse nur von dergleichen augenblicklichen Gefühls-

regungen abhängig zu wissen, so tadellos sie in sich selbst sein
mögen. Wir verstehen uns eben in einzelnen Beziehungen
nicht —"

„Und was habe ich gethan, das von Neuem so sehr Dein
Mißfallen erregt?" fragte sie eifrig, während ein lebendiges Roth
in ihre Wangen trat.

„Du hast Dich auffällig gemacht, Sidonie, und war es
auch nur dem Doctor gegenüber, was übrigens so viel als
unsere ganze Nachbarschaft bedeutet. Bei aller großen Freiheit,
in welcher unsere Ladieswelt sich bewegt, leitet ein bestimmter
allgemeiner Tact doch jede Handlung, und diesen scheinst Du
eben noch zu entbehren, so lange wir auch schon hier sind."

„William, bereuest Du, mich zu Deiner Frau gemacht
zu haben?" fragte sie nach einer kurzen Pause, während ihr
Auge sich groß öffnete, „sage es frei und unverhohlen. Ich will
Dich nicht unglücklich machen, aber es auch nicht sein und
ich muß es unter den jetzigen Verhältnissen, die Du nicht ändern willst, werden. Liebst Du mich nicht mehr, so gehe ich
— noch habe ich Freunde in Deutschland, die sich meiner annehmen!" Ihre Hand hielt fest seinen Arm umspannt, ihr
Blick ruhte bestimmt und erwartend in seinem Auge, während
dennoch jeder Tropfen Blut aus ihrem Gesichte gegangen zu
sein schien.

Fast wie im Wiederspiegeln ihrer Bleiche schwand die Farbe
aus seinen Wangen, aber er schien jede Miene unter seiner
Controle zu haben. „So bist Du nun, Sidonie," sagte er mit
unverändertem Gesichte, dem „Vernünftigen und absolut Nothwendigen setzest Du Deine Leidenschaftlichkeit entgegen. Wenn
mir auch erst hier, in Deiner neuen Heimath Manches zur Erkenntniß gekommen ist, woran ich in Deutschland nie gedacht,
wenn ich auch jetzt erst einsehe, was Dir für unser Land noch
fehlt, so liebe ich Dich doch heute noch wie damals und
wünschte nur — doch, weißt Du, Sibby," unterbrach er sich
plötzlich mit einem Zucken seines Mundes, „mir ist es oft geworden, als habe Dir die rechte Liebe gefehlt, die sich Allem
ergiebt, was ihr durch das Schicksal einmal auferlegt wird —
Dein Land mein Land, Dein Gott mein Gott! — Laß uns

morgen früh weiter reden!" brach er wie in einer ihn übermannenden Erregung ab und wandte sich der Thür zu.

Sidonie sah schweigend ihn das Zimmer verlassen und ließ
sich dann mit einem halb unterdrückten Seufzer langsam auf
ihrem früheren Platze nieder.

Lange Zeit blieb die junge Frau fast ohne jede Bewegung
in der eingenommenen Stellung; ihr Auge war starr auf einem
Punkte am Boden haften geblieben, als werde ihr Geist der
Gegenwart gänzlich entrückt: in ihrem Gesichte aber begannen
wundersam Licht und Schatten zu wechseln, als gehe eine ganze
Reihe der verschiedensten Bilder, süßer und herber Erinnerungen
an ihrer Seele vorüber. Eine Schwarze trat ein und meldete,
daß der Abendtisch servirt sei und ihrer harre — sie sah nur
mit zerstreutem Auge auf und versetzte: „Sage, ich ließe Miß
Lucy bitten, mich heute Abend zu vertreten!" dann schien sie
sich von Neuem und tiefer als zuvor in ihre wache Träumerei
versenken zu wollen. Hatte sie doch bei der Meldung mit allen
ihren Gedanken in Deutschland gelebt, die heimische Sprache
war in ihr Ohr geklungen, alle die bekannten lieben Gestalten
waren vor ihr aufgestiegen und noch einmal hatte sie all das
Süße und Bittere, was ihrer Verheirathung mit Field vorausgegangen, durchgekostet. Aber die Störung hatte ihr die Gegenwart wieder aufgedrängt und nun kamen die Erinnerungen aus
diesem ersten Jahre ihrer Ehe mit alle den kleinen Kämpfen,
welche Sitte und Eigenthümlichkeit des neuen Landes oft gegen
ihre liebsten Gewohnheiten hervorgerufen — die Haltung ihres
Mannes, welcher das Aufgeben ihrer ganzen deutschen Anschauungsweise von ihr erwartet zu haben schien, zwar nie einen
Vorwurf gegen sie hatte laut werden lassen, aber sichtlich unter
den kleinen Conflikten, welche sich zwischen ihrer Handlungsweise und den amerikanischen Gewohnheiten erhoben, litt, bis
zwei seiner Cousinen, welche zu einem kurzen Besuche angemeldet
waren, im Hause blieben und er ihr erklärte, daß sie versuchen
müsse, von diesen heimische Sitte und Art zu lernen. Es wurde
ihr in diesem Augenblicke klar, wie noch nie, was ihr fehlte,
um auch hier, im fremden Lande und unter fremden Verhältnissen glücklich zu werden — es war die wirkliche aufopfernde

Liebe, die aufgeht in Dem, was sie umfaßt hat, der jedes Opfer
nur eine neue Genugthuung ist — denn wie sie auch Field
seines Charakters und seiner ganzen Weise halber geachtet hatte,
so war sie ihm doch nur um des Wunsches ihrer Eltern willen
gefolgt, so hatte sie doch nur zu bald, trotz seiner tiefen Zuneigung für sie, gefühlt, wie verschieden ihrer Beider inneres
Wesen von einander war und wenn auch anfänglich die Annehm-
lichkeiten des reichen Besitzes, in welchen sie eingeführt worden,
den Mangel ihrer inneren Befriedigung verdeckt hatten, so war
doch durch das Leben auf der einsamen Plantage, das nur eine
Abwechselung in den Besuchen der benachbarten Grundbesitzer
erhielt, bald genug das geringe Verständniß zwischen Beiden
hervorgetreten und sie hatte nicht die Kraft in sich gefühlt, nur
um seinetwillen ihr ganzes bisheriges Fühlen und Anschauen
umzugestalten. —

Sie hatte die Stirn tief in ihre Hand sinken lassen; endlich erhob sie sich langsam und schritt, wie noch ganz ihren
Gedanken hingegeben, zu dem offenen Piano. Wenige leise
Accorde ließ sie erklingen, dann sang sie, halblaut, wie nur
ihren inneren Stimmen horchend:

> Nur wo Dein Herz im treuen Glüh'n
> Ein andres hat gefunden,
> Wird Dir die rechte Heimath blüh'n
> Für alle Lebensstunden.
> Die Welt ist öd' und unbethau't,
> Wo nicht die Liebe Hütten baut.

Es war eine der einfachen, hier gut harmonisirten deutschen
Liederweisen, welche sich dem Texte anschloß, aber in dem halb-
lauten Klange, in welchem jetzt die Stimme der jungen Frau
hörbar wurde, lag eine eigenthümliche Süße, eine Art Weh-
muth, welche ihr selbst zum Bewußtsein zu kommen schien, denn
als wolle sie sich aus dieser weichen Stimmung herausreißen,
richtete sie den Rücken straffer auf, schlug die Accorde klar an
und begann den zweiten Vers in zwar gemäßigtem, doch vollem
und sicherem Tonklange. Sie wollte nach Beendigung desselben
soeben wieder langsam das Instrument verlassen, als eine fremde

Männerstimme hinter ihr laut wurde und sie fast erschreckt den Kopf wandte.

„O, gnädige Frau, ich kann Ihnen nicht sagen, wie glücklich Sie mich mit diesem deutschen Liede gemacht haben — um so glücklicher, je weniger ich es hier erwartet hatte!"

Es war klares, reines Deutsch, was sie hörte, und an der Thür stand der Verunglückte, zwar noch den Verband um den Kopf, aber völlig angekleidet und in der submissen Haltung, welche den Mann von europäischer Erziehung Frauen von höherer Stellung gegenüber bezeichnet.

„Aber um Gotteswillen, Herr — Eckart ist ja wohl Ihr Name, soviel ich gehört —" rief sie nach Ueberwindung der ersten Ueberraschung, „was hat Sie von Ihrem Lager getrieben? ich habe Sie erst vor Kurzem als Schwerkranken dort verlassen —"

Das Auge des jungen Mannes ruhte in einem eigenthümlichen Leuchten auf dem Gesichte der jungen Frau. „Ich bin von der Betäubung, welche mein Sturz vom Pferde hervorgerufen, völlig wieder hergestellt, gnädige Frau," sagte er, „und so will ich auch nicht länger hier zur Last fallen. Die Dienerin, welche ich bei mir fand, hat mich ohne Anmeldung hier herein gewiesen, sonst hätte ich nicht so ohne Weiteres diese Störung gewagt — wenn ich aber jetzt meinen Dank ausdrücken darf, so bitte ich um die Gnade, die Hände mit meinen Lippen berühren zu dürfen, welche mir so wohl gethan; es war mir, als umfinge mich ein wunderbarer Traum — ich weiß aber jetzt, daß es kein Traum war —"

Ein helles Roth war in Sidonie's Wangen gestiegen, sie zwang aber sichtlich ihre augenblickliche Befangenheit nieder. „Sie scheinen noch in allen Formen ein vollkommener Deutscher zu sein," erwiderte sie mit einem halben Lächeln, „vor Allem aber möchte ich Sie bitten, wenn Sie doch einmal wieder gesund sein wollen, mich zu Mr. Field zu begleiten, der sich sehr freuen wird, Sie so bald wieder hergestellt zu sehen."

Sie reichte ihm die kleine Hand, welche er ehrerbietig an seine Lippen führte und schritt ihm dann mit einem: „Wenn Sie mir folgen wollen —" voran.

Zweites Kapitel.

Der erste Vagabond.

In dem Speisezimmer saßen noch die beiden Cousinen Fields in ungestörtem Genusse beim Thee, von einer Schwarzen bedient, während Field selbst seinen Platz verlassen hatte und am Fenster den Kopf leicht in die Hand gestützt in den dunkelnden Abend hineinstarrte. Er fuhr auf, als Sidonie's klare Stimme laut wurde: „Hier ist unser Patient, William, er will durchaus wieder hergestellt sein, will sogar unsere Gastfreundschaft für die Nacht nicht annehmen und ohne Weiteres nach Hause zurückkehren!"

Eckart hatte sich tief gegen die beiden nur kurz aufsehenden Ladies verbeugt und trat dem sich von seinem Stuhle erhebenden Field entgegen, welcher einen raschen, prüfenden Blick über die ganze Erscheinung seines Gastes laufen ließ. Zur sichtlichen Verwunderung der jungen Frau aber begann der Letztere seinen Dank für die ihm gewordene Aufnahme in ganz erträglichem Englisch auszudrücken und Fields steife Miene, welche den Empfang des Eingetretenen bezeichnet, schwand zusehends unter der gefälligen Weise, in welcher Jener seine Worte an ihn richtete.

„Wenn Sie drängende Gründe zur Heimkehr haben," sagte der junge Hausherr dem Gaste die Hand bietend, „so werde ich Sie mit keinem Worte hier zu halten versuchen. Indessen möchte ich Ihnen doch nach einem Unfalle, wie er Ihnen widerfahren, Vorsicht anrathen. Sie haben ein ganzes Stück Weg bis nach Hause und Sie belästigen uns nicht nur nicht, sondern bringen eine Abwechselung in unsere ziemlich einförmigen Abende, die besonders meine Frau, als Landsmännin von Ihnen, anerkennen wird."

„Drängende Gründe, um nach Hause zu gehen, habe ich allerdings nicht," lächelte Eckart mit einem eigenthümlichen Kopfschütteln, die gebotene Hand ergreifend. „Sie sind wahr-

scheinlich noch nie in die Gegend der sogenannten deutschen Ansiedelung gekommen. Ich bin im Augenblicke mit einem Ar-
beits-Gehülfen die ganze Bevölkerung der Ansiedelung und sobald ich nur einen Käufer für mein Grundeigenthum gefunden
habe, werden auch wir uns nicht länger dort aufhalten. Man
muß eben, abgeschnitten von allem Verkehr, auf seiner Scholle
bei Maisbrod und Schweinefleisch leben und sterben können,
um da auszuhalten — die meisten Deutschen vermögen das
aber nicht, und so war ich heute auf dem Wege zu einem
Manne, der schon mehrere Verkäufe in der dortigen Gegend
vermittelt haben soll, als mein schlecht zugerittenes Pferd so
plötzlich scheute, daß es mich abwarf."

. Field hielt, wie von einem aufsteigenden Gedanken erfaßt,
noch immer die Hand des Sprechenden fest. „So bleiben Sie
also jedenfalls hier," sagte er, „eine Tasse Thee wird Ihnen
jetzt nichts schaden, und dann lernen wir uns Etwas näher kennen.
Ich habe von der deutschen Ansiedelung jenseits der Georgia-
Grenze gehört, ehrlich gestanden aber noch nicht gestrebt, Jemand davon zu Gesicht zu bekommen — es waren nicht immer
die besten deutschen Elemente, welche sich da aufhielten und ich
kann völlig den Wunsch eines gebildeten Mannes verstehen,
von dort wegzukommen!"

Er hatte während der Worte seinen Gast nach dem Speise-
tische geleitet, wo die Schwarze soeben ein neues Couvert auf-
legte und Sidonie mit eigenthümlich aufgelebtem Gesichte ihren
freigelassenen Platz einnahm; wie unter gegenseitiger Verabredung aber erhoben sich jetzt die beiden dasitzenden Ladies und
verließen mit einem allgemeinen steifen Gruße den Raum. Die
junge Frau blickte rasch auf, es lag Etwas wie der Charakter
einer Demonstration in der Bewegung Beider; dann suchte ihr
Auge das Gesicht ihres Mannes — dieser schien aber absichtlich ihren Blick zu vermeiden, und nur wie unter der Nothwendigkeit, ihre inneren Regungen vor dem Auge eines Fremden zu verbergen, wandte sie sich den Pflichten der Hausfrau
zur Befriedigung des Gastes zu.

„Und wie lange leben Sie schon in dem Winkel, der mit
dem Namen Ansiedelung beehrt wird?" begann Field von Neuem.

als wolle er sich damit einer augenblicklichen bedrückenden Stimmung entreißen.

„Mein Gott, es sind noch nicht ganz vier Wochen," erwiderte Eckart mit einem halben Lachen, „aber selbst diese kurze Zeit war genügend, um nicht allein mir alle Ideen von Wald-Romantik und Ursprünglichkeit zu verleiden, sondern auch meinem Jakob, der ein kernfester Bauernbursche ist, das Heimweh zu bringen, so scharf wir auch Beide an der Ausrodung des Waldes arbeiteten und es vor Müdigkeit Nachts nicht einmal merkten, wenn der Regen durch das Dach des Blockhauses drang."

„Sie gedachten die hiesige Gegend wieder ganz zu verlassen, wenn Ihnen der Verkauf Ihres Grundeigenthums gelingen würde?"

„Einen bestimmten Gedanken über mein ferneres Thun habe ich eigentlich noch gar nicht gehabt," war die von einem neuen halbverlegenen Lachen begleitete Antwort; „wenn ich erst einmal hier wieder weg kann, wird sich ja wohl auch irgend ein neuer Plan formen lassen — ich gebe in einer so vollen Unsicherheit, in welcher ich den amerikanischen Verhältnissen gegenüberstehe, gern dem Schicksale sein volles Recht. Gestehen muß ich aber, daß, seit mir heute Abend das Pianospiel von Mistreß Field in die Ohren geklungen und mir wieder die ganze Annehmlichkeit civilisirten Lebens in Ihrem Hause entgegengetreten ist, ich mich nur schwer entschließen würde, auf's Neue mich der Ursprünglichkeit des Ansiedlerlebens zu ergeben."

„Und waren Sie in Deutschland nicht vielleicht einem Geschäfte gefolgt, dessen Kenntnisse Ihnen hier nützlich sein könnten? Ich frage nicht aus müßiger Neugierde —"

„Ich war Beamter," unterbrach Eckart die Frage, „der es indessen unter den Grundsätzen des deutschen Regimes nicht auszuhalten vermochte und halb gezwungen war, nach freierer Luft zu suchen."

„Aber Sie spielen Piano, wie ich mir denken kann," fiel Sidonie, welche mit sichtlichem Interesse dem Gespräche gefolgt war, ein, „und das ist besonders in unserem Süden so viel werth, daß Sie nicht wieder an den Wald zu denken brauchten!" Es war ein halbscheuer, aber so wunderbar süßer Augenaufschlag,

welcher den jungen Mann mit ihren Worten traf, daß wie unwillkürlich sein Blick in dem ihren hängen blieb, bis ein leb-
hafteres Roth in ihrem Gesichte ihn an seinen Verstoß mahnte.

„Ich verstehe allerdings soviel davon, als man ins Haus
braucht," erwiderte er, während seine eigenen gebräunten Wangen
sich höher färbten; „indessen halte ich mich kaum für eine Natur,
welche sich zum Lehrer eignen würde —"

„Sie spielen Piano, charmant!" unterbrach ihn Field, der
auch während seiner Fragen nur halb aufgeblickt hatte und mehr
seinen eigenen Gedanken hingegeben schien, „ich glaube, so viel
ich bis jetzt beurtheilen kann, daß Sie ganz ein Mann für
unsere amerikanische Gesellschaft wären. Mir ist eine Idee
durch den Kopf gegangen, die unter Ihren augenblicklichen Verhältnissen Ihnen vielleicht zusagen würde — doch wir sprechen
darüber, sobald Sie Ihr Mahl beendet, lieber in dem Zimmer
meiner Frau, wo Sie uns zugleich durch ein Stück Ihrer Kunst
recht erfreuen können —"

„Ich bin völlig gesättigt und stehe zu Befehl!" erwiderte
Eckart bereitwillig, und Sidonie, einem auffordernden Blicke
ihres Mannes folgend, erhob sich den Uebrigen voran. —

„Es mag Etwas unerwartet und fremdartig an Sie herantreten, was ich Ihnen mitzutheilen gedenke," begann Field,
nachdem die Drei ihre Sitze in dem Zimmer der jungen Frau
eingenommen; „indessen würde die Ausführung meines Gedankens Ihnen nicht allein Gelegenheit geben, sich sofort aus
Ihrer jetzigen unangenehmen Lage zu befreien, sondern Ihnen
auch zur Kenntniß des amerikanischen Lebens im weitesten Sinne
verhelfen. Die Sache ist folgende: Ein Onkel von mir, der
bei uns wohnte, hatte früher die Gelegenheit wahrgenommen,
in neu besiedelten Landstrichen, welche ein schnelles Wachsen der
Bevölkerung verhießen, sich für wenig Geld Grundeigenthum
zu erwerben, um später beim Wiederverkauf einen sehr an-
sehnlichen Gewinn daraus zu erzielen. Ursprünglich waren diese
Spekulationen aus einer Reise- und Abenteuerlust hervorgegangen, die ihn, da er zu Hause nichts zu versäumen hatte, oft
für Monate tief in die Wildniß trieb und welche ihn auch be-
wog, kaum daß Californien von den Vereinigten Staaten in

Besitz genommen war, sich der nächsten Expedition dahin anzuschließen. Dort liegt nun im Augenblicke noch ein Stück Land,
welches er bei seiner Anwesenheit eigenthümlich erworben hat
und welches mit seiner übrigen Hinterlassenschaft an mich als
seinen nächsten Erben übergegangen ist. Natürlich war das
Meiste des damals dort erworbenen Besitzes aus den Händen
mexikanischer Grundeigenthümer an die Käufer übergegangen
und die mexikanische Regierung hatte die ursprünglichen Besitztitel ausgestellt; manche Unregelmäßigkeiten mögen bei Erwerbung dieser letzteren vorgekommen sein — indessen dachte Niemand
daran, daß nach der Einverleibung Californiens in die Vereinigten Staaten jemals die Gültigkeit mexikanischer Besitztitel überhaupt in Frage gestellt werden könnte, und erst seit Entdeckung
des Goldes, seit der massenhaft sich nach dem neuen Staate
ergießenden Einwanderung wird von einer bestimmten Partei
der Satz: daß alles Land, welches nicht von den Vereinigten
Staaten erworben, freies Land sei, das nach Belieben von
dem Ansiedler in Beschlag genommen werden dürfe, mit einer
Bestimmtheit aufgestellt, welche in der nächsten Zeit das Er-
lassen eines besonderen Gesetzes darüber nöthig machen wird.
Diejenigen Eigenthümer nun, welche in Person auf ihrem Lande
wohnen, schweben in keiner Gefahr, da sie nach amerikanischem
Rechte schon durch ihre Gegenwart sich das Besitzrecht des ersten
Ansiedlers erworben haben; allen abwesenden Eigenthümern
aber, und somit auch mir, droht bei einer ungünstigen Entscheidung der völlige Verlust des Besessenen. Es läßt sich leicht
verstehen, daß diese käuflich erworbenen Landstrecken sich gerade
an der besten Lage befinden und in kurzer Zeit einen bedeutenden
Werth erhalten müssen, und so hat sich neuerdings in New-
York sogar eine ganze Gesellschaft von Speculanten gebildet,
welche die in Frage stehenden Bodenstücke sich durch Schein-An-
siedelung zueigenen und die gesetzliche Erklärung der Ungültigkeit
mexikanischer Besitztitel mit allen Mitteln, welche Geld und der
Einfluß persönlicher Stellung bieten, herbeiführen will. Das
einfachste und wirksamste Mittel für den einzelnen abwesenden
Besitzer, um dieser Speculation zuvorzukommen, ist nun, durch
irgend einen zuverlässigen Bekannten eine persönliche Ansiede-

lung desselben auf dem gekauften Lande rasch zu bewerkstelligen und kann, sobald dessen Recht als erster Ansiedler anerkannt ist, ihn durch eine Abstandssumme, welche als Verkaufsgeld an den eigentlichen früheren Besitzer gilt, für seine Gefälligkeit zu entschädigen. Es ist dies allerdings eine reine Vertrauens- sache, indessen ist die Gefahr dabei nicht allzugroß, da wenig- stens vorläufig das alte Besitzrecht noch als gültig anerkannt ist, gegen welches der einzelne einfache Ansiedler nicht aufzu- kommen vermöchte — es ist aber eine Vorsichtsmaßregel, die jeden späteren Prozeß gegen andere Ansprüche von vorn herein abschneidet und deshalb auch eine volle Vergütung der in Bezug darauf geleisteten Dienste beanspruchen kann. — Das Stück Land nun, welches ich in Californien besitze," fuhr Field nach einer kurzen Pause sich mit der Hand über die Augen streichend, fort, "repräsentirt in meinem jetzigen Vermögen bereits einen solchen Werth, daß ich es für nöthig erachte, selbst die Reise dahin zu machen und nach dem Rechten zu sehen — ich selbst aber kann nicht so lange dort bleiben, um durch den nach amerikanischem Gesetze nothwendigen Aufenthalt auf dem Grund- eigenthum mein Besitzrecht für alle Fälle zu sichern und ich hatte mich auch bereits entschlossen, den angedeuteten Weg durch einen Stellvertreter einzuschlagen — nun führt Sie aber eine eigenthümliche Schicksalsfügung in mein Haus, der Sie augen- blicklich noch keinen Plan für Ihre nächste Zukunft haben und doch noch viel mehr zu leisten vermöchten, als das nächste Be- dürfniß verlangt. Es ist nämlich zu einer Art Ehrensache ge- worden, nicht allein dem eigenen Verluste vorzubeugen, sondern den ganzen Plan der New-Yorker Speculanten im Prinzip zu vernichten. Dazu gehören aber Leute, welche durch ihre eigene Persönlichkeit Einfluß in der Gesellschaft zu erlangen ver- mögen, in welcher die maßgebenden Richter und Gesetzgeber verkehren — Privat-Einfluß ist eben in unserm Lande, vom Congreß in Washington bis zu den Gesetzgebungen der einzelnen Staaten, Alles, und um so mächtiger, je weniger ein Mann ein offenes Interesse an der von ihm befürworteten Angelegen- heit hat. Californien ist nun in seinen ganzen Verhältnissen noch ziemlich wild, und ich bin sicher, daß Sie dort, in die

rechten Kreise eingeführt, mit Ihrer gesellschaftlichen Befähi-
gung jeden möglichen Einfluß, an dem Ihnen selbst liegt, erlangen können; was Ihnen noch an Kenntniß amerikanischer
Verhältnisse abgehen mag, wird sich schnell genug lernen lassen,
würde aber außerdem sogar zum Vortheil der verfolgten Zwecke
dienen, da dieser Mangel Ihnen nur zum größern Vertrauen
verhelfen würde. Es fragt sich jetzt nur, ob Sie Neigung
haben, das amerikanische Treiben in der Ihnen angedeuteten
Weise kennen zu lernen und mit mir die Reise zu machen —
Sie haben einen Arbeitsgehülfen, der in Bezug auf die geset-
mäßige Ansiedelung ganz vorzüglich zu verwenden wäre und
den wir also mit uns nehmen würden; in jeder andern Beziehung aber will ich Sie der beiden Punkte versichern: daß erstens
die Ihnen mitgetheilten Projekte nur eine Nothwehr des rechtlichen Besitzes gegen freibeuterische Speculationen sind, die man
nicht anders als mit ihren eigenen Waffen bekämpfen kann,
und daß ich zweitens eine Entschädigung für Ihre Unterstützung
ganz in der Weise, wie Sie diese selbst für gut befänden, zu
leisten bereit bin."

Eckart war mit sichtlichem Interesse der langen Darlegung
gefolgt, hatte aber bei der Schlußwendung die Augen zu Boden
gesenkt. „Ich gestehe Ihnen," sagte er, als das Schweigen des
Hausherrn seine Antwort herausforderte, „daß mir Ihr sicherlich ehrender Antrag so unerwartet und überraschend kommt,
daß ich glaube, erst mit mir selbst darüber zu Rathe gehen zu
müssen, ganz besonders, da ich eine moralische Verpflichtung
mit der Annahme übernehmen müßte, von der ich mir durchaus
nicht klar bin, ob ich ihr gewachsen wäre. Die Reise und was
damit zusammenhängt, die zu erlangende Kenntniß des amerikanischen Treibens, von dem ich schon in New-York eine Ahnung
erhalten, würden mir völlig recht sein —"

„All right, Sir!" unterbrach ihn Field nickend, „es ist mir
auch gar nicht eingefallen, von Ihnen sofort eine bestimmte
Antwort zu verlangen — beschlafen Sie die Sache und es ist
mir sogar lieber, daß Sie Ihren Entschluß erst nach reiflicher
Ueberlegung fassen. Jetzt, denke ich, setzen Sie sich einmal an
das Piano; ich bin selbst ein großer Musikfreund, wie wir

Amerikaner im Allgemeinen, wenn wir auch keine Zeit haben uns mit der praktischen Ausübung der Kunst zu beschäftigen und das meist nur unseren Ladies überlassen — und meine Frau hat seit langer Zeit nichts, als sich selbst gehört!"

Eckart warf einen langen Blick nach der jungen Hausherrin, welche wie völlig in Gedanken verloren, im Schaukelstuhle saß. „Ich habe ein deutsches Lied von Mistreß Field gehört," sagte er, „das ursprünglich für zwei Stimmen geschrieben ist und dadurch erst seinen rechten Reiz erhält. Es war ein eigenthümliches Gefühl für mich, hier, wie verloren in der Fremde, nur die eine Stimme davon zu vernehmen und beim dritten Verse, welcher sich eben nur im Duett recht ausführen läßt, abbrechen zu hören. Sie werden jedenfalls durch Mrs. Field das Lied kennen, ich will Ihnen aber wenigstens eine Idee von dem Eindrucke dieses dritten Verses zu geben versuchen!" Er erhob sich, als Sidonie noch durch keine Bewegung andeutete, daß seine Worte zu ihrem Bewußtsein gelangt waren, rasch, nahm Platz an dem Instrumente und begann in seinem wohlklingenden Bariton, indem er die Frauenstimme in den höheren Tönen des Pianos hervortreten ließ:

„Drum wenn sich Dir ein treues Herz
In Liebe hat ergeben,
O, halt' es fest in Lust und Schmerz
Mit Deinem ganzen Streben.
Klar hat der Himmel nur geblau't,
Wo Treue hält, was Lieb' erbaut!"

Als er indessen mit dem Nachspiele enden wollte, hörte er plötzlich die Stimme Sidonie's neben sich: „Ich kenne dieses ursprüngliche Arrangement und singe auch diesen dritten Vers noch einmal mit Ihnen!" in dem Klange ihrer Worte aber lag eine so eigenthümliche Weichheit, daß er unwillkürlich das Gesicht nach ihr hob. Es war ein wundersam bewegter Blick, ein Blick von eigenthümlicher Tiefe, welchem sein Auge begegnete; dann nickte sie ihm, wie als Aufforderung zum Neubeginn, leicht zu und nach den kurzen Einleitungsaccorden erhob sich ihre Stimme, Anfangs wie unter dem Beben einer inneren Bewegung, dann

in immer süßerer Klarheit und Kraft, als komme eine Art von
Begeisterung über sie — und er setzte ein, während er von
diesen bewegten Klängen, so nahe an seiner Seite, alle seine
Nerven in einer kaum noch erlebten Empfindung durchrieselt
fühlte und die beiden Stimmen schmiegten sich zusammen,
schienen einander zu tragen, als wären beide seit langer
Zeit gewohnt, gar nicht ohne einander zu sein; als aber die
wiederholten Schlußzeilen endeten, wandte sich die junge Frau,
noch ehe das Nachspiel geschlossen, wortlos ab, sandte einen
langen Blick nach ihrem Manne, welcher starr zu Boden sah,
und nahm dann, den Kopf senkend, ihren früheren Platz
wieder ein.

„Ja, es liegt ein eigenthümlicher Reiz in diesen deutschen
Liedern, der mich auch in Deutschland vollkommen gefangen
hatte," begann Field, als Eckart, das Piano verließ, langsam
aufsehend; „aber man merkt immer erst, daß die durch die
Musik noch eindringlicher gemachte Poesie nicht das wirkliche
Leben ist, wenn die nüchternen Anforderungen desselben an den
Menschen herantreten. Es erfordert zum Beispiel noch mancherlei
Anderes als Liebe und Treue, wenn der Lebenshimmel klar und
blau sein soll!"

„O, Sie haben sicherlich Recht — auch der Deutsche kann
nicht allein von Liebe und Mondschein leben," erwiderte Eckart,
mit einem leichten zustimmenden Lachen, „mit den realen Bedürfnissen hat ja auch die Poesie nichts zu thun; aber kann es
trotzdem denn einen sonnigen Lebenshimmel ohne Liebe und
Treue geben? Ich gestehe Ihnen, daß mir das amerikanische
Leben gerade an dem Mangel der Grundbedingung für beide,
dem Mangel an Gemüth zu kranken scheint und daß gerade
deßhalb der Amerikaner niemals zu einer wirklichen inneren
Ruhe und Selbstbefriedigung gelangt."

„Es mag etwas Wahres in der Bemerkung liegen," nickte
Field, „indessen leben wir doch nun einmal hier, wo die ganze
Eigenthümlichkeit des jungen Landes viel mehr Thatkraft und
richtige Auffassung der Verhältnisse als ruhiges Gemüth verlangt und haben die Dinge zu nehmen, wie sie eben sind —
oder zu gewärtigen, davon erdrückt zu werden, wenn man sich,

wie so manche deutsche Natur, nicht von früheren Anschauungen losreißen kann!"

Sidonie hatte einen großen, glänzenden Blick zu dem Gaste gehoben, senkte ihn aber bei Field's Ausführung wieder. „Darum sollte auch die deutsche Natur ihren heimathlichen Boden nicht verlassen," sagte sie halblaut, „oder sich hier wenigstens einen ähnlichen zu schaffen suchen, wenn sie nicht eine unter fremden Elementen verlorene Seele sein will —"

Das Oeffnen der Thür unterbrach das weitere Gespräch, aber der Ton in den Worten der jungen Frau war ein so bewegter gewesen, daß Eckart im Aufschauen nach ihrem Gesichte kaum die Ursache der Unterbrechung vernommen hatte und erst, als die Stimme der eingetretenen Mulattin laut wurde, sich umblickte.

„Der Diener oder Gehülfe von Mr. Eckart ist hier und fragt nach ihm," meldete sie, während in ihren Zügen ein volles Vergnügen strahlte. „ich habe ihm schon gesagt, daß der Gentleman sich schnell wieder erholt hat; er möchte ihn aber selbst sehen!"

Eckart machte eine Bewegung seinen Platz zu verlassen; Field kam ihm aber eifrig zuvor. „Ihr Arbeitsgehülfe — er mag doch hereinkommen, so lerne ich ihn, für den Fall, daß wir uns einigen sollten, ebenfalls kennen!" sagte er, und Sarah öffnete die Thür vor dem Außenharrenden. Jakobs dicker Kopf erschien; ehe er aber noch seine hellen, schlauen Augen den deutschen Gefährten getroffen, blieben sie wie gebannt an dem Gesichte der jungen Frau haften, welche einige Sekunden lang im augenscheinlichen Zweifel in diese groben, treuherzigen Züge starrte, dann sich aber in sichtlicher Ueberraschung erhob. „Jakob, mein Gott, sind Sie denn das? und wie kommen Sie nach Amerika?" fragte sie, und in Jakob's Gesicht begann es bei dem Klange der deutschen Laute so wunderlich zu zucken, während seine Hand, wie emporgeschnellt, hinter sein Ohr fuhr, daß Field's fragende Miene sich in einem stillen Lachen löste.

„Der Bursche des Adjutanten von Hochstedt, welcher meine Schwester heirathete, wie Du Dich entsinnen wirst!" beeilte sich Sidonie zu erklären, und in der Seele des Hausherrn schienen alle bisherigen bedrückenden Empfindungen zurückzutreten.

„Also auch ein halbwegs Bekannter von mir," versetzte er, „ich entsinne mich jetzt wirklich, Ihr Gesicht in Deutschland gesehen zu haben. Nun, ich habe soeben Mr. Eckart einen Vorschlag gemacht, wie Sie Beide sich kurz aus ihrer jetzigen Lage reißen können, und so würde sich meinerseits mit doppeltem Vertrauen in den Plan eingehen lassen."

Des Burschen Gesicht hatte bei den Worten der jungen Frau fast einen Ausdruck von Verklärung angenommen. „Ja, wie ich nach Amerika gekommen bin," lachte er auf, sein Ton indessen klang, als stehe ihm das Weinen genau so nahe, „ich hätte beinahe gesagt: nur nicht kitzeln, wo die Leute schwach sind! er, dort, hat mir aber die dumme Redensart verboten. Auch gut! Ich bin nur froh, daß Mr. Eckart noch auf den Beinen ist, denn ich hatte eine halbe Todesangst, als das ledige Pferd heim kam —"

„Aber was brachte Sie auf den Gedanken, Jakob, mich gerade hier zu suchen?" fiel Eckart ein, welcher mit merkbarer Verwunderung die Erkennungsscene beobachtet hatte.

„Ja, wenn das Viehzeug nicht ebenfalls sein bischen Verstand hätte, wär' es freilich nicht geschehen!" erwiderte der Bursche eifrig. „Es kennt Jeden, der es versteht, und versteht ihn wieder, sonst wäre das Pferd gar nicht nach unserem Hause gekommen — wir haben es doch erst vier Wochen. Also habe ich ihm eine ordentliche Strafpredigt gehalten, bis es ein Einsehen haben mochte und ganz nieder geschlagen wurde; nachher bin ich mit ihm der Straße nachgegangen und es bekam richtig ein böses Gewissen, wo es Sie abgeworfen hatte — ich merkte es ganz deutlich, und ein paar Neger haben mich dann hierher gewiesen. Jetzt steht es draußen angebunden und ich weiß, daß es heute keinen solchen Streich wieder machen wird!"

„Ich denke, wir geben ihm auch keine Gelegenheit dazu," warf Field, augenscheinlich belustigt, ein, „Mr. Eckart hat schon zugesagt, heute Nacht hier zu bleiben, besonders da ich morgen früh eine Entscheidung von ihm erwarte, und so wird ja

wohl auch Jakob ein Nachtlager in unserem Hause nicht ver-
schmähen!"

Der Bursche sandte einen fragenden Blick nach seinem Gefährten; als dieser ihm aber still zunickte, antwortete er in
gleicher Weise mit einem energischen: „Auch gut! dem Vieh
wird ein besserer Stall auch einmal wohlthun!" dann drehte er
sich, noch einen glänzenden Blick nach der jungen Frau werfend,
der Thür zu, wo die Mulattin bereits seiner harrte.

„Wenn Sie mir erlauben, Sie jetzt zu verlassen," wandte
sich Eckart nach dem Hausherrn, „so würde ich das Nöthige in
Bezug auf Ihren Plan mit meinem Arbeitsgehülfen durch-
sprechen und erledigen können — er ist allerdings nur mit dem
Kapital seiner Arbeitskraft an meiner Besitzung betheiligt; um
so mehr halte ich es aber für meine Pflicht, in keiner Weise
ohne seine Zustimmung, soweit es sein Interesse betrifft, zu
handeln!"

Field erhob sich. „Ich kann Ihnen nur für die Bereitwilligkeit, mit welcher Sie meinen Plan unterstützen, danken,"
sagte er, „Ihr Jakob scheint mir ganz der Mann für uns zu
sein, und ich werde sogleich nach dem Nöthigen für seine Unter-
kunft, wie für die des Pferdes sehen — inzwischen betrachten
Sie das bisher von Ihnen eingenomme Zimmer ganz als Ihr
eigenes —!" Er schritt in sichtlicher Befriedigung dem Ausgange
zu und Eckart wandte sich, um sich zu verabschieden, nach der
jungen Hausherrin, welche bei seinem Nahen ihren Sitz verließ und ihm mit einem: „Ich bin recht glücklich gewesen, einmal wieder einen Landsmann Ihrer Art getroffen zu haben!"
leicht die Hand entgegenstreckte.

Das Letztere war nur einfache amerikanische Sitte; es lag
aber Etwas in dem Ausdruck des jetzt völlig bleichen Gesichtes,
welches eine fast herzliche Bedeutung in ihre Bewegung und
Worte legte, und Eckart schloß in einer ihn überkommenden
warmen Regung seine Hand fest um die ihre. „Gnädige Frau,
sind denn selbst Sie nicht glücklich in dem neuen Lande?"
fragte er, wie halb unwillkürlich. „Sie ließen vor wenigen
Minuten eine Aeußerung fallen: eine unter fremden Elementen
verlorene Seele! die mich wie eine Stimme aus der eigenen

Bruſt traf, ſo wenig ich auch ähnlichen Gefühlen ein Recht
über mich geſtatte —!"

Er fühlte ihre Finger zwiſchen den ſeinen leiſe zucken,
während das ſtille Leuchten ihres Geſichtes erloſch und ihr Auge
ſich groß. aber in einem eigenthümlichen Charakter von Aus-
druckloſigkeit nach dem ſeinigen hob. „Sie haben in einer ſo
übergroßen Freundlichkeit gegen mich gehandelt," fuhr er, ihre
Hand frei gebend und wie ſeine offene Weiſe entſchuldigend, fort,
„daß ich glaubte, meine augenblickliche Empfindung ausſprechen
zu dürfen; habe ich einen Verſtoß begangen, ſo wollen Sie es
doch mit dem Eindrucke, den die letzten Stunden in Ihrem
Hauſe auf mich ausgeübt, entſchuldigen —"

„Ich habe durchaus nichts zu entſchuldigen," unterbrach ſie
ihn, während dennoch ihre Züge die angenommene Unbeweglichkeit
behielten, „Sie haben mir im Gegentheil wieder einmal die
alte Heimath recht lebhaft vor die Seele geführt, wofür ich
Ihnen nicht genug danken kann; daß ſich aber dabei ein wunderlich gemiſchtes Gefühl, hier in der Fremde, geſtaltet, in ſo
glücklichen Verhältniſſen man auch leben mag werden Sie
jedenfalls verſtehen."

Der junge Mann ſah einen Moment lang in dieſe großen,
ſchönen Augen, die doch in ihrem gegenwärtigen Blicke von
nichts weniger als „glücklichen Verhältniſſen" ſprachen und verbeugte ſich dann ſchweigend. Als er ſich aber nach der Thür
wenden wollte unterbrach ihre Stimme noch einmal ſeine Bewegung.

„Sagen Sie doch Ihrem Jakob, daß er morgen uns nicht
verläßt, ohne mich noch einmal geſprochen zu haben — es iſt
ein ganzes Stück liebe heimathliche Erinnerung, die mir in
ſeinem breiten Geſichte entgegengetreten iſt!" Es war wie das
letzte matte Aufleuchten der Abendſonne, was bei ihren Worten
mit einem halben Lächeln und einem Schimmer von Roth in
ihrem Geſichte aufſtieg, und in Eckart's Züge trat ein Ausdruck, wie der Drang, einen neuen Verſuch zur Erlangung ihres
Vertrauens zu machen; es blieb aber bei einem halben Zögern
ſeinerſeits; dann ſagte er mit einer neuen Verbeugung: „Ich
hoffe jedenfalls ſelbſt auf das Glück, Sie morgen früh noch
einmal zu ſehen!" und verließ langſam das Zimmer.

In dem erleuchteten Corridor stand bereits Jakob, des Heraustretenden harrend, und folgte auf einen Wink des Letzteren diesem nach dem bisherigen Krankenzimmer, wo Sarah soeben vorsorglich eine brennende Schirmlampe auf das Kaminsims gestellt hatte und mit einem launigen Aufsehen nach dem Burschen wieder hinausschritt.

„Sie scheinen hier schon Jedermann bekannt zu sein," begann Eckart, einen Blick nach der sich schließenden Thür werfend, „und ich weiß noch kein Wort von diesen Bekanntschaften, die uns früher schon vielleicht ganz gut gethan haben würden!"

Jakob fuhr sich mit der Hand in die Haare. „O, wegen des Mädchens hier, meinen Sie," erwiderte er mit einem wunderlichen Gesichtsausdrucke, „das ist so gekommen, ich weiß eigentlich selbst nicht recht wie, nur weil sie ein paar Worte deutsch sprechen kann. Ich habe sie zweimal zufällig getroffen, und wenn sie mir auch ganz gut paßte, so kann man ja hier noch lange nicht an's Heirathen denken —"

Eckart schüttelte mit einem ungeduldigen Lächeln den Kopf. „Ich meinte vor Allen die junge Frau vom Hause, die Sie wie einen alten Bekannten begrüßte," sagte er, setzte aber dann unter einem flüchtigen Roth in seinen Wangen, als habe er eine Uebereilung begangen, rasch hinzu: „und ebenso diesen Mister Field, der sich gleichfalls Ihrer entsinnen will!"

Der Bursche hob mit einem schlauen Blicke das Auge nach dem Sprechenden. „Wegen der alten Bekanntschaft," erwiderte er, „so ist die Sache richtig, wenn ich auch damals schon gemerkt habe, daß man die Frauenzimmer niemals ausstudirt. Daß mein Adjutant ihre Schwester geheirathet hat, und daß ich als Bursche damals oft in ihrer Eltern Haus geschickt wurde, haben Sie ja gehört — es passirte aber auch noch Weiteres. Wir hatten einen Regimentsschreiber aus vornehmer Familie im Büreau, der, wie es hieß, nur aus Trotz gegen seinen Vormund die Stelle angenommen hatte und schon vorher mit dem Fräulein Sidonie und ihrer ganzen Familie bekannt gewesen war. Es mußten nun damals sonderbare Geschichten wegen dieses Regimentsschreibers vorgegangen sein, denn ich

mußte eines Abends das Fräulein, das wie ganz verstört nach
unserm Hause kam und mich an der Thür traf, in seine Wohnung bringen — ich hatte dabei meine Gedanken, wie sie jeder
andere Mensch haben würde, aber es traf keiner davon ein,
denn der Regimentsschreiber ging wohl kurze Zeit darauf vom
Militair ab, heirathete aber eine Andere und das Fräulein Sidonie nahm den Mister Field, von dem es hieß, daß er nur
ihretwegen sich die ganze Zeit in der Stadt aufgehalten habe.
— Eins aber ist gewiß," setzte er, seine Stimme dämpfend
und mit dem früheren schlauen Aufblick nach dem Hörer
hinzu, „daß jetzt hier im Hause nicht immer helles Wetter ist,
daß der Mister Field nach einer Anderen sieht, die er hat
kommen lassen — ich weiß das von dem Kammermädchen selbst
— und daß der jungen Frau ein Tröster ganz zu wünschen
wäre —"

Eckart wandte sich rasch ab und schritt nach dem Fenster,
einen kurzen Moment in die dunkle Nacht hinausstarrend.
„Ich muß Ihnen vor allen Dingen mittheilen, welchen Plan
Mr. Field hat, dem wir uns anschließen sollen, um damit
gleichzeitig unserer jetzigen Lage quitt zu werden," sagte er,
ohne aufzusehen einen Sitz einnehmend, „es kann danach möglich werden, daß wir schon in den nächsten Tagen die hiesige
Gegend ganz verlassen. So unangenehm die jetzigen Verhältnisse sind, so handelt es sich doch um das Aufgeben einer
ganzen Existenz für uns — sprechen Sie sich also nachher völlig
frei und rücksichtslos gegen mich aus!" Jakob griff mit auf-
horchendem Gesichte nach dem nächsten Stuhl. — —

Eine Stunde später lag Eckart in dem für ihn bereiteten
Bette; trotz Field's ihm gewordener Ermahnung aber, möglichst
bald den Schlaf zu suchen, vermochte er die Erlebnisse der letzten
Stunden, die wie eine bunte Bilderreihe sich seiner Erinnerung
aufdrängten, nicht von sich zu weisen. Er empfand noch einmal das wunderbare, traumhafte Wohlbehagen, als Sidonie's
Hände sich auf seinen Kopf gelegt; damals aber hatte das Bild
von Lily Bering, der „unklaren Existenz", wie sie Talleyrand
genannt, vor seiner Seele gestanden, und es war ihm zuerst gewesen, als müsse er in Liebe zu dieser vergehen, wenn er nicht

in ihren Besitz gelange; dann aber hatte sich die Gestalt in die
eines Engels der Barmherzigkeit gewandelt und er wußte, daß er
diese milden Züge ja kaum erst leibhaftig gesehen, und sein ganzes
Sehnen strebte dem neuen Bilde zu, bis der Einfluß, der auf
ihn einwirkte, ihn in ruhigen Schlaf gesenkt. Trotz des letzteren
aber meinte er dennoch empfunden zu haben, wie die wohl-
thätige Einwirkung von ihm gewichen war und wenn auch mit
völlig klaren Sinnen und freiem Kopfe, war er doch mit einem
Unbefriedigtsein erwacht, von dem er sich keine Rechenschaft
hätte geben können, wenn nicht die Mulattin an der Seite
seines Lagers ihm auf seine Fragen eine Ahnung des Geschehenen
gegeben hätte. Und nun ging jeder Moment in seiner Begegnung
mit der jungen Frau an ihm von Neuem vorüber und wieder
klang es vor seinem Ohr wie der Spruch seines eigenen Schicksals:

> Nur wo Dein Herz im treuen Glüh'n
> Ein andres hat gefunden,
> Wird Dir die rechte Heimath blüh'n
> Für alle Lebensstunden!

und dann hörte er ihre Aeußerung von der unter fremden Elementen verlorenen Seele, hörte ihren seltsam bewegten Ton
und, wie als Erklärung, Jakob's Bemerkung, daß im Hause
wenig helles Wetter sei, und es kam über ihn, als müsse er für
sein eigenes Lebensglück versuchen, sich ihres Vertrauens ganz
und voll zu bemächtigen — aber schon der nächste Gedanke zieh
ihn eines halben Wahnsinns. Was war es denn, was er selbst
bei Erfüllung seiner kühnsten Hoffnungen, zu erreichen gedachte? Sie war Field's Frau, und er ging unter Field's
Engagement nach Californien. — Spät erst kam endlich der
Schlaf der Ermattung über ihn. — —

Sie waren Beide sonderbar still, Eckart und sein Jakob,
als sie am nächsten Morgen sich auf dem Heimwege befanden,
Eckart auf dem Pferde und Jakob nebenher schreitend. Beide
waren völlig darüber einig, daß jedes andere Unternehmen sich
ihnen besser lohnen mußte, als die Ansiedelung im dichten
Walde, die, meilenweit von anderen menschlichen Wohnungen
entlegen, ihnen bei der härtesten Arbeit doch kaum mehr als

den nothdürftigsten Lebensunterhalt bieten konnte, und Eckart
hatte deshalb am Morgen den Antrag Field's auch voll und
bestimmt angenommen. Der Letztere gedachte noch an demselben Tage abzureisen, sich auf seinem Wege erst die genaue
Kenntniß der Einzelheiten in den obwaltenden Verhältnissen zu
verschaffen und dann schriftlich den neuen Bundesgenossen seine
Weisung über deren Abreise und den Ort des Zusammentreffens
zugehen zu lassen. Aber selbst bei dem ihnen zugesicherten Gewinn für ihre Dienste blieb das Ganze doch nur ein Unternehmen für kurze Zeit, das nach keiner Seite hin als ein Bau-
stein für weitere, gesicherte Zukunft dienen konnte und von dem,
was Californien, wenn sie dort hätten bleiben wollen, ihnen mehr
als ein Abenteurerleben zu bieten vermöchte, wußten sie Beide
nichts. Jakob hatte freilich erklärt, er gehe überall mit hin,
wohin sein Gefährte es für gut erachte, und ein Mädchen, das
schon so hübsch deutsch spreche, wie Sarah, werde sich ja auch
wohl wieder für ihn finden; in Eckart's Seele aber stand, trotzdem sein Verstand ihn zum Abschluß des Vertrags mit Field
bewogen, ein Gefühl, als sei er daran, den Ort auf Nimm er-
wiederfehen zu verlassen, wo ihm sein eigentliches Lebensglück
noch hätte erblühen müssen, wie auch jetzt die Verhältnisse
lagen; immer wieder klang es in ihm: eine Seele verloren
unter fremden Elementen! und dann hörte er Sidonie's Stimme
wie von Begeisterung getragen, im Duett mit ihm.

> D'rum, wo sich Dir ein treues Herz
> In Liebe hat ergeben,
> O, halt' es fest in Lust und Schmerz,
> Mit Deinem ganzen Streben!

„Ja, halt es fest! wenn nur —!" seufzte er unwillkürlich,
daß Jakob jedenfalls verwundert nach ihm aufgeblickt haben
würde, wenn dieser, wie augenscheinlich, nicht selbst zu tief mit
seinen eigenen Gedanken beschäftigt gewesen wäre.

Eckart hatte die junge Frau am Morgen nicht wieder gesehen, die Mulattin, welche eine ganz besondere Zuneigung zu
ihm gefaßt zu haben schien, hatte ihm bei seiner Frage nach
der Hausherrin mit einer Art geheimer Vertraulichkeit mit-

getheilt, daß schon vor dem Frühstück ein Gespräch zwischen ihr und Mr. Field erfolgt sei, nach welchem sie sich eingeschlossen habe und Niemand zu ihr lasse.

Drittes Kapitel.

Unerwartete Reisegesellschaft.

Es war fast eine Woche nach Eckart's Sturze und der sonnige amerikanische Herbst entfaltete seinen vollen Zauber in dem bewaldeten Winkel, welcher an der Grenze der Staaten Georgia und Alabama als „deutsche Ansiedelung" bekannt war. In der Nähe eines halbverwitterten Blockhauses, dessen nächste Umgebung die Spuren der begonnenen Ausrodung des Waldes zeigte, stand Jakob vor dem Pferde — in der einen Hand den Zaum haltend, als könne er sich noch nicht entschließen, ihn dem Thiere überzuwerfen, mit der andern in einen Haufen frischer Nußbaum-Blätter greifend, welche das Pferd gierig aus seiner Hand fraß, dazwischen diesem aber zu Zeiten den Kopf hebend und mit einem halben Nicken in seine Augen, wie in die eines vernünftigen Wesens sehend. — Unweit von ihm stand Eckart, auf dessen Stirn nur noch eine leichte rothe Narbe von dem gehabten Unglück sprach, die gefällten und zerschlagenen Bäume, sowie den bereits frei gewordenen Boden sinnend und wie mit einer Art Bedauerns überblickend.

„Ich denke, ich bringe das Pferd selbst hinüber nach Fields Farm," unterbrach der Letztere endlich das beiderseitige Schweigen, „ich muß jedenfalls dort Abschied nehmen und bin es der jungen Frau schuldig, ihr von Mr. Fields Briefe Mittheilung zu machen."

Jakob hielt plötzlich in seiner Beschäftigung inne und wandte sich halb nach dem Sprechenden. „Ich würde aber in Ihrer Stelle nicht selbst gehen, ich denke, es thut nicht gut!" sagte er, fuhr sich aber zugleich mit der Hand in die Haare, als habe er mehr gesagt, als er beabsichtigt.

„Was soll nicht gut thun — daß ich einen Abschiedsbesuch
mache?" erwiderte Eckart, aufmerksam die Augen hebend.

Jakob schüttelte, wie im Unwillen über sich selbst, den
Kopf. „'s ist ja nur mein alter Fehler: kitzeln, wo die Leute
schwach sind!" Er schien sich wieder dem Pferde zuwenden zu
wollen, aber ein rasches: „Warten Sie!" Eckarts unterbrach
seine Bewegung.

„Abgesehen von Ihren dummen Redensarten sind Sie ein
ganz klarer Kopf," fuhr der Letztgenannte fort, „also sagen Sie
mir einfach, was Sie gegen meinen Vorsatz haben einwenden
wollen!"

„Dumme Redensarten! — auch gut!" versetzte Jakob mit
der Hand hinter das Ohr fahrend. „Wenn Sie aber doch die
Wahrheit wissen wollen, so will ich sie Ihnen sagen. Sie
sind, seit der Mister Field abgereist ist, schon zweimal auf der
Farm gewesen und nur, wie es Jeder hat sehen können, wegen
der jungen Frau; haben mit ihr allein in ihrem Zimmer Musik
gemacht und dergleichen und sich sonst um Niemand gekümmert.
— Nun ja, das ist Alles ganz unschuldig," fuhr er mit einem
wunderlichen Achselzucken fort; „aber da ist der Doctor, der
Sie damals verbunden hat und der sich ärgert, daß Sie ohne
ihn so geschwind wieder auf die Beine gekommen sind, der
überhaupt die Deutschen nicht leiden mag und ein guter Freund
von den beiden Ladies ist, die jetzt auf der Farm die eigentliche
Frau und Mistreß spielen — und da sind die beiden Ladies
selber, die am liebsten die junge Frau ganz bei Seite schafften,
damit die Jüngste — ich habe Ihnen schon einmal gesagt, daß
der Mister Field nach ihr sieht —! die also dem Fräulein
Sidonie, wie ich sie am liebsten nennen möchte, denn sie ist
kaum anders, als sie in ihren Mädchenjahren war, auch das
Unschuldigste zum Verbrechen auslegen möchten — und was
die Drei, seit die junge Frau mit ihren Händen Ihre Schmerzen
vertrieben hat, aus Ihren Besuchen gemacht haben, will ich
Ihnen nicht erst auseinandersetzen. Alles Das hat mir die
Sarah, zu der ich ein paar Mal des Nachts hinüber gewandert
bin und die ihre junge Mistreß grade so lieb hat, als sie die
beiden andern Frauenzimmer haßt, erzählt — ja doch!" unter-

brach er sich, wie eine Bewegung in Eckarts Zügen beantwortend, „das sollte mich eigentlich gar nichts angehen; aber ich habe das Fräulein Sidonie doch schon in Deutschland gekannt, und ich weiß so ungefähr, wie ihre Gedanken wegen ihr sind — Sie haben ja Recht," unterbrach er sich von Neuem, „nur nicht kitzeln, wo die Leute schwach sind! aber ich wollte nur sagen, es thut wegen ihr nicht gut, daß Sie selbst das Pferd hinüberbringen und dort noch einen langen Abschied nehmen. — Der Mister Field hat Ihnen das Geld für das Thier geschickt und so dachte ich, es wäre am besten, wenn Sie es durch den Jakob abliefern ließen, und der könnte, was etwa sonst noch zu sagen wäre, auch mit bestellen!"

In Eckarts Mienen hatte während der Rede der Ausdruck der verschiedensten Empfindungen gewechselt und Jakob hielt den Blick in sein Gesicht geheftet, als wisse er nicht, ob er etwas Kluges oder Thörichtes begangen habe. Der Erstere trat jetzt, den Kopf nachdenklich senkend, einige Schritte nach der vorüberführenden schmalen Straße, augenscheinlich aber nur, um seine Züge dem beobachtenden Auge des Burschen zu entziehen; bald aber wurde seine Aufmerksamkeit von außen her erregt und auch Jakob hob wie in leichter Verwunderung das dicke Haupt — es war deutlich der Paßgang eines fremden, sich rasch nähernden Pferdes laut geworden, ein Ereigniß, wie es bei der gänzlichen Abgelegenheit der Ansiedelung seit der Gegenwart der beiden Deutschen noch nicht vorgekommen war. Nach wenigen Minuten schon erschien in der letzten Biegung des Waldweges eine Reiterin, beim Erblicken der jungen Männer den Sommerhut von hellem Baumwollenzeug aus dem Gesichte schiebend, und wie in gleichen Empfindungen ließ Jakob einen Zungenschlag der Ueberraschung hören, während das Pferd mit einem hellen Wiehern den Kopf hob. — „Sarah!" sprach Eckart, wie unwillkürlich und sein Gesicht nahm den Ausdruck voller Spannung an. Die Mulattin ließ indessen Beide nicht lange über die Ursache ihres Kommens in Zweifel; sie hielt schon mehrere Schritte vor den sie Erwartenden kräftig ihr Pferd an und sprang mit graziöser Leichtigkeit zu Boden. Jakob war in schwerfälliger Hast bei ihrem Nahen herbeigetreten und nahm jetzt die Zügel aus ihrer Hand; sie beachtete ihn aber nur durch eine launige Kopfbewegung und schritt, ein geschlossenes Schreiben aus ihrem Busen ziehend, rasch auf den sie erwarten= den Eckart zu. „Von Mrs. Field," sagte sie, „und ich sollte, wenn möglich, gleich Antwort zurückbringen!"

In dem Gesichte des jungen Mannes wechselte die Farbe; er senkte den Blick auf die feingeschriebene deutsche Adresse und wandte sich dann mit einem raschen: „Warten Sie einige Mi= nuten!" dem Blockhause zu. Erst als er den inneren Raum desselben, mit defekten Dielen und nur mit den durchaus nöthig= sten Meubles versehen, betreten und die Thür hinter sich ge= schlossen hatte, riß er das Couvert auf, öffnete den zusammen= gefalteten Briefbogen und las in denselben seinen Schriftzügen der Adresse:

Verehrter Landsmann und Freund!

Es giebt Verhältnisse in der Welt, die sich nur von einem Märtyrer ertragen lassen, die zu außergewöhnlichen Schritten treiben, und dergleichen umgeben mich in unserem Hause seit Mr. Field abgereist ist; ich aber fühle durchaus kein Talent zum Märtyrerthum in mir, um so weniger, als ich nur die Be= friedigung meiner Feinde als den Zweck desselben erkennen kann und Mr. Field, trotz Allem, was er Deutsches an mir zu tadeln hat, mich nie einer Lage, wie sie mir jetzt geworden, preisgegeben haben würde, hätte er sie voraussehen können. Ich bitte Sie, diese Ihnen jedenfalls unerwartete Aussprache als aus dem unwillkürlichen Vertrauen gegen den Landsmann von deutscher Bildung und deutschem Gemüth entsprungen anzu= sehen; ich stehe in diesem Augenblicke so allein, daß mir der Gedanke an Sie, so kurz auch unsere gegenseitige Bekanntschaft ist, wie mir von meinem Schutzengel eingegeben erschien. Doch ich will mich über den eigentlichen Zweck dieser Zuschrift kurz fassen. Ich habe einige Zeilen von Mr. Field erhalten, die mir nur andeuten, daß Sie mit Ihrem Jakob ihm folgen werden, ohne mir indessen eine Bezeichnung des Ortes, an welchem er Sie erwartet, zu geben. Ich habe unter der mir gewordenen Behandlung keine andere Wahl, als zu meinem Manne zu flüchten — es mag ihm bei seinen jetzigen Geschäften

unangenehm sein, aber ich kann nicht anders. Nun bedürfte
es dazu allerdings nur Ihrer freundlichen Angabe: wann und
wo ich Mr. Field antreffen kann, indessen steckt immer noch so
viel deutsche Verzagtheit in mir, daß mir eine Reise auf eigene
Faust, vielleicht viele hundert Meilen weit durch das fremde,
wilde Land als eine Unmöglichkeit erscheint, so wenig sich auch
eine echte amerikanische Lady bei einem derartigen Unternehmen
bedenken würde; und so möchte ich Sie fragen, ob Sie mir
erlauben würden, die von Ihnen anzutretende Reise in Ihrer
Gesellschaft und unter Ihrem Schutze mit Ihnen zu machen —
sicherlich würde ich dafür sorgen, daß Ihnen die möglichst wenige
Unbequemlichkeit daraus erwüchse.

Sarah ist treu und vollkommen verläßlich; theilen Sie ihr
nur in wenigen Worten mit, was Sie mir zu antworten haben.

Ihre ergebene Sidonie Field.

Eckart stand nach Beendigung der Zeilen noch immer in
das Schreiben starrend und strich, wie im Kampfe mit sich
selbst, das dichte blonde Haar zurück; dann öffnete er, augenscheinlich noch unsicher mit sich selbst, die Thür und winkte der
Mulattin, welche mit Jakob in einem merkbar angeregten Gespräche neben den beiden Pferden stand. Sie schien nur auf
sein Wiedererscheinen gewartet zu haben und trat rasch zu ihm ein.

„Was ist drüben vorgefallen, Sarah? Mr. Field scheint
Sie für ihre beste Freundin zu halten und weist mich zur nähern
Aufklärung an Sie!"

„Hat sie das gethan? Gott segne die süße Blume, die viel
zu gut für das Land hier ist!" rief die Farbige mit aufglänzendem Gesichte, „aber sie weiß ja auch, wo Herzen sind, auf die
sie rechnen kann. — Was drüben geschehen ist?" fuhr sie eifrig
fort, „nun gar nichts Anderes, als was ich mir schon vorher
gedacht hatte. Miß Lucy war schon bissig auf die junge Mistreß,
als sie Mr. Field von Deutschland mitbrachte, und sie das
Haus mit ihrer Schwester räumen mußte, das sie seit dem
Tode des alten Herrn verwaltet hatten — es hatte Niemand
anders gedacht, und sie wohl am wenigsten, als daß Miß Lucy
einmal Mr. Field werden würde, sobald der junge Herr nach
Hause kehrte; nachher, wie es wieder damit nichts war, haben

sie der jungen Frau angehangen was sie konnten, bis Mr. Field
die beiden Schwestern wieder ins Haus nahm, als wollte er
damit eine Sünde gut machen — und doch war's der Teufel,
den er aufnahm, und dem er Macht über den guten Engel gab,
der nur mit den Augen zu winken brauchte, um das ganze
farbige Volk auf der Farm für sie durch's Feuer zu treiben,
wenn sie es gewollt hätte. Nun, so lange Mr. Field da war,
ging noch Alles, wenn auch oft mit Schmerzen — kaum hat
er aber den Rücken gekehrt, so hat die junge Mistreß kein Wort
mehr im Hause zu sagen und sie hätte wohl kaum ihre richtigen
Mahlzeiten bekommen, wenn nicht unter der Hausdienerschaft
eine Art stiller Revolution gewesen wäre, wodurch die junge
Frau in Schutz genommen wurde. Es war schon einmal so
weit, daß die schwarze Köchin, weil sie die Miß Lucy nicht als
ihre Herrin anerkennen wollte, unter die Feldarbeiter gesteckt,
und eine von den Aufwärterinnen die Peitsche bekommen sollte,
wozu auch der Doctor, der ab und zu ins Haus kommt, gerathen; aber da fuhr ein ganz neues Leben in die junge Mistreß,
sie war wieder richtige Herrin und befahl, daß nichts geschähe.
als was sie anordne, daß Niemand ein Recht außer ihr im
Hause habe, und dann gab's auch keinen Gehorsam mehr im
Hause, außer gegen sie — nachher kamen aber Briefe von Mr.
Field, die sie wohl kleinmüthig gemacht hatten, denn sie ließ
Alles gehen, wie es ging, bis sie mir heimlich im Vertrauen
sagte, daß sie diese Art Leben nicht mehr ertragen möge und
fort zu Mr. Field wolle. Und das, denke ich, wird sie Ihnen
ja wohl auch geschrieben haben?"

Eckart blickte die Farbige noch einige Sekunden wie in Ge-
danken verloren an; dann schien er eine Frage thun zu wollen,
sie aber zu unterdrücken und nickte nur energisch. „Sagen Sie
Mrs. Field, daß ich mich ihr völlig zur Disposition stelle.
Jakob wird unser Pferd, das jetzt Mr. Field gehört, nach der
Farm bringen und sie möge mir durch diesen nur wissen lassen,
wann und wo ich sie treffen solle. Mr. Field erwartet uns in
New-Orleans und hat mir aufgegeben, als kürzesten Weg die
Eisenbahn bis Memphis zu nehmen und dann mit dem ersten
Dampfboote den Strom hinab zu gehen. Unter den jetzigen

Verhältnissen hätte ich der Lady zu näherer Verabredung gern noch selbst meinen Besuch gemacht; indessen — ist es vielleicht besser, wenn ich mich nicht auf der Farm zeige," setzte er mit einem kurzen Zögern hinzu, und Sarah nickte mit einem so verständnißvollen, halb schalkhaften Blicke, daß er davor das Blut in sein Gesicht steigen fühlte. „Ich werde Alles richtig bestellen," sagte sie, „und wenn mich der Master Jakob jetzt gleich begleiten könnte, so würde meine Mistreß Zeit gewinnen, schon bis morgen früh ihre Abreise vorzubereiten."

„Aber wissen Sie denn auch, daß Jakob mit uns geht?" fragte Eckart mit einem Lächeln, als wolle er damit die ihm bereitete kurze Befangenheit vergelten. Sie zuckte indessen nur mit einem leichten Aufwerfen der Oberlippe die Achseln. „Mrs. Field schickt mich während ihrer Abwesenheit nach Huntsville in Dienst, wo es viele hübsche Männer geben soll; in Californien aber sind, wie es heißt, die Mädchen noch so selten, daß Mancher Geld zahlt, um nur eins zu Gesicht zu bekommen!" Sie sah mit einem plötzlichen neckischen Blick zu ihm auf und wandte sich dann rasch, aber in vollkommen graziöser Biegung ihres Oberkörpers dem Ausgange zu.

Eckart begann langsamen Schrittes den Raum zu durch-messen, sich in Zwischenräumen die Stirn reibend. Er hörte kaum das Davongaloppiren der beiden Pferde. In ihm war ein Zwiespalt, den er beim Lesen des empfangenen Briefes und den Worten Sarah's wohl schon dunkel gefühlt, der aber erst jetzt ihm zum klaren Bewußtsein zu gelangen begann. Auf der einen Seite stand ein tiefes Interesse für die junge deutsche Frau, die „unter fremden Elementen verlorene Seele", und sein ganzes Herz schwoll bei dem Gedanken an die mädchenhafte Er-scheinung in einem Gefühle, dem er nicht einmal wagen mochte, den rechten Namen zu geben — auf der andern Seite stand das von ihm angenommene Vertrauen Fields, dessen Hülfe er soeben benutzen wollte, um aus seinen augenblicklichen Verhält-nissen zu gelangen; und wenn er jetzt auch nur aufgefordert war, die junge Frau ihrem Manne zuzuführen, so hatte er doch gut genug aus Jakobs Worten, wie aus dem Wesen der Mu-lattin errathen können, welche Deutung seiner Begleitung

untergelegt werden würde. Er warf sich auf einen der roh-
gearbeiteten Stühle und stützte die heiße Stirn in die Hand,
bis in ihm endlich wie ein ausgleichender Trost der Gedanke
aufstieg: „Das Schicksal mag walten, ich habe die Ereignisse,
wie sie sich gefolgt, nicht herbeigeführt!" Hätte er ja doch den
erbetenen Schutz für sie nicht einmal von sich weisen können,
und was für sie in ihm lebte, war ja ganz ohne sein Zuthun,
wie durch eine Schicksalsfügung hervorgerufen, entstanden.
Außerdem aber und wenn auch Alles anders gewesen wäre:
Hatte er nicht ein Recht, sich einer Landsmännin zur Seite zu
stellen, die unterdrückt und verlassen unter diesen Amerikanern
stand? — Er erhob sich langsam und trat hinaus in die von
der Abendsonne beleuchtete Waldblöße; es drängte sich ihm mit
Macht auf, daß er mit dem nächsten Morgen wieder einen
ganz neuen Abschnitt seines Lebens beginne; ungerufen trat
die Abschiedsscene zwischen ihm und seinen beiden so schnell gewonnenen neuen Freunden in dem New=Yorker Weinhause vor
ihn und fast unwillkürlich brummte er:

„Und wenn wir uns dann einstens wiedersehen,
  In einer schönern, bessern Zeit —"

„Ob sie aber kommen wird —?" setzte er mit einem
halben Seufzer hinzu, und begann dann mit leicht gesenktem
Kopfe über die gefällten Baumstämme zu schreiten, das bereits umgeackerte Stück Land betrachtend und an einzelnen
Orten mit einem Rundblick Halt machend, als wolle er von
den magern Früchten seiner bisherigen mühseligen Arbeit Abschied nehmen. — — —

Um fünf Uhr Abends sollte der Zug der kürzlich erst er-
öffneten, von der Georgia Grenze nach dem Mississippi führenden Eisenbahn in Memphis eintreffen; aber schon lagen die
beiden Dampfschiffe, welche die Reisenden nord= oder südwärts
auf dem Flusse weiter schaffen sollten, drei Stunden müßig
wartend und noch war keine Nachricht von dem ausgebliebenen
Zuge eingetroffen. Die Telegraphen=Linie harrte erst noch ihrer
Vollendung entgegen. — Dreißig englische Meilen von dem
Flusse entfernt in der Mitte eines dichten Kiefernwaldes aber

war man um so genauer von Dem, was geschehen war, unterrichtet. Dort stand die Locomotive, von den Schienen gelaufen
und so tief in den sumpfigen Boden daneben gefahren, daß trotz
mehrstündiger vereinter Anstrengungen der Beamten und männ-
liche Passagiere, trotz aller angewandten Hebewerkzeuge die vorhandenen menschlichen Kräfte nicht im Stande zu sein schienen,
die Maschine aus der Lage, in welche sie gerathen war, zu befreien. Es war endlich beschlossen worden, die nächste Farm
aufzusuchen, um von da aus einen reitenden Boten nach Memphis um Hülfe zu senden, denn es war nicht zu erwarten, daß
von diesem äußersten Endpunkte der langen Bahn, bei der
völligen Unkenntniß über das Geschehene und die Entfernung,
in welcher der Zug hielt, von selbst Hülfe abgesandt werden
würde. Nach allen Seiten hin waren paarweise Patrouillen
der Beamten und Reisenden zur Entdeckung einer menschlichen
Wohnung in den Wald eingedrungen und bald war auch der
laute Schrei eines Suchenden als Signal für die übrigen laut
geworden. Es war ein gebahnter Fahrweg, welcher aufgefunden
war, der jedenfalls zu einer ländlichen Besitzung führen mußte,
und die Nachricht ward unter den Passagieren mit um so mehr
Genugthuung aufgenommen, als sich der Hunger bereits meldete
und die bestimmte Aussicht vorhanden war, nicht vor dem
nächsten Morgen aus der augenblicklichen Lage erlöst zu werden.

Von den angehangenen Wagen war der Passagierwagen
zum Theil der Verführung durch die Locomotive gefolgt, und
in diesem hatte sich ein junges Paar von den übrigen rauhen
Männergestalten, welche bis zu dem Unfall die Sitze eingenommen, in die hinterste Ecke des allgemeinen, unzertheilten
Raumes, wie ihn die amerikanischen Eisenbahnwagen bilden,
zurückgezogen. Die junge, halbverschleierte mädchenhafte Gestalt schien das einzige weibliche Wesen auf den Zuge zu sein
und horchte mit sichtbarer Sorge auf die außen laut werdenden
Rufe, bis plötzlich der junge Mann an ihrer Seite den Kopf
durch das Fenster steckte: „Hallo, Jakob, wie steht's?" und eine
deutsche Stimme zurückklang: „Land, Mr. Eckart! es scheint,
daß wir nicht werden hungern müssen und auch eine Streu
zum Nachtlager bekommen! Vor morgen früh geht's nicht

weiter, also steigen Sie nur mit der Lady aus; es macht sich schon Alles fertig, hinüber nach der Farm zu gehen!"

Der Unfall hatte sich an demselben Tage ereignet, an welchem Sidonie „unter Eckarts Schutze" die Reise zu ihrem Manne angetreten. Noch vor Tagesgrauen war sie, von Sarah begleitet, mit dem jungen Manne und dessen Gehülfen auf der unfern belegenen Eisenbahnstation zusammengetroffen und schon nach kurzer Frist hatte der heranbrausende Nachtzug die beiden Paare aufgenommen. Vorsorglich war das Gepäck beider schon im Laufe der Nacht durch einen Schwarzen der Plantage nach der Station gefahren worden. Eckart hatte von dem ersten Momente an, in welchem er mit der jungen Frau den erleuchteten Wagen betreten, eine Zurückhaltung gegen diese beobachtet, größer, als er sie bei seinen letzten beiden Besuchen auf der Farm für nöthig gehalten, und sie hatte endlich, ihren Schleier zurückschlagend, ihm die Hand entgegengestreckt und gesagt: „Danken will ich Ihnen, wenn wir erst unser Ziel erreicht haben; sagen Sie mir aber jetzt zu meiner Beruhigung, daß ich Ihnen durch meine Begleitung wenigstens nicht eine allzu-große Last aufgeladen habe!"

So bestimmt sich auch Eckart vorgenommen hatte, ihr Vertrauen gegen ihn durch keine Miene, durch kein unbewachtes Wort zu täuschen, so meinte er doch, sich kaum der Macht des süßen Tons, welcher in ihren Worten klang, entziehen zu können. „Und warum verlangen Sie erst Worte von mir?" erwiderte er, ihre Hand warm ergreifend; „ich könnte Ihnen ja sagen, daß ich glücklich bin, durch einen kleinen Dienst Etwas von meiner Dankesschuld gegen Sie abzutragen; können Sie sich denn aber nicht vorstellen, daß in diesem Dienste selbst, in Ihrem Vertrauen zu mir, ein noch viel größeres Glück für mich liegt?"

Sein Blick, mit welchem er unwillkürlich die Worte begleitet, mochte wohl noch mehr als diese gesprochen haben, denn sie wandte sich ihm leicht ihre Hand entziehend ab, um einige Worte an die Mulattin, welche in ihrer unmittelbaren Nähe saß, zu richten, und damit schien sie auch die einen Moment verlorene Sicherheit wiedergewonnen zu haben; sie machte in

voller Freiheit einzelne Bemerkungen über die mögliche Dauer
der Reise, welche von Eckart in seiner schnell wiedergewonnenen
früheren Zurückhaltung beantwortet wurden, und erst als Sarah
in Huntsville den Zug verlassen und Jakob zu eigener größerer
Bequemlichkeit sich nach einem andern Theile des Wagens begeben, als von hier an der Raum sich mehr und mehr mit rauhen
amerikanischen Männergestalten zu füllen begann, ohne daß sich
auch nur ein anderes weibliches Wesen außer ihr gezeigt hätte,
schien, ihren einzelnen Blicken auf den seitwärts sitzenden Begleiter nach, ihr die Nothwendigkeit eines engern Anschlusses an
diesen klar zu werden. Die amerikanischen Eisenbahnwagen
zeigen nur zwei der Länge des Raumes nach durchgehende Reihen
von Sitzen, jeder für zwei Personen; und als nach kurzem An-
halten die ziemlich rühe Gestalt eines neu Eingestiegenen neben
ihr Platz nehmen wollte, erhob sie sich plötzlich und trat nach
dem Sitze Eckarts hinüber, welcher indessen bereits eine halbe
Bewegung, um sie vor der unpassenden Nachbarschaft zu bewahren, gemacht hatte und jetzt den möglichst kleinen Raum
einzunehmen strebte, um ihr eine zwanglose Bequemlichkeit
neben sich zu verschaffen. „Ich habe mir die Eisenbahnfahrt
nicht unter solchen Umständen vorgestellt," sagte sie, einen Blick
auf die übrige Reisegesellschaft werfend, „da ich mich jetzt aber
wirklich unter Ihren Schutz begeben muß, so bitte ich Sie
auch herzlich, sich meinethalber keinen Zwang aufzuerlegen."

„Gut!" erwiderte er, wie unter einem bestimmten Entschlusse. „Wenn Sie sich einem dankbaren Freunde und Landsmann voll anvertrauen wollen, Mistreß Field, so schaffen Sie
sich auch ohne Rücksicht auf mich allen Comfort, der sich hier
erlangen läßt und ich werde dann ebenso wenig ängstlich sein,
Sie durch eine Bewegung zu belästigen!"

Sie saßen wenn auch eng doch bequem neben einander,
aber es war, als werde durch die dichte gegenseitige Berührung
ein weiteres unbefangenes Gespräch gehindert, denn es fiel kein
Wort mehr zwischen Beiden. Der Morgen war sonnig herauf-
gekommen, und der jungen Frau, welche die Nacht über wohl
kaum geschlafen, begannen, als wisse sie sich gesichert, unter der
eintönigen Fahrt die Augen zuzufallen; sie hatte schon nach dem

Einsteigen in den Wagen zu größerer Bequemlichkeit ihren Hut abgenommen, und als Eckart sie jetzt, in dem über sie gekommenen Schlafe, je nach der Bewegung des Wagens wanken sah, während der einfache Sitz ihr nirgends einen bequemen Halt zur Ruhe bot, streckte er seinen Arm hinter ihrem Rücken aus und sagte halblaut: „Lehnen Sie sich ohne Bedenken an meine Schulter, Sie können in dieser Haltung nicht ausdauern!" Sie schien ihn nicht zu hören, aber ihr Körper folgte dem leisen Drucke seiner Hand und ihr Kopf sank, augenscheinlich ihrer unbewußt, an seine Schulter, hier eine völlig bequeme Lage gewinnend. In ruhigem Athmen schlief sie weiter wie ein harmloses Kind, und der junge Mann, der bei diesem unbewußten Anschmiegen plötzlich seine Brust enger werden fühlte, wagte es kaum, tiefer Athem zu holen, um sie nicht zu erwecken; aber einem nervösen, noch kaum gekannten Gefühle, welches alle seine Glieder durchrieselte, als er den leichten Druck ihres Körpers und das Wehen ihres Athems empfand, konnte er nicht wehren. Fast wie sich einer Ungehörigkeit bewußt, flog sein Blick durch den Wagen, Jakob suchend; dieser aber war in dem mit Passagieren gefüllten Raume unsichtbar geworden, und beruhigt gab er seinem Arme eine bequemere Lage, ihn leicht um den feinen Oberkörper seiner Schutzbefohlenen legend. Ihm wurde, als möge er so bis in alle Ewigkeit fahren.

Acht Uhr war vorüber, als der Zug vor einem einsamen Gehöfte hielt, der Conducteur mit einem lauten: „Zwanzig Minuten Frühstückszeit!" durch den Wagen schritt und die Reisenden sich mit Hast und Geräusch erhoben. Sidonie richtete erwachend den Kopf auf, blickte einen Moment ungewiß um sich und schnellte dann, als sie sich ihrer Lage bewußt geworden zu sein schien, empor. Ein tiefes Roth schoß in ihr Gesicht. „Mein Gott," sagte sie unsicher, „ich glaube, ich bin Ihnen während meines Schlafes lästig geworden!" Eckart fühlte ihre sichtliche Befangenheit theilweise auf sich selbst übergehen, zugleich aber trat auch die Nothwendigkeit vor ihn, ihr gegenseitiges Verhältniß für die Dauer der Reise sofort festzustellen, wenn diese nicht für Beide zuletzt peinlich werden sollte. „Sie machen noch immer so viel Worte!" sagte er, seinen Ton zur

Ruhe zwingend. „Wenn Sie sich mir in wirklicher Aufrichtigkeit anvertraut haben, so kann doch auf einer solchen Reise bei einem Landsmanne, der sich in den fremden Verhältnissen wie ein halber Bruder gegen Sie fühlen muß, nicht von den kleinlichen Convenienzen die Rede sein, wie sie im gewöhnlichen gesellschaftlichen Leben Geltung haben! Unser Weg mag uns vielleicht noch Manches bringen, von dem wir im Augenblicke nichts ahnen, wo alle Convenienzen von selbst bei Seite treten, und ich muß Ihnen sagen, daß wenn unter dieser Art von Reisegesellschaft mein Recht zu Ihrem Schutze anerkannt werden soll, es nur zweckmäßig wirken kann, wenn in der jetzigen Umgebung eine genauere Beziehung zwischen uns vorausgesetzt wird, als sie in der Wirklichkeit besteht —" er stockte vor dem hellen Roth, welches aufs Neue in ihr Gesicht trat, fuhr dann aber rasch fort: „Nehmen Sie meine Worte in demselben Vertrauen, mit welchem Sie sich mir angeschlossen haben — und nun bitte ich um Ihren Arm, damit wir nicht um unser Frühstück kommen!"

Nur eine Secunde lang zögerte sie, wie uneins mit sich selbst, dann zog sie rasch ihr Portemonnaie aus der Tasche des Kleides und sagte, während es wie ein Abglanz ihrer innersten Seele in ihrem Gesichte aufstieg: „Sie sollen sich nicht wieder über unnöthige Worte oder mangelndes Vertrauen beklagen, ich will Sie wie einen Bruder betrachten; natürlich ist einem solchen auch alle falsche Delikatesse fremd — und so bitte ich Sie, von der kleinen Summe hierin die vorkommenden Ausgaben für mich zu bestreiten! Sie bot ihm mit der linken Hand das Geldtäschchen und zugleich die ausgestreckte Rechte, und wenn auch bei ihren letzten Worten das unangenehme Gefühl seiner mittellosen Stellung im Vergleich zu der ihrigen ihn durchzuckte, so hätte er in diesem Augenblicke doch noch eine viel schwerere Demüthigung zu ihrer Befriedigung auf sich genommen. „Ich werde thun, wie Sie es wünschen!" erwiderte er, zuerst mit einem leichten Drucke ihre Hand ergreifend, und sodann das Portemonnaie an sich nehmend.

Als sie aus dem Wagen getreten waren und Sidonie wie selbstverständlich den Arm ihres Begleiters nahm, stand Jakob

ihrer bereits harrend und Eckart fing einen der wunderlichen
Blicke auf, mit welchen der Bursche eine Bemerkung, die ihm
auf der Seele lag, anzudeuten pflegte. Aber erst als Jener
die junge Frau nach der Thür des offenen Speisezimmers geleitet hatte, wandte er sich nach dem ihm folgenden Gefährten
zurück; „Sie wollten mir Etwas sagen, Jakob?"

„Sagen, ich weiß nicht — ich meinte nur, daß es freilich
schlimm ist, das einzige Frauenzimmer unter so vielen Männern
zu sein, aber daß die Sache bei einer so langen Reise doch
kitzlich genug für Sie werden muß, besonders da wir zusammen
geraden Wegs zu Mr. Field gehen!"

„Jakob, ich wünschte, Sie ließen meine Privat-Angelegen-
heiten außer dem Bereiche Ihrer Bemerkungen!" versetzte Eckart,
unter einer ernsten Miene merkbar eine leichte Verlegenheit ver-
bergend.

„Nun ja, der Teufel muß mich noch immer beim Ohr
haben", nickte der Bursche, als ihm der junge Mann den Rücken
kehrte. „'s ist die alte Geschichte, den Leuten zu sagen, was
sie nicht hören mögen — ich spreche kein Wort wieder!"

Aber es war, als sei die „kitzliche" Lage der Umstände nicht
nur Sidonie's Beschützer, sondern dieser selbst zum Bewußtsein
gekommen, denn trotz des Uebereinkommens, die steifere gesellschaftliche Convenienz unter einander bei Seite zu lassen, lag es auf der
ganzen Weiterfahrt wie ein stiller Zwang zwischen Beiden, der
einen unbefangenen freien Verkehr nicht recht zur Geltung kommen
lassen wollte, und wenn sich auch zu Zeiten ein leichtes Gespräch
über die dem Auge sich bietenden Gegenstände entspann, so
schien doch die junge Frau ebensowenig ein besonderes Interesse
an dem verhandelten Gesprächs-Gegenstand gewinnen zu
können, als dieser Eckarts innerer Stimmung entsprach. Die
Reisenden hatten auf der ganzen Strecke wenig gewechselt, Alle
schienen dem Mississippi zuzustreben und wenigstens sah es
Eckart in dem ganzen Benehmen derselben erreicht, daß er als
in voller Berechtigung zu der jungen Frau gehörig betrachtet
wurde. — —

Die Dämmerung begann schon hereinzubrechen, als nach
den vergeblichen Bemühungen, die Locomotive wieder auf die

Schienen zu bringen, die Passagiere den Weg nach der ent-
deckten Farm im Walde einschlugen; aber fast war es Nacht,
als endlich ein großes Blockhaus, hinter welchem sich eine
Strecke angebauten Landes ausdehnte, sichtbar wurde. Der
Farmer war augenscheinlich von dem Geschehenen bereits unterrichtet, denn er trat aus der offenen Thür des Hauses, welche
ein großes Kaminfeuer in dem innern Raume zeigte, den Ankommenden entgegen und sagte: „Kaffee, Maisbrod und Schweinefleisch können Sie haben, Gentlemen, das ist aber Alles und
im Uebrigen werden Sie sich behelfen müssen, wie es eben geht;
an Stroh zu einem allgemeinen Nachtlager soll's indessen nicht
fehlen, die Stube ist groß genug dazu!"

„Verlangen's nicht besser — haben's oft nicht besser gehabt — sollen bedankt sein, alter Kamerad!" klang es lachend
und jolend unter den Reisenden, welche jetzt, als wolle Einer
den Andern beim Eintritt überholen, sich der Thür zudrängten.
Hinter der großen Menge stand Sidonie an Eckarts Arme und
der junge Mann fühlte, daß sie sich bei dem rüden Gebahren
der Passagiere, wie von Furcht überkommen, enger an ihn
schloß. „Sie werden unter allen Umständen sicher untergebracht
werden," sagte er beruhigend, unwillkürlich ihren Arm an sich
drückend, „es wird eine Frau, eine Tochter oder dergleichen im
Hause sein! Jakob," wandte er sich nach dem seitwärts stehenden
Burschen, welcher erst kopfschüttelnd das Treiben der Eintretenden betrachtet und dann den Kopf wie in halbscheuer Beobachtung nach dem jungen Paare gewandt hatte, rufen Sie den
Farmer heraus und sagen Sie ihm, daß es mir auf ein paar
Dollars nicht ankomme!" Jakob folgte sichtlich befriedigt, mit
einem bereitwilligen: „Wollen zusehen, ob mein Englisch so weit
ausreicht!" den Uebrigen und erschien auch schon nach Kurzem
mit dem Hausbesitzer wieder.

„O, der Gentleman mit seiner Lady — weiß schon, der
Conducteur hat deshalb ein paar Worte fallen lassen," sagte
der Letztere herantretend; „es ist wohl noch ein separates Winkel-
chen da, in dem ich Ihnen eine abgesonderte Streu machen
kann und auch ein Kopfkissen für die Lady wird sich finden;
Sie müssen es aber nehmen wie es ist — das Haus ist so voll,

daß ich mit meiner Alten mich unter das Dach betten muß."
Er machte eine einladende Bewegung, ihm zu folgen und
schritt nach der Seitenfront des Hauses, wo sich unter dem
Drucke seiner Hand ein zweiter Eingang öffnete, in welchem er
mit einem: „Ich werde gleich Licht schaffen!" verschwand. Bald
entzündete sich auch ein Stück dünner Talgkerze; die junge
Frau schien mit einem fühlbaren Zusammenraffen ihrer selbst
sich gewaltsam Muth zu machen und trat an der Seite ihres
Begleiters in ein enges, rohgetünchtes Gemach, welches, den
mannigfachen umherstehenden Geräthschaften wie aufgehangenen
Kleidern nach, zum Aufbewahrungsort der verschiedensten Dinge
zu dienen schien. Nur ein einziger Holzstuhl mit abgebrochener
Lehne bot eine Gelegenheit sich niederzulassen; der Farmer aber
schien von dem Genügen des Unterkommens für seine Gäste
durchaus überzeugt, nickte selbstzufrieden und verließ mit einem:
„Es soll bald für ein Lager gesorgt werden!" den Raum.

„Sie erlauben mir, hier zu bleiben, bis ich Sie in völliger
Sicherheit weiß!" sagte Eckart seine Begleiterin nach dem
Stuhle führend, während ein halbfurchtsamer Blick der Letzteren
über die Umgebungen schweifte und dann sich einer Thür dem
Eingange gegenüber zuwandte, durch welche das Untereinander
der Stimmen, wie es von den einquartierten Passagieren laut
ward, klang. Auch der junge Mann war auf die unmittelbare
Nachbarschaft aufmerksam geworden, er machte eine Bewegung,
sich der Thür zu nähern, diese aber sprang in demselben Augenblick auf; zwei der rauhen Gestalten, wie sie einen Theil ihrer
bisherigen Reisegefährten gebildet, traten ein, zogen sich aber,
sobald sie die junge Frau bemerkten, auflachend wieder zurück.
Eckart folgte ihnen unmittelbar bis an die wieder zugefallene
Thür, um hier die Möglichkeit eines Verschlusses zu finden;
aber nur eins der einfachsten, ursprünglichen Schließapparate
nach beiden Seiten hin gleich leicht zu öffnen, zeigte sich ihm.
Ihr Auge hatte seine Untersuchung verfolgt und schien, dem
ängstlichen Ausdrucke ihrer Züge nach, ebenso das Ergebniß
derselben wahrgenommen zu haben. „Beruhigen Sie sich nur,
ich bitte Sie herzlich darum!" sagte Eckart, „sobald der Besitzer
wieder zurückkommt, wird sich leicht eine Vorrichtung zur

Sperrung der Thür ausfindig machen lassen; bis dahin aber
gehe ich nicht von Ihrer Seite!"

Sie antwortete nicht und senkte den Kopf, wie vorläufig
sich in das Unabänderliche ergebend; er aber trat nach einem
langen Blicke auf sie an das Fenster, in die hereingebroch'ene
Nacht hinausstarrend. Es kam ein Gedanke in ihm heraufge-
krochen, ob es nicht viel besser gewesen wäre, sich gar nicht mit
Field's Unternehmen einzulassen; das auf ihm ruhende Vertrauen desselben erschien ihm jetzt wie eine drückende Last; sie,
die er jetzt ihrem Manne zuführen sollte, hätte ohne eine Begleitung sicher nicht die jetzt unternommene Reise angetreten,
ihre häuslichen Verhältnisse wären dann wohl noch schärfer geworden, hätten zu einer Entscheidung gedrängt, die sich bei den
obwaltenden Verhältnissen voraussehen ließ, und dann hätte er
mit einer Art Berechtigung der „unter fremden Elementen verlorenen Seele" mit seinem ganzen Herzen zur Seite springen
können — während jetzt selbst die im Geheimsten seines Innern
gepflegte Empfindung für die junge, schöne Landsmännin eine
Art Betrug an dem Vertrauen Field's war. Aber wenn nun
auch seine Phantasiebilder sich verwirklicht gehabt hätten — was
dann? War er nicht ein armer Teufel, der noch nicht einmal
für sich eine entsprechende Existenz hätte finden können? Es
kam plötzlich ein Weh, wie über ein ganzes verlorenes
Leben über ihn, er hatte aber auch noch nie so klar als jetzt
empfunden, daß doch das ganze Glück seiner Zukunft nur in
ihr ruhe, die jetzt das Eigenthum eines Mannes war, der nicht
einmal den Werth des ihm zugefallenen Schatzes zu würdigen
verstand.

Der Eintritt des Farmers, welchem eine Schwarze folgte,
unterbrach seine Gedanken. Der Erstere zog mehrere Bunde
dürrer Maisblätter herein, die Letztere trug einen kleinen Tisch,
welcher sich nach wenigen Minuten mit Kaffeegeschirr, dampfen-
dem Maisbrode und gesalzenem Schweinefleisch besetzt zeigte;
der Farmer breitete seine Last zu einer breiten bequemen Streu
aus und hatte auch das Kopfkissen „für die Lady" nicht vergessen. Eckart wartete nur bis der Mann sich von seiner Arbeit
aufrichtete und deutete ihm dann die Nothwendigkeit eines Ver-

schlusses der Verbindungsthür an, der Alte aber schüttelte
lächelnd den Kopf. „Das wäre erstens gar nicht nöthig," sagte
er, „von unsern Boy's*), wie sie jetzt nach Memphis und New-
Orleans zum Wintergeschäfte gehen, hat Niemand Etwas zu
fürchten, wenn sie auch ein Bißchen ausgelassen thun; dann aber
habe ich auch nichts im Hause, was sich hier verwenden ließe
— ich müßte denn die Thür von der andern Seite vernageln
und das sähe doch garstig gegen die andere Gesellschaft aus.
Im Uebrigen sind Sie ja da und ich werde's zum Ueberfluß
drüben sagen, daß ich hier den Gentleman mit seiner Lady einquartiert habe!" Er nickte lächelnd und verließ das Zimmer;
mit dem Zufallen der Thür aber fuhr auch Sidonie von ihrem
Sitze auf. „Mein Gott, ich kann ja doch h i e r die Nacht nicht
zubringen?" rief sie gepreßt, während sich eine voll ausgeprägte
Furcht in ihrem Auge zeigte; die augenblickliche Verlegenheit
Eckarts aber, welche die Annahme einer so nahen Beziehung
zwischen ihm und der jungen Frau hervorgerufen, machte jetzt
dem Ausdrucke eines bestimmten Entschlusses Platz. Er schritt
rasch auf seine Begleiterin los und faßte, wie unter ihrem angst-
vollen Blicke jede Rückhaltung vergessend, ihre beiden Hände.

„Nicht wahr, Sie versprachen, mir Ihr g a n z e s Vertrauen
zu geben?" sagte er warm. Sie schloß wie ihrer unbewußt, wie
nur mechanisch nach einem Halte greifend, ihre Finger fest um
die seinen. „Mein Gott, ja! ich k a n n ja doch aber die Nacht
nicht hier zubringen!" wiederholte sie mit dem frühern Ausdruck.

„Und Sie wissen," begann er von Neuem, „daß ich lieber
mein Leben opfern, als eine Beleidigung gegen Sie zulassen
würde? Nun — hören Sie mich, hören Sie mich:" fuhr er
fort, ihre Hände fester in die seinen nehmend, und ihr Blick,
welcher wie irr über die getroffenen Vorbereitungen im Zimmer
geschweift hatte, hob sich und blieb zitternd in seinem warmen
Auge hängen. „Ich bleibe die Nacht über auf diesem Stuhle,
der in Gemeinschaft mit dem Tische die Thür hier decken soll
— Sie bedürfen der Ruhe und nehmen ruhig das Lager ein.

---

*) Wörtlich: Knaben — wird aber von älteren Personen als
völlig gebräuchlich gegen junge erwachsene Männer gebraucht.

— Haben Sie denn nicht," unterbrach er sich erregt, als er bei
seinem Vorschlage eine eigenthümliche Bewegung in ihren Zügen
wahrnahm und er ihre Hände, als werde sie sich jetzt erst deren
Lage bewußt, in den seinigen zucken fühlte, „haben Sie denn
nicht, wenn auch als Engel der Barmherzigkeit, an meinem
Lager gestanden, in dieser Barmherzigkeit alle kleinlichen Rück-
sichten gegen den Fremden hinter sich geworfen, und ist es denn
nicht zum großen Theile Das gewesen, was Sie aus Ihrer
Häuslichkeit hierher in die halbe Wildniß gebracht hat — und
nun zögern Sie auch nur einen Moment, dem dankbaren Landsmanne, der jedes Opfer für Sie bringen würde, könnte er Sie
dadurch glücklich wissen, dessen ganze Seele Ihnen schon gehört
hat, als er noch halb in Fieber Sie zum ersten Male unter
diesen kalten amerikanischen Gesichtern erblickte, sich voll und
sorglos anzuvertrauen?"

Die Bewegung in ihren Zügen war während seiner fast
leidenschaftlich gewordenen Rede mächtiger geworden und als
dränge die Aufregung ihres Innern zu einem Ausbruche, begann
sich ihre Brust unter einem krampfhaften Schluchzen zu heben;
sie entzog ihm ihre Hände, als wolle sie sich abwenden, der
junge Mann sah sie wanken und nur dem ersten raschen Impulse
folgend, schlang er zu ihrer Unterstützung kräftig seinen Arm
um sie. „Gott im Himmel, glauben Sie denn nicht an mich
und die heilige Verehrung, die ich Ihnen weihe?" rief er; da
machte sich ihr gepreßtes Innere durch einen plötzlich aus-
brechenden Thränenstrom Luft; Eckart fühlte sie in seinem Arme
sinken, während zugleich ihr Kopf, wie völlig machtlos auf
seine Schulter fiel — ein aufwallendes Gefühl von Seligkeit
bemächtigte sich seiner; im nächsten Augenblicke schon aber hatte
sie sich, wie unter einer gewaltigen innern Anstrengung, wieder
emporgerafft.

„Um der Barmherzigkeit willen lassen Sie mich jetzt!"
sagte sie, sich seinem Arme entziehend und sich nach dem einzigen
Stuhle wendend. Er blickte ihr nach, bis sie ihren Sitz gewonnen und trat dann wieder nach dem Fenster in die mondlose
Nacht hinausblickend. Aber sein Ohr und sein inneres Auge
waren bei ihr. Er hörte sie noch eine Weile leise schluchzen

und er wußte als habe sie es ihm gestanden, daß der größte
Theil ihrer kundgegebenen Erregung nicht den augenblicklichen
sonderbaren Verhältnissen, sondern ihrem ganzen verfehlten
Jugend-Leben, das sie einer Lage wie die gegenwärtige aussetzte,
galt — er wußte, daß sie diesen Mann, zu dem sie jetzt in der
äußersten Bedrängniß flüchten wollte, niemals geliebt hatte, daß
es unter anderen Verhältnissen ihm selbst vielleicht aufbewahrt
gewesen wäre —" er drückte die Hand vor die Augen und
mochte nicht weiter denken.

Hinter ihm war es still geworden und erst nach einer langen
Weile klang es halblaut: „Herr Eckart, ich werde thun, wie
Sie es wünschen!" Er wandte sich rasch um.

Sie stand aufrecht, mit halbgesenktem Haupte, sich auf die
zerbrochene Lehne des Stuhles stützend. „So erlauben Sie mir,
daß ich die nöthigen Arrangements treffe," erwiderte er, so viel
Anregendes in seinen Ton legend, als er vermochte, „auf unser
Licht möchte ich mich keine halbe Stunde mehr verlassen, und
wenn Sie Etwas zu sich nehmen wollen, so müßte es bald geschehen — eine Tasse Kaffee würde Ihnen sicherlich gut thun!"

Sie schüttelte nur wortlos den Kopf, und er wandte sich
nach dem Ausgange nach dem Freien, hier den Riegel vorschie-
bend, machte sich sodann daran den Tisch vor die Oeffnung der
Verbindungsthür zu stellen, durch welche das Lachen und
Schwatzen der übrigen Reisenden in voller Deutlichkeit herein-
drang, ergriff zuletzt den von ihr verlassenen Stuhl und nahm,
den Rücken nach der bereiteten Streu kehrend, an dem Tische
Platz. „Eine Untersuchung dieser amerikanischen Delikatessen
soll mir wenigstens so lange die Zeit vertreiben, als das Licht
brennt, eine Stärkung kann durchaus nichts schaden," sagte er,
„und wenn Sie während dieser Zeit sich in voller Bequemlichkeit einrichten wollten, so könnte es noch im Hellen geschehen."

Er hörte das Rauschen ihres Kleides, sah aber auch im
gleichen Augenblicke ihre kleine Hand sich entgegengestreckt. „Ich
danke Ihnen, Herr Eckart!" bebte es von ihren Lippen und
sein Aufblick traf in ein so seelenvolles, noch feuchtes Auge,
daß es seiner ganzen Macht über sich bedurfte, um seine frisch
aufquellenden Gefühle nicht zum äußern Ausdruck kommen zu

laſſen. „Schlafen Sie ſorglos — ich wache!" ſagte er, aber er vermochte nicht der Verſuchung zu widerſtehen, ihre Finger an ſeine Lippen zu ziehen. Er fühlte ſie wie nervös unter ſeiner Berührung zucken und er ließ ihre Hand frei, ohne es zu wagen, noch einmal zu ihr aufzuſehen.

Nur wenige Biſſen aß er von der roh zubereiteten Koſt, aber er blieb in ſeiner Stellung bis das Licht ſich dem Erlöſchen zuneigte. Dann vervollſtändigte er mit dem Stuhle die Barrikade vor der Thür, nahm hier bequem Platz und hatte eben noch Zeit, einen Blick nach ſeiner Begleiterin zu werfen, welche, die Füße in ihren Ueberwurf gehüllt, bleich und bewegungslos auf der Streu lag, ehe ihn völliges Dunkel umgab.

Aus dem anſtoßenden Zimmer hörte er das Geräuſch, welches die Bereitung des allgemeinen Nachtlagers hervorrief, von dem Summen der verſchiedenen Geſpräche begleitet; von Zeit zu Zeit ſchien eine Hand nach dem Schloſſe der von ihm verſetzten Verbindungsthür zu ſuchen, aber, ehe es zum Oeffnen kam, durch einen Wink zurückgeſcheucht zu werden, und beruhigt überließ er ſich endlich der ihn überkommenden Müdigkeit, die ihn bald, trotz der treibenden Gedanken in ſeinem Gehirn, in feſten Schlaf verſenkte. —

Als er wieder erwachte, ſah er bereits die erſten Strahlen des Morgens ins Fenſter fallen; er fühlte ſich ſteif und halb lahm von ſeinem harten Sitze und entſann ſich auch jetzt, daß er während der Nacht oft zu einem halben Wachen gelangt war, um ſich eine veränderte Stellung zu verſchaffen; aber er war froh, daß die Nacht geendet hatte, ſo wenig Erquickung er auch von ſeinem Schlafe empfand. Der Blick auf ſeine Schutzbefohlene zeigte ihm dieſe noch in derſelben Lage wie am Abend; aber die hellen Roſen waren auf ihren Wangen aufgeblüht, und um ihren Mund lag ein halbes Lächeln. Eckart meinte, ſich kaum von dem Bilde, welches ſich ihm bot, losreißen zu können; aber als begehe er ſelbſt durch die Belauſchung ihrer Züge eine Indiskretion, richtete er ſich raſch auf, reckte nur eine Secunde lang die Glieder und ſchritt dann leiſe nach dem Ausgange.

Draußen waren ſchon Einzelne der Reiſenden beſchäftigt.

am Brunnentroge ihr morgenliches Reinigungswerk vorzuneh-
men; der erste Blick des Heraustretenden aber fiel auf Jakob,
welcher, in eigenthümlicher Scheu das Auge nach dem Gefährten
gehoben, sich wieder nach dem Hause wenden wollte, und Eckart
begriff vollkommen, was in der Seele des Burschen vorgehen
mochte. Er winkte diesen herbei. „Reiben Sie mir einmal mit
Ihren Fäusten den Rücken," sagte er; „eine Nacht auf einem
zerbrochenen Stuhle zugebracht, nur um eine unverschließbare
Thür zu bewachen, kann einen Menschen ganz kreuzlahm machen!"

Jakob hob die hellen Augen mit einem so scharf forschenden
Blicke nach dem Gesichte des jungen Mannes, daß diesen zum
ersten Male eine bestimmte Regung von Unfreundlichkeit gegen
diese rohe Natur, welche jedes Verhältniß nur nach der eigenen niederen Lebensanschauung beurtheilte, überkam; der Bursche aber
schien seine Gedanken zu errathen. „Ich spreche ja kein Wort,
Gott soll mich davor bewahren!" sagte er eifrig und machte
sich an das ihm aufgetragene Geschäft; Eckart aber entließ
ihn bald seines Dienstes, um sich nach einer vorübergehenden
Schwarzen zu wenden, dieser ein Geldstück in die Hand zu
drücken, und sie zu beauftragen, nach den etwaigen Bedürfnissen
der Lady zu sehen.

Eine Stunde später befanden sich die Reisenden wieder auf
dem Rückwege nach dem Eisenbahnzuge, welcher nach der Ver-
kündigung des Conducteurs durch die eingetroffene Hülfe zur
Abfahrt in Bereitschaft gesetzt war. Sidonie ging wieder an
Eckarts Arm; aber kaum schwerer als eine Feder fühlte er den
ihren. Seit sie, völlig zur Reise fertig, aus dem Hause getreten war, hatte eine so eigenthümliche Zerstreutheit auf ihrem
Gesichte gelegen und sich in den wenigen Worten, welche Beide
mit einander gewechselt, ausgedrückt, daß endlich der junge
Mann sie ihren eigenen Gedanken, welche sie augenscheinlich be-
herrschten, überlassen hatte. Und kaum vermochte er während
der zweistündigen Fahrt bis Memphis ihr hier und da einige
abgerissene Antworten auf seine Bemerkungen zu entlocken.
Was in ihr vorging, vermochte er nicht zu enträthseln, er hatte
aber auch nicht den Muth, nach den Scenen am Abend zuvor
die jetzt, ihn süß durchschauernd, wieder vor seinen Geist traten,

nur mit einem Worte nach dem Grunde ihres eigenthümlichen Wesens zu forschen.

Bei der Ankunft des Zuges in Memphis ward den Reisenden die Nachricht, daß zwar wieder ein für New-Orleans bestimmtes Dampfboot angelegt habe, daß aber noch mehrere Stunden vergehen würden, ehe das Ausladen und das Einnehmen neuer Güter beendet seien, und die Hauptmenge der Angekommenen, von welchen die Meisten sich auf bekanntem Boden zu befinden schienen, trat in Begleitung einiger Gepäckkarren den kurzen Weg nach der Mississippi-Landung an, um in einem der dortigen Hotels das ausgefallene Frühstück nachzuholen und die Zeit der Abfahrt zu erwarten. Eckart hätte kaum etwas Anderes zu unternehmen gewußt, als sich mit seiner Begleiterin den Uebrigen anzuschließen; für die junge Frau, welche seit dem Mittag des vergangenen Tages ohne alle Nahrung war, that jedenfalls eine Stärkung noth und er selbst fühlte sich so nüchtern und wie halb zerbrochen durch die letzte Nacht, daß ihm ein kräftiger Imbiß und möglicherweise eine Stunde bequemen Schlafs nur wohl thun konnte.

Das Frühstück harrte der Anlangenden bereits. Sidonie nahm schweigend einen der Plätze ein und hob nur den Blick von ihrem Teller, wenn sie einer Handreichung Eckarts danken wollte; dabei aber sah der junge Mann in ein so todtes Auge, in ein so bleiches, fast unbewegliches Gesicht, wie damals in ihrem Hause, als er sie gefragt, ob denn selbst sie nicht glücklich in dem neuen Lande sei. Er hätte so gern ein herzliches Wort zu ihr gesprochen, wenn er es nur, ihrem seit dem Morgen so eigenthümlich verwandelten Wesen gegenüber, gewagt hätte. Als sie ihr schweigsames Mahl geendet, geleitete er sie nach dem Damenzimmer des Hotels, wo er zu seiner Erleichterung noch zwei andere weibliche Reisende, welche in sichtlicher Ungeduld dem Abgange des Dampfbootes entgegenharrten, entdeckte, gab dann Jakob den Auftrag, sich in der Nähe des Zimmers aufzuhalten, im Falle die junge Frau irgend eines Dienstes bedürfe, ihn aber zu benachrichtigen, sobald die Abfahrtszeit gekommen sei, und ließ sich dann nach einem Nebenzimmer führen, um dort auf dem Sopha eine Stunde zu ruhen.

Und er hatte seine Müdigkeit nicht überschätzt — kaum daß er sich auf dem weichen Polster ausgestreckt, so waren ihm auch bereits die Augen zugefallen. —

Ein Rütteln durch denselben schwarzen Aufwärter, welcher ihn nach dem Zimmer gebracht, erweckte ihn wieder; vom Flusse herüber klang im gleichen Augenblicke das Brüllen der Dampfbootpfeife und der junge Mann, sofort die Bedeutung des Lautes erkennend, sprang rasch auf.

„Wollt Ihr wohl der Lady, mit welcher ich beim Frühstück saß, melden, daß sie sich bereit zu halten habe, Bob?" sagte er, ein Stück Geld aus dem Portemonnaie ziehend, „ich würde sofort bei ihr sein!"

Der Neger nahm die Gabe mit einem Kratzfuß in Empfang, erwiderte aber dann wie unter einer halben Verlegenheit: „Die Lady, Sir? Die Lady ist schon vor zwei Stunden mit dem weißen Manne, der in Ihrer Gesellschaft war, abgereist. Der „Traveler" kam den Fluß herunter und legte für eine halbe Stunde an. 's ist nur ein kleines Fahrzeug und es ist auch niemals sicher, ob er ganz bis New-Orleans herunter geht, deshalb wollten auch die Gentlemen die Gelegenheit nicht benutzen; die Ladies aber waren so ungeduldig fortzukommen, daß sie sogleich ihr Gepäck nach dem Boote schaffen ließen — und die Lady, mit welcher Sie kamen, Sir, ist mit den andern gegangen." Eckart sah den Sprecher mit großgeöffneten Augen an. „Das ist ein Irrthum, Bob!" sagte er dann in voller Bestimmtheit. „Ihr werdet nicht wissen, wen ich meine!"

Der Schwarze schüttelte den Kopf. „Es ist nicht eine fremde Lady mehr im Hause, Sir — der weiße Mann aber, welcher zuerst bei Ihnen war, kam noch einmal vom Boote zurück und gab einen Brief beim Buchhalter ab — möglicherweise für Sie — aber ich glaube, Sie werden sich beeilen müssen; die anderen Gentlemen haben schon das Haus verlassen!"

Eckart griff in einer völligen Gedanken-Verwirrung nach seinem Hute, mechanisch nur der nächsten Nothwendigkeit folgend und eilte nach der in der allgemeinen Vorhalle befindlichen „Office" des Hotels. „Ein Brief für mich hier?" fragte er den Buchhalter.

„Wenn dieß Ihr Name ist, Sir?" erwiderte dieser, ihm ein merkbar in Eile zusammengefaltetes Billet überreichend. Ein einziger Blick auf die Adresse zeigte dem jungen Manne Sidonie's Handschrift.

„Und keine von den fremden Ladies mehr im Hause?" fragte er, obgleich er jetzt der Antwort schon sicher war.

„Die Ladies sind sämmtlich mit dem Traveler gegangen, Sir!" —

Jeder fernere Gedanke Eckarts aber wurde von dem Rufe des schwarzen Aufwärters, welcher das Gepäck des Deutschen unaufgefordert auf einen Handkarren geladen hatte, abgeschnitten. „Rasch, Sir, es ist die höchste Zeit!"

Und im Trabe ging es der Landung zu. Eckart hatte es nur dem lauten: „Ho, ho!" des Schwarzen zu verdanken, daß die zum Aufziehen bereits vorbereitete Landungsbrücke noch einige Minuten liegen blieb; kaum aber war sein Gepäck im Fluge an Bord geschafft, als auch das Boot schon vom Ufer abdrehte.

Eckart hatte fast wie halb im Traume sein Fahrbillet ge-löst und eilte nach der nächsten stillen Ecke des Salons, hier das erhaltene Billet haftig öffnend. Es enthielt in flüchtigen feinen Zügen nur das Folgende:

Liebster Freund!

Ich ergreife eine sich mir bietende Gelegenheit, um einer Nothwendigkeit zu genügen, welche mir bereits während unserer Reise bis hierher zum Bewußtsein gekommen war — unsere Wege zu trennen. Es ist eine äußere Nothwendigkeit, um mir nicht durch Mißdeutungen, deren Möglichkeit mir erst gestern recht klar geworden ist, meine ohnedieß schwere Stellung noch mehr zu erschweren — vielleicht aber auch eine innere; das deutsche Herz muß ganz losgerissen sein von allen Mahnungen an Heimathliches und Verwandtes, wenn es mit der Zeit lernen soll, die Fremde als neue Heimath zu betrachten. Ihren Jakob, in dessen rascher Bereitwilligkeit, mir allein zu folgen, ich nur die obige äußere Nothwendigkeit bestätigt fand, nehme ich zu meinem Schutze mit mir, und Sie müssen mir das verzeihen, er kennt mich noch aus meinem Elternhause her; ihn werden

Sie beim Zusammentreffen mit Mr. Field wiederfinden; mich
selbst aber wohl erst, wenn Sie von Californien zurückkehren
sollten, da ich sofort nach den nöthigen Erörterungen mit Mr.
Field wieder nach Hause zu reisen gedenke — möglicherweise,
je nach dem Ausfalle unseres Gesprächs, trete ich auch eine
Reise nach Deutschland an — ich weiß ja, daß Sie die Verhältnisse, unter welchen ich lebe, kennen und brauche deshalb
nichts zu verschweigen. Jedenfalls will ich Ihnen hiermit ein
recht warmes Adieu sagen und nehmen Sie aus vollem Herzen
den Dank für das Interesse, welches Sie einer schutzlosen Landsmännin gezeigt haben.

> Ihre aufrichtig ergebene Freundin
> Sidonie Field, geb. Mühling.

Eine tiefe Bitterkeit hatte den jungen Mann zuerst beim
Lesen überkommen, — das war die Weise, in welcher sie sich
seiner Begleitung entledigte, wo er sich gern für sie aufgeopfert
haben würde; jedes Wort erschien ihm beim nochmaligen Ueber-
fliegen der Zeilen kühl und berechnet; dann wollte ihm sein
Verstand sagen, daß sie nur, von einer bestimmten Ueberzeugung gedrängt, den Schritt habe thun und sich in ihren
Verhältnissen doch kaum anders habe aussprechen können; zugleich aber traten die Scenen des vergangenen Abends wieder
vor ihn und damit ihr seitdem so plötzlich verändertes Wesen
gegen ihn, und eine Ahnung dämmerte in seiner Seele auf, die
ihn zuerst wie Frühlingsluft durchwehte, dann aber eine nur
schlummernde Schmerzempfindung in ihm weckte. Hätte sie sich
in dieser Weise auch von einem ihr gleichgültigen Manne ge-
trennt? Was die Mißdeutungen, die sie durch seine Begleitung
treffen konnten, anlangte, so bestanden alle Bedingungen dafür
schon bei ihrer Abreise, und sie hatte sich selbst zu seiner Begleiterin gemacht — die äußere Nothwendigkeit, von welcher
sie sprach, hatte also jetzt kaum mehr Gewicht; aber wenn er
sich zurückrief, wie sie am Abend zuvor in seinem Arme gelegen und in plötzlicher Angst, mit diesem wie aus innerem
Krampfe hervor klingenden: „Um der Barmherzigkeit willen,
lassen Sie mich jetzt!" sich ihm entzogen, und dennoch kurz
darauf mit dem vollen Seelen-Ausdrucke ihm wieder die Hand

geboten; wenn er sich vergegenwärtigte, was er ihr im Drange
seiner Empfindung gesagt hatte, so wollte ihm die Bedeutung
der „inneren" Nothwendigkeit, welche sie von ihm getrieben,
durchaus klar werden. Es war wohl das Beste so, wie sie gehandelt und Jakob, der ihr so bereitwillig gefolgt, mochte mit
seinem natürlichen Verstande deutlicher in dem Innern Beider
gelesen haben als diese selbst. Aber warum, klang es in ihm,
hatten sich Beide in Verhältnissen, die jede Hoffnung nahmen,
treffen müssen — sie in Fesseln, die, wenn sie sich auch hätten
lösen lassen, ihr nur die Rückkehr ins deutsche Elternhaus ge-
statteten, da er so arm war, wie es nur ein Mensch ohne prak-
tische, für Amerika brauchbare Fertigkeiten in Amerika sein
konnte? Es kam plötzlich ein voller Widerwille über ihn, im
Dienste ihres Mannes an das beabsichtigte Unternehmen zu
gehen; hätte er nicht Field's Geld in der Tasche gehabt und
sich durch sein bestimmtes Wort verpflichtet gefühlt, so hätte er
sich am liebsten auf die billigste Weise wieder nach New-York
durchgeschlagen und dort versucht, wie es ihm Talleyrand angedeutet, den nöthigsten Lebensunterhalt durch seine Musikkennt-
niß zu gewinnen.

Lange saß er noch, die Hand gegen die Augen gedrückt,
den Bildern und Gedanken, wie sie durcheinander treibend in
ihm aufstiegen, freies Spiel lassend.

Viertes Kapitel.

Eine Wiederbegegnung.

Es war ein dunkler, warmer Abend, als Eckart in New-
Orleans das Land betrat; aber das Treiben der Menschen in
den nächsten Straßen, die aus jedem der zahlreichen Trinklokale
klingende Musik deuteten an, daß die Winter-Saison bereits
einen schwungvollen Anfang genommen hatte. Field's Anweisung gemäß sollte er in einem namhaft gemachten Bankier-
hause die Wohnung des Ersteren erfragen; dazu war es aber

längst zu spät und so ließ er sich durch den Gepäckträger nach einem Hotel in der Nähe geleiten, um von hier aus am folgenden Morgen Field aufzusuchen. — Eine breite Piazza mit hochstämmigen blühenden Gewächsen, welche durch die offenen Fenster den Einblick in die inneren eleganten Räume des untern Stocks bot, empfing ihn, und hier ließ sich der Angekommene, nachdem sein Gepäck untergebracht war, nieder, ungewiß, auf welche Weise den Abend zu verbringen. Die lange eintönige Fahrt mit dem Dampfboot, die einer vierwöchentlichen Einsamkeit im Walde gefolgt war, hatten ein starkes Verlangen, einmal wieder die Zerstreuungen einer großen Stadt zu kosten, in ihm rege gemacht und als er nach kurzem Betrachten des Menschentreibens in der erleuchteten Straße einen der schwarzen Aufwärter auf die Piazza heraustreten sah, rief er diesen an. „Irgend ein Ort zu einem anständigen Amüsement in der Nähe?" fragte er.

„In der Nähe?" war die von einem leichten Achselzucken begleitete Antwort, „das Theater ist ein ziemliches Stück Weg von hier und hat auch längst begonnen, die übrigen Lokale aber — o!" unterbrach er sich wie von einem plötzlichen Gedanken berührt, „da ist das Concert, nur zwei Straßen von hier, das kaum vor 9 Uhr beginnen wird!" Er eilte nach einem der anstoßen Zimmer und kam nach wenigen Sekunden mit einem großen Plakate wieder zurück. „Ein Concert zum Besten der Waisen, Sir, worin auch die Gräfin Beringsdorf singt — wir haben noch einige Billets zum Verkauf hier!"

„Gräfin Beringsdorf?" fragte Eckart, nach einem kurzen Blicke auf den Zettel aufsehend, „so ist das eine Deutsche?"

„Kann's nicht sagen, Sir! So viel ich aus dem Munde der hier verkehrenden Gentlemen weiß, ist sie eigentlich nur auf der Durchreise, ist aber mit unsern allerersten Familien bekannt, und hat sich von diesen bewegen lassen, im Concerte zu singen. Sie soll es verstehen, wie die beste Sängerin von Profession."

„Jedenfalls ein Concert!" nickte Eckart, „schafft mir ein Billet und Jemand, der mich nach dem rechten Orte bringt!" Er erhob sich, um in dem großen Spiegel des nächsten Zimmers

Die drei Vagabonden. 7

seinen Anzug zu mustern, der sich indessen in voller Sauberkeit
zeigte, und hatte eine Viertelstunde darauf in Begleitung eines
Schwarzen ein großes Gebäude erreicht, aus welchem die sämmt-
lichen hohen, geöffneten Fenster des ersten Stocks einen hellen
Lichtglanz in die Straße warfen. Ein donnerndes Getrampel
— die amerikanische Beifalls-Aeußerung — zeigte soeben die
Beendigung eines Stückes an, und der Deutsche beeilte sich,
die breite Treppe nach dem Eingange des Saales zurück-
zulegen.

„Habe ich schon viel versäumt?" fragte er den Thürsteher,
ihm sein Billet einhändigend.

„Soeben erst die zweite Nummer zu Ende!" war die Antwort und der junge Mann trat in den weiten hellen Saal,
welcher zwar eine zahlreiche Zuhörerschaft im ganzen Glanze
fashionabler Toiletten, aber auch noch freie Sitze genug zeigte.
Geräuschlos wählte der Eingetretene seinen Platz nahe der für
die vortragenden Künstler bestimmten Erhöhung, welche in dem
einsamen Flügel darauf schon die Art, zu welcher dieses „Concert" gehörte, ahnen ließ. Eckart hatte eben begonnen, sich in
das Studium seines Programms zu versenken, als der aus-
brechende Donner eines neuen Getrampels ihn aufsehen ließ.

Auf der Erhöhung war, von einem jungen Manne geleitet, der soeben sich dem Flügel zuwandte, eine feine, weibliche
Gestalt in reicher Toilette erschienen, welche vor der ihr dar-
gebrachten Ovation wie scheu sich einige Schritte zurückzog,
dann aber bei dem ersten Klang der angeschlagenen Flügel-
accorde mit einem sonnigen Lächeln ihren ersten Platz wieder
einnahm und in wohlthuender Sicherheit und Frische eines jener
neckischen irischen Volkslieder begann, die nach hundertmaligem
Hören immer wieder das neue Entzücken der Amerikaner sind:

> Trifft ein Jemand einen Jemand
> Dort im Korn allein,
> Küßt der Jemand dann den Jemand —
> Muß der Jemand schrein?

Der ganze Muthwille der Dichtung spielte in ihren Tönen,
wenn dieser in ihren Zügen auch nur sich durch ein halb zurück-

gehaltenes Lächeln ausdrückte; Eckart aber saß, mit großem, ungeweglichem Auge die Sängerin anstarrend, welche das Programm als „Gräfin Beringsdorf" bezeichnete; das war ja doch Niemand anders als Lilo, „das magische Band" — das „ungelöste Räthsel" nach Talleyrands Ausdruck. Das waren dieselben bleichen, aber in untadelhafter, aristokratischer Schön= heit geschnittenen Züge, die er schon einmal gesehen, dieselben dunkelbeschatteten, wunderbaren Augen, die nie wieder vergessen zu können er gemeint hatte — nur dünkte ihre Erscheinung ihm in der reichen Toilette, im Glanz der Lichter noch hin= reißender, verklärter.

Ein neues Beifallsstampfen bezeichnete das Ende des Verses und jetzt erst ließ sie einen halben Blick über ihr Audi= torium schweifen. Mochte sie unwillkürlich durch Eckarts starres Auge oder seinen blonden Kopf, der sich unter dem dunkeln Haar der Südländer abzeichnete, angezogen werden — ihr Blick blieb einige Minuten wie zweifelnd in dem seinen hängen, bis der Beginn des neuen Verses ihre Aufmerksamkeit wieder bean= spruchte. Dem jungen Manne aber war es, als habe der Strahl ihres Auges in seiner verdüsterten Seele ein neues Licht entzündet; er wartete gespannt, daß ihr Blick ihn wieder streifen werde; aber sie sang ihr Lied mit der vollen Laune, welche den ersten Vers bezeichnet, zu Ende, und zog sich unter dem don= nernden Applaus zurück, ohne ihm eine weitere wahrnehmbare Beachtung zu schenken und Eckarts Auge sank wieder auf ihre Namensbezeichnung im Programm, die ihm ein neues unge= löstes Räthsel bot. Wer war sie denn, daß sie jetzt in dem vollen Glanze von Reichthum und Stellung sich in den ersten Familien der südlichen Aristokratie bewegen konnte und noch vor einem Jahre ihren Unterhalt durch Nähen und Sticken zu er= werben hatte? Er rief sich Alles zurück, was bei seinem ersten Zusammentreffen mit ihr von Talleyrand geäußert worden war, aber es war klar, daß dessen wegwerfende allgemeine Bemer= kungen nur zum Verdecken seiner eigenen Unwissenheit über ihre Verhältnisse gethan worden waren. Für einen Moment kam ihm der Gedanke, die von ihr selbst so freundlich eingeleitete Bekanntschaft hier wieder geltend zu machen — aber in welcher

Stellung hätte er ihren vornehmen Freunden gegenüber auftreten können, und war er denn überhaupt sein eigener Herr
noch, sobald er sich bei Field als eingetroffen gemeldet?

Eine leichte Berührung seiner Schulter verscheuchte seine
Gedanken und ließ ihn rasch auffehen. Hinter ihm stand derselbe junge Mann, welchen er auf der Erhöhung am Flügel gesehen und dieser flüsterte ihm eilig zu: „Die Gräfin wünscht
Sie auf einige Minuten zu sprechen — wenn Sie mir folgen
wollen —?"

Ueberrascht, aber mit einem durchwärmenden Gefühle von
Befriedigung sich erhebend, folgte Eckart durch die Sitzreihe dem
Voranschreitenden; eine Thür zur Seite der Erhöhung öffnete
sich vor ihnen und Eckart sah in dem kleinen Zimmer, welches
ihn empfing, die „Gräfin" in der Umgebung mehrerer junger
und älterer Männer im leichten Gespräche sitzen, bei seinem
Eintritte aber rasch den Kopf heben, während ein wunderbar
klares Lächeln ihn begrüßte.

„Gnädigfte Frau, es ist ein so überraschendes Glück für
mich, Sie hier wieder zu sehen," begann er, rasch auf sie zutretend, deutsch, „daß ich bei Ihrem ersten Erscheinen durchaus
meinen Augen nicht trauen wollte!"

Ihr Blick ruhte eine Sekunde lang wie forschend in dem
seinen, während um ihren Mund ein Zug von leichter Ironie
zuckte. „Ein solches Glück mich zu sehen," erwiderte sie dann,
ihm lachend die feine Hand entgegenstreckend, „daß sie es in
New-York nicht einmal der Mühe werth fanden, meiner Einladung zu einem Besuche zu folgen — freilich führte man damals noch einen einfacheren Namen!" Es war ein Blick voll
so bestimmter Bedeutung, welcher bei den letzten Worten den
jungen Mann traf, daß diesem die Antwort auf ihre erste
Aeußerung auf der Zunge erstarb und er in einer neuen Unsicherheit über dieses „ungelöste Räthsel" nur ihre Hand leicht
zu drücken vermochte.

„Sie sind schon einige Zeit hier?" fuhr sie dann ungezwun-
gen fort, „ich entsinne mich, daß mir Ihre Absicht, nach dem
Süden zu gehen, mitgetheilt wurde."

„Im südlichen Hinterwalde bin ich allerdings gewesen; aber

es sind kaum zwei Stunden her, daß ich den Boden von
New-Orleans betreten habe!"

„O!" rief sie lebhaft den Kopf hebend, „so lassen Sie mich
Sie diesen Herren vorstellen und widersprechen Sie mir nicht!
— Gentlemen," wandte sie sich, ins Englische fallend, an die
übrigen Umstehenden, „ich mache Sie mit dem Baron von
Eckart, einem Landsmanne und Freunde von mir bekannt!"

Die ihm entgegengestreckten Hände und erfolgenden Ver-
beugungen hätten dem Deutschen kaum einen Protest gegen die
ihm beigelegte Qualität erlaubt, selbst wenn er ihn hätte erheben
wollen; seiner augenblicklichen Befangenheit aber, welcher er nicht
zu wehren vermochte. wurde er durch das harrende Publikum,
welches deutliche Zeichen der Ungeduld hören ließ, entrissen.

„Wir lassen Sie in bester Gesellschaft, Gräfin!" sagte der
junge Mann, welcher den Deutschen eingeführt, mit einem
Winke gegen die Uebrigen und schritt diesen sodann eilig nach
dem Saale voran; bald klangen von dort die Töne eines beginnenden Männerquartetts herein; Lily aber hatte, wie von
einer engenden Fessel erlöst, das Gesicht mit dem Ausdrucke
neckischen Muthwillens nach dem Zurückgebliebenen gehoben.
„Ich glaube wahrhaftig, Sie sind über den ‚Baron' schamroth
geworden," sagte sie, „meinen Sie denn aber, eine große Dame,
wie ich jetzt, dürfe unter ihren Landsleuten andere Bekannte als
Leute von Distinction zählen? Und ich war doch so glücklich,
zwischen diesen Creolen-Physiognomien Ihr so ganz deutsches
Gesicht zu entdecken! Aber setzen Sie sich!" Ihr Auge hatte
mit den letzten Worten wieder den tiefen eigenthümlichen
Charakter angenommen, welcher den jungen Mann schon bei
seiner ersten Begegnung mit ihr berauscht hatte, und er begann
fast denselben Einfluß von Neuem auf sich wirken zu fühlen.

„Darf ich Ihnen wohl verrathen," fragte er, einen Stuhl
in ihrer Nähe einnehmend, „welchen Beinamen Talleyrand
Ihnen gegeben?"

„O, Talleyrand!" erwiderte sie, leicht die Achseln zuckend;
„er wird Ihnen wohl noch Anderes über mich mitgetheilt haben;
wir sind gleichnamige Pole, die sich abstoßen. Haben Sie Etwas
gehört, wohin er sich von New-York aus gewandt hat?"

„Ich war leider gezwungen, schon den nächsten Tag, nachdem ich Ihnen vorgestellt worden, das Dampfschiff nach Charleston zu meiner Abreise zu benutzen, wenn ich nicht eine volle Woche länger warten wollte, und habe keinen meiner damaligen Bekannten wiedergesehen."

„So wissen Sie auch nichts von Ihrem dritten Freunde, mit dem wunderbaren Namen Orlando?" Sie sagte es zögernd, während ihre Augen sich halb verschleierten.

„Ich habe keine Ahnung von seinem ferneren Ergehen!" erwiderte er. „Eine Verbindung zwischen uns Dreien ist indessen geblieben," setzte er, hell aufblickend, hinzu, „das ist Lily, das magische Band!"

Sie lachte plötzlich auf. „Zwischen Ihnen Dreien? Trotz aller Magie, möchte ich vor einer praktischen Anwendung dieses Bandes doch selbst erst gefragt sein! — Vorläufig bin ich ganz zufrieden, Sie hier getroffen zu haben," fuhr sie, ihm von Neuem die Hand reichend fort; „in einer so völligen Fremde, in der man sich hier im Süden befindet, ist es eben etwas Sonderbares um eine gleiche Heimath, so flüchtig man sich auch nur hat kennen lernen; sagen Sie mir aber jetzt offen, was Sie hierher gebracht hat?"

Er hatte, in ihr leuchtendes Auge blickend, fast unbewußt ihre Hand in der seinen behalten, und sie schien kaum einen Verstoß darin zu finden. „Ich bin nur hierher gekommen," erwiderte er zögernd, „um vielleicht morgen schon, wenn auch nicht im eigenen Interesse, nach Californien abzureisen."

„Nach Californien — und in fremdem Interesse?" erwiderte sie rasch aufsehend, während ihr Blick eine plötzliche, eigenthümliche Aufmerksamkeit zeigte und ihre Hand sich wie unwillkürlich der seinen entzog. „Wissen Sie, daß das sehr spaßhaft ist?"

Eckart sah einige Sekunden wie jäh aus seiner Stimmung geworfen in ihr Gesicht. „Spaßhaft?" wiederholte er. Sie hob horchend den Kopf. „Wir werden sogleich nicht mehr allein sein," erwiderte sie rasch; „wenn Sie für heute nicht versagt sind, so nehmen Sie nach dem Concert eine Tasse Thee bei mir. Jetzt sind Sie mir erst völlig interessant geworden —

erwarten Sie mich sofort nach Beendigung meiner letzten Nummer in der Vorhalle!" Es war, als in diesem Augenblicke die Sänger zurückkehrten, wieder der Ausdruck halben Muthwillens, mit welchem sie ihn verabschiedete, und Eckart erhob sich mit so wunderlich gemischten Gefühlen, um wieder seinen Platz im Saale einzunehmen, wie er deren noch kaum erlebt zu haben meinte. Er fand einen Ausdruck dafür, als ihm plötzlich Talleyrand's Wort ins Gedächtniß kam: „Sie ist eine lebendige Hexe, die einen Menschen an sich selbst irre machen könnte!" er wußte kaum, hatte sie mit ihm nur ein kokettes Spiel getrieben, oder war die zu Zeiten von ihr dargelegte tiefere Empfindung Wahrheit. Aber ein berechnetes Spiel ihrerseits mit ihm hätte doch kaum einen Zweck haben können und je mehr er sich die Einzelnheiten seiner jetzigen Begegnung mit ihr wieder vor die Seele rief, je weniger vermochte er sich dem Reize, welchen diese auf ihn übte, zu entziehen. Eins nur wurde ihm klar, daß er sich dieser seltsamen Natur, der alle Angriffs-Waffen ihres Geschlechts zu Gebote zu stehen schienen, nicht ergeben dürfe, wenn er nicht zu ihrem Gefangenen auf Gnade oder Ungnade werden wollte, und erst als sich in ihm ein kecker Entschluß zu bilden begann, sich stark gegen den Einfluß ihrer Schönheit zu machen, ihrer Weise gegen ihn auf gleiche Weise zu begegnen, bis er völlig über sie im Klaren sei, fühlte er die aufregende Empfindung, welche ihre Einladung zum Thee in ihm hervorgerufen, theilweise schwinden. Von dem, was das Concert bot, drang kaum Einzelnes zu seinem Bewußtsein, sein Auge verfolgte nach jeder Beendigung einer Piece nur ungeduldig das Programm bis zum zweiten Auftreten der „Gräfin" — der Zeitpunkt kam endlich; umrauscht vom Beifall begann sie eine große italienische Arie, und trotz seines Entschlusses fühlte Eckart unter den glockenreinen Tönen, die bald weich aus tiefster Seele zu kommen schienen, bald in blitzender Leichtigkeit perlten, sein Herz beben. Sie trat nach dem glänzenden Schluß zurück, ohne des nicht enden wollenden Applauses zu achten, aber sie hob den Blick bedeutungsvoll nach dem Landsmanne und dieser beeilte sich, sobald sie verschwand, möglichst unbemerkt den Saal zu verlassen. Er hatte auch nur kurze Zeit erst die Vorhalle erreicht,

als sie, den Kopf in einen Schleier gehüllt, aus einem Seiten-
Eingange trat, schweigend den ihr gebotenen Arm nahm und
flüchtig an seiner Seite die Treppe hinab nach der Straße eilte.
Dort hielt bereits eine Equipage und der schwarze, gallonirte
Kutscher, neben den Pferden stehend, öffnete dienstfertig den
Schlag. Sie war im Wagen, ehe er nur seine Hülfe anzubieten
vermochte, und er folgte ihr, auf dem Vordersitze Platz nehmend,
mit einem Gefühl, als gehe er irgend einem unbekannten Abenteuer entgegen. Das Rasseln des Wagens auf dem schlechten
Pflaster hätte jedes Gespräch halb unmöglich gemacht, selbst
wenn Eckart, der nur in der Erwartung des Kommenden lebte,
sich dazu angeregt gefühlt hätte, und schweigend saßen sich Beide
gegenüber, bis im Scheine der Gaslaternen sich ein von einem
eisernen Gitter umschlossenes villaähnliches Gebäude mit offener,
hell erleuchteter Hausflur zeigte. Eine Schwarze eilte den Aus-
steigenden entgegen. „Sagen Sie der Mistreß, daß ich unerwarteten Besuch erhalten habe und mich für heute Abend zu
entschuldigen bitte," wandte sich Lily kurz nach der Dienerin.
„Ann soll den Thee nach meinem Zimmer bringen!" Sie schritt
mit einer einladenden Kopfneigung nach ihrem Begleiter in das
Haus voran.

Eckart folgte seiner Führerin die mit Teppichen belegte
Treppe hinauf und oben, in dem breiten Corridor, ward vor
ihnen die Thür eines erleuchteten Zimmers durch eine im Innern wartende Schwarze geöffnet. Der junge Mann trat in
einen Raum, dessen laue, von feinen Wohlgerüchen durch-
schwängerte Luft ihn wie eine weiche duftende Decke umfing und
in einem eigenthümlichen Reize seine Nerven erregte. Ein Blick
um sich zeigte ihm den luxuriösen Comfort eines Boudoirs, wie
ihn die Vermischung des französischen und amerikanischen Ge-
schmacks erzeugt; zugleich traf aber auch sein Auge auf ein
offenes mit reichem Schnitzwerk versehenes Pianino.

„Nehmen Sie für einige Sekunden allein Platz, ich bin
sofort wieder bei Ihnen!" sagte Lily und verschwand, von der
Schwarzen gefolgt, in der Thür eines Nebengemachs. Bald
indessen erschien die Letztere wieder und besetzte ein seitwärts
stehendes Tischchen mit einer Caraffe voll dunkelen Wein,

Südfrüchten und feinem Gebäck; dann verließ sie das Zimmer durch den Ausgang nach dem Corridor. Eckart, der sich auf einem Stuhle niedergelassen, hatte seine Augen noch nicht lange über den reichen Teppich, die üppigen Causeusen und Fauteuils sowie den mit den verschiedensten Spielereien besetzten marmornen Kamin laufen lassen, als Lily im weißen, spitzenbesetzten Negligee langsam wieder eintrat und sich nachlässig in dem nächsten Polstersitze niederließ. „Ich habe mir es ‚zu Hause‘ gemacht,“ sagte sie mit einem Lächeln, das der junge Mann fast berauschend auf sich wirken fühlte; ihre jetzige Erscheinung, welche die ganze Feinheit ihrer Formen zeigte, brachte ihm Orlando’s Wort: „Lily, eine Lilie!“ willenlos ins Gedächtniß, während doch ihre dunkelen, mächtigen Augen von nichts weniger als Lilienkälte zu sprechen schienen; „und ich möchte nur, daß Sie sich ebenfalls als ganz zu Hause betrachten. — Obgleich Sie nach Californien gehen wollen,“ setzte sie mit plötzlich wieder aufblitzendem Muthwillen hinzu, „ist es doch möglich, daß wir uns heute nicht zum letzten Male begegneten.“ Sie streckte rasch den Arm aus, zog das auf Rollen laufende Tischchen mit den Erfrischungen heran und füllte zwei kleine Weingläser aus der Caraffe. „Damit wir aber, bis etwas Substantielleres kommt, uns gleich gegenseitig auf den rechten Fuß setzen, so lassen Sie uns in guter deutscher Manier anstoßen:

„Und wenn wir uns dann einstens wiedersehn
In einer schönern, bessern Zeit —“

Eckart sprang vor dem launigen Blicke, welcher ihn dabei getroffen, wie von einem electrischen Funken berührt, auf. „Aber um Gotteswillen, gnädigste Frau, woher haben Sie denn —“

Ein klingendes Lachen unterbrach ihn. „Erstens thun Sie mir die Liebe und lassen Sie die ‚gnädigste Frau‘ bei Seite, oder ich werde nur mit dem Herrn Baron von Eckart reden; sodann mögen Sie doch wohl annehmen, daß man nicht Jeden, nach zwei Worten Gesprächs auf der Straße, zu sich in das Privatzimmer einladet, wenn man ihn nicht, auch ohne daß er es weiß, näher hat kennen lernen — und so nehmen Sie nur

ruhig Ihr Glas; beiläufig erzähle ich Ihnen wohl auch noch,
wie ich zu Ihrem Liede gekommen bin."

Sie hob mit einem neckischen Blicke ihr eigenes Glas und
Eckart beeilte sich, wenn auch wie in halber Gedanken-Verwirrung,
ihrem Beispiel zu folgen. Sie nippte nach einem hellen Anklingen nur von dem ihrigen, während er das seine, als dürfe
er kaum anders, in einem Zuge leerte, zugleich aber auch das
Feuer des schweren spanischen Weines empfand. Fast erschien
ihm indessen das angenehme Gefühl, welches ihn danach zu
durchströmen begann, nur der augenblicklichen Situation entsprechend.

Lily hatte sich bequem auf ihrem Sitze zurückgelehnt. „Sie
wollten wissen, warum ich es spaßhaft fand, daß Sie in fremdem Interesse nach Californien gehen," begann sie von Neuem,
„und Sie sollen mich sogleich verstehen. Sagen Sie mir aber
nur erst, was Ihre harmlose deutsche Natur dazu gebracht hat,
— ich habe schon eine Idee, um was es sich handelt — oder in
wessen Auftrage Sie die Reise machen." Es war wieder der
eigenthümliche, halbe muthwillige Ton, in welchem die Sprecher-
rin, wie in völliger eigener Sicherheit, nur mit ihm zu spielen
schien, und trotz des Reizes, welchen ihr ganzes Wesen auf ihn
ausübte, begann sein Stolz sich leicht dagegen aufzulehnen und
den Vorsatz, mit welchem er sie hierher begleitet, wieder in ihm
wach zu rufen.

„Was meine harmlose deutsche Natur zu der Reise vermocht
hat, ist eine zu lange Geschichte, als daß ich Sie damit lang-
weilen möchte," erwiderte er, „liegt Ihnen aber Etwas an dem
Namen meines Interessenten, so habe ich keinen Grund ihn zu
verschweigen; es ist Mr. Fild aus Alabama — was ist nun der
Name für Sie?"

„O, Sie gehen in Mr. Field's Interesse," rief sie, in
plötzlicher Lebendigkeit sich gerade aufsetzend, „Sie würden natürlich nicht gegangen sein ohne die gründlichste Kenntniß Dessen,
worum es sich bei der Reise handelt — und so kann ich Ihnen
ja sagen, daß wir zusammen für ein und dieselbe Sache arbeiten
werden, wenn ich auch Mr. Field kaum einmal gesehen habe.
Uebrigens ist er, so viel ich weiß, heute Nachmittag bereits ab-

gereist, wird Ihnen indessen wohl seine Instruktionen hinterlassen haben. Unter diesen Umständen aber bitte ich Sie vor
Allem: niemals etwas Anderes als Baron von Eckart. Ist
dieses Zusammentreffen aber nicht wirklich spaßhaft?"

Eckart sah in ihre lachenden, angeregten Züge, in ihr leuchtendes Auge, und das „ungelöste" Räthsel schien ihm plötzlich lös-
bar zu werden. Sie stand im Dienste Anderer, genau wie er
selbst jetzt; die Verfahrungsweise der russischen Diplomatie,
welche durch befähigte weibliche Agenten in den Salons anderer
Hofkreise oft mehr erreicht, als durch die geschicktesten Ope-
rationen der Gesandten, stand vor ihm, und so mochte sie in
dem politischen Parteigetriebe Amerika's ihren bisherigen Weg
gemacht haben. Das Gefühl aber, welches ihre Schönheit und
ihr eigenthümliches Wesen in ihm hervorgerufen, ward durch
diese Erkenntniß plötzlich ein weniger scheues, anspruchvolleres;
sie war nicht mehr die große Dame, welcher er unsicher gegenüber stand, sie war zu der gleichen Stufe, die er jetzt einnahm,
herabgetreten. Alles dies aber war nur wie ein Blitz durch
sein Inneres geschossen, daß kaum die eingetretene sekunden-
lange Pause zur Beachtung kommen konnte.

„A propos!" fuhr sie angeregt fort, „ich weiß auch, daß
Sie vorzüglich Piano spielen, worin ich nur eine arme Stüm-
perin bin, und wenn wir einmal rein zufällig Beide in dem
Hause eines dieser einflußreichen californischen Staats- oder Ge-
setzesmänner zusammentreffen sollten, so bin ich sicher, daß wir
die Leute der Situation werden, für die es kaum mehr ein Hinderniß zur Erreichung ihrer Zwecke geben kann. Ich habe diese
graukörfigen Amerikaner kennen lernen — im gewohnten Gleise
fest wie Eisen, aber ungewohnten äußeren Einflüssen gegenüber schwach wie die Kinder. — Lassen Sie uns ohne Weiteres
unser Schutz- und Trutzbündniß schließen," setzte sie, ihm die
Hand bietend hinzu, „und dann deuten Sie mir Etwas aus
Ihrem Liedervorrathe an, wir werden uns dann schnell mit
einander einigen!"

Ihr Auge sprühte ihm, wie unter der Macht des von ihr
ausgesprochenen Gedankens erwartend entgegen, ihre Finger
hatten sich fast um die seinen gelegt, und in der Seele des jungen

Mannes begann beim Anschauen dieser erregten, jetzt rosig ge-
färbten Züge, unter dem Zauber dieses Alleinseins mit ihr alle
seine Empfindungen sich in einem einzigen, plötzlich aufwallenden
Verlangen zu vereinen.

„Ein Schutz- und Trutzbündniß!" sagte er, sich rasch erhebend,
„und damit es sogleich vollzogen und rechtskräftig werde —!"
Er hatte sich im gleichen Augenblicke zu ihr niedergebogen
und seine Lippen fest auf die ihrigen gedrückt. Er fühlte sie
unter seinem Kusse zucken, ohne daß indessen eine andere Bewegung ihn zurück gewiesen hätte — trotzdem aber war plötzlich
der Muth von ihm gewichen, den Folgen seiner Keckheit ins
Gesicht zu sehen; er wandte sich rasch dem Pianino zu, zog den
bei Seite gerückten, gestickten Sessel heran, und wollte sich
niederlassen, das Duett im Kopfe, welches ihm bei dem von
seiner Gesellschafterin angedeuteten künftigen Zusammenwirken
unwillkürlich ins Gedächtniß getreten war:

„Nur wo Dein Herz im treuen Glühn —"
da hindert ein Gegenstand in der Tasche seiner Beinkleider seine
Bewegung; nur mechanisch griff er danach — und zog Sidonie's Portemonnaie, das sie ihm am ersten Tage ihrer beiderseitigen Abreise übergeben, hervor. Er ließ den Kopf sinken;
der ganze Zauber, welcher ihn bis jetzt umfangen, war plötzlich
wie verflogen; das rosige Gesicht der jungen Frau, mit den
vertrauenden braunen Augen, die von nichts als einem treuen
Ausdruck des Innern wußten, stand vor ihm und es wollte ihm
fast eine Entweihung scheinen, das Lied, welches sie zuerst wieder
in sein Gedächtniß gerufen, in seiner jetzigen Lage zu singen.
Zögernd wandte er sich von dem Instrumente ab und hob den
Blick nach seiner Gesellschafterin.

Sie saß zurückgelehnt, die Hand gegen die Augen gedrückt,
aber als habe sie seine Bewegung wahrgenommen, sah sie langsam auf, zwei Sekunden lang einen großen, ernsten Blick in sein
Gesicht heftend.

„Ich könnte denken, Sie seien wie die Andern, die kein
Weib ungestraft in einer freien Selbstständigkeit sehen können;
aber ich glaube bei Ihnen nicht daran;" sagte sie in eigenthümlich tiefem Klange ihrer Stimme. „Ich fürchte aber etwas

Anderes. Wofür halten Sie mich, oder was habe ich gethan, daß Sie sich im Rechte der vollsten Freiheit gegen mich glauben? Mir liegt Etwas an Ihrer Meinung und ich denke wohl beanspruchen zu dürfen, Ihre Rechtfertigung vor sich selbst kennen zu lernen. Einer andern Frau der bessern Gesellschaft gegenüber, würden Sie sich wahrscheinlich einer angethanen Beleidigung bewußt sein!"

Was zehn Minuten vorher seinen tiefen Eindruck auf den jungen Mann nicht verfehlt hätte, glitt jetzt, ihn kaum berührend, von ihm ab; er meinte die Lösung des „ungelösten Räthsels" in der Hand zu haben und auch der sinnliche Reiz, welchen ihre Erscheinung auf ihn ausgeübt, hatte seine Macht verloren. Fast erschien es ihm wie eine Art Sühne der begangenen Untreue gegen seine stille, wenn auch hoffnungslose Liebe, die verlangte Meinungsäußerung ohne jede ängstliche Form zu geben, und er ließ sich, ihrem ernsten, erwartenden Blicke jetzt mit einem halben Lächeln begegnend auf seinem frühern Sitz wieder nieder. „Daß ich Sie mit meiner ungehinderten Gefühls-Aufwallung nicht habe beleidigen wollen, glauben Sie ja wohl selbst," begann er; „im Uebrigen aber erlauben Sie mir eine Frage: Sind Sie Gräfin?"

„Weder Gräfin noch Frau, wie ich Ihnen das bereits angedeutet habe!" erwiderte sie ernst und in voller Sicherheit.

Er neigte, wie nur seine eigene Erwartung bestätigt findend, den Kopf. „Ich habe kein Urtheil über die Gründe, welche Sie zu Ihrem jetzigen Auftreten veranlassen," fuhr er dann fort, „wenn indessen die Frau aus ihrem naturgemäßen Kreise tritt und in die verwickelten Fäden des öffentlichen Lebens, welche sonst nur in Männerhänden liegen, greift, wenn sie sich so zur Gefährtin der Männer in andern als den ihr gehörigen Verhältnissen macht, so tritt damit auch ganz folgerecht ein viel freierer Verkehr, als er im gesellschaftlichen Leben Sitte ist, ein — die Frau selbst hat die Schranke, welche die Sitte zu ihrem Schutze um sie gezogen, verlassen, sie ist der Kamerad, der mit ihr für gleichen Zweck Arbeitenden geworden und wenn in einem Augenblicke der Anregung die Rücksicht gegen den geschlechtlichen Unterschied einmal vergessen wird, so

ist das eine Gefahr, die eigentlich doch nur in der Natur der
Dinge liegt. Sie, Miß Bering, hat nun die Natur mit so
großen äußeren Gaben gesegnet, daß ein solches Vergessen wohl
zu den Sünden gehört, die am leichtesten vergeben werden können
und Ihrerseits bei der einmal gewählten Stellung auch vergeben
werden sollten; wollten Sie eine Beleidigung darin finden, so
hätten Sie eben Ihre natürliche geschützte Stellung nicht verlassen dürfen —"

„O, ich hatte vergessen, was Talleyrand in Bezug auf Sie
sagte," unterbrach sie ihn lebhaft, „Sie sind deutsch, noch ganz
deutsch. Hier in Amerika sind die Frauen die Hauptfactoren
in allen öffentlichen Angelegenheiten, im häuslichen Kreise, wie
in den Salons. Nicht aus seiner natürlichen Stellung heraustreten! Wissen Sie denn, was das für eine alleinstehende ein-
gewanderte Deutsche ohne besondere Geldmittel heißt? Ange-
strengte, aufreibende Arbeit den ganzen Tag und die halbe Nacht
hindurch, ohne daß sie doch weiter damit käme, als sich den
nothdürftigen Lebensunterhalt zu schaffen und oft auch diesen
noch nicht — in Krankheitsfällen aber sich auf die Straße
zu setzen und nach dem Hospitale schaffen lassen. Die Natur-
gaben aber von welchen Sie in Bezug auf mich redeten, werden
ihr zum Fluche — eine alleinstehende mittellose Deutsche ist ja
für diese, schon von Kindesbeinen an verdorbenen jungen und
alten Amerikaner nichts, als ein willkommenes Opfer ihrer
Bestialität. — Nun," fuhr sie mit einer sichtlichen Anstrengung,
ihre Erregung zu unterdrücken fort, „ich muß, selbst nach den
Kämpfen, die mir das Schicksal auferlegt, ihm danken; es
brachte mich, wenn auch noch in untergeordneter Stellung in
Kreise, in welchen mir eine volle Kenntniß des amerikanischen
Lebens ward; ich fand dort mit der Zeit eine größere ehrende
Beachtung, als ich jemals erwartet, aber ich vermochte es dennoch nie zu vergessen, wie dieses Amerikanerthum der schutzlosen
Arbeiterin entgegen getreten war. Und als ich endlich von der
eigenen Frau eines hochgestellten Staatsmannes in die Salons
der Aristokratie eingeführt wurde, um unter ihren Flügeln zur
Durchsetzung einer politischen Parteimaßregel zu helfen, als ich
erkannte, was mir auf diesem Felde möglich werden könnte,

da reifte auch in mir der Plan, dieses ganze Getriebe, wofür
man mich als Werckzeug zu brauchen gedachte, mir selbst dienstbar zu machen, mir eine volle Genugthuung gegenüber einer
Gesellschaft, welche Nichts als ihr eigenes Interesse kennt, zu
schaffen. Und es kam die Zeit, in welcher ich die Bedingungen
stellte, sobald meine Hülfe in Anspruch genommen ward, wo ich
die von meiner Thür abweisen ließ, welche früher sich nicht
einmal zu der erforderlichen Achtung gegen das Weib hatten
bequemen wollen, wo ich denen, die mich in ihrem Selbstinteresse
gehoben, Gesetze gab. Jetzt gehe ich als Gräfin Beringsdorf
nach Californien; glauben Sie aber wirklich, daß ich mich zu
dem Spiele herbeigelassen haben würde, wenn es mir nicht eine
volle Befriedigung gewährte, diese Republikaner, welche vor
jeder ihnen versagten europäischen Rangbezeichnung den Rücken
krümmen, sich einander betrügen zu sehen? Ich habe vor Kurzem
nur einmal ein absichtloses Wort über die Standesverhältnisse
meiner Familie in Deutschland fallen lassen, aber damit wurde
mir auch die „Gräfin" für meine californische Mission als un-
entbehrlich aufgedrungen; ich bin als solche in den ersten hiesigen
Familien empfohlen, werde in gleicher Weise hier neue Empfehlungsbriefe erhalten — aber Alle, die mich in ihrem Dienste
glauben, wissen nicht, daß die arme Deutsche den Spieß um-
gedreht und sie nur als ihre Werkzeuge gebraucht. Noch ein
glücklicher Erfolg der jetzigen Expedition und ich schüttele Alles
von mir, was Amerikanerthum heißt — ich sehne mich wieder
nach Dem, was Sie die natürlichen Verhältnisse des Weibes
nennen; aber innerhalb derselben will ich nur in Deutschland
leben; hier ist die Frau Alles, nur nicht wirklich Weib nach
unserem Begriff, und was ich hier gethan, ist, abgesehen von
den Beweggründen, welche mich dabei leiteten, durchaus dem
Lande und seinen Sitten entsprechend. — Aber davon wissen
Sie allerdings noch nichts," fuhr sie fort, während ihr Auge
wieder ruhiger ward, „vielleicht indessen übernimmt die Zeit,
die Ihnen Erfahrung bringen wird, meine Rechtfertigung. Sie
haben sich in das Verhältniß eines Kameraden zu mir gesetzt
— ich nehme es um der Sache willen, für die wir Beide
wirken werden, an; nur seien Sie, trotz alles Unbekannten,

was Ihnen wohl verwirrend aufstoßen wird, ein treuer Kamerad!"

Sie streckte ihm von Neuem, aber jetzt in voller Bestimmtheit die Hand entgegen und er ergriff sie in einer wunderlichen Unklarheit seiner Gefühle. Er wußte kaum, sollte er dieses junge schöne Wesen, das ein so gewagtes Spiel unternommen und doch mit sich selbst so im Klaren zu sein schien, bewundern, oder um des Heraustretens aus aller deutschen Sitte willen verurtheilen.

„Und nun lassen Sie uns vorläufig scheiden," fügte sie, seinen Händedruck erwidernd, hinzu; „wir haben wohl Beide nicht die Ruhe, um einen gemüthvollen Abend, wie ich ihn mir bei unserm Begegnen im Concert träumte, mit einander zu verbringen. Ich werde Sie nach Ihrem Hotel geleiten lassen!"

Er fühlte nach dem Vorhergegangenen nur zu sehr die Richtigkeit ihrer Annahme. „Sie haben mich auf eine Zeit hingewiesen, in welcher längere Erfahrungen mein Urtheil über amerikanische Verhältnisse mehr gereift," erwiderte er, sich erhebend, „und ich hoffe von ganzem Herzen, Miß Bering, daß ich Sie dann um Alles, worin ich heute gefehlt haben mag, hundertfach um Verzeihung zu bitten habe. Eine Frage nur möchte ich noch thun: woher ist Ihnen die Kenntniß der verschiedenen Einzelheiten in Bezug auf mich gekommen? Es ist nur, daß ich mich nicht selbst mit einer Beantwortung derselben herumquäle, die vielleicht ganz außer meiner Macht liegt!"

„Die Sache ist sehr einfach", erwiderte sie, gleichfalls ihren Sitz verlassend, während indessen ein Hauch von Röthe ihr Gesicht überflog. „Ihr Freund Orlando war der Einzige von Ihnen Dreien, welcher meiner Einladung zu einem Besuche folgte, und da uns andere Berührungspunkte für eine Unterhaltung fehlten, so sprachen wir von Ihnen. — Also

Und wenn wir einstens uns dann wiedersehen," setzte sie mit einem leichten Anklang ihres frühern, muthwilligen Tones hinzu, „so denken Sie trotz aller neuen Verhältnisse, auf die Sie wieder treffen werden, an eine treue Kameradschaft, die ich von Ihnen für zugesagt annehme." Sie wartete seine Antwort nicht ab und schritt nach einem Seitentische, um die dort stehende Klingel ertönen zu lassen.

„Dich soll den Gentleman, welcher hier fremd ist, nach dem von ihm bezeichneten Hotel bringen," sagte sie zu der eintretenden Schwarzen, und Eckart verbeugte sich, Abschied nehmend, in aller Förmlichkeit, sodann der Negerin folgend. — —

Es war ein ganzes Durcheinander von Gedanken und Gefühlen, welches den jungen Mann, nachdem er in sein Quartier gelangt war und sich ins Bett geworfen hatte, nicht zum Einschlafen kommen ließ. Erst war es die ihm gewordene Nachricht, daß Field abgereist sei, welche unter den erhaltenen Eindrücken der letzten Stunde in sein Gedächtniß trat und damit verband sich der Gedanke, was Sidonie wohl begonnen habe, wenn sie ihren Mann nicht mehr angetroffen; dann aber standen die zwei mädchenhaften Gestalten, Sidonie und Lily vor ihm, beide so schön und doch so unendlich von einander verschieden; die Erstere das echte deutsch-weibliche Gemüth in seinem ganzen Zauber, für ihn aber ein unerreichbares Paradies; die Letztere keck den Kampf gegen die Verhältnisse aufnehmend, wie er es ebenfalls zu thun gezwungen war, selbstständig ihren Weg gehend und dennoch die Sehnsucht nach den umgrenzten Verhältnissen des deutschen Weibes im Herzen tragend. Nach ihrer erregten Aussprache gegen ihn, nach ihrem: „Mir liegt Etwas an Ihrer Meinung!" war es ihm fast, als hätte es nur seines ernsten Willens bedurft, um das schöne, geistvolle Mädchen zur dauernden Gefährtin, die rüstig mit ihm die Hindernisse zur Erreichung eines ruhigen Glücks in dem neuen Lande überwunden hätte, zu gewinnen — im nächsten Augenblicke aber schüttelte er auch schon den Kopf; ihr Wesen, so berückend es anfänglich auch auf ihn gewirkt, war nicht das Ideal, dem er zustrebte. Als er endlich einschlief, standen Sidonies seelenvolle, so keusche braune Augen vor seinem inneren Blicke und in seinem Ohre klang es:

Nur wo Dein Herz im treuen Glüh'n
Ein and'res hat gefunden,
Wird Dir die rechte Heimath blüh'n
Für alle Lebensstunden!

Ein tiefer Seufzer, wie schon halb im Traume, entrang

sich ihm, und: wann wohl wird sich eine Heimath für mich wieder finden? war sein letzter bewußter Gedanke.

Das späte Frühstück im Hotel war am andern Morgen kaum vorüber, als Eckart, von einem Schwarzen als Führer begleitet, seinen Weg nach dem ihm bezeichneten Bankhause nahm.

„Mr. Field ist nothgedrungen mit dem gestrigen Boote nach Charleston gegangen," ward ihm hier auf seine Anfrage unter Nennung seines Namens der Bescheid; „er wird dort das fällige Dampfschiff von New-York nach Californien abwarten; indessen ist hier ein Brief für Sie und wir sind beauftragt, Ihnen bei Ihrer Einschiffung von hier aus an die Hand zu gehen. Sie treffen es glücklich, da schon heute Abend einer der Panama-Fahrer seine Reise antreten wird. Können wir Ihnen vorher mit Etwas dienen, so bestimmen Sie nur!"

Eckart rieb sich einen Augenblick trotz des ihm eingehändigten Briefes die Stirn. Es war ein wunderliches Gefühl für ihn, allein und nur auf das Wort eines ihm verhältnißmäßig unbekannten Mannes hin, wie Field es ihm war, die Reise nach Californien anzutreten. Er hatte kaum Geld genug, die Fahrt dahin zu bezahlen, und wenn er jetzt auch einen Zuschuß hätte erhalten können, so konnten doch die verschiedensten Umstände eintreten, welche in dem unbekannten Lande mit seinen noch so wilden Zuständen ihn Field verfehlen ließen, selbst wenn dieser nicht, wie jetzt, „nothgedrungen" seinen eigenen Bestimmungen wieder untreu geworden wäre. Und was hätte er, der sich nach geordnetem Leben sehnte, dann unter den Anfängen der californischen Kultur beginnen sollen? Doch traten diese Gedanken vor einem andern Interesse, welches ihn schon bei der Bestätigung von Field's Abreise beschäftigt, zurück.

„Mistreß Field muß gestern, von einem deutschen Diener begleitet, welcher Ihre Adresse kannte, mit dem „Traveler" hier angelangt sein," sagte er. „Ich möchte nur wissen, ob sie Mr. Field noch getroffen, oder wo sie sich im andern Falle hingewandt hat — jedenfalls wird sie hier Erkundigungen eingezogen haben —"

„Mistreß Field kam ungefähr eine Stunde vor Abgang des Charleston-Bootes hier vorgefahren, und wir haben sie

durch einen unserer Clerks zu ihrem Manne geleiten lassen!"
war die Antwort, und Eckart, wenigstens hierin zu einer Gewißheit gelangt, verabschiedete sich unter dem Vorbehalte, im
Laufe des Tages noch einmal vorsprechen zu dürfen.

Auf die Straße gelangt, öffnete er Fields Brief. Es hieß
darin:

Lieber Freund!

Die nothwendige Besprechung mit einigen einflußreichen
Persönlichkeiten, welche ich in New-Orleans vermuthete, sowie
die von diesen zu erlangenden Empfehlungen für unsere Zwecke
zwingen mich, meinen ursprünglichen Reiseplan zu ändern und
Sie zu bitten, mit der ersten sich darbietenden Gelegenheit
voran zu gehen. Erwarten Sie mich unter allen Umständen
im „Graham House" in St. Franzisko; möglicherweise treffe
ich ziemlich zu gleicher Zeit mit Ihnen ein, da die Schiffe der
regelmäßigen Dampferlinie von New-York nach dem Isthmus
von Panama, welche ich benutzen werde, die kleinen von New-
Orleans laufenden Fahrzeuge weit überholen; möglicherweise
haben Sie auch Etwas auf mich zu warten. Ich habe bei den
Ueberreichern dieser Zeilen Anweisung hinterlassen, die Passage
nach St. Franzisko für Sie und Ihren Jakob zu bezahlen;
sollten Sie für den Fall eines späteren Eintreffens meinerseits
indessen noch anderer Geldmittel bedürfen, so lassen Sie sich
diese nach Ihrem Ermessen ebenfalls zahlen; ich weiß, daß ich
mich auf Sie verlassen darf.

Auf Wiedersehen, Ihr Field.

Eckart hatte in tiefen Gedanken seinen Heimweg gesucht.
Am liebsten hätte er die weite Reise, die ihm unter den obwaltenden Umständen fast abenteuerlich erschien, ganz aufgegeben; zudem widerstrebte ein Etwas in ihm, das er sich nicht
zergliedern mochte, dieser pecuniären Abhängigkeit und halben
Verpflichtung gerade gegen Field; aber es sprach sich ein solches
Vertrauen auf die Zuverlässigkeit seines Wortes in den erhaltenen Zeilen aus — außerdem hatte er mit der Reise nach
New-Orleans bereits A gesagt, und wollte er nicht das B darauf
folgen lassen, so hätte er kaum gewußt, was bei den wenigen
Mitteln, die er wirklich noch sein nennen durfte, zu beginnen,

8*

daß er kaum an ein Schwanken seines früheren Entschlusses auf irgend eine Gefahr hin denken durfte. — —

Am Abend desselben Tages war Eckart am Bord eines der kleineren Dampfschiffe, welche die Verbindung zwischen New-Orleans und der Landenge von Panama, dem Uebergangspunkte nach dem stillen Ocean, bilden. Er hatte es indessen nicht über sich vermocht, sich, außer dem Fahrgelde, noch eine Summe auf Fields Rechnung zahlen zu lassen. Noch besaß er so viel, um einige Zeit auf das Zusammentreffen mit dem Genannten warten zu können, und es war ja dessen eigenes Interesse, ihm baldmöglichst nachzukommen.

Fünftes Kapitel.

Der zweite Vagabond.

Es war ein nebeliger, nasser Morgen, wie ihn der begonnene californische Winter, nur mehr eine Art von Regenzeit, so oft bietet, als eins der zwischen dem Isthmus von Panama und San Franzisko laufenden Dampfschiffe in dem Hafen der letzteren Stadt anlegte. Californien war zu dieser Zeit nicht mehr ganz das nur von Abenteurern überfluthete Land, welche theils in möglichst kurzer Zeit sich einen Goldreichthum aus der Erde zu scharren gedachten, um wieder damit heimzukehren, während der übrige Rest jede Leidenschaft des Menschen sich dienstbar machte, um den erarbeiteten Gewinn der Goldgräber auf leichtere Weise in ihre eigenen Taschen zu leiten; schon war die wunderbare Fruchtbarkeit des Bodens erkannt worden und überall an den die Küste mit dem Innern verbindenden Wasserstraßen zeigten sich wohlkultivirte Farmen, deren Erträge einen sicheren Goldgewinn gaben, als ihn die Goldsucher aufzuweisen hatten; schon war die Stadt Stockton, der Mittelpunkt einer der reichsten Minen-Gegenden, durch einen schiffbaren Canal mit dem in die Bai von San-Franzisko mündenden San Joaquinflusse verbunden; das ursprüngliche Arbeiten der Goldgräber aber, nur

die Oberfläche des Bodens mit Spitzhacke und Spaten umzu-
wühlen, war zum großen Theile einem geregelten Minensystem
gewichen; Quarzmühlen fanden sich schon vielfach, um dem
goldhaltigen Gestein das ersehnte Metall zu entreißen und meist,
wo auf bestimmtere Ausbeute zu rechnen war, begannen die
vereinzelten Goldsucher sich zu größeren Gesellschaften, Behufs
eines geregelten Betriebes ihrer Arbeit und Anschaffung der
nöthigen Requisiten zu vereinen.

Die staunenswertheste Veränderung aber hatte San Franzisko erfahren, welches noch 1849 nichts als eine Vereinigung
von Sparren- und Bretterbuden mit Leinwanddächern dem Auge
bot. Jetzt war der große Marktplatz, die „Plaza", von Palästen
mit glänzenden Lokalen, oder zu riesigen Hotels eingerichtet,
umschlossen, während die hier einmündenden Hauptstraßen der
Stadt das Bestreben der Grundeigenthümer, in solider Bau-
art nicht zurück zu bleiben, zeigten. Die öbigen sandigen
Küstenberge, welche die Stadt umzogen, waren durchbrochen
und mitten hindurch die Schienen einer Eisenbahn gelegt worden; das gewonnene Erdreich aber hatte dienen müssen, um
das Wasser des Meeres weiter zurück zu drängen und durch
Auffüllung neuen Boden für die immer wachsende Stadt zu
gewinnen; die kahlen Berge selbst aber waren jetzt mit villa-
ähnlichen Privatwohnungen und den sie umgebenden grünenden
Anlagen geschmückt. Noch war das öffentliche gesellschaftliche
Leben nicht zu einer durchgreifenden Regelung guter Sitte gelangt, besonders da noch immer das Hauptgeschäft sich an die
Goldgräber hing, die in ihrem wüsten Aeußern schaarenweise
die Stadt besuchten, um in Spiel und nur zu lockend gebotener
Gelegenheit zur Ausschweifung sich für die harte Arbeit zu
entschädigen und in einem Abende oft den mühsamen Erwerb
von Wochen zu verlieren; da auch das Durcheinander von Ein-
wanderern aller Nationen und Farben, aller Grade der Bildung,
kaum noch ein Absondern der zu einander gehörigen Schichten
ermöglichte. Aber die Behörden waren im vollen Besitze ihrer
Macht, unterstützt von der gesammten Masse der Nordameri-
kaner, welche das neu eroberte Land als Eigenthum der Union
vertraten und sich eifersüchtig jedem eigenmächtigen Schritte der

fremden Abenteurer entgegenstellten; schon war das Familien-
leben mit Frau und Kind nichts Seltenes mehr, wo wenige
Jahre zuvor, in diesem nur von rauhen Männern gebildeten
Staate, eine Frau und ein Kind zu den sehenswerthen Merk-
würdigkeiten gehört hatte, und unter den in neuerer Zeit angelangten amerikanischen Familien von Kaufleuten und Beamten hatte bereits ein Zusammenthun für abgeschlossenen gesellschaftlichen Verkehr stattgefunden.

Mit den von dem angelangten Dampfschiffe das Land be-
tretenden Reisenden wanderte auch Eckart nach der Stadt hinauf, einen sonnengebräunten Kofferträger hinter sich. Er hatte
eine schlechte Fahrt von New-Orleans aus bestanden; hatte auf
dem Landübergange nach dem stillen Meere auf das Dampfschiff von San Franzisko warten müssen und kam jetzt fast eine
Woche später an, als er dies nach den ihm gewordenen An-
gaben bei seiner Abfahrt vermuthet. Indessen war ihm der
Gedanke von Trost gewesen, daß er durch diese verzögerte Ankunft um so sicherer Field schon eingetroffen finden werde; die
Fahrt und sein Aufenthalt unterwegs hatten seine Baarschaft in
einer Weise vermindert, daß sie den californischen Preisen aller
Bedürfnisse kaum für einige Tage Stand gehalten hätte. Schon
der sich als gebräuchlich herausstellende Betrag, welchen der Kofferträger für seine Dienstleistung forderte, als das im prächtigen
Style erbaute „Graham House erreicht war: Zwei Dollars! ließ
ihn erkennen, was er bei längerem Alleinbleiben zu erwarten hatte.

Sein erster Eintritt in das Hotel zeigte ihm eine glänzend
ausgestattete Trinkhalle, in welcher sich ein mit Trinkern schon
vollbesetzter Schenktisch durch die ganze Länge zog, die aber
sonst weder Stuhl noch Tisch enthielt. Die Zeiten waren vorüber, wo noch ein Gestell aus ungehobelten Brettern, mit far-
bigem Kattun verhangen, als Schenktisch genügte und der
übrige Raum als Spiel-Lokal benutzt ward; der amerikanische
Geschäftsgeist, welcher nur die zum Trinken gerade nothwendige
Zeit im Stehen verstattet und am Tage von der deutschen Gewohnheit des Zusammensitzens beim Glase nichts weiß, war
bereits eingekehrt; wer sich aufhalten wollte, hatte andere zu
diesem Zwecke im House eingerichtete Zimmer aufzusuchen.

Nur nach mehrfachen Versuchen gelang es dem Eingetretenen, von einem der hinter dem Schenktische mit der Bedienung der Gäste beschäftigten jungen Männer eine Antwort auf seine Frage nach Mr. Field zu erhalten; sie wies ihn indessen nach einem kleinen anstoßenden Zimmer, über dessen Thür das Wort: „Office" in großen Lettern prangte.

„Mr. Field aus Alabama —" antwortete der dort hinter einer starken Barriere auftauchende junge Mann auf Eckarts erneute Anfrage und rieb sich eine Sekunde lang die Stirn, „ich entsinne mich und brauche nicht erst nachzusehen; er ist gestern nach Stockton abgereist, hat aber einen Brief zurück-gelassen — wenn Sie mir nur Ihren Namen sagen wollen, Sir —"

Eckart nannte ihn und mit einem Nicken der Befriedigung ward ihm ein Billet überreicht, wonach der Auskunftgebende wieder hinter seinem mit Contobüchern belegten Pulte ver-schwand.

Eckart, von der neuen Täuschung fast wie durch einen Schlag berührt, öffnete ohne Verzug das Couvert und las, die Zeilen rasch überfliegend:

Lieber Freund!

Gern hätte ich Ihre Ankunft hier erwartet, da ich bei dem schlechten Reisewetter mir schon denken konnte, daß Sie später als ich eintreffen würden, aber die obwaltenden Um-stände drängen zu so schleunigem, direktem Handeln, daß ich hier keinen Tag mehr müßig verbringen durfte. Benutzen Sie das nächste nach Stockton bestimmte Dampfboot, um mir nachzukommen, ich erwarte Sie dort im Canal-Hotel. Ich setze dabei voraus, daß Sie sich mit den Mitteln versehen haben, welche ich für derartige Zufälligkeiten Ihnen in New-Orleans zur Disposition gestellt hatte.   Ihr Field.

„Wann geht wohl das nächste Boot nach Stockton ab?" war Eckarts unmittelbar erfolgende Frage und der Kopf des Buchhalters tauchte wieder auf, um nach dem großen Uhrziffer-blatte an der Wand hinter ihm zu blicken. „Sie haben genau noch eine halbe Stunde Zeit für das nächste; für morgen früh aber sind mehrere zur Auswahl!" war die Antwort, und der

junge Mann, obgleich er soeben erst eine lange unangenehme
Schiffsreise hinter sich gelassen, zögerte doch nur eine halbe
Minute unter der Versuchung, sich einen Tag Ruhe zu gönnen
und nebenbei die wunderliche Stadt mit ihrem Gemisch von
Bewohnern aus aller Welt kennen zu lernen. Die nächstfolgende
Minute schon fand ihn auf der Straße, nach einem Packträger
rufend, um seinen Koffer wieder nach dem Hafen zurückzuschaffen.
Mit einem unwillkürlichen Seufzer berechnete er, daß die einfache Nachfrage in dem bezeichneten Hotel ihm vier Dollars
gekostet hatte. Wäre noch einmal sein Zusammentreffen mit
Field durch irgend einen Zufall vereitelt worden, so hätte er
nach Zahlung des neuen Fahrgeldes, das voraussichtlich den
größten Theil der ihm noch gebliebenen Baarschaft beanspruchte,
in keiner Weise gewußt, was zu beginnen. — —

Der Himmel hatte sich gegen Abend einigermaßen aufge-
klärt und die Sonne war am Untergehen, als das kleine, gut
bediente Dampfboot nach einer verhältnißmäßig raschen Fahrt
den Joaquinfluß hinauf an der Canal-Landung der Stadt
Stockton, welche trotz ihrer damaligen 5000 Einwohner dennoch
nur unscheinbare, aus dünnen Balken und Brettern erbaute
Häuser dem Auge bot und nur durch die prachtvolle Berg-
scenerie ringsumher einen bestimmten Reiz gewann, anlegte.
Auch das unweit der Landung gelegene „Canal-Hotel" war aus
Holz erbaut, wenn auch die dem Klima entsprechenden Piazzen
und ein Anstrich von heller Oelfarbe ihm ein hervorstechendes
Aeußere verliehen.

Eckart hätte hier bei der sich ihm bietenden kurzen Entfernung seinen eigenen Packträger gemacht, selbst wenn sich einer
dieser kostspieligen Helfer hätte erblicken lassen; aber die Nähe
der Gold-Minen bewies sich in der Abwesenheit jeder hülf-
reichen Hand, und gleich den Uebrigen sein Gepäck selbst zu-
sammenfassend, betrat er das Land, dem Hotel zuschreitend.
Noch ehe er aber den Eingang desselben erreicht, stockten plötzlich seine Schritte, und starr die Augen nach einem Punkte des
Hauses gerichtet, setzte er seine Last ab. Neben der Hausthür
klebte ein Zettel, welcher die auffällig großen mit Kohle geschriebenen Worte zeigte: „Lily! heute Abend acht Uhr!"

Der Anschlag an der belebten Landung konnte unter keinen Umständen ein Liebes-Rendezvous, zu dem die wenigen in den Minendistrikten vorhandenen Frauen der niedersten Gattung ohnedies kaum aufgefordert hätten, bedeuten — Eckart dachte auch gar nicht daran; vor ihm stand das Losungswort des „neuen, geheimen Ordens", der, nach Talleyrands Ausführung, in der Trennungsstunde von den drei scheidenden Freunden gestiftet worden war, und ein bestimmtes Gefühl sagte ihm, daß der Gedanke hier wirklich ins Leben getreten sein müsse, denn Orlando's einzige Absicht war es gewesen, nach Californien zu gehen, und dieser hatte in seiner Begeisterung für Lily die erste Anregung dazu gegeben.

Nur wenige Sekunden waren es indessen, in welchen der junge Mann sich mit Betrachtung des Anschlags aufhielt; er faßte sein Gepäck wieder und schritt dem offenen Eingange des Hotels zu, welcher in dem dahinter liegenden Raume den allgemeinen Aufenthalt der Gäste zu bilden und damit „Office" und Trinkzimmer zu vereinigen schien. Eckart erhielt auch gleich auf die ihm zunächst liegende Frage nach Field von dem Manne hinter dem Schenktische Bescheid: „Mr. Field — ganz richtig — er wohnt hier, ist aber heute hinunter nach den Minen am Flusse gegangen, wird aber im Laufe des morgenden Tages jedenfalls wieder zurück sein!"

Eckart fühlte, als ob für den Augenblick ein Stein von seinem Herzen gefallen sei; er forderte unter der Erklärung, daß er bis zu Fields Rückkunft hier bleiben werde, einen Schluck Cognac mit Wasser und kam dann zu seiner zweiten Frage, was der Anschlag an der Thür des Hauses zu bedeuten habe.

„Kann es kaum recht sagen, Sir," war die von einem Achselzucken begleitete Antwort; „es ist jetzt ein ziemlich bewegtes Leben in unserem Distrikte, das allerhand Versammlungen hervorruft. So viel ich gehört, handelt es sich um das Recht früherer Landeigenthümer, die Goldgräber von ihren Stellen zu vertreiben. Da man aber nicht weiß, welche Bodenstrecken aus der mexikanischen Zeit her schon einen Herrn haben, so müßten die ganzen Verhältnisse der neu Eingewanderten völlig unsicher werden, sobald die alten Besitzrechte, die nicht einmal

durch die persönliche Ansiedelung, wie es das amerikanische
Gesetz erfordert, eine neue Begründung gewonnen haben, an=
erkannt würden. Eine Versammlung der hier in der Nachbar=
schaft arbeitenden Goldsucher ist es auch jedenfalls, worauf der
Anschlag hinausläuft, wenigstens ist unser hinteres großes
Zimmer für heute Abend gemiethet worden."

Eckart blickte aufmerksam in das Gesicht des Sprechenden.
„Haben Sie viel Deutsche hier in der Nachbarschaft?" fragte er.

„Deutsche? ein halbes Regiment, denke ich!" lachte der
Mann auf, „und sind allesammt die besten Kameraden; halten
zusammen wie Pech und gehören zu unsern besten Kunden,
wenn sie auch von vielen der Amerikaner um ihrer Ueberzahl
willen nicht eben günstig angesehen werden. Es mögen erst
fünf oder sechs Wochen her sein, daß wieder neuer Zuschuß an=
langte."

Eckart rieb sich, wie unter einem unangenehmen Gedanken
die Stirn.

„Und diese wohnen sämmtlich hier in der Stadt?" fragte er.

„Nur der kleinere Theil," erwiderte der Andere, während
er Anstalt machte, der wunderbar schnell, fast ohne Dämmerung
hereinbrechenden Nacht durch Anzünden der großen Hängelampe
zuvorzukommen; „was seine Arbeitsplätze tief in den Bergen
oder weit nach dem Flusse hinunter hat, wohnt meist in selbst=
gebauten Hütten oder auch wohl Zelten und kommt nur an den
Sonntagen zum Ankauf der Lebensmittel in die Stadt; in=
dessen giebt es auch Tage, wo die Deutschen rings umher wie
auf Verabredung sich hier zusammenfinden, und dann wird
meist unser großes Hinterzimmer vorher für den Abend ge=
miethet."

Der junge Mann trank schweigend sein Glas leer und ließ
sich dann, den Kopf in die Hand stützend, auf einem der roh
gearbeiteten Stühle nieder. Er sah plötzlich mit ganz anderem
Auge in die Angelegenheit, für welche ihn Field zur Hülfe en=
gagirt hatte — er sah sich allen seinen Landsleuten, die auf
vermeintem freien Boden ihre mühselige Arbeit begonnen, als
Feind, als Helfershelfer zur Entreißung ihrer augenblicklichen
ergiebigen Heimstätte gegenübergestellt, und wußte dabei noch

kaum, wie weit das Recht der als frühere Besitzer auftretenden
Männer begründet war. Hatte doch Field selbst bei der ihm
gegebenen Auseinandersetzung der Sachlage angedeutet, daß
dieses Recht erst wieder neu festgestellt werden müsse, und die
ganze kostspielige Reise, diese Sendung von Agenten, um auf
Richter und Gesetzgeber einen bestimmenden Einfluß auszuüben,
sprach von nichts weniger, als einer Zweifellosigkeit und Klarheit des aufgestellten Besitzrechtes. Trotz alledem aber hätte er,
wenn er sich von Field losgesagt, als rath- und hülfloser Mensch
hier sitzen bleiben oder mit in die Minen gehen können, ohne
indessen auch nur die nöthigen Mittel zur Anschaffung der erforderlichen Ausrüstung zu haben.

Seine Gedanken wurden durch das schrille Läuten einer
Glocke vor dem Hause unterbrochen und nach Kurzem stürmte
nach einander eine Anzahl von Menschen in das Lokal, theils
sich um den Schenktisch gruppirend und aus der von dem Ver-
käufer bereitwillig nach allen Seiten gereichten Whiskey- oder
Brandyflasche sich die Gläser füllend, theils auf den umherstehenden Sitzen Platz nehmend; die verschiedensten Trachten
waren unter den plötzlich erschienenen Gästen vertreten: das
rothwollene Hemd des Miners mit dem durchwetterten niedern
Filzhute, der abgeschabte schwarze Frack des Advokaten in Gesellschaft des auf den Hinterkopf geschobenen struppigen Cylin-
ders, die mexikanische Serape und die deutsche Bauernjacke.
Eckarts Aufmerksamkeit wandte sich eine kurze Weile dem bunten
Bilde zu, fast schien er ein bekanntes Gesicht darin zu suchen,
bis nach wenigen Minuten die Glocke wieder im Innern des
Hauses ertönte und die ganze Gesellschaft, wie insgesammt von
einem elektrischen Funken berührt, aufschnellend in toller Hast
dem hintern Ausgange des Raumes zustürzte. Das war ein
treu ausgeprägtes Bild aus den älteren amerikanischen Staaten
und Eckart wußte, daß er nicht säumen dürfe, wenn er an der
Speisetafel noch einen Platz für sein Abendbrod haben wollte.
Kaum fand er aber dort unter den neu aufsteigenden Gedanken
über seine nächste Stellung Appetit genug, um mehr als der
Form des Mahles zu genügen; der Erste von Allen erhob er
sich wieder und schritt durch das Trinklokal ins Freie hinaus,

wo nach dem langen Regentage die Sterne von dem klaren, dunkelen Himmel herabblißten; er wollte versuchen, seine Lage in voller Deutlichkeit sich vor die Seele zu stellen und nach allen Seiten hin zu ermessen. Indessen fand er sich bald nicht ungestört. Von allen Richtungen her begannen einzelne Gestalten von Goldgräbern, deutlich an dem rothwollenen Hemde, über welches nur selten ein alter Ueberrock gehangen war, dem verdrückten durchlöcherten Filzhute und dem wildwachsenden Barte erkennbar, aus der Dunkelheit aufzutauchen, sich sämmtlich einem Neben-Eingange des Hotels zuwendend. Eckart hatte wohl schon über zwanzig derselben gezählt und sich plötzlich des Anschlags, welchen der Wirth als Einladung zu einer Versammlung bezeichnet, entsinnend, folgte er dem Letzten nach dem erleuchteten Corridor, welcher die Vorhergehenden aufgenommen. Was er eigentlich hier wollte, wußte er in der Unbestimmtheit seiner Entschlüsse selbst nicht recht — nur das Wort „Lily", über das er vielleicht Aufklärung erhalten konnte, stand vor seiner Seele.

Eine Thür bildete das Ende des schmalen Corridors und dort stand eine breitschultrige Gestalt, deren Züge der wirre schwarze Bart fast ganz überdeckte, welche Jeden der Ankommenden zu prüfen schien. „Lily!" lautete der halblaute Gruß der Passirenden, welche Eckart noch vor sich hatte; zugleich aber sah dieser auch, daß Jeder der in das Zimmer Tretenden vorher ein leises Wort dem Thürsteher ins Ohr sagte. Ein unwillkürliches Lächeln glitt über sein Gesicht. Wenn seine erste Vermuthung über den Ursprung des hier gebrauchten Loosungswortes richtig war, so wußte er auch das verheimlichte Ergänzungswort und Niemand hatte dann ein größeres Recht in die Versammlung einzutreten, als er selbst, und dazu fühlte er, sollte er auch nur einen Blick auf den ins Leben getretenen Gedanken der weinbegeisterten Abschieds-Stimmung in New-York dadurch erhalten können, ein unwiderstehliches Verlangen.

„Lily!" trat er an den Thürwächter heran. Dieser warf einen verwunderten Blick auf die saubere und modisch gekleidete Erscheinung.

„Das magische Band!" fuhr der Ankömmling flüsternd

fort und die Augenbrauen des Andern begannen sich mit einem
eigenthümlichen Ausdruck von Mißtrauen zusammenzuziehen,
während seine Augen jede Einzelnheit in dem Anzuge des vor
ihm Stehenden zu mustern schienen.

„Warten Sie doch einen Augenblick!" sagte er endlich, die
Thür öffnend und ein lautes: „Schmidt!" in das Innere rufend;
aus dem herausklingenden Gesumme aber erkannte Eckart, daß
schon eine viel größere Zahl von Versammelten bei einander
sei, als er bis jetzt vermuthet.

Auf den Ruf erschien eine große, breitschulterige Gestalt,
ähnlich denen der Uebrigen, ließ einen flüchtigen Blick über die
fremde Erscheinung gleiten und wandte ihn dann fragend nach
dem Thürwächter.

„Sie, als Ordner, kennen ziemlich Alle von uns," sagte
dieser, „gehört der Herr da zu uns?"

Der Befragte richtete das Auge forschend in Eckarts Gesicht, dann auf das ganze Aeußere desselben und schüttelte den
Kopf. „Er ist mir noch niemals vor die Augen gekommen!"
war die Erwiderung.

„Aber er hat das Paßwort!" rief der Erstere.

„Ah, er hat das Paßwort!" wiederholte der Ordner, während
sich in seinem Gesichte ein gleicher Ausdruck des Mißtrauens
wie früher in dem des Thürwächters zeigte. „Wollen Sie
wohl die Güte haben, mir zu sagen," wandte er sich dann nach
dem jungen Manne, „woher Sie dieses Wort haben, und zu
welchem Zwecke Sie in unserer Versammlung erscheinen?"

Ueber Eckarts Gesicht flog ein Lächeln. „Sie kennen wahrscheinlich den Ursprung der Verbindung, zu welcher Sie gehören, nicht," erwiderte er, „sonst müßten Sie wissen, daß Sie
möglicher Weise in irgend einem Theile Amerika's, nach dem
Sie verschlagen werden, dieselben Erkennungsworte antreffen
können. Ihr heutiges Paßwort habe ich selbst bei der Gründung der Verbindung ersonnen, die keinen andern Zweck hatte,
als daß Diejenigen, denen beide Worte anvertraut waren, sich
als Brüder, zu gegenseitiger Hülfe und Unterstützung verbunden,
betrachten sollten. Ich bin vor noch nicht zwei Stunden von
San Franzisko hier angelangt und als ich das Wort „Lily"

hier angeschlagen las, hielt ich es natürlich für meine Pflicht, dem Rufe zu folgen. Haben Sie übrigens einen Mann, der sich Orlando nennt, in Ihrer Gemeinschaft, so würde mich dieser sofort recognosciren!"

„Der Mann existirt nicht unter uns," schüttelte der Ordner den Kopf; „indessen habe ich nach dem Gehörten auch kein Recht, Ihnen das Beiwohnen der Versammlung zu verwehren. Eine Warnung aber möchte ich Ihnen vor Ihrem Eintritte geben. Es werden Anstrengungen gemacht, uns das Recht der freien Ansiedelung auf amerikanischem Boden zu rauben und wir haben Zeichen, daß unsere Erkennungsworte an den gemeinsamen Feind verrathen worden sind. Ehrlicher Kampf ist nun bis jetzt unsere Losung gewesen; aber es wird noch heute Abend zum Beschluß erhoben werden, daß Jeder, der mit dem Gesichte des Bruders, aber mit falschem Herzen zu uns kommt, im Entdeckungsfalle wie ein Spion in Kriegszeiten behandelt, das heißt, nach vorheriger Feststellung seines Verrathes am nächsten Baume aufgeknüpft werden soll! Jetzt ist Ihnen der Weg frei!" Er machte eine Bewegung, die Thür zu öffnen; wurde aber durch ein: „Hallo, warten Sie!" aus Eckarts Munde unterbrochen.

„Das ist ein gefährlicher Fall für einen Fremden, wenn auch Verbindungsbruder, der ohne die geringste Kenntniß der hiesigen Verhältnisse ankommt!" fuhr der Letztere mit einem Lachen fort, das nicht ganz frei von Zwang war. „Lassen Sie lieber in meiner Lage mich der doppelten Gefahr ausweichen, harmlos irgend einen Verrath zu begehen und dann aufgehangen zu werden; wenn ich erst einmal gelernt habe, klar durch das hiesige Leben zu blicken, werde ich mich wieder melden. Ich hatte an nichts weniger, als an das Hören und Bewahren eines Geheimnisses gedacht. — Nur noch eine Frage, wenn Sie diese beantworten dürfen: Sie kennen den Namen „Orlando" nicht; wer aber hat die jetzige Verbindung mit den beiden Erkennungsworten unter Ihnen gegründet?"

„Dabei ist kein Geheimniß," war die ruhige Antwort; „der Mann heißt Rettinghaus!"

Eckart zuckte die Achseln. „Die Dinge sind eben völlig anders, als ich sie nach den ersten Anzeichen vermuthete," sagte

er, „und so bitte ich um Entschuldigung. Ich logire hier im
Hause und heiße Eckart, falls Ihnen nachträglich Etwas in
meinem Auftreten hier nicht recht erscheinen sollte!"

Er verbeugte sich und wandte sich zurück, ohne daß ihm
eine weitere Antwort geworden wäre, aber von dem unsichern
Blicke seiner beiden Examinatoren gefolgt. —

Er fand das Trinkzimmer dicht mit Gästen besetzt. An
einzelnen Tischen ward gespielt, an anderen scharf debattirt,
aber die eigenthümliche Unruhe, welche überall herrschte, verbunden mit dem Durcheinander der laut werdenden Stimmen,
ließ ihn die Betrachtung des neuen bunten Bildes dieses eigenthümlichen Lebens vergessen. Es verlangte ihn, nach dem eben
gehabten Auftritt, allein zu sein und mit sich selbst ganz ins
Klare zu kommen. Nicht die ausgesprochene Drohung gegen
einen Verrath war es gewesen, welche ihn von der Beiwohnung
der deutschen Versammlung abgehalten; aber ein bestimmtes
Gefühl von Ehre hatte sich, sobald er eine Ahnung über den
Zweck dieser Zusammenkunft erhalten, abwehrend in ihm erhoben, denn er war doch nur im Dienste des „allgemeinen
Feindes", von welchem Field einen Theil bildete, hierher gekommen. Mehr als je begann er die Uebernahme einer Verpflichtung, wie die gegen Field, welche ihn allen seinen hiesigen
Landsleuten als Abtrünnigen und Miethling gegenüber stellen
mußte, zu bereuen und doch hielt ihn im Augenblicke nicht nur
diese Verpflichtung allein an Fields Seite fest —! Sich die
Stirn reibend, verlangte Eckart nach seinem Zimmer geführt
zu werden, und es ward ihm ein zwar nur enger, weiß ange-
strichener Raum, aber mit der nöthigsten Ausstattung und einem
reinlichen Bette versehen, angewiesen, auf welches letztere er sich
angekleidet warf, um seinen weiteren Gedanken und Empfindungen ungestörtes Spiel zu lassen. Der Ebbe in seiner Kasse
hätte er nöthigenfalls Trotz geboten, obgleich seine Erwartung,
Orlando zu treffen, sich nicht erfüllt, — noch besaß er seine
Uhr und sein Koffer barg Kleidungsstücke und Wäsche, welche
mit einander hier vierfachen Werth haben mußten und es ihm
wenigstens ermöglicht hätten, sich den Deutschen in den Mienen
anzuschließen; für Fields Reisevorschuß aber hätte sein zurück-

gelassenes Stück Land einstehen können; noch gab es indessen eine Frage in ihm, welcher er sich seit seiner Ankunft in New-Orleans nicht zu entreißen vermocht: wohin war Sidonie gekommen? Es durfte ihn das kaum kümmern, er wußte es ja, und doch fühlte er, als sei sein ganzes eigentliches Leben an die Schritte dieser Frau gefesselt; er hätte den Mann, der sie sein Eigenthum nannte, hassen sollen, und doch war dieser der Einzige, welcher ihm jetzt Auskunft über ihr weiteres Schicksal ertheilen, ihm wohl auch fernere Nachrichten über sie geben konnte — es war eine so schiefe, unnatürliche Stellung, in welche seine Empfindungen mit seinem Verhältnisse zu Field geriethen, er fühlte das vollkommen, und doch vermochte er sich derselben nicht zu entziehen. — Ein plötzliches Aufspringen der Zimmerthür unterbrach seine Gedanken; eine hohe Gestalt im rothen Minerhemde, von deren bartumsäumtem Gesichte das trübe brennende Licht indessen nur wenig erkennen ließ, erschien im Eingange und Eckart erhob sich rasch aus seiner liegenden Stellung.

„Entweder hat der Teufel sein Spiel — oder da ist der Mensch wirklich!" klang es dem Letzteren entgegen. „Eckart, treuer Eckart, was um Gotteswillen bringt Sie denn nach Californien?"

Den Ton dieser Stimme hatte der Begrüßte sofort mit Ueberraschung erkannt, aber es bedurfte einiger Sekunden für ihn, um in diesem, von kurzen dunkeln Barthaaren überwachsenen Gesichte die früheren Züge Orlando's wieder herauszufinden. „Also doch!" rief er, dem Eingetretenen die Hand entgegenstreckend, obgleich er, seit er die Stellung erkannt, welche er vorläufig seinen hiesigen Landsleuten gegenüber einnahm, kaum wußte, ob er sich der Begegnung recht freuen solle. „Kommen Sie und setzen Sie sich! Was mich nach Californien gebracht, sollen Sie erfahren, — zuvörderst sagen Sie mir aber, warum Sie vor mir verleugnet wurden!"

„Alles nachher, erst einen tüchtigen Minerkuß und dann ein paar Flaschen Medoc. Denken Sie etwa, ich komme zu einer kurzen, steifen Visite hierher?" Und damit hatte der Eingetretene auch bereits Eckarts Kopf gefaßt, seinen Mund fest

auf den des Freundes drückend; dann aber eilte er nach der
offenen Gallerie vor der Zimmerthür, hier einen scharfen Pfiff
ertönen lassend, dem alsobald von unten das „Hallo!" einer
einzelnen Stimme antwortete.

„Hierher! Zwei Flaschen Medoc und zwei Gläser, aber
rasch!" und damit wandte er sich nach dem Zimmer zurück, wo
Eckart bereits die beiden einzigen Holzstühle zu dem kleinen
Tischchen, das zugleich die Stelle des Waschtisches vertreten
mußte, gezogen hatte. „Sie haben Recht, daß ich mit meinem
Bericht zu beginnen habe," fuhr Jener sich leicht niederlassend
fort; „Sie haben nach mir gefragt, und sind abgewiesen worden.
Die Sache ist einfach die, daß Grafen und Barone in den
Minen arbeiten, ohne damit für den Glanz ihres Namens
Etwas zu fürchten, und so habe ich auch den meinigen wieder
angenommen, was sich bei der Tagelöhnerarbeit am New-Yorker
Hafen nicht wohl thun ließ. Ich heiße Rettinghaus — oder,
um ganz ehrlich zu sein: Baron von Rettinghaus. Was mich
nach Amerika getrieben, ist vorläufig Nebensache — unter uns
aber, oder auch möglicherweise bei einem nothwendig werdenden
Teufelsstreich, bleibe ich für Sie Orlando. — Aber der erwähnte
mögliche Teufelsstreich bringt mich auf die Ursachen zurück,
welche Sie nach Californien getrieben haben. Hat Sie meine
früher ausgesprochene Idee verführt und wollen Sie sich uns
in den Minen anschließen? Das Geschäft hier ist nicht schlecht
und ich würde glücklich sein, Sie unter uns zu sehen — offen
gestanden habe ich unter allen diesen ehrlichen Spitzhacken, welche
mir anhängen, zwar die wärmsten Bewunderer, aber nicht einen
einzigen Freund zu erträglichem Umgange."

Eckart blickte, wie einen besonderen Gedanken verfolgend,
vor sich nieder und hob dann mit einem eigenthümlichen Lächeln
den Kopf. „Wissen Sie, daß ich selbst ganz kürzlich zum Baron
creirt worden bin und zwar von Lily's Gnaden? Ich meine
damit sie selbst, gewissermaßen die Schutzpatronin unserer
Verbindung! Und wissen Sie, daß ich damit in einen ganz un-
löslichen Konflikt zwischen meinen eingegangenen Verpflichtungen
gegen sie, und den Anforderungen, welche der Lily-Orden an
mich stellen wird, gerathen bin? Ich kenne bereits die Gefahr,

welche hier den Goldgräbern droht; sie aber steht auf der Seite von deren Gegnern, auf der Seite des rechtlichen früheren Besitzes, wie sie meint — und ich habe geloben müssen, ihr ein treuer Kamerad zu sein —"

„Und Sie kommen deshalb nach Californien, im Dienste dieser Landhayfische? unterbrach ihn Orlando auffahrend, „und Lily —?"

„Wird ebenfalls bald im Staate sein, wenn sie nicht schon eingetroffen ist," ergänzte Eckart, „ich habe mich um eine Woche bei meiner Fahrt verspätet!"

Der Andere sah ihm einige Sekunden lang mit großen, ernsten Augen ins Gesicht. „Unsinn!" schüttelte er dann plötzlich den Kopf. „Sie verkauft sich nicht für eine schreiende Ungerechtigkeit und wo sie bis jetzt gewirkt, hat sie es stets im Interesse der Unterdrückten, mit Verachtung gegen das corrumpirte politische Amerikanerthum gethan; ich glaube sie zu kennen. Es handelt sich hier am wenigsten um die Goldsucher, die ihr Recht übrigens schon selbst wahren würden; es handelt sich um alle die neu aufblühenden Ansiedelungen und Farmen, gerade in unserem Bereiche nach dem Flusse hinüber, um den Raub von jahrelangen schweren Arbeitsfrüchten. Das amerikanische Gesetz schreibt die eigene Ansiedelung Dessen, der sich einen Grundbesitz auf wildem Lande erwerben will, vor; Californien ist als unkultivirtes, wildes Land von den Amerikanern erobert worden, das amerikanische Gesetz ist auch in Kraft getreten und damit stehen oder fallen wir — trotz aller Besitz-Ansprüche aus mexikanischer Zeit her, wo oft für einen Sattel ein halbes Fürstenthum nicht einmal vermessenen Landes gekauft werden konnte! Sie soll klar werden, dafür sorge ich, denn sie ist nur irre geleitet worden. Aber was hat Sie in die Hände der Spekulanten gebracht, denen Sie sich ergeben zu haben scheinen?"

Der Eintritt eines Aufwärters, welcher zwei Weinflaschen und Gläser vor dem Besteller aufpflanzte, unterbrach das Gespräch; Orlando aber schob in sichtlichem Unmuthe die Flaschen uneröffnet von sich.

Eckart hatte sich auf seinem Stuhle zurückgelehnt und schlug langsam die Arme über einander. „Ich glaube nicht, Ihnen gesagt zu haben, daß ich in irgend eines Menschen Händen sei, und noch hat mich eine bessere Ueberzeugung niemals selbst vor Opfer und Noth zurückschrecken lassen, wenn es galt, sie durch= zuführen. Bleiben wir deshalb einmal bei der Schutzpatronin unserer Verbindung stehen. Ich weiß von ihr selbst allerdings, daß sie von Ihnen in New=York einen Besuch erhalten hat; damit wurde doch aber auch die gegenseitige Bekanntschaft ab= geschlossen, denn sie kannte nicht einmal Ihren Plan hierher zu gehen. Worauf stützt sich denn nun Ihr felsenfester Glaube an sie? Ich will Ihnen ehrlich gestehen, daß das Berückende ihrer Erscheinung und ihres ganzen Wesen mich selbst fast wieder gefangen genommen hätte, als ich mit ihr in New=Orleans zu= sammentraf und in einer kurzen gegenseitigen Aussprache sich das gleiche Reiseziel für uns Beide, der gleiche Zweck, welcher uns hierher trieb, herausstellte; aber ich konnte mir sie nicht in die politischen Parteiwirren, in eine Intrigue, wie die vor= liegende, verflochten denken, ohne daß der Reiz des echt Weib= lichen, der mich allein nur fesseln kann, in meinen Augen von ihr schwand; wo aber einmal eine Frau mit Aufgabe ihrer natürlichen Stellung eine Sache ergriffen hat, da hält sie fest und zähe daran, denn diese ist der Kaufpreis für das Auf= gegebene!"

Orlando sprang plötzlich von seinem Sitze auf und machte einen raschen Gang durch das Zimmer; dann blieb er vor dem Dasitzenden stehen und legte beide Hände auf dessen Schultern. „Sie kennen das Mädchen, diese starke, tiefe Natur nicht, die eben nur Der verstehen lernt, dem sie einen Einblick in ihr eigentliches Wesen verstattet; aber Sie hätten diesen Einblick bei Ihrem letzten Zusammentreffen mit ihr wohl erlangen können, denn was ich von Ihnen wußte, das erfuhr sie von mir, wenn dies auch nur zur Einleitung anderer Gesprächsstoffe geschah und sie nahm ein volles Interesse an dem musikalischen Landsmanne, in dessen Zügen noch so ganz der offene, deutsche Charakter stand. Gut, Sie hielten sich nur an Aeußerlichkeiten, weil Ihnen der innere Drang, das Bedürfniß, dieses sonderbare Wesen zu ergründen, fehlte — ich aber, Eckart, meine, trotz

9*

des einzigen Besuchs bei ihr, der mir vergönnt war, jede Faser ihrer starken, reinen Seele mit der meinen erkannt und erfaßt zu haben — ich könnte Ihnen noch Manches sagen, aber lassen wir es, ich will mir unser erstes Wiedersehen selbst nicht durch die verschiedenen Interessen, in denen wir uns gegenüberstehen mögen, verkümmern lassen. Sie werden die rechte Stellung auch ohne fremden Einfluß finden, wenn Ihnen die hiesigen Verhältnisse erst im vollen Lichte entgegentreten werden!"

Er griff nach einer der Weinflaschen und schenkte langsam beide Gläser voll; Eckarts Seele aber durchschoß bei der letzten Aeußerung die Vorstellung von einem künftigen Leben in den Minen, das Einzige, was ihm übrig blieb, wenn er der Verbindung mit Field entsagte, ein Leben unter diesen rauhen Gesellen, von denen selbst Orlando gesagt, daß er nicht einen Menschen zu erträglichem Umgange unter ihnen gefunden — und Eckart fühlte sich am wenigsten der Mann für das wilde Land: sein Sehnen war eine neue, feste Heimath und geregelte, ruhige Thätigkeit; eine Heimath —"

"Nur wo Dein Herz im treuen Glühn —"

klang es in seinen Ohren, und wie sich gewaltsam aus der ihn überkommenden Stimmung aufraffend, griff er nach dem für ihn gefüllten Glase. Aber auch Orlando erhob erst jetzt, augenscheinlich sich einem abschweifenden Gedankengange entreißend, den Kopf. "Auf bessere Zeiten!" rief Eckart.

"So sei es!" erwiderte der Andere fast wie mit einem unterdrückten Seufzer. Kaum aber waren die Gläser zusammengeklungen und geleert, als Orlando die Stirne senkend fragte: "Sagten Sie nicht, daß sie sich nach mir erkundigt? — ich meine Lily!" setzte er hinzu, während ein merkbares Roth in seine gebräunten Wangen trat.

Eckart meinte, mit einem Male klar auf den Grund des regen Interesses zu sehen, welches sein Gesellschafter für das Mädchen gezeigt, seine Antwort aber wurde durch einen plötzlichen Ruf von außen unterbrochen.

"Da ist er wieder! warte Brüderchen, noch einmal horchen und verrathen?" klang es; unmittelbar darauf aber wurde eine dicke Stimme laut: „Losgelaſſen oder es paſſirt Etwas!" und Eckart hob bei den letzten Worten ſcharf horchend den Kopf.

„Faßt ihn! feſtgehalten!" ließ es ſich von anderer Seite hören, dem ein halberſticktes wie im Kampfe hervorgeſtoßenes: „Schande! Zwanzig gegen Einen, gerade wie iriſches Lumpen= geſindel!" folgte.

„Reitet denn die Kerls der Teufel?" fuhr Orlando in die Höhe, „das ſind Deutſche von der Lily!"

„Und ich will ſterben, wenn es nicht Jakob iſt, der wieder einmal Prügel bekommt!" ſetzte Eckart aufſpringend hinzu, und im nächſten Augenblicke hatten auch Beide ſchon das Zimmer ver= laſſen, im Fluge die Treppe hinab ins Freie eilend. Hier warf die offene Thür des Trinklokals einen breiten Lichtſchein hin= aus, in welchem ſich indeſſen kaum etwas Anderes als ein Knäuel von rothen Minerhemden erkennen ließ, während jedoch in un= mittelbarer Nähe ſich eine anſammelnde Menge von Deutſchen, wie dieſe ſoeben den Ort ihrer Zuſammenkunft verlaſſen mochten, zeigte.

Der Lärm hatte im Nu die amerikaniſchen Trinkgäſte aus dem Lokal ins Freie gezogen; aber: „Laßt ſie, es iſt einer von ihnen, ſie mögen mit einander fertig werden! Feig! ein ganzes Rudel über Einen!" klang es unter dieſen, welche ſämmtlich ent= ſchloſſen ſchienen, nur müßige Zuſchauer des Vorfalls abzugeben.

Orlando hatte kaum einen Blick zu ſeiner Orientirung um ſich geworfen, als er auch wie ein gereizter Löwe dem Menſchen= Knäuel, in welchem der Angegriffene noch immer verzweifelte Verſuche zur Gegenwehr zu machen ſchien, zuſprang und mit einem Griff ſeiner beiden Hände zwei der ihm nächſt Erreich= baren hinwegſchleuderte. „Seid ihr beſeſſen, hier den Amerika= nern ein ſolches Schauſpiel zu geben?" tönte ſeine Stimme in der vollen Macht der Entrüſtung. „Auseinander hier, oder ich ſage euch, es wird nicht gut!"

Faſt war es, als wirke ſein Ruf wie lähmend auf die Theil= nehmer des Auftritts; zwiſchen den ſich löſenden Menſchen aber klang es plötzlich hervor: „Oho! feſtgehalten hier! wir wollen doch zuſehen, ob uns Jemand unſer Recht nehmen ſoll, und wenn es der Herr Baron wäre!"

„O, Sie hier, Schmitt!" erwiderte Orlando mit einer
plötzlichen Ruhe, fast mit Hohn; „ich hätte mir es denken können,
das ist die Art, wie Sie den Ordner machen! Ich verlange
zu wissen, was hier geschehen ist?"

Der Kreis hatte sich vollkommen gelichtet und daraus erhob sich jetzt das todtenbleiche, aber dennoch von Schweiß trie-
fende Gesicht Jakobs, dessen Schultern und Arme indessen noch
immer von kräftigen Fäusten festgehalten waren.

„O, Sie sollen es schnell genug erfahren," machte sich jetzt
die vorige trotzige Stimme hörbar, „dann uns aber auch unser
Recht lassen, so gewiß als ich weiß, was unsere Satzungen sind.
Der Mensch hier hat mitten zwischen unsern Gruben sich eine
Blockhütte gebaut und beginnt ringsherum das Land umzu-
hacken, das er sein nennt bis zum Flusse hinunter; hat sogar
schon den Anfang zu einer Einzäunung gemacht, die, wenn er
es durchführen könnte, uns die besten Plätze wegnehmen würde;
damit ist er freilich an die Unrechten gekommen. Aber er hat
auch die kleineren Versammlungen der Lily in seiner Nähe be-
lauscht, ist dadurch zu den Erkenntnißworten der Verbindung
gekommen — hat ganz wahrscheinlich unter falscher Flagge einzelne Zusammenkünfte besucht und was er dabei erlangt, dem
Amerikaner, welcher zu ihm gehört, verrathen. Es ist aber
heute einstimmig zum Beschluß erhoben worden, daß ein derartiger Verräther wie ein ertappter Spion in Kriegszeiten behandelt werden soll —"

„Verdammt will ich sein, wenn ich weiteren Gewaltthaten
weiche!" wurde plötzlich eine fast athemlose neue Stimme laut
und zugleich ließ sich durch die eingetretene Stille deutlich das
Knacken des Hahns eines Colt'schen Revolvers hören. „Gentlemen,"
fuhr der Sprechende, mit gehobener Stimme ins Englische fallend
und sich nach den Gästen vor dem Trinklokale wendend, fort,
„sind hier keine Amerikaner, die einen Landsmann vor den Ge-
waltstreichen dieser Leute schützen helfen?"

„Hallo, hallo! — ein Amerikaner!" rief es dort an verschiedenen Stellen; „zur Hölle mit den Deutschen!" und eine
hastige Bewegung kam unter die Zuschauer des bisherigen Auf-

tritts; gleichzeitig regte es sich aber auch unter der Menge der bisher unthätig gewesenen Miner.

„Werden gleich wissen, worum es sich handelt!" klang es von amerikanischer Seite und eine breitschulterige Gestalt in der gewöhnlichen Farmerkleidung, den Revolver in der Hand, trat aus der Mitte der Trinkgäste. „Verhaltet Euch ruhig dort," rief er, die Hand gegen die zur Abwehrung eines Angriffs sich augenscheinlich vorbereitenden Deutschen erhebend, „oder die ganze Stadt soll über euch kommen, und morgen Euere Plätze so rein gefegt haben, daß man sich umsonst nach einem deutschen Lappen umsehen wird!" Der Hahn seines Revolvers knackte, aber wohl zehn gleiche Laute unter der Masse der Deutschen antworteten.

Orlando hatte bei der sich rasch abspielenden letzten Scene kurz aufgeschaut, dann unter einem bezeichnenden Kopfnicken dem „Ordner" einen bittern Blick zugeworfen und schritt jetzt dem herantretenden Amerikaner entgegen. Eckart war indessen dem Freunde bereits zuvorgekommen. „Halten Sie einen Augenblick an, Sir!" rief der Erstere englisch, „das giebt ein ganz unnützes Blutvergießen und ich denke, die Sache mit zwei Worten ordnen zu können!" Und ohne des Angeredeten, der seinen Schritt gehemmt, sich aber wie unwillkürlich in Vertheidigungsstellung zurückgebogen hatte, weiter zu achten, wandte er sich nach der Stelle, wo die erste halb athemlose Stimme laut geworden war. „Mr. Field," fuhr er englisch fort, „Sie schaffen hier ein allgemeines Unglück und ich bin fest überzeugt, daß Alles, was auch hier geschehen ist, auf einem einfachen Mißverständniß beruht —"

„Mißverständniß — beim Teufel! ich glaube, Sie stellen sich auf die Seite dieser Menschen, Mister Eckart, wenn es auch zehnmal Ihre Landsleute sein mögen — Sie kennen doch die Verhältnisse!" ließ sich Field erregt hören. „Dies ist unser Jakob, der hier massakrirt werden sollte — Drohungen dafür sind schon längst laut geworden, und nun bitte ich, stellen Sie sich auf die Seite, wohin Sie gehören und lassen Sie den Dingen ihren Lauf, der hoffentlich ein für allemal dem Rechte Bahn schaffen wird —"

„Ich stehe auf der Seite meiner Ueberzeugung, Mr. Field, nirgends anders," unterbrach ihn Eckart mit ausgeprägter Ruhe; „hätten Sie nicht die hier begonnene Verhandlung gestört, um an Stelle derselben einen blutigen Rache=Act hervorrufen zu wollen, so würde sich der Irrthum, welcher hier waltet, längst herausgestellt haben. Jetzt bitte ich Sie, laßen Sie den Dingen, wie sie begonnen, ihren Lauf, und warten Sie ab, ob eine Ungerech=tigkeit sich dabei herausstellen wird — in diesem Falle stehe ich mit meinem Leben auf der Seite des Rechts, verlaßen Sie sich darauf!"

Eine eigenthümliche Stille hatte sich bei dem lauten Ge=spräche über die beiden sich gegenüberstehenden Parteien gelegt, und als auch Field, wie unsicher über sein nächstes Verfahren schwieg, trat Orlando mit einem dankenden Kopfnicken gegen den Freund rasch wieder gegen den Kreis vor, welcher den Ge=fangenen umschloß. „So muß es kommen," begann er deutsch, „wenn Deutsche auf Deutsche schlagen, während es unter den Amerikanern heißt: Einer für Alle und Alle für Einen, ohne jede weitere Frage. Lebt der Mann hier nicht zwischen uns, und wenn Etwas gegen ihn vorlag, konnte es nicht zu Hause, wie in der Familie, abgemacht werden, statt daß hier auf offenem Platze gleich einer Rotte betrunkener Raufbolde über einen Einzelnen hergefallen wurde, zum Hohne der Amerikaner? Und wo liegt das Recht dazu, von welchem der Ordner Schmidt sprach? Der heute gefaßte Beschluß ist nach unseren Satzungen nichts, so lange er nicht von mir, Euerem erwählten Meister bestätigt worden, noch aber fehlt diese Bestätigung — und in solche Hände, die nicht einmal die selbstgegebenen Gesetze auf=recht erhalten können, eine Bestimmung über Leben und Tod zu legen, wäre ein Wahnsinn. — Ich habe wohl das Recht, meine Meinung auszusprechen," fuhr er kräftig fort, als sich nach seinen letzten Worten ein halblautes Murren um ihn her erhob, „und ich verlange Ruhe bis ich geendet. Ich werde dann mein Amt niederlegen, und Euch die Zerstörung Euerer jetzt er=rungenen Stellung selbst überlaßen; so lange ich aber noch hier stehe, werde ich diesem Amte nöthigenfalls selbst Achtung zu verschaffen wissen! — Der angeklagte Mann hier," sprach er ruhiger weiter, „ist des ihm angedichteten Verbrechens so wenig schuldig als ich selbst, er kannte die Erkennungsworte unserer Verbindung, die er ausspionirt haben soll, früher als Einer von Euch, denn er war ein Zeuge bei der Gründung des ‚magischen Bundes‘ und kaum einen Schritt von mir entfernt; hatte er diese Worte aber einem Vertrauensmann mitgetheilt, so war ihm das erlaubt, wie jedem Bruder unter uns, um damit die Verbindung auszudehnen. — Was aber unser gutes Recht auf den freien Boden betrifft, so werden wir ungesetzliche Gewalt mit Gewalt vertreiben; wollt Ihr aber von angethaner Gewalt bei einem einzelnen Manne sprechen, der wohl kaum weiß, was er mit seinem erhobenen Anspruche gethan?"

„Herrgott, ich habe keinem Menschen etwas Leides zufügen wollen," wurde jetzt Jakobs von der Anstrengung noch heisere Stimme hörbar, „und ich habe das Wort nur immer, wo es „Lily" hieß, ausgesprochen und es auch dem Mister Field gesagt, damit Jeder wisse, wir hätten durchaus nichts Böses im Sinne — ich habe aber wieder einmal gesprochen, wäre ich nur bei dem Viehzeug geblieben —"

Die rasche Annäherung Orlando's, der kaum auf die Bemerkung zu achten schien, unterbrach seine Worte. „Die Hände von dem Manne!" sprach der Herantretende kurz und bestimmt. „O, Schmidt, Sie wollen nicht, Sie lehnen sich auf? Sie haben schon einmal Ihren Meister an mir gefunden und wollen es noch einmal in Gegenwart der Amerikaner erleben?" Seine rechte Faust hob sich langsam, während seine Gestalt um einen halben Kopf größer zu werden schien; aber: „Keine Geschichten weiter! keinen neuen Streit! Rettinghaus hat Recht!" rief es unter der Menge der Deutschen und auch die Faust des „Ordners" löste sich von dem Arme Jakobs, der, als wisse er nicht, wohin sich zu wenden, unsicher um sich blickte, aber sofort von dem herantretenden Eckart aus dem Menschenhaufen gezogen ward.

„Landsleute," ließ sich jetzt Orlandos weit tönende Stimme hören, „jetzt kein Wort weiter über den stattgefundenen Vorfall; in der nächsten Versammlung sollt ihr selbst Euer Urtheil über das, was geschehen ist, abgeben. Jetzt gehen wir nach Hause!"

Eckart mit Jakob, welcher dem Ersteren völlig willenlos zu folgen schien, war auf den ihm entgegentretenden Field getroffen. „Ich denke, Sir," sagte der Letztere in steifem Englisch, „es wird eines speciellen Verständnisses zu unserer ferneren gemeinschaftlichen Arbeit erfordern; ich erwarte Sie morgen früh!"

Eckart verbeugte sich nur schweigend und führte seinen Schützling nach dem Hotel, in welchem soeben beim Zerstreuen der Deutschen die Amerikaner zu verschwinden begannen; vergebens aber sah sich der junge Mann beim Eintritte nach Orlando um.

Sechstes Kapitel.

Erörterungen und Entschlüsse.

„Jetzt setzen Sie sich hierher, Jakob, und trinken Sie ein Glas Wein," sagte Eckart, als ihm der bisherige Gefährte nach seinem Zimmer gefolgt war, „das wird Sie wieder stärken und zu Mr. Field kommen Sie noch zeitig genug!"

„Ob mich nicht immer der Teufel beim Ohr haben muß," schüttelte der Angeredete den Kopf, wie halb zerbrochen auf den ihm herbeigeschobenen Stuhl fallend; „zu Mr. Field — ja wohl, zeitig genug, um mir wieder für seine Sache die Knochen zerschlagen zu lassen!" Er trank in einem Zuge, wie lechzend, den gebotenen Wein aus, und als Eckart zum zweitenmale das Glas füllte, auch dieses mit gleicher Begierde. Dann fuhr er mit beiden Händen hinter seine Ohren. „Das geht doch um Gotteswillen nicht so weiter," begann er nach einer kurzen Pause von Neuem; „für alles Geld, was mir versprochen wird, kann ich doch nicht gegen funfzig und sechzig stehen, — Polizei, die einen Menschen schützen könnte, giebt's auch nicht hier, und was Sie hier helfen sollen, weiß ich erst recht nicht! Ich wollte, wir säßen noch hinten im Walde; mit der Zeit wären wir doch zu Etwas gekommen; was gedenken Sie denn

bei der hiesigen Wirthschaft, von der Sie ja ein Pröbchen gesehen haben, zu thun?"

„Davon nachher, Jakob," erwiderte Eckart, seinen frühern
Sitz wieder einnehmend; „sagen Sie mir vor Allem erst —
wohin sich Mistreß Field gewandt hat, wenn Sie es wissen
sollten!"

Der Bursche sah in halber Scheu nach dem Gesichte des
jungen Mannes auf. „Ich dachte mir ja wohl, daß die Sache
zuerst daran kommen würde und ich habe mir hinterdrein auch
Vorwürfe gemacht, daß ich so ohne Weiteres mit ihr gegangen
bin," erwiderte er, „aber es war ja, als trieb sie die Angst fort,
und allein konnte ich sie doch nicht gehen lassen —"

Eckart beantwortete mit einem ruhigen Kopfnicken das
zögernde Innehalten des Sprechenden. „Darüber habe ich
Ihnen noch keinen Vorwurf gemacht," sagte er, „fahren Sie
nur fort!"

„Ich wollte eben sagen, daß es ihr selber leid geworden
schien, was sie gethan; sie saß während der ganzen Fahrt immer
allein in einer Ecke, die sie sich ausgesucht, und dort hatte sie
ein paarmal rothgeweinte Augen. Nun ja," fuhr der Sprechende,
ohne aufzublicken, mit einer neuen Handbewegung nach seinem
Ohre fort, „hätte ich nur Manches so gewußt, wie ich es jetzt
weiß —! Wir fanden also in New-Orleans den Mr. Field
in seinem Gasthofe; er wollte sich aber eben nach dem Dampfschiffe, das nach Charleston fährt, aufmachen, und sein Gesicht
wurde gerade wie von Stein, als er seine junge Frau sah. Ich
ließ sie natürlich miteinander allein und weiß nicht, was sie geredet haben; viel Liebes mochte's aber nicht gewesen sein, denn
es war wohl kaum eine Viertelstunde vorbei, als der Mister
Field mit ganz weißem Gesichte herausgeschossen kam, wo ich
stand, und nach einem Schwarzen rief, der eine Lohnkutsche
herbeiholen sollte. Hinter ihm trat langsam die junge Frau
aus der Thür; sie hatte nasse Augen, aber im Uebrigen sah
sie aus, als habe sie eben tapfer gekämpft und sich nicht unter-
kriegen lassen. Als sie mich vor die Augen bekam, hielt sie
mir die Hand hin und sagte: „Melden Sie Mr. Eckart, daß
ich nicht nach Alabama zurückginge und daß wir kaum jemals

wieder zusammentreffen würden. Ich ließ ihm nochmals für seine Freundlichkeit danken, und wenn er bisweilen an mich denken wolle, würde es mich freuen!" Damit war aber auch ihr Gesicht ganz weichmüthig geworden, daß sie sich abkehrte, um es mich nicht sehen zu lassen. Und so kam die Lohnkutsche, das Gepäck der jungen Frau wurde aufgeladen, ihr Mann hob sie hinein und fuhr mit ihr ab. Ich selber wußte eigentlich nicht, was ich nun jetzt thun solle; aber einer von den Schwarzen lud die Koffer von Mr. Field auf einen Lastkarren, nahm auch meine Kiste dazu und winkte mir, daß ich mitkommen möge. Es ging nach dem Dampfschiffe und nach einer Weile kam auch dort Mr. Field allein an. Ich hätte ihn gern gefragt, wo er die Lady gelassen habe, aber er hatte wieder ein so steinernes Gesicht, daß ich lieber schwieg, und erst als das Dampfschiff schon im Gange war, fragte er nach Ihnen. Nun, ich konnte weiter nichts sagen, als daß Sie nachkämen und daß ich nur, damit die Lady nicht allein gereist, mit ihr vorausgegangen sei. Er sah mich eine Weile an, als wolle er noch mehr fragen, unterließ es aber — ja, und das ist eben Alles, was ich Ihnen erzählen kann; wenn Sie aber noch ein Glas von dem Weine übrig hätten — er hat mir recht gut gethan!"

"Schenken Sie sich ein!" erwiderte Eckart, sich von seinem Stuhl erhebend und einen raschen Gang durch das Zimmer machend. Es war ihm völlig klar, daß der zweite Fall, von welchem Sidonie in ihrem Briefe gesprochen, die Reise zu ihren Eltern, eingetreten war, und der Abschied auf Nimmerwiedersehen, welchen ihm Jakob gebracht, bestätigte seine Annahme noch mehr, wenn auch die kurze Viertelstunde, welche die beiden jungen Eheleute zur Fassung eines so weit tragenden Entschlusses gebraucht, ihm kaum genügend erscheinen wollte. Jedenfalls mußte Sidonie vollkommen fertig mit sich gewesen sein, und die Vorbereitungen für den nöthig werdenden Fall bereits getroffen haben. Mit dieser ihm gewordenen Ueberzeugung aber fiel auch jedes innere Bedürfniß, welches ihn an Field gekettet und er meinte, es noch nie so klar gefühlt zu haben, daß es doch nur sein Interesse für sie, die Hoffnung auf eine später fortdauernde, wenn auch jede beglückendere Annäherung

ausschließende Verbindung mit ihr gewesen war, welche ihn so
leicht auf Field's Pläne hatte eingehen lassen. Das Weh der
Hoffnungslosigkeit, das er in den letzten Tagen schon einmal
empfunden, wollte von Neuem sich seiner Seele bemächtigen,
aber er drängte es kräftig zurück.

„Sie scheinen keine besondere Lust zu haben, unter den bisherigen Verhältnissen hier noch mitzuspielen?" wandte er sich
an Jakob.

„Lieber desertire ich gleich zu den Goldgräbern, die doch
wissen, für was sie arbeiten;" war die Antwort, mit welcher
der Bursche den Kopf tief zwischen die Schultern zog; „wenn
doch nur der Mister Field nicht schon so viel Geld für mich
ausgegeben hätte — ein Deutscher kann doch hier nicht zum
Schufte werden —!"

Eckart nickte. „Sie haben Ihren Arbeitstheil an unserem
Lande in Alabama und das würde ihm wohl die Reisekosten
für uns Beide ersetzen!" sagte er. „Ist es Ihnen recht, so
gebe ich es zu seinen Gunsten auf, und wir sind damit wenigstens frei — was weiter werden soll, müssen wir dann freilich
erst sehen!"

Jakob sah rasch auf, seine Antwort aber wurde durch ein
kräftiges Oeffnen der Thür unterbrochen, durch welche Orlando
mit unmuthig zusammengezogenen Brauen eintrat. „Das
Stück hätte ausgespielt!" sagte er, sich auf Eckarts Stuhl werfend und rasch sein Glas füllend, „wir Deutsche sind doch allesammt prächtige Kerls, werden aber wohl noch manches Jahr-
hundert brauchen, ehe wir nur lernen zu einander zu stehen
und um des Ganzen willen die eigenen persönlichen Lumpereien
aufzugeben. Die „Lily" ist in der schönsten Spaltung und
Auflösung begriffen, was mich aber jetzt am wenigsten kümmern soll!" Er stürzte hastig den eingegossenen Wein hinunter.
„Neid, Eifersüchteleien, Empfindlichkeiten, all das alte deutsche
Anhängsel!" fuhr er achselzuckend fort, als Eckart mit einem
fragenden Blicke an ihn herantrat; „seit Schmidt, der Ordner
in offener Rebellion gegen unsere Gesetze aufgetreten ist, haben
sich schon drei oder vier verschiedene Parteien gebildet, von
denen jede einen ehrgeizigen besonderen Führer hat und etwas

Besonderes will; morgen schlagen sie vielleicht schon gegenseitig
aufeinander. Ich habe nur einen Blick darunter geworfen, habe
aber genug gesehen. Lieber jetzt in San Franzisco Aufwärter
werden oder sonst irgend eine mögliche Beschäftigung ergreifen,
als hier noch länger den Deutschen vorstellen!"

Eckart starrte den Freund mit großen Augen an. Der
eine Ausdruck „Aufwärter werden" hatte ihn mit einem Male
klarer in seine augenblickliche Lage sehen lassen, wenn er sich
von Field trennte, als jemals zuvor. „Das heißt, Sie wollen
den Spekulanten, wie Sie die bisherigen Landeigenthümer
nennen, das Feld räumen?" fragte er.

„Feld räumen?" lachte Orlando mit einem Anfluge von
Bitterkeit auf; „ich hätte vielleicht in den Widerstand unserer
Miner eine Art gesetzlicher Ordnung gebracht; jetzt wird es
bald genug Mord und Todtschlag geben — wenn Sie das
meinerseits das Feld räumen nennen, sollen Sie Recht haben!"

„Und wann gedenken Sie nach San Franzisko zu gehen?"
fragte Eckart in sichtlichem Interesse.

Der Andere schüttelte leicht den Kopf, sah aber dann rasch
auf. „Ihnen scheint die Luft schon jetzt nicht zu behagen,"
sagte er; „haben Sie Etwas auf dem Herzen, so sprechen Sie
sich aus. Ich muß erst meine Verhältnisse zu unserer Verbindung
ordnen, bei denen es sich um greifbaren Werth handelt und könnte
kaum einen bestimmten Zeitpunkt für meine Abreise angeben."

Eckart machte wieder einen raschen Gang durch das Zimmer.
„Gut," sagte er dann, vor Jenem stehen bleibend; „ich bin
unter völlig unrichtigen Voraussetzungen hierher gekommen und
Jakob gleichfalls; er würde aber nöthigenfalls in die Minen
gehen, wozu ich am wenigsten taugte. Ich wünsche einfach
nach New-York zurückkehren zu können, wo ich wenigstens auf
schon bekanntem Boden wäre, und wollen Sie mir nun eine
Liebe erzeigen, so geben Sie mir an, auf welche Weise ich am
schnellsten meine Uhr und die mir entbehrlichen Bekleidungs-
gegenstände zu Geld machen kann — ich habe mich hier nicht
zu fest binden wollen und deshalb auch nicht die mir zur Verfügung gestellten Mittel angenommen."

Orlando sah einen Moment lang mit einem wunderlichen

Lächeln in die Augen des Sprechenden, füllte dann sein Glas
von Neuem und hielt es, die Farbe des Weins betrachtend,
gegen das Licht. „Ich habe eigentlich erst heute von der An=
wesenheit Jakobs und des Amerikaners, mit dem er gekommen
ist, gehört,“ sagte er; „jedenfalls sind Sie also wohl im Bunde
der Dritte. Und jetzt, wo Sie hier loskommen wollen, meinen
Sie, wir hätten uns nur deshalb in New=York zwischen Faust=
schlägen kennen lernen, daß ich Ihnen helfen soll, Ihre noth=
wendigen Sachen zu verkaufen? Es ist ganz den deutschen
Ehrbegriffen nach,“ nickte er, „und ich hätte wahrscheinlich selbst
nicht anders gehandelt; ich muß Ihnen aber erstens sagen, daß
das ein ganz schlechtes Geschäft wäre, aus dem höchstens Ihre
Fahrt nach San Franzisko und einige Tage Aufenthalt dort
herausspringen würden, denn in den Minen ist der schlechteste
Markt für elegante Artikel; daß ich aber zweitens in den sechs
Wochen, welche ich hier gearbeitet, genug erübrigt habe, um
Ihnen selbstverständlich wenigstens denselben Betrag zur Ver=
fügung stellen zu können — den Sie ohne Weiteres anzunehmen
haben,“ unterbrach er eine abwehrende Bewegung Eckarts, wenn
Sie mich nicht beleidigen und ganz mittellos in San Fran=
zisko anlangen wollen. Sollten Sie übrigens dort nicht eher
eine passende Gelegenheit zur Weiterreise finden, als bis ich
selbst angelangt, so ändern Sie auch vielleicht noch Ihren Ent=
schluß, sofort nach New=York zu gehen — es wäre eine Thor=
heit, ärmer aus Californien zurück zu kehren, als man hin=
gegangen ist. Jakob aber, der ebenfalls seine jetzige Stellung
satt zu haben scheint, mag bei mir bleiben, bis ich selbst reise;
er vermag in San Franzisko mit seinen beiden Fäusten mehr
Gold zusammen zu schaffen, als er hier aus dem Boden wühlen
könnte. Werden Sie nur rasch mit Ihrem Amerikaner fertig,
der sich schon heute stark über Ihre Sebstständigkeit zu wun=
dern schien, und erwarten Sie mich morgen bei guter Zeit.“
Er trank sein Glas aus und erhob sich dann, dem herantretenden
Freunde die Hand entgegenstreckend. „So, und nun gute Nacht,
mein Heimweg ist nicht der kürzeste!“

„Wir sprechen uns morgen weiter!“ sagte Eckart, im augen=
scheinlichen Kampfe mit sich selbst die gebotene Hand drückend.

„Ja, aber kann ohne Redensarten; ich kenne das Feld hier schon, Sie aber nicht, und darum sollten Sie sich ohne Weiteres meiner Führung überlassen!" Er nickte dem mit großen Augen dasitzenden Jakob zu und verließ das Zimmer.

Der Bursche erhob sich langsam von seinem Sitze, während Eckart in sichtlicher Unruhe seinen Gang wieder aufnahm. „Nun verlangt mich nur zu wissen, was der Mister Field zu der ganzen Sache meinen wird," sagte der Erstere. „Entzwei geschlagene Knochen kann er mir nicht bezahlen, das wird er wenigstens einsehen!" Trotz des letzteren Arguments indessen, schienen ihn doch noch verschiedene Zweifel zu plagen und sich hinter dem Ohre kratzend, mit einem halben Blicke nach Eckart, schritt er zögernd zur Thür hinaus, während der Letztere von seiner Entfernung kaum Etwas zu vernehmen schien.

Vor Eckarts Seele aber stand der Gedanke wie ein Gespenst, daß er weiter und hülfloser als jemals von einem festen erreichbaren Ziele für seine Zukunft entfernt stehe; von Jugend auf an geordnete Verhältnisse und regelmäßige Arbeit gewöhnt, widerstrebte das unsichere Abenteurerleben, in welches er sich versetzt sah, seinem ganzen Wesen; und wenn auch die Poesie der Jugend ihm bei seiner Auswanderung nach Amerika wohlthuende Bilder von Waldesduft, Freiheitsluft und Ursprünglichkeit vorgemalt hatte, so war dies doch nur immer mit dem festen Hintergrunde einer gesicherten, nährenden Ansiedelung geschehen. Hätte er doch auch nie daran gedacht nach Californien zu gehen, wenn dies nicht unter einem bestimmten, sichern Engagement geschehen wäre — ein Engagement, das er jetzt aufzugeben im Begriffe stand, um sich einer dunklen aussichtslosen Zukunft in die Arme zu werfen. Sollte es ihm in San Franzisko auch auf irgend eine Art möglich werden, Schiffspassage nach New-York zu erhalten, wie wollte er, von allen Mitteln entblößt, dort einen neuen Anfang machen? Und blieb er in San Franzisko — „Aufwärter oder irgend eine ähnliche Stellung" war selbst für Orlando, der noch Mittel besaß und Etwas von den Verhältnissen kennen wollte, eine wünschenswerthe Aussicht gewesen. Und wenn er sich auch wirklich in dieses Unvermeidliche ergab, das vielleicht für ihn

noch erträglicher als das rohe Leben in den Minen sein mochte
— was nachher? Er hatte, seit er ohne bestimmten Plan den
amerikanischen Boden betreten, seinem Schicksale die Sorge für
seine Zukunft überlassen und nur die Gelegenheiten erfaßt, die
er sich von ihm geboten glaubte; es war aber bis jetzt mit ihm
so bergab gegangen, ohne daß er von seinem Gewissen deshalb
einen Vorwurf verdient hätte, daß mit dem jetzigen letzten Fehl-
schlage eine halbe Entmuthigung ihn überkommen wollte.

Er hatte sich langsam entkleidet und warf sich, das Licht
löschend, auf die harte Matratze seines Lagers. „Nur vorwärts,
so lange die Kraft reicht!" klang es in ihm, „nur der ist wirklich
verlassen, der sich selbst verläßt!" und er nickte bitter, wie in
Beantwortung der innern Stimme. „Wenn ich noch zu einem
vernünftigen Leben wieder komme," murmelte er, die leichte
Decke über sich ziehend, „so ist es wenigstens auf sehr großen
Umwegen geschehen; es hätte allerdings aber noch schlechter
gehen können, und so vorwärts denn in Schicksals Namen!"
Und wie unter der Beruhigung eines bestimmten Entschlusses
hatte ihn bald darauf der Schlaf der Uebermüdung in die Arme
genommen. —

Er erwachte am nächsten Morgen erst bei dem Läuten der
ersten Frühstücksglocke und vertraut mit den amerikanischen Gebräuchen, sprang er auf, sich beeilend, eine kurze Toilette zu
machen. Er wußte, daß er Field am Frühstückstische treffen
werde und dann ohne weitere Umstände zu einer Erklärung
mit diesem gelangen konnte. Noch fühlte er, wenn er sich die
erwartete Begegnung mit ihm vergegenwärtigte, einen leichten
Gewissensscrupel dem auf ihn gesetzten Vertrauen gegenüber —
er hörte noch Fields scharfen, eigenthümlichen Ton, mit welchem
dieser sich am Abend vorher von ihm verabschiedet; zugleich
aber trat auch die Unmöglichkeit, in der ihm zugemutheten
Weise gegen die eigenen Landsleute zu wirken vor ihm, und
beim Läuten der zweiten Glocke schritt er, völlig mit sich im
Klaren, nach dem Speisezimmer hinab.

Zu unterst am Tische saß bereits Jakob, welcher beim Erblicken Eckarts mit einem schlauen Augenaufschlag die Schultern
fast bis zu den Ohren zog; weiter oben sah der Eingetretene

Field zwischen andern Amerikanern soeben Platz nehmen und er
ließ sich in kurzer Entfernung Jenem gegenüber auf einem freien
Sitze nieder. Nur ein kurzer, wenig freundlicher Aufblick Fields
belehrte ihn, daß seine Gegenwart bemerkt worden war, als er
aber seinen kurzen Imbiß beendet, erhob sich auch Jener und
winkte dem Deutschen leicht mit dem Kopfe, ihm zu folgen.

„Ich sehe, daß ich Sie auf der Reise hierher unter meinen
Flügeln hätte halten sollen," begann Field mit einem steifen
Lächeln, als Eckart ihm in ein seitwärts gelegenes Parterre-
zimmer gefolgt war; „glauben Sie denn in der Weise, wie Sie
sich in den Auftritt gestern Abend mischten, unsern Interessen
Vorschub geleistet zu haben?"

„Ich sagte Ihnen schon gestern," erwiderte Eckart, seine
ganze Ruhe sammelnd, „daß ich nur meiner Ueberzeugung nach
gehandelt habe und diese, Mr. Field, würde ich unter keinem
Verhältnisse je verleugnen können. Jakob war unter Einwirkung
eines allgemeinen Irrthums bedroht und dann gestern überfallen worden — dieser Irrthum sollte eben zu Tage gebracht
werden, als Sie mit Ihrer Appellation an die Amerikaner ein
allgemeines Unglück hervorrufen wollten, das zu verhindern ich
für meine Pflicht hielt.

„Verdammt, Sir!" unterbrach ihn der Amerikaner ins
Englische fallend, als lasse er der bis jetzt zurückgehaltenen Erregung den Zügel; „was Sie Unglück nennen, hätte uns in
viel kürzerer Zeit, als dies auf anderem Wege möglich gewesen
wäre, zu unserem Rechte verholfen. Was hilft mir Ihre ganze
Ueberzeugung, wenn wir damit den Kürzeren ziehen?"

„Ich weiß im Augenblicke eben noch nicht wo das Recht
liegt, Sir!" erwiderte Eckart nach einer kurzen Pause der Ueberraschung, welche dieser plötzliche Ausbruch, der so wenig mit
Fields früherer, ruhiger Weise übereinstimmte, hervorgerufen;
„die Deutschen stützen sich auf das allgemein gültige amerikanische
Gesetz und glauben damit in ihrem Rechte zu sein; Sie stützen
sich auf ein früheres Besitzrecht, über welches indessen jedenfalls
der Gerichtshof oder die Gesetzgebung noch zu entscheiden haben
würde — und wenn ich es außerdem offen ausspreche, daß es
für mich die peinlichste Stellung wäre, meinen eigenen Lands-

leuten gegenüber als der gemiethete Helfer einer wenigstens in ihren Augen ungerechten Sache dazustehen, so glaube ich, daß Sie das, was seit gestern in mir vorgegangen ist, hinreichend verstehen werden!"

„Ah!" zog Field, die Hände langsam auf den Rücken zu- sammenlegend, während sein Gesicht an Jakobs Ausdruck: „wie aus Stein geworden", erinnerte, „ich verstehe Sie vollkommen und erkenne den ganzen Irrthum, den ich im Vertrauen auf die deutsche Zuverläßigkeit begangen. Wollen Sie mir wohl sagen, welchen Betrag Sie sich in New-Orleans für meine Rechnung haben zahlen lassen?"

In Eckarts Wangen schoß ein leichtes Roth. „Wenn ich auch Ihrer Anweisung, die nöthigen Reisekosten zu entnehmen, gefolgt wäre," erwiderte er, „so würde ich damit doch wohl nicht mein eigenes Urtheil über eine Sache, für die ich eintreten sollte, verkauft haben — eine Rückzahlung des Betrages würde jedenfalls auch einem strengen Urtheil über meine Handlungs- weise genügen; ich habe indessen die Reise von New-Orleans aus eigenen Mitteln bestritten und bin durch den Verlust der- selben genugsam für meinen Leichtsinn bestraft. Ihren Vor- schuß zur Fahrt bis New-Orleans aber, sowie die entstandenen Reisekosten für Jakob werde ich durch Ueberweisung meines Stückes Land an Sie decken, und so glaube ich unter den obwaltenden Verhältnissen so ehrlich zu handeln, als es nur ein Mensch vermag. Was Ihnen Jakob hier an Zehrung gekostet haben mag, hat er ja wohl selbst bereits redlich abverdient."

Field preßte die schmalen Lippen auf einander. „Sie sprechen also auch in Jakobs Namen!" sagte er nach einer kurzen Weile. „Nun gut!" den pecuniären Punkt werde ich zu gelegenerer Zeit ordnen und ich entbinde Sie vorläufig aller Verpflichtungen, die Sie gegen mich haben mögen; man ver- läßt aber das eigene Lager, in dem man volles Vertrauen ge- nossen, nicht so ohne Weiteres, um vielleicht ins feindliche über- zugehen, und so will ich Ihnen sagen, daß mit dem Momente. in dem ich Sie auf der andern Seite gewahren sollte, ich in Ihnen nichts als den ehrlosen Ueberläufer erkennen müßte. dessen kurze Aburtheilung ich mir selbst vorbehalten würde!

Jetzt thun Sie nach Ihrem Belieben! Er drehte sich kurz ab und schritt nach dem Fenster.

„Ich wünschte um Ihrer selbst, Mr. Field, Sie hätten den Verhältnissen, wie sie einmal liegen, ohne diese Drohung Rechnung getragen!" erwiderte Eckart sichtlich eine rasche Aufwallung seines Blutes niederkämpfend. „Allerdings werde ich jetzt nach eigenem Ermessen handeln, aber auch jeder Bezüchtigung einer Ehrlosigkeit entgegen zu treten wissen, und ich glaube, der deutsche Begriff von Ehre steht dem amerikanischen wahrlich nicht nach, — es thut mir nur weh, daß Sie mich, dessen Gastfreundschaft ich genossen, zu einer solchen Erklärung gezwungen haben!" Er wartete zwei Secunden lang, ob Field sich ihm noch einmal zuwenden werde; als dieser aber Willens schien, unverrückt seinen Platz am Fenster zu behaupten, verließ er ruhig das Zimmer. In den Corridor gelangt, blieb er indessen eine kurze Weile stehen, um in einem tiefen Athemzuge seinem von den verschiedenartigsten Gefühlen bedrängten Innern Luft zu machen. Wenn er auch auf der einen Seite sich erleichtert fühlte, die unvermeidliche Aussprache mit Field hinter sich zu haben, so trat ihm doch jetzt auch erst das alleinige Angewiesensein auf seine eigenen Kräfte in dem fremden, eigenthümlichen Lande mit der ganzen Macht der Unabänderlichkeit entgegen; dazu konnte er Fields bittere Empfindungen gegen sich verstehen und es that ihm wehe, in dieser Art von ihm zu scheiden, während es doch außer seiner Macht gelegen hatte, eine andere Trennung herbeizuführen. „In Schicksals Namen!" murmelte er endlich, das dichte blonde Haar energisch zurückstreichend und wandte sich dem Wege nach seinem Zimmer zu.

Als er die Treppe zu der offenen Gallerie, welche die Verbindung der Räume des oberen Stocks bildete, erstiegen, sah er bereits Jakob auf der Thürschwelle seines Quartiers sitzen und ihm mit erwartungsvollen Augen entgegenstarren. „Alles in Ordnung!" nickte er diesem halblaut zu, „wir sind entlassen; wer sich aber von uns Beiden zu den deutschen Goldgräbern hält, kann sich als ehrloser Ueberläufer auf eine Kugel gefaßt machen. Ich denke natürlich nicht daran, denn ich will froh sein, wenn ich das ganze Land wieder hinter mir habe; ich sage

das Ihnen nur zur Warnung; er ist gerade wie alle die
übrigen Amerikaner: im gewöhnlichen Leben ein „perfect Gentleman" und ein liebenswürdiger Mensch — in der Aufregung
aber, die den Firniß der Erziehung durchbricht, der Raufbold,
der sich weder um einen Ausdruck noch um eine Kugel kümmert."

Jakob erhob sich mit einem wunderlichen Achselzucken, um
Platz zum Oeffnen der Thür zu machen. „Es ist mir das ein
Bischen zu hoch gegeben," sagte er, dem Vorantretenden in das
Zimmer folgend, „aber wegen der Kugel wird es ja nicht so
schlimm sein. Er hat mir erst noch gestern Abend gesagt, daß
hier am Platze nichts für ihn zu machen sei, und daß er sein
Recht an einer andern Stelle verfolgen werde. Ich denke, er
wird sich hier nicht mehr lange sehen lassen. — Aber da ist etwas
Anderes," fuhr er eifrig fort, ein kleines Packet aus der Tasche
seiner Beinkleider ziehend, „ich hätte aber wohl auch noch Etwas
dazu zu sagen. Der Herr Orlando war hier, gerade als Sie
Ihr Frühstück im Stiche ließen!"

„Und er ist wieder fort?" fragte Eckart hastig, während er
den Ausdruck eines leichten Schreckens nicht verbergen konnte.

„Er hat nur gesagt, es wäre besser so, um alle Redensarten zu ersparen!" war die Entgegnung, und mit dem ersten
Griffe, welche der Fragende nach dem ihm überreichten Päckchen
that, ward ihm das Herz wieder leicht. Er fühlte die eigenthümliche Schwere des Goldes. Ein grobes Stück Papier war
zwischen den Faden, welcher die Zeugumhüllung festhielt, ge-
schoben und mit der Adresse: „Dem treuen Eckart" versehen
und nach rascher Entfaltung desselben las er die mit Bleistift
geschriebenen Zeilen:

„Liebster Freund! ich sende Ihnen hier alles gemünzte
Gold, welches ich noch besitze, denn mit unserm Goldstaub verstehen Sie doch noch nicht umzugehen — ist mir auch sehr lieb,
denn sonst hätte ich Ihnen wohl möglich mehr gesandt und mir
die Gelegenheit genommen, Sie in San Franzisko wieder zu
sehen, Ihnen aber die Chance, wenigstens mit gefüllter Tasche
Californien zu verlassen. Beeinflussen will ich Sie damit in
keiner Weise, man soll Niemand mit Gewalt glücklich machen
wollen — indessen wäre es mir sehr angenehm, Sie noch ein-

mal in San Franzisko zu sehen, ich habe meine ganz speciellen
Gründe dafür — wie gesagt, lassen Sie sich dadurch aber nicht
den geringsten Zwang auflegen. Sollten Sie sich einige
Tage dort aufhalten, so empfehle ich Ihnen das United States
Hotel, in welchem ich selbst meine vorläufige Wohnung nehmen
werde. So also:

> „Und wenn wir einstens uns dann wiedersehen!“

früher oder später, denn Niemand entgeht seinem Schicksale,
wie es sich kaum erst bewiesen, vergessen Sie nicht Ihres Orlando.“

Es widerstand dem Lesenden, in Jakobs Gegenwart das
Geldpäckchen zu öffnen und er schob es nachlässig in die Tasche
seiner Beinkleider. „Und was hatten Sie noch Besonderes zu
sagen?“ wandte er sich an den Burschen.

„Nun ja,“ erwiderte dieser, die Schultern in die Höhe
ziehend, „ich hörte, Sie wollten gleich fort nach New-York.
Ich bin Ihnen ja freilich mit der Mistreß Field davon gelaufen,
aber es war ja doch gut gemeint, und es ist mir, als wüßte ich
gar nicht, was in dem dummen Lande anzufangen, wenn ich
nicht darauf rechnen könnte, wieder zu Ihnen zu kommen —
wir haben doch schon eine ganze Weile zusammengearbeitet, daß
man sich aneinander gewöhnt hat —“

Es war eine plumpe Gefühls-Aeußerung, welche dem jungen
Manne entgegentrat, aber sie that seinem schon durch Orlandos
Brief geöffneten Herzen eigenthümlich wohl und er streckte dem
bisherigen Gefährten rasch die Hand entgegen. „Was mit
uns Beiden hier noch in Californien werden soll, wissen wir
selbst nicht,“ sagte er, „aber ich verspreche Ihnen, daß ich warten
will, bis Sie mit unserm Freunde in San Franzisko eintreffen
werden — sagen Sie ihm das! Was dann kommt, müssen
wir abwarten. — Jetzt gehen Sie,“ fuhr er, die Hand des
Burschen herzhaft drückend fort, „und auch ich will mich hier
keine Stunde länger aufhalten als nothwendig ist!“

Siebentes Kapitel.

Der dritte Vagabond.

Es war ein Tag voll dicken Nebels, wie er um diese Jahreszeit San Franzisko häufig einhüllt, als Eckart von der Landung
an der Bai nach der Stadt hinaufschritt, und nur dem War-
nungsrufe des an seiner Seite gehenden Kofferträgers hatte er
es zu danken, daß er nicht von einer unerwartet seinen Weg
kreuzenden Equipage überfahren wurde. Der Kutscher hatte
einen Moment seine Pferde gezügelt; im gleichen Augenblicke
aber klang auch eine weibliche Stimme: „Baron von Eckart,
sind Sie das?" und der überrascht Aufsehende erkannte das
lächelnde Gesicht Lily's, welches sich aus dem halb offenen
Wagen gebogen.

„Ich bitte Sie, laufen Sie mir nicht davon," fuhr sie
englisch fort, „ich habe mich schon während der vier Tage,
welche ich hier bin, vergebens nach Ihnen umgesehen — Sie
kommen von einem Ausfluge zurück, wie ich bemerke und das
erklärt mir Alles, ich muß aber jedenfalls bald mit Ihnen ein
Gespräch haben. Wollen Sie mir wohl angeben, wann ich
Sie heute erwarten darf? Ich logire beim Senator Scott,
dessen Wohnung Ihnen in jedem Hotel nachgewiesen werden
wird! Und Sie?"

„Eben auf dem Wege nach dem United States Hotel, und
ich stehe Ihnen natürlich zu Befehl, sobald ich nur die Spuren
der Reise von mir geschüttelt habe," erwiderte der junge Mann,
welchem das Erscheinen des bekannten Gesichts beim Eintritte
in die wildfremde Stadt, die nirgends einen Halt für ihn bot,
eigenthümlich wohlthuend berührte; „es bedarf nichts, als die
Angabe der Zeit, in welcher ich nicht störe."

„In einer Stunde bin ich wieder zu Hause und erwarte
Sie dann sobald als es Ihnen gelegen ist!" nickte sie und der
Wagen rollte davon.

„Senator Scotts Haus ist gleich dort drüben auf dem

Hügel, Sir!" sagte der Kofferträger, „das weiße Haus mit den
Säulen und der hohen Treppe."

Eckart blickte dem Fingerzeige nach; es war eine Villa,
von weit ausgedehnten Anlagen umgeben, auf welche sein Auge
traf; sie behauptete also noch immer die Stellung, in welcher
er sie in New-Orleans getroffen, eine erborgte Stellung, in
welche er ihr trotz der verheißenen treuen Kameradschaft nicht
hätte folgen mögen, selbst wenn sich seine Verhältnisse zu Field
nicht so völlig verändert gehabt. Aber den Reiz, welchen ihre
Persönlichkeit, dies wunderbar tiefe Auge, das kaum für Gewöhnliches einen erhöhten Ausdruck haben zu können schien, auf
ihn früher ausgeübt, fühlte er von Neuem und ein eigenthümliches Gefühl durchrieselte seine Nerven, wenn er an die
Keckheit dachte, mit welcher er seine Lippen auf die ihren gedrückt. —

Kaum viel später als eine Stunde darauf hatte der Deutsche,
nachdem er sich im United States Hotel einquartirt, die bequeme
Auffahrt nach der ihm bezeichneten Besitzung erreicht; in dieser
Stunde aber war er auch wieder zur vollen Klarheit mit sich
gelangt. Er hatte nichts mehr in diesem Californischen Treiben
zu suchen und die Interessen, welche das seltsame Mädchen verfolgte, waren ihm fern getreten; wäre er durch die Dankbarkeit
gegen Orlando nicht hier gehalten worden, so hätte er kein
anderes Ziel für seine Thätigkeit gekannt, als sich, und hätte es
durch Anerbietung seiner körperlichen Arbeitskraft auf einem
Schiffe geschehen sollen, die Rückreise nach New-York möglich
zu machen. Was dort mit ihm geschehen sollte, lag in der
Hand des Schicksals; hier aber, das fühlte er, konnte seiner
ganzen Natur nach seines Bleibens nicht sein.

Er ward, als er den von den Säulen getragenen Vorbau
des Hauses erreicht und die Klingel gezogen, bei seiner Frage
nach der Gräfin Beringsdorf in ein großes Zimmer gewiesen, welches durch die geöffneten breiten Flügelthüren den
Blick in ein zweites, gleichartiges erlaubte und in der luxuriösen Ausstattung nirgends das kaum zu festgeordneten Verhältnissen gelangte Land verrieth. Wenige Minuten nur hatte
er die Augen über die ganze Einrichtung, welcher sogar ein

glänzendes Piano nicht fehlte, schweifen laſſen, als ihm auch
ſchon das Rauſchen reicher Frauengewänder die Ankunft Lily's
anzeigte.

„Sie ſind pünktlich, Baron, und ich bin Ihnen doppelt
verbunden dafür," ſagte die Eintretende, ſich nachläſſig in dem
Schaukelſtuhle niederlaſſend; „nehmen Sie ungenirt Platz und
denken Sie, daß wir unter uns ſind. Wir haben heute Abend
hier große Geſellſchaft, zu welcher Sie die formelle Einladung
in Ihrem Hotel vorfinden werden, und ſo bin ich glücklich,
noch vorher einige Worte mit Ihnen reden zu können. Wir
müſſen heute etwas Muſikaliſches zum Vortrage bringen; die
Amerikaner lieben Muſik wie die Spinnen, man kann ſie faſt
damit fangen; das Inſtrument dort aber iſt, ſo viel ich weiß,
durch mich zum erſten Mal in Californien angeſchlagen worden.
Wir würden im Augenblick noch einige Stunden Zeit haben,
uns über einen beſtimmten Feldzugsplan, wenn auch nur in
muſikaliſcher Beziehung, zu verſtändigen!" Es lag ein eigenthümlicher Ton, faſt wie Selbſthohn in ihren Worten und
Eckart ſuchte vergeblich in ihren Zügen den klaren ſonnigen
Ausdruck, welcher dieſe früher belebt.

„Sie erlauben mir wohl vor allem Weiteren ein Wort der
Erklärung!" erwiderte Eckart, den nächſten Stuhl heranziehend.
„Ich habe über die hieſigen Verhältniſſe Erfahrungen geſammelt,
die ich zum großen Theile unſerm gemeinſchaftlichen Freunde
Orlando, oder dem wirklichen Baron von Rettinghaus verdanke
welche mich zu dem Entſchluſſe gebracht haben, in der hier be-
ginnenden Intrigue gegen die Anſiedler keinen Theil zu nehmen.
Ich denke mit der erſten ſich mir bietenden Gelegenheit nach
New-York zurück zu kehren. Wünſchen Sie meine Gegenwart
hier für heut Abend, ſo verſteht es ſich von ſelbſt, daß ich zu
Befehl ſtehe, ohne daß ich dieſer indeſſen eine Tendenz untergelegt haben möchte."

Das Mädchen ſah, raſch emporblickend, ihn mit aufblitzenden
Augen an. „Sie haben alſo Ihren Freund wieder getroffen?"
fragte ſie.

„Ich hoffe ſogar, ihn im Laufe der nächſten Tage in der
Stadt zu ſehen!"

„Und Sie sagen, daß er nicht mit den von uns vertretenen Ansichten übereinstimmt?"

„Er hat mir sogar versichert," lächelte Eckart, „daß Sie bei der jetzt beabsichtigten Anwendung Ihres Einflusses nur irregeleitet sein könnten. Er hat bis jetzt an der Spitze Derer, welche durch harte Arbeit sich eine Heimath schaffen wollten und durch das sogenannte frühere Besitzrecht um die Früchte Ihrer Anstrengung gebracht werden sollen, gestanden und ich wenigstens möchte nicht einer ganzen Anzahl deutscher Ansiedler, welche unter dem amerikanischen Gesetze ihren Boden beanspruchen, als Feind gegenübertreten."

Sie hob das Gesicht in einem eigenthümlichen Strahlen und streckte ihm rasch die Hand entgegen. „Wahrlich ich möchte das auch nicht, wenn man auch in diesem Lande oft kaum weiß, auf welchen von den streitenden Seiten das Recht oder die Unterdrückung liegt!" sagte sie. „Ich bin hierher unter dem Eindrucke gekommen, welcher die Vereinigung reicher New-Yorker Spekulanten zur Besitznahme des hiesigen Bodens durch Schein-Ansiedelungen, durch einen einfachen Betrug zur Beraubung der bisherigen Grundeigenthümer unter Anwendung der amerikanischen Gesetze auf mich gemacht, und es erschien mir eine würdige Aufgabe, dem früheren Besitze mit zu seinem Rechte zu verhelfen. In den wenigen Tagen aber, welche ich hier bin, habe ich schon Andeutungen genug davon erhalten, daß es sich um nichts als Spekulation gegen Spekulation handelt, und daß ich, für welche Seite ich auch einträte, nur ein bezahltes Werkzeug dieser „geldmachenden" Amerikaner darstellen würde; Ihre einzige Aeußerung in Betreff der Beeinträchtigung fremder Ansiedler aber hat eine Ahnung, welche ich bereits deshalb gehabt, zur vollen Erkenntniß in mir gebracht. Ich gehe, wo ich auch einer Sache meine Unterstützung leihe, nie ein festes Versprechen ein und handele nur nach eigener Ueberzeugung und ich hoffe, Sie sollen mir darin auch im gegenwärtigen Falle Gerechtigkeit wiederfahren lassen — grade deshalb aber möchte ich Sie bitten: Bleiben Sie heute Abend nicht aus der Gesellschaft weg, lassen Sie uns diesen Menschen ein Stück Musik geben, das ihnen zeigt, was wir vermöchten, wenn wir unsern Einfluß auf sie anwenden wollten; sie fühlen kaum in anderer Weise die Macht der deutschen Natur —"

Eckart hatte die ihm gebotene feine Hand ergriffen und sie ließ diese während des ganzen Verlaufs ihrer Worte ruhig in der seinen; ihr Gesicht hatte sich leicht geröthet, und das neue Leben, welches wie in Erkennung des Rechten darin aufgesprungen war, brachte dem jungen Mann unwillkürlich Orlando's Aeußerung: „Sie verkauft sich nicht für eine schreiende Ungerechtigkeit — Sie kennen eben diese tiefe, starke Natur noch nicht!" wieder vor die Seele; gleichzeitig aber vermochte er sich dem Reize, welcher in ihrer leichten Hingabe, in ihrer unverhüllten Aussprache lag, nur durch eine klar bewußte, innere Anstrengung zu entziehen.

„Ich werde nicht fehlen, sobald Sie es wünschen;" erwiderte er, während doch zugleich ein Gedanke, das Wesen dieses eigenthümlichen Mädchens näher zu ergründen, ihn durchschoß; „um Eins nur bitte ich. Ich bin ein abgesagter Feind alles Unwahren, und so würde ich auch den mir zugetheilten ‚Baron' ablehnen müssen. Wollen Sie aber hier nicht mehr für eine bestimmte Partei Propaganda machen, wozu soll dann noch die europäische Standeswürde, unter welcher Sie hier auftreten und die nach Ihrem eigenen Ausspruche erborgt ist, helfen?"

Ein helles Roth schoß in ihr Gesicht. „Nicht wahr, ich habe Ihnen schon einmal gesagt, daß mir Etwas an Ihrer Meinung liegt? — weshalb, wird Ihnen ja will's Gott, noch später klar werden;" sagte sie, „und so will ich auch so offen gegen Sie sein, wie ich es hier zu Lande noch kaum gegen Jemand gewesen bin. Ich könnte Ihnen entgegnen, daß ich den einmal angenommenen Namen ohne sofortige Abreise gar nicht aufgeben könnte; aber Beringsdorf ist mein eigentlicher Name, und wenn nicht Gräfin, so bin ich doch eine Freiin von Beringsdorf, ein Begriff indessen, der den Amerikanern so fern liegt, daß ich mir aus der Annahme der Gräfin kein Gewissen gemacht habe, und wenn ich bisher meinen Namen abkürzte, so geschah es aus Gründen, die auch Ihren Freund Orlando wohl zur vorläufigen Ablegung des seinigen bewogen.'

Eckart neigte verbindlich den Kopf. „Auch ich habe Ihr Gewissen nicht zu belasten," erwiderte er. „Wenn ich aber damit auch in einer Beziehung klar sehe, so drängen sich mir doch von der andern Seite wieder neue Räthsel auf — indessen stehe ich Ihnen für heute Abend völlig zu Befehl! Sie haben jedenfalls die Noten für das, was Sie vorzutragen gedenken, bei sich und übersteigt das, was ich leisten soll, nicht ein gewöhnliches Maaß, so hoffe ich Ihren Wünschen genug thun zu können!"

„Und Sie gedenken wirklich in der kürzesten Zeit nach New-York abzureisen?" fragte sie, wie befriedigt durch seine Erklärung. „Wollen Sie mir wohl sagen, was Sie dort zu unternehmen beabsichtigen, während sich hier in dem neuen Lande doch tausend Hülfsquellen für eine junge, strebsame Kraft bieten?"

Eckart fühlte sich in diesem Augenblicke dem glänzenden Auge gegenüber, welches die Beantwortung der Frage in seinem Innern lesen zu wollen schien, fast klein im Vergleich zu dem unternehmenden Mädchen, das alle deutschen Bedenken von sich geworfen und so fertig in sich abgeschlossen vor ihm saß. „Was ich beabsichtige, Fräulein?" erwiderte er, die Augen senkend. „Nun gut, ich bin einmal eine deutsche Natur, die nur im geregelten, ruhigen Leben, so weit dies überhaupt möglich ist, sich glücklich fühlt, und sollte ihr auch das Joch eines schweren Berufs dabei auf dem Halse liegen. Ich gedenke Musiklehrer oder was sonst meinen Fähigkeiten entspricht, zu werden; ich tauge nicht für das zerrissene, abenteuerliche Leben, wie es mir hier entgegengetreten ist — ich möchte eine neue dauernde Heimath und sollte sie auch die Mühsale, welche das alte Vaterland dafür forderte, bedingen —"

„Und meinen Sie denn, ich wollte etwas Anderes? unterbrach sie ihn lebhaft. „Wenn Sie aber nicht auf der untersten Stufe des hiesigen Lebens stehen bleiben wollen, so erfordert es Kämpfe, ein Heraustreten aus allen bisherigen Gewohnheiten, ein wenigstens äußerliches Aufgehen in diesem amerikanischen Wesen —"

„Sie mögen von Ihrem Standpunkte aus Recht haben," nickte er, „indessen geht mein Ehrgeiz durchaus nicht auf Erwerbung eines äußeren besonderen Glücks." Er erhob sich rasch,

von einem warmen Gedanken berührt und öffnete das reich-
verzierte Piano. Schon der erste Accord, welchen er wie ver-
suchsweise darauf anschlug, zeigte ihm fast die Ausgiebigkeit
eines guten deutschen Flügels und angeregt von dem Tone wie
von den in ihm aufgestiegenen Empfindungen begann er:

„Nur wo Dein Herz im treuen Glüh'n
Ein and'res hat gefunden,
Wird Dir die rechte Heimath blüh'n
Für alle Lebensstunden.
Die Welt ist öd' und unbethaut
Wo nicht die Liebe Hütten baut."

Als er nach Wiederholung der beiden letzten Zeilen mit
dem Nachspiele schloß, hörte er einen halb zurückgehaltenen,
tiefen Athemzug neben sich, und aufschauend sah er in die Augen
seiner Gesellschafterin, die so tief und ruhig den seinen Stand
hielten, als wolle sie ihn in das Innerste ihrer Seele blicken
lassen.

„Sie müssen mich das Lied lehren!" sagte sie, als seien
ihre Gedanken der Gegenwart völlig fern; dann aber wandte
sie sich, wie die augenblickliche Selbstvergessenheit von sich
werfend, rasch ab und nahm ihren frühern Sitz wieder ein.
„Wir sind eben zwei ganz verschiedene Naturen," fuhr sie fort,
leicht mit der Hand über ihre Augen streichend, „da Sie aber
die hiesigen Chancen einmal nicht benutzen wollen, so bin ich
vielleicht im Stande, Ihnen für Ihr musikalisches Talent die
Einführung in den New-Yorker Kreisen zu erleichtern. Wenn
Sie mich vor Ihrer Abreise noch einmal besuchen wollen —
den heutigen Abend rechne ich natürlich nicht dazu, — so verspreche ich Ihnen, Sie reichlich mit Briefen an Familien aus
der besten Gesellschaft zu versehen — und an den Gaben zu
Ihrer persönlichen Einführung fehlt es Ihnen ja nicht!" setzte
sie, mit einem Lächeln aufblickend hinzu, welches den jungen
Mann vielleicht zu einer neuen Thorheit ihr gegenüber hätte
verleiten können, wären nicht die ganzen Empfindungen, welche
das Lied in seiner Seele hervorgerufen, noch wach in ihm gewesen.

„Ich nehme selbstverständlich Ihr Versprechen mit ganzem Herzen an," erwiderte er, sich erhebend, ihre Hand ergreifend und diese an seine Lippen führend; „wenn es mir doch nur auch gestattet wäre, Ihnen meine Dankbarkeit dafür zu beweisen."

„Sie können das," sagte sie, unter den langen dunkeln Wimpern leicht zu ihm aufblickend, „dadurch, daß Sie gut von mir denken. Sie werden mich freilich nicht verstehen, wenn ich sage, daß möglicherweise Ihr Urtheil noch einmal eine Wendung in meinem ganzen jetzigen Leben herbeiführen kann. — Sie haben sich einmal in voller Offenheit über meine Wirksamkeit gegen mich ausgesprochen," fuhr sie fort, während ein flüchtiges Roth in ihr Gesicht trat, „aber ich bin keine Abenteuerin im gewöhnlichen Sinne und wenn in Ihnen die deutsche Anschauungsweise nicht noch so mächtig wäre, hätte sich Ihr Urtheil wohl auch anders gestaltet — es giebt natürlich noch Andere, die mit denselben deutschen Augen, wie Sie, sehen," setzte sie, den Kopf neigend hinzu, „und ich bin selbst eine Deutsche, über die ein derartiges Urtheil um so gerechtfertigter erscheint — und dennoch darf ich sagen, daß es hart und ungerecht wäre!" schloß sie, groß den Blick hebend.

„Aber, gnädiges Fräulein, wenn ich von einer Ansicht ausging, die sich nicht als gerechtfertigt erwies —" erwiderte Eckart in einer ihn peinlich überkommenden Verlegenheit.

„Ich weiß ja Alles, was Sie sagen könnten," unterbrach sie ihn, sich erhebend, „ich verstehe ja auch Ihren damaligen Gedankengang völlig — ich bitte Sie nur jetzt," fuhr sie mit fast weich werdender Stimme fort, „denken Sie gut über mich, und vielleicht stellen sich die Beweise, daß Sie recht damit gethan, Ihnen noch vor die Augen."

Sie wandte sich kurz ab und Eckart, der bei der eigenthümlichen Wendung des Gesprächs seinen Besuch nicht verlängern mochte, trat ihr einen Schritt nach. „Ich werde mich Abends, wie es die Einladung bestimmt, pünktlich einfinden," „im Uebrigen, Fräulein von Beringsdorf —"

„Nun ja, lassen wir die Redensarten," erwiderte sie, sich ihm rasch wieder zuwendend, „ich weiß, daß Ihr Herz das beste, ein ganz deutsches ist, und hätte ich es auch erst heute durch Ihr Lied kennen lernen. Wollen Sie mir aber eine augenblickliche Freundlichkeit erzeigen, so nehmen Sie die Noten zu einigen Liedern mit und werfen Sie einen Blick hinein, damit heute Abend Alles glatt geht!" Sie schritt nach dem Piano, dort verschiedene darauf liegende Hefte durchblätternd und Einzelnes davon ihrem Gesellschafter übergebend. Dann reichte sie ihm die Hand; Eckart sah in ihre großen dunkeln Augen, die sich indessen jetzt, als hätten sie schon zu viel gesprochen, vor seinem Blick zu verschleiern schienen, und mit einer schweigenden Verbeugung nahm er Abschied.

Von all' den gefallenen Worten, welche in seinen Ohren wiederklangen als er die Straße betrat, stand als das bedeutendste vor ihm: „Ich werde Sie reichlich mit Briefen zur Einführung Ihres musikalischen Talents in die beste Gesellschaft New-Yorks versehen!" er hatte ja über ihre Verbindungen unter der dortigen Aristokratie selbst von dem ihr ungünstigen Talleyrand bestätigende Aeußerungen gehört; hier war also ein Wink seines Schicksals, wenigstens den Anfang zu einem künftigen festen Berufe zu machen — noch aber wußte er bei seinem Mangel an Geldmitteln nicht einmal, wie es ihm möglich werden sollte, die Reise nach New-York anzutreten! Hätte er sich ihr ganz anvertrauen mögen, so wäre vielleicht schnell Rath geworden, denn sie konnte jedenfalls über mehr als die für ihn nöthige Summe verfügen, und noch hörte er ihre wunderlichen Worte: „Denken Sie gut von mir!" die ihn ihrer Bereitwilligkeit zur Hülfe wohl sicher sein ließen; aber er wußte auch, daß es ihm nach der Weise, in welcher er ihr bis jetzt begegnet, ganz unmöglich sein würde, ein derartiges Wort an sie zu richten, oder ihr auch nur seine Verlegenheit anzudeuten, hätte er auch sollen als Feuermannsgehülfe neben den Kesseln eines Dampfschiffes die lange Reise machen. — Vorläufig hatte er noch zu warten, bis Orlando ankam, was dann werden sollte, wußte er allerdings auch noch nicht; denn in seiner Unsicherheit über die Zukunft war er doch darin klar, daß er hier nicht bleiben durfte — indessen war es doch eine Frist, welche ihn vorläufig der drängendsten Sorge überhob.

Während der ihn beschäftigenden Gedanken hatte er ein
neues Dampfschiff, ähnlich dem, womit er selbst von Stockton
gekommen, in die Bai einlaufen und an der Landung anlegen
sehen; eine Minute lang blieb er jetzt stehen, um das bunte
Gewühl der auf den festen Boden herübertretenden Reisenden
zu betrachten, und in dem zweiten Manne, welcher dem ersten,
der das feste Anlegen des Fahrzeugs nicht erwarten zu können
schien, vom Bord nachsprang, erkannte der Beobachtende seinen
früheren Beschützer Field. Ein unangenehmes Gefühl, mit
diesem hier möglicherweise wieder zusammentreffen zu müssen,
stieg in dem Deutschen auf, er hatte, trotz Jakobs Mittheilung,
daß Field Stockton verlassen wolle, dessen Ankunft nicht so bald
erwartet; indessen — in welche weitere unangenehme Berührung
konnte er mit dem Genannten nach der einmal stattgefundenen
Auseinandersetzung noch gerathen?

Mit einem leichten selbstberuhigenden Achselzucken nahm er
den Weg nach seinem Hotel auf, um dort die nöthigen Vorbereitungen für die kommende Abendgesellschaft zu treffen.

Drei Stunden später, schon bei eingebrochener Dunkelheit,
hatte Eckart die Villa des „Senators Scott" wieder erreicht,
und es war ein eigenthümliches Bild, welches sich ihm beim
Eintritt in die beiden großen Gesellschaftszimmer bot. Er selbst
hatte in seiner Kleidung möglichst eine salonfähige Erscheinung
hervorzubringen gesucht; an den übrigen bereits anwesenden
männlichen Gästen aber war eine Sorge ähnlicher Art kaum
bemerkbar. So sauber gebürstet sich auch jeder einzelne Anzug
erwies, so lag doch eine bestimmte californische Verachtung
eleganter Form und modern-gesellschaftlicher Forderungen in
den verschiedenen Erscheinungen, von den weiten Röcken der
verschiedensten Schnitte bis zu den bei Weitem mehr zweck-
mäßigen und zierlichen Fußbekleidungen herab. Auch die fast
durchgängig sonnergebräunten Gesichter und massiven Hände
zeigten von Männern, welche sich ihre jetzige Stellung durch
eigene körperliche Arbeit erworben, und nur hier und da tauchte
eine Gestalt in moderner Gesellschaftskleidung auf, welche den
Advokaten oder Arzt in ihrem hervorstechenden Aeußern deutlich
bekundete. Auf den im Hintergrunde des zweiten Zimmers zu-

sammensitzenden spärlichen Damenzirkel einen forschenden Blick
zu werfen, erhielt Eckart durch das Herantreten des Hausherrn,
welcher in der breiten, massiven Gestalt und seinem übrigen
Aeußern sich ganz dem Haupttheile der Gäste anschloß, keine
Zeit.

„O, Sie sind der Landsmann der Miß Beringsdorf —
oder Gräfin Beringsdorf, was im Augenblicke bei uns keinen
besondern Unterschied macht," sagte er, dem Eingetretenen, der
ihm kurz seinen Namen genannt, derb die Hand schüttelnd, „ich
dachte mir es gleich, als ich Sie sah; wir alten Ansiedeler sind
noch nicht bis zum New-Yorker Style gelangt, und Sie müssen
es nehmen, wie Sie es hier finden —"

„Aber Senator," erwiderte Eckart, einen Blick durch die
beiden glänzend erleuchteten Räume werfend, um eine verbind-
liche Bemerkung an seine ersten Worte zu knüpfen; ein bestimmtes, wenn auch von einem gutmüthigen Lächeln begleitetes
Kopfschütteln des Gastgebers indessen unterbrach ihn.

„Weiß schon, was Sie sagen wollen, ist aber durchaus nicht
von mir so eingerichtet und paßt zu dem Leben, das wir hier
gewohnt gewesen sind, wie etwa so ein Advokaten-Frack auf
den Leib des Indianers. Dort hinten unter den andern Ladies
sitzt auch meine Tochter, die vor einem Jahre oder so etwas
mit ihrem Manne aus dem Osten hierherkam — Sie sollen
sie nachher Beide kennen lernen. Damals wollte ich mir gerade
ein Haus bauen und sie nahm die ganze Sache in die Hand,
da es eben nicht nothwendig war, das Geld zu schonen. Da
ist das Haus! Jetzt wollen nun die Beiden hinüber nach
Sacramento, wo die Geschäfte anfangen flott zu gehen, und
ich soll zwischen dem ganzen Firlefanz hier allein sitzen bleiben. Well, und das bringt mich gerade auf eine Sache, um
die ich mich besonders freue, Sie hier zu sehen! Miß Beringsdorf hat mir schon viel Liebes von Ihnen erzählt, auch daß
Sie nur auf der Durchreise hier sind, und die Lady scheint
ein ganz besonderes Vertrauen zu Ihnen als Landsmann zu
haben —"

Eine plötzliche, im Hintergrunde des zweiten Zimmers be-
ginnende Musik, aus den Tönen zweier Geigen und eines

Violoncello's zusammengeseßt, schnitt die weiteren Worte des
Sprechenden ab und dieser faßte mit einem halb ärgerlichen,
halb komischen Zusammenziehen der buschigen Augenbrauen den
Arm des jungen Mannes. „Es muß nun einmal getanzt werden, wo Frauenzimmer sind," sagte er, „Sie sind freilich auch
noch jung und sollen von mir nicht gar zu lange aufgehalten
werden; treten Sie aber ein paar Minuten mit zur Seite, ich
finde später doch keine Zeit für das, was ich Ihnen sagen
möchte!"

Eckart gab mit einer schweigenden Bewegung seine Bereitwilligkeit zu erkennen, wenn ihn auch das sofortige zuthuliche
Wesen des Mannes, wie er es im amerikanischen Charakter
noch am wenigsten gefunden, befremdend berührte und ward
von dem Hausherrn aus dem Zimmer nach einem gegenüberliegenden geführt, in welchem eine lange weiß überdeckte Speisetafel die Vorbereitungen für den später erfolgenden Abendimbiß
andeutete.

„Ich wollte Ihnen nur sagen," begann hier der Senator
wieder, nachdem er sich durch einen raschen Blick durch den
Raum von ihrem Alleinsein überzeugt, dennoch aber seine Stimme
dämpfend, „daß ich Miß Beringsdorf für ein teufelmäßig gescheidtes Mädchen halte, gerade wie wir sie hier brauchen könnten. Was sie hier für ihre New-Yorker Freunde auszurichten
gedenkt, geht mich nichts an; sie wird schon selbst erkennen
lernen, daß es in Californien zweierlei ist, ein Gesetz oder einen
Richterspruch gegen das, was die Ansiedler für ihr Recht halten,
durchzusetzen — und auch in der Wirklichkeit in Ausführung zu
bringen."

„Ich glaube nach dem, was ich von ihr heute gehört," fiel
ihm Eckart gespannt, wohin diese Einleitung führen sollte, in
die Rede; „daß sie sich kaum zur Agitation für eine bestimmte
Partei mehr hergeben wird!"

„Ah — well! sie ist eben ein gescheidtes Mädchen, der man
nicht erst zu sagen braucht, wie die Sachen liegen!" erwiderte
der Gastgeber, während seine wasserblauen Augen einen ganz
neuen Glanz erhielten; „Andeutungen darüber habe ich ihr
freilich schon gegeben, wenn ich ihr auch zu Willen gewesen

wäre, nur ihrer selbst halber. — Nun also; meine Tochter will
mit ihrem Manne ins Land, und da einmal das Haus da ist
und ich das jetzige Leben angefangen habe, so mag ich auch
nicht allein sein, und ich habe den Gedanken — natürlich wenn
sie wollte — Miß Beringsdorf zur Mistreß Scott zu machen.
Sie weiß jedenfalls, was ein Stück Geld werth ist, sonst würde
sie nicht um ihrer Freunde willen die Reise hierher gemacht
haben, und was ihr an mir nicht gefällt, mag sie sich selbst so
dick als sie will vergolden — meine Tochter würde ich vorher
abfinden — well! und da ich heute gemerkt, daß sie ein beson-
besonderes Zutrauen zu Ihnen, den sie schon seit mehreren
Tagen erwartet hat, so — nun Jemand in meinem Alter ist
eben nicht mehr zum Sondiren und Recognosziren gemacht;
einen von meinen amerikanischen Bekannten möchte ich auch
nicht mit der Sache betrauen, sie bleibt im unglücklichen Falle
selten verschwiegen, und wenn Sie mir also die Liebe thun
wollten, einmal hinzuhorchen — auf irgend einen Dienst
meinerseits, möchte er heißen, wie er wolle, dürften Sie dann
zu jeder Zeit rechnen —"

Es war ein Blick voll eigenthümlicher Ungewißheit in das
Gesicht der jungen Mannes, mit welchem der Sprecher schloß,
als wisse er nicht, ob er mit seiner Mittheilung recht gethan;
Eckart aber beeilte sich, ihm die Hand entgegen zu strecken.
Die Aeußerung Lily's gegen ihn: „Ihr Urtheil über mich kann
möglicherweise noch einmal eine ganze Wendung in meinem
jetzigen Leben herbeiführen!" sowie die plötzliche Aenderung
ihrer Ansichten waren ihm vor die Seele getreten, und er konnte
sich kaum eine andere Beziehung derselben, als zu der Absicht
des Hausherrn, die sie mit ihrer feinen Beobachtungsgabe wohl
geahnt haben mochte, denken. Trotzdem war es gleichzeitig wie
eine Art von Unmöglichkeit, daß dieses Mädchen nur das
Geldinteresse mit Aufopferung jeder Herzensbefriedigung im
Auge haben könne, durch seine Seele gegangen. „Ich muß
Ihnen vor Allem sagen, Mr. Scott," erwiderte er, die Hand
des Hausherrn drückend, „daß ich Ihr Vertrauen im vollen
Maße würdige, daß aber meine Bekanntschaft mit Miß Beringsdorf verhältnißmäßig so kurz ist, daß ich kaum an einen Ein-

fluß auf sie meinerseits, wie Sie ihn voraussetzen, glaube. Ihren ehrenvollen Antrag werde ich ihr gern mittheilen; indessen möchte ich Sie bitten, mir keinerlei Art von Verantwortlichkeit oder Verdienst für ihre Entscheidung, nach welcher Seite diese auch ausfalle, zuzuschreiben —"

„All right, Sir! es ist gar nicht mehr, als ich verlange!" schüttelte Scott mit frisch auflebendem Gesichte die Hand seines jungen Gastes, „was nicht ist, läßt sich nicht ändern, man soll aber immer das Beste hoffen, wenn man's ehrlich meint, so alt man auch schon ist. Californien ist auch schon sehr alt, und ist doch wieder ganz jung geworden — und nun nehmen Sie morgen die erste Gelegenheit zu meinem Besten wahr; betrachten Sie mein Haus als das Ihre — und somit wollen wir sehen, was die übrige Gesellschaft macht!"

Ein völlig verändertes Bild bot sich dem Deutschen beim Wiedereintritt in die Gesellschaftszimmer; zwei Quarrees von Quadrillen hatten sich gebildet, die sich nach der Musik lustig durcheinander bewegten — die Damen sämmtlich in glänzenden Toiletten; der jüngere Theil der Männer in der wunderlichsten Mischung von Anzügen, von denen indessen jeder hier salon-fähig zu sein schien; während der ältere Theil der Gäste auf den umherstehenden Sophas und Stühlen in rücksichtsloser Bequemlichkeit Platz genommen hatte. Dies war es aber nicht, was Eckarts Auge fesselte. Kurz vor ihm und dem Gastgeber hatte ein völlig modern gekleideter junger Mann seinen Weg in die Zimmer genommen und war, als sein umherschweifender Blick einen Ruhepunkt gefunden zu haben schien, nach dem Fenster zurückgetreten, als wolle er hier das Ende des Tanzes abwarten. In Eckarts Gesicht hatte sich beim Erblicken seiner Züge ein Lächeln halber Ueberraschung gebildet; aber als wollte er dem Andern den Genuß eines ähnlichen Gefühls bis zu gelegener Zeit nicht verkümmern, war er ebenfalls aus dessen Gesichtskreise zurückgewichen. Der Tanz fand bald seinen Schluß und Eckart sah in dem Gewirre der sich zerstreuenden Paare den Hausherrn rasch auf Lily zuschreiten, welche unter dem Glanze der sie umgebenden, mit schwerem Schmuck versehenen Toiletten eigenthümlich durch Einfachheit und Geschmack ihres

Anzugs hervorstach, und sie nach wenigen gewechselten Worten eine Schritte dem neu eingetretenen Gaste entgegenführen.

„Hallo, Mister Hanstein — oder Baron, oder Graf meinetwegen — der Teufel soll sich in dieser europäischen Titelwirthschaft zurecht finden," rief Scott, „kommen Sie einmal her, daß ich Sie unserer Gräfin Beringsdorf vorstelle; wenn Sie so oft in den Washingtoner politischen Kreisen thätig gewesen sind, wie mir geschrieben wurde, so müssen Sie ja Beide eigentlich alte Bekannte sein!"

Die laute Stimme des Hausherrn hatte ringsum die Köpfe der Gäste aufsehen machen; in die Wangen des Angeredeten aber war beim Erblicken Lily's ein lebhaftes Roth geschossen, das indessen eben so rasch wieder einer leichten Blässe wich. „Ich entsinne mich deutlich der Persönlichkeit der Lady —l" sagte er, mit einer höflichen Verbeugung herantretend.

„Wenn auch nicht gerade aus den politischen Kreisen von Washington, in denen ich mich wenigstens keines Herrn von Hanstein oder dergleichen entsinne," ergänzte Lily mit einem Lächeln, das nicht ohne einen leichten Anflug von Bosheit war, den zögernd abgebrochenen Satz.

„Genau so, wie ich selbst unter meinen New-Yorker Verbindungen vergebens nach dem Namen einer Gräfin Beringsdorf in meinem Gedächtnisse suche!" erwiderte der Vorgestellte mit einem noch verschärften Ausdruck von Satyre.

„Die Sie aber doch vor sich haben, Talleyrand," wurde es in diesem Augenblicke aus dem Munde Eckarts, welcher zugleich seine Hand auf die Schulter des neuen Gastes gelegt hatte, in deutscher Sprache laut; „Sie mögen ja auch Baron oder Graf von Hanstein sein, denn ich merke jetzt, daß ich allein von meinen letzten New-Yorker Bekannten nicht mit meinem ehrlichen Namen gespielt habe —"

„O, Sie sind auch da," unterbrach Talleyrand den Sprechenten, sich, ohne besondere Ueberraschung zu verrathen, diesem zuwendend; „habe allerdings schon einen Vogel in Bezug auf Ihre Anwesenheit in Californien pfeifen hören; danke für die Zurechtweisung — Weiteres später!" und mit einem völlig veränderten Gesichtsausdrucke wandte er sich dem Hausherrn und

deffen Begleiterin wieder zu. „Sie müffen entfchuldigen, Senator," fagte er, „zwei Worte meines alten Freundes hier haben
mir wieder eine ganze Welt in die Erinnerung gerufen. Gräfin
Beringsdorf war fo ganz im amerikanifchen Leben aufgegangen,
daß fie felbft ihren beften Bekannten die ‚Gräfin' nicht verrieth
und fie mir unter dem Zufatze augenblicklich fremd erfchien —
ich hoffe doch, Gräfin, daß Sie fich noch des Balles beim eng-
lifchen Gefandten entfinnen," wandte er fich dann an Lily, „wo
Sie faft die Urfache eines Duells zwifchen zweien unferer erften
Staatsmänner geworden wären, wenn nicht· Lord Elliot fo feft
Ihr gutes Recht gewahrt hätte? Oder wäre unter Ihren
Triumphen auch diefe Scene in Ihrem Gedächtniffe zurückgetreten, fo entfinnen Sie fich jedenfalls noch der Matinee, in
welcher ein einziges Lied von Ihnen die Hälfte der Armen von
Wafhington mit Brennmaterial verfah? Meinen Sie denn
nicht, daß wir dort in gleicher Gefellfchaft zufammen gelebt,
wenn ich unter den Lords und großen Herren mich auch nur an
dem Glanze erfreute, den eine Landsmännin um fich fchuf, ohne
an eigene perfönliche Anfprüche zu denken?"

Für Eckart waren die Anführungen des Sprechenden voll-
kommene Räthfel; wußte er ja doch, daß Orlando und Talleyrand zur Erwerbung ihres Lebensunterhaltes die niederfte Tagelöhnerarbeit in New-York nicht gefcheut; die Züge des Hausherrn aber hatten bei den Worten des Sprechenden einen faft
leuchtenden Ausdruck angenommen und mit einem wunderlich
gefpannten Blick wandte er die Augen nach dem Gefichte Lily's.
Um den Mund der Letzteren fpielte ein Zug von leichter Ironie
mit einem Ausdrucke einer innern Befriedigung gemifcht. „Sie
haben eine Weife, Herr von Hanftein, auch die hartnäckigfte
Vergeßlichkeit zu bekehren, der fich nicht widerftehen läßt; „ich
entfinne mich jetzt unferer Begegnungen fehr deutlich, weiß auch,
daß wir nicht immer Parteigenoffen waren, und fo möchte ich
Ihnen zum Dank für die Auffrifchung diefer Erinnerungen fagen, daß ich wenigftens ganz parteilos, als reine
Privatperfon auf dem hiefigen Boden ftehe — der Wiederauf-
nahme einer freundlichen Beziehung zwifchen uns liegt alfo nichts
im Wege."

„So!" nickte Scott, dem jungen Manne die Hand entgegenstreckend, „und ich denke, wir sind schon vom Anfange
an mit einander einverstanden gewesen —!" Die wiederbe-
ginnende Musik indessen, welche zu einer neuen Quadrille ein-
lud, und eine ganze Anzahl der Tänzer um die sichtlich gefeierte
Lily versammelte, schnitt das fernere Gespräch ab.

„Sie ist eine richtige Hexe — ich glaube an kein Wort von
ihrer Unparteilichkeit!" sagte Talleyrand halblaut, der Davon-
geführten wie in Gedanken nachsehend.

„Und doch möchte ich Ihnen vorläufig dafür bürgen!" beantwortete Eckart die merkbar unwillkürlich gethane Aeußerung
in gleich gedämpftem Tone. „Wissen Sie aber wohl, daß ich
kein Wort von alle Dem, was S i e ausgesprochen haben,
glaube?"

„Was auch Ihrem Verstande alle Ehre macht!" wandte
sich Talleyrand mit ausgeprägtem Humor nach dem Sprechenden.
„Sie sind also, wie ich mir schon dachte, n i c h t in Washington gewesen?"

„Hätte sich neben unsern Erdarbeiten am New-Yorker
Hafen schwer thun lassen," lächelte der Andere mit seinem frühern
Ausdruck. „Sie kennen wohl die menschliche Natur soweit, daß
sie lieber Bedeutenderes als Geringeres von sich erzählt, und
ich hatte Ihnen doch schon in New-York gesagt, daß ich es als
meine erste Errungenschaft betrachtete, die Uebertragung einer
Commission für ein großes dortiges Handelshaus erhalten zu
haben. In der Ausführung dieser ersten Commission aber sehen
Sie mich hier — in derselben Sache, die S i e hierhergebracht
hat, wie ich bereits gehört, der Sie aber untreu geworden sind
Es bestand nur der kleine Unterschied zwischen uns, daß Sie
und diese Miß Bering oder Beringsdorf auf der entgegengesetzten
Seite von der, welche ich vertrete, standen. Offen gesprochen,"
fuhr er fort, seinen Arm vertraulich unter den Eckarts schiebend
und den Letzteren nach einer der Fensternischen führend, „hatte
ich sie, die allerdings in den Washingtoner Kreisen zu Hause
ist, noch nicht so zeitig hier erwartet, und deshalb auch von
m e i n e n Washingtoner Verbindungen einige Worte fallen lassen
— um so mehr, als meine Empfehlungsbriefe davon erzählten,

da die Menschen hier nun einmal alle politische und Partei-
Herrlichkeit in Washington sich vereinigt denken. Nun hat mir
eben nichts als meine Kenntniß der weiblichen Natur, die in
gewöhnlichen Verhältnissen selbst einer Unwahrheit nicht wider-
spricht, wenn ihr dadurch geschmeichelt wird, aus der Klemme
geholfen — ich wünsche jetzt nur, daß sie, die schon alle Haupt-
personen in der Gesellschaft hier am Bande zu haben scheint,
ebenso neutral geworden ist, wie ich es von Ihrer Stellung
gehört habe —"

„Ich bitte Sie doch — was haben Sie denn über mich
gehört und wo?" fragte Eckart, wie den Punkt erfassend, auf
den er es bereits abgesehen; „ich bin ja kaum in das Land hier
gekommen und stehe auch schon wieder im Begriffe es zu verlassen, wenn ich auch noch nicht recht weiß, wie!"

Talleyrands Blick hatte sich scharf nach einer bestimmten
Richtung unter die Menge der Gäste gerichtet. „Sehen Sie
den Mann, der sich dort soeben ans Kamin stellt?" fragte er
leise. „Er ist in diesem Augenblicke erst eingetreten, logirt im
‚Graham House‘, wo auch mein Quartier ist und wo ich zum
ersten Male wieder Ihren Namen fallen hörte. Ich halte in
verwickelten Verhältnissen den Grundsatz fest," fuhr er wie erklärend fort, „lieber die Farbe meiner Gegner anzunehmen, als
die meine zu verrathen — es lassen sich durch diese Taktik eine
Menge Vortheile erringen — und als ich durch ein paar seinerseits hingeworfene Worte erkannt, was den Mann nach Californien geführt, war ich auch neben ihm. Ich muß ihm den
scharfen Blick zugestehen, daß er mich bald als Deutscher erkannte, während er sich doch im weiteren Gespräche depüren
ließ, mich für einen Mann seiner Partei nahm, und sich über
die Wortbrüchigkeit eines andern Deutschen, Namens Eckart,
den er zur Verfolgung seiner Zwecke ausdrücklich hierher gesandt
haben wollte, beklagte. — Ich möchte Ihnen nur den freundlichen Rath geben," fuhr der Sprechende noch leiser fort, „dem
Manne aus dem Wege zu gehen; Sie kennen diese ruhigen,
kalten Amerikaner, die indessen eben so ruhig und kalt einen
Menschen todtschießen, wenn sie das innerliche Recht dafür zu
haben glauben, wohl noch nicht genug, und ich gebe Ihnen

diese Warnung um so ehrlicher und bereitwilliger, als ich von ihm weiß, daß Sie nicht mehr mit der Gegenpartei meiner eigenen Freunde zusammenstehen."

Eckart hatte die ihm angedeutete Persönlichkeit längst er-kannt — es war Field, der indessen von seinem Standpunkte aus vergebens bestrebt zu sein schien, befreundete Gesichter in der vor ihm sich bewegenden Menge zu entdecken. „Sie sollen für Ihre Warnung bedankt sein, obgleich sie kaum nothwendig gewesen wäre, da ich sobald als möglich Californien verlassen werde," erwiderte der Erstere, „ich nehme sie sogar als eine Bethätigung unseres in New-York geschlossenen Bundes und unsere Schutzpatronin, Lily, wird diesem ebensowenig untreu werden — ich habe Grund, Ihnen eine bestimmte Beruhigung in dieser Hinsicht geben zu können. Im Uebrigen aber glauben Sie mir, daß ich mich eben so wenig vor dem Manne am Kamin dort, wie vor irgend einem andern Amerikaner fürchte; ich kann in jeder Lebenslage meinen Mann stehen!"

Er sah das Auge des Gastgebers suchend umherschweifen, dann aber, sobald dessen Blick auf ihn getroffen, ihn vertraulich herbeiwinken, und mit einem kurzen Händedruck Talleyrands Hand ergreifend, folgte er der Aufforderung.

„Sie werden hier mehr beansprucht, als Ihnen wohl lieb ist," sagte Scott, den Herangetretenen bei Seite führend, „legen Sie es aber diesmal mir nicht zur Last. Miß Beringsdorf will mit Ihnen Musik machen und da kann ich doch nichts Anderes thun, als ihren Auftrag an Sie bestellen! — Aber was ich weiter sagen wollte: Sie kennen diesen Mann Haustein? — scheint ein ganz geriebener Patron zu sein!" fuhr er leiser fort, während sich ein eigenthümlicher Zug von Genugthuung in seinem Gesicht geltend machte; „hat dem Manne, der dort am Kamin lehnt, und der nur hierhergekommen ist, um ein großes Stück Land, von dem er früherer Besitzer sein will, den jetzigen recht-mäßigen Ansiedlern abzujagen, das ganze Gewissen ausgefragt, und erst vor einer Stunde erfährt derselbe Mann, daß Haustein zu der Seite der freien Ansiedler gehört. Hat mir soeben im vollen Aerger den ihm gespielten Betrug, wie er es nennt, erzählt. Miß Beringsdorf, die auch nur eben hergekommen war, um

uns Gesetzgeber und Richter dahin zu bringen, den alten mexikanischen Landbesitz-Schwindel anzuerkennen und die freie Ansiedelung zu verkümmern, logirt hier bei meiner Tochter, und
so hat er gemeint, ich müsse auch zu seiner Partei gehören. —
Nun ist aber die Sache, wie sie jetzt liegt, ganz wunderlich.
Die Gesellschaft heute ist eigentlich nur hergerichtet worden, um
einmal die besten Männer von der Gesetzgebung und dem
Gericht bei einander zu haben und sie für die eine oder die
andere Partei richtig bearbeiten zu können. Jetzt sind Sie
aber abgesprungen, Miß Beringsdorf auch und so bleibt von
Ihrer bisherigen Partei nur der Mann am Kamin übrig, der
allein aber unter uns teufelmäßig schlechten Boden finden wird;
wir sind eben vor Jahren sämmtlich nur amerikanische Ansiedeler
gewesen, die sich jetzt höchstens einmal durch hübsche Weiber
oder dergleichen ungewohnte Dinge von ihren früheren Ansichten
verlocken lassen könnten. Bitten Sie doch nun die Lady, nach
keiner Seite hin über die Parteisachen zu reden; der Mann
dort scheint mir schon zu merken, wie es mit ihr steht, und sich
in meinem Hause ganz verrathen zu fühlen, was mich drückt
— und nun kommen Sie!"

Ein ganz bestimmtes Gefühl rieth Eckart ab, hier in dieser
vom Parteigetriebe zusammengewürfelten Gesellschaft eine auf-
fällige Rolle, deren Zweck nach jeder Seite hin gedeutet werden
konnte, zu übernehmen; zudem sah er Fields Augen wie in
der Beobachtung aller seiner Bewegungen auf sich ruhen —
gerade dieses letztere aber reizte seinen Stolz; noch stand die
Drohung, mit welcher Field das letzte Gespräch mit ihm geschlossen, vor seiner Seele und es war ihm Bedürfniß, zu zeigen,
daß er durchaus nur seinen eigenen Neigungen zu folgen entschlossen sei, hätte er auch durch irgend einen Vorwand von
seinem Versprechen gegen Lily loskommen können, und bereitwillig folgte er dem Hausherrn nach dem bereits geöffneten
Piano, zu welchem sich bei seiner Annäherung soeben Lily
durch eine Schaar sie umringender Bewunderer lachend Bahn
brach.

„Ist das Ihre Unparteilichkeit?" klang in diesem Augenblicke Talleyrands Stimme in Eckarts Ohr, „dem Mädchen zu

einem verlockenden Singsang zu verhelfen, deffen Einfluß sie nachher doch verwenden kann, wie sie will?"

Eckart machte nur eine kurze Kopfbewegung und bog sich nach den aufzulegenden Noten, darin blätternd, bis Lily herangetreten war.

„Einen Augenblick, Fräulein, ehe wir beginnen," sagte er ohne aufzublicken, deutsch, „singen Sie wirklich aus keinem Interesse für eine der streitenden Parteien? Obgleich ich mich von der einen losgesagt habe, möchte ich doch nicht zum offenen Verräther an ihr werden!"

„O, darin erkenne ich Mr. Talleyrand — oder auch Herrn von Hanstein!" gab sie, einen halb launigen, halb unwilligen Blick nach dem Genannten werfend, in gleich halblautem Tone zurück. „Sie Herr Eckart, würden meinem einfachen Worte von heute Nachmittag geglaubt haben."

„Ich glaube Ihnen ja, Fräulein, es war mir nur um anderer Leute willen!" erwiderte der Letztere, sich rasch auf dem Pianosessel niederlassend und gleichzeitig den ersten Accord mit einer angeschlossenen rauschenden Cadenz folgen lassend; er sah dabei nicht, daß Talleyrand einen sarkastischen Blick nach dem scharf beobachtenden Field warf und sich in unmittelbarer Nähe des Paares, als gehöre er zu Beiden, bequem niederließ.

„Trifft ein Jemand einen Jemand
 Dort im Korn allein;
 Küßt der Jemand dann den Jemand
 Muß der Jemand schrein?"

klang es von Lily's Lippen in voller Laune und die bisherigen Gespräche in der Gesellschaft stockten, während bei der Fortsetzung des Liedes es sich bald wie ein prickelndes Vergnügen in den Armen und Füßen der Anwesenden zu äußern begann und kaum hatte Eckart beim Ende das kurze Nachspiel begonnen, als die Sängerin auch schon von strahlenden Gesichtern auf allen Seiten umringt war. Eckart aber fühlte eine kräftige Hand auf seiner Schulter und in seine Ohren klang der mühsam gedämpfte Klang von Fields Stimme: „Ich bitte, Ihnen zwei Worte sagen zu dürfen!"

Der junge Mann fühlte sich nach der ganzen bisherigen Weise Fields kaum von der Anrede überrascht, ein so feindseliger Ton auch darin klang und erhob sich in voller Ruhe. „Was wünschen Sie mir zu sagen?" fragte er englisch.

„Ich bitte Sie, mir für einige Minuten nach der Piazza zu folgen, wenn ich es überhaupt mit einem Manne von Ehre zu thun habe."

Der Deutsche neigte in leichter Zustimmung den Kopf und schritt neben Jenem dem Ausgange des Zimmers zu, wo sich die Verbindungshalle des Hauses nach dem von Säulen gezierten Vorbau öffnete, der von dem herausfallenden Lichte vollkommen erhellt wurde.

„Es scheint," begann hier Field, möglichst in den Schatten zurücktretend und wie unter Anstrengung seine Stimme nieder- haltend, „daß meine Interessen, sowie die meiner Freunde einer völligen Conspiration unter Denen, welchen wir am Meisten unser Vertrauen schenkten, zum Opfer fallen soll. Die junge deutsche Dame ist mir in New-Orleans selbst als Agentin für die Erlangung unseres Eigenthums hier vorgestellt worden. Der junge Deutsche, welcher sich kaum noch als Ihr besonderer Freund geberdete, hatte mich als Vertrauensgenosse und Mit- arbeiter zum Schutze des rechtlichen Besitzes begrüßt und selbst dieser Senator Scott, an welchen die junge Dame empfohlen war, erklärte sich vor einigen Tagen noch zu Gunsten unseres Rechtes. Jetzt haben mir wenige Erkundigungen und kurz ge- wechselte Worte gezeigt, daß Ihr Freund zum Lügner an mir geworden, und daß die Lady sammt diesem Scott die Farbe geändert. Mit diesen Personen habe ich selbst allerdings nichts zu thun; desto mehr aber mit Ihnen, der unter meinem vollen Vertrauen und auf meine Kosten hierher gegangen ist und jetzt den genannten Dreien zu Gunsten der mir feindlichen Partei Propaganda machen hilft. Ich habe Ihnen bereits in Stockton mitgetheilt, wie ich eine solche Handlungsweise ansehen würde: Sie sollen mir aber nicht nachsagen, daß ich nicht in voller Ruhe gegen Sie eingeschritten sei. Und so fordere ich Sie auf, mir zu sagen, ob Sie überhaupt Etwas zu Ihrer Rechtfertigung vorbringen können?" Der ganze Ausdruck in dem Gesichte des

Sprechenden, wie die hörbare Gewalt, welcher er seiner Stimme
anthat, um nicht dadurch seine innere Aufregung laut werden
zu lassen, zeugte gegen die „volle Ruhe" von welcher er gesprochen; seine beiden Hände hatten sich, wie seiner unbewußt,
geballt und Eckart war schon während der ganzen Rede auf
einen thätlichen Angriff gefaßt gewesen; gleichzeitig hatte er aber
auch gefühlt, daß er diesen nicht fürchten dürfe, wolle er ein
für allemal mit Field auseinander kommen und seine eigene
Ehre wahren.

„Ich habe Ihnen schon einmal gesagt, Sir," erwiderte er
mit einem so gehaltenen Tone, daß dieser ihn bei der Erregung,
welche die ganze Scene in ihm hervorgerufen, selbst überraschte,
„daß sich ein rechtlicher Mann Ueberzeugungen, die er später
gewinnen mag, nicht im Voraus abkaufen läßt. Ich habe die
Darstellung der hiesigen Verhältnisse, wie Sie mir dieselben
gegeben, als unrichtig und die Beförderung Ihrer Absichten als
gegen mein Gewissen laufend erkannt; ich habe Ihnen für Ihre
Auslagen in Bezug auf mich die nöthige Deckung geboten und
halte mich somit für eine Rechtfertigung meiner Handlungen,
welche diese auch sein mögen, Ihnen gegenüber durchaus nicht
verpflichtet. Damit, Mr. Field, denke ich, sind wir mit einander fertig!"

„Noch nicht ganz, Sir!" rief der Amerikaner mit halbunterdrückter, leicht bebender Stimme, dem Deutschen, welcher
eine Bewegung nach der Hausthür machte, in den Weg tretend.
„Sie werden mir angeben, zu welcher Stunde Sie mir morgen
die unter Gentlemen gebräuchliche Genugthuung geben wollen,
wenn ich nicht Ihre Abstrafung in anderer Weise bei der ersten
Begegnung auf offener Straße vornehmen soll."

„Zu einer Abstrafung gehören jedenfalls Zwei!" erwiderte
Eckart seine stattliche Gestalt hoch aufrichtend. „Von einer
Genugthuung, die ich Ihnen zu geben hätte, weiß ich nichts;
die Sache wäre umgekehrt richtiger, und wenn nicht ganz be-
stimmte Gründe existirten, die mir eine Ausforderung gegen
Sie verbieten, so würde ich von Ihnen Genugthuung für
Ihre ganze beleidigende Verfahrungsweise gefordert haben.
Wollen Sie mich aber als Raufbold auf der Straße überfallen,

so gebe ich Ihnen die einfache Versicherung, daß die Rolle des Abgestraften nicht mir zufallen wird — Sie scheinen in dieser Beziehung die Deutschen noch nicht zu kennen!"

„Es können auch wohl Drei bisweilen zu einer Abstrafung gehören;" wurde in diesem Augenblicke Talleyrands Stimme neben Eckart laut, „und da mich Mr. Field so ohne Weiteres hier einen Lügner genannt, so wird er mir auch erlauben, daß ich bei einer erfolgenden Abstrafung sogleich den mir gebühren- den Theil daran übernehme."

„Zu Ihnen, Sir, habe ich nichts zu reden," erwiderte der Amerikaner mit einem kurzen, finsteren Blicke nach der Ver- stärkung seines Gegners; „Sie aber," fuhr er, sich nach Eckart wendend, fort, „treffe ich noch, so wahr, als ich Ihnen mein Wort dafür gegeben habe!"

Er drehte sich rasch nach dem Eingange zur Halle, nahm von dem dort befindlichen eleganten Gestelle seinen Hut und schritt dann, ohne von den Zurückbleibenden weitere Notiz zu nehmen, rasch die breite Freitreppe hinab.

Aus dem Innern des Hauses klangen in diesem Augenblicke die Töne der wiederbegonnenen Quadrille und das Rauschen der tanzenden Paare heraus.

„Ich halte dafür, daß es jetzt ziemlich langweilig hier wird," sagte Talleyrand, dem Davongegangenen einen Blick nach- werfend; „mit ihm ist eigentlich alle Opposition, gegen die sich zu kämpfen verlohnte, geschwunden; sie werden drinnen jetzt nur tanzen, später aber eine Menge Ungeheuerlichkeiten der amerikanischen Küche vertilgen, ohne daß bei Allem ein Zweck wäre, und ich halte es für das Beste, daß wir in französischer Manier uns unbemerkt empfehlen — wir finden besseres Amüse- ment. — Im Uebrigen," fuhr er mit einem halb sarkastischen Augenaufschlag nach dem Freunde fort, „möchte ich Ihnen doch rathen, da Sie sich mit dem Manne einmal nicht schießen wollen — was indessen seinerseits eine ganz anständige Offerte war — daß Sie ihm möglichst aus dem Wege gehen —"

In Eckarts Gesicht war ein helles Roth geschossen und er faßte rasch den Arm des Sprechenden. „Ich kann Ihre augen- blickliche Regung verstehen, glaube aber nicht, daß Sie mich

verhöhnen wollen," sagte er, „ich habe oft genug auf der Men-
sur gestanden und bin auch keineswegs ein unglücklicher Schütze.
Aber es giebt Umstände —!" Er drückte einen Moment die
Hand vor die Augen. „Würden Sie einen Mann erschießen,"
fuhr er dann rasch und mit gedämpfter Stimme fort, „für
deffen Tochter Sie die einzige, größte Leidenschaft Ihres ganzen
Lebens empfänden und deffen Tod in dieser Weise für immer
trennend zwischen Ihnen und ihr stehen müßte? Und ich fühle,"
fuhr er mit einem fast krampfhaften Drucke seiner Hand fort,
„daß dieser Mann nicht lebend den Platz verlassen haben
würde, wenn ich seiner Forderung gefolgt wäre!"

„Oh!" versetzte Talleyrand aufmerksam den Kopf hebend,
„aber der Mann scheint mir wirklich noch zu jung für eine solche
Tochter!"

„Es handelt sich auch hier um keine Tochter, aber die Con-
sequenz der Sache würde dieselbe sein. Und nun fragen Sie
mich nicht weiter. Wollen Sie ohne weitere Erklärung Ihre
bisherige gute Meinung von mir aufrecht erhalten, so lassen
Sie uns gehen; ich habe jetzt selbst allen Geschmack für das
Weitere hier verloren. Im andern Falle muß ich eben über
mich ergehen lassen, was Sie auch von mir denken mögen —"

„Warten Sie einen Augenblick," unterbrach ihn der Andere.
mit dem Zeigefinger seine Nase reibend; „weiß er Etwas von
der besagten Leidenschaft?" In Eckarts Gesicht trat von Neuem
das Blut.

„Ich hoffe, er hat keine Ahnung davon," erwiderte er nach
einer kurzen Pause zögernd, als zwinge ihn nur die Nothwendigkeit zu der Antwort.

Talleyrand nickte in eigenthümlicher Weise. „Ich aber
glaube das Gegentheil — der Mensch war mir zu bissig, und
man will sich auch nicht gleich, nur um veränderter Ansichten
willen, schießen. Kommen Sie denn, daß ich Ihnen ein Stück
San Franzisko bei Nacht zeige, und werden Sie so vernünftig
wie ich, für den die Weiber eben nur — die Schwachen sind!"

―――――

Achtes Kapitel.

Eine Katastrophe und deren Folgen.

Der große elegante Spielsalon des „United States Hotels"
war von einer zahlreichen Menge gefüllt, deren größter Theil
indessen, sich langsam durch einander bewegend, mehr betrachten
und beobachten, als sich bei dem, an zahlreichen Tischen bereits
begonnenen Spiele betheiligen zu wollen schien. Vielen der
langsam umher schlendernden Gestalten sah man den Goldgräber an, der nach San Franzisko gekommen war, um sich
einmal gründlich zu amüsiren, in der ersten Zeit sich aber noch
scheute, der in ihm erwachten Lust zum Spiele freien Lauf zu
lassen. Während in den Städten, welche in den Minendistrikten
entstanden waren, mit den Spielern von Profession ein sehr
summarischer Prozeß zu ihrer Entfernung vorgenommen wurde,
da die Goldgräber endlich zu der Erkenntniß gelangt waren,
daß ihr sauer erarbeitetes Gold nur zur leichten Beute einer
Rotte von Betrügern diente — so konnte der Miner, der nach
San Franzisko kam, sich doch nie der Lockung des aller Orten
frei betriebenen Spiels entziehen und kehrte meist völlig aus-
geplündert wieder nach den Minen zurück.

Hier war Eckart, dem es darum zu thun gewesen, im Hotel
einen Blick nach seinem Nachtquartier und Gepäck zu thun,
mit seinem Begleiter eingetreten, und Beide schritten langsam
neben einander durch die verschiedenen Gruppen, bald den Gang
eines eben beginnenden Spieles beobachtend, bald den sichtlichen
innern Kampf einzelner Miner belächelnd, welche einen Tisch
umstanden, an welchem nur ein einziger Mensch pointirte, Zug
um Zug gewann und dabei die wunderlichsten Freudengrimassen
schnitt. „Ein guter Lockvogel," murmelte Talleyrand in seiner
sarkastischen Weise, „ich will gehangen werden, wenn der glückliche Teufel nicht der Helfershelfer des Bankiers ist. Wenn
hier zu Lande auch kaum eine Warnung am Platze ist, so ist
es doch die vor dem ganzen Spieler- und Spitzbubengesindel."

Eckart beantwortete mit einem Lächeln die eigenthümlich

betonten letzten Worte. „Bei mir hat die Sache keine Gefahr,
denn ich hätte nicht einmal Etwas zu riskiren," erwiderte er;
„sagen Sie mir aber, haben wir so etwas Besonderes in
unserer Erscheinung, daß es auffällt? Sobald wir uns nach
der andern Seite, dort hinüber, wo Sie die ausgeprägt
amerikanischen Gesichter sehen, wenden, heben sich Aller Köpfe
wie beobachtend nach uns. Es würde mir wohl entgangen
sein, wenn es nicht zu auffällig wäre —"

„Wir sind noch in unserer Gesellschafts=Toilette," zuckte
Jener die Achseln, „das mag an einem Orte wie dem hiesigen
auffallen — was kümmert uns das aber?"

Sie wollten weiter gehen, als ein junger Mann, dessen ge=
wöhnliches Miner=Kostüm nur durch einen modernen Rock eine
Aenderung erhalten, an sie herantrat. „Entschuldigen, Sie
sprachen soeben deutsch;" wandte er sich an Eckart; „sind Sie
nicht der Gentleman, der in Stockton unsere Partei gegen die
Amerikaner nahm? — Ich wollte Ihnen nur die Hand drücken,"
fuhr er fort, seine Absicht auch sogleich in derber Weise zur
Ausführung bringend, „unsere Verbindung ist richtig durch die
Geschichte aus dem Leime gegangen und es hätte den nächsten
Tag auch noch zu Schlägen zwischen uns kommen können, da
von Einzelnen, die selbst gern Meister über die Andern wären,
scharf gehetzt wurde, wenn nicht von einem Theile, der unter
sich die alte Verbindung aufrecht erhalten will, beschlossen wäre,
daß wir auf ein paar Tage nach San Franzisko gehen wollten.
In dieser Regenzeit ist ohnedies bei der Arbeit nicht viel zu
holen, und die Andern werden ja bald selbst sehen, wie weit
sie mit der Uneinigkeit kommen!"

Der Angesprochene hatte nur der Höflichkeit halber der
redseligen Begrüßung die nöthige Beachtung geschenkt und
machte soeben Miene, sich mit einem Händedrucke von dem
jungen Landsmanne zu trennen, als dieser jäh zur Seite blickte
und mit einem hastigen: „Warten Sie; da kommt derselbe
Amerikaner, um den es sich in Stockton handelte und der es
jetzt gerade auf Sie abgesehen zu haben scheint!" den Arm
Eckarts faßte. Dieser war unmittelbar der angedeuteten Rich=
tung mit den Augen gefolgt und sah Field mit entschlossen zu

sammengezogenen, finster auf ihn gerichteten Augen auf sich
zu kommen. Er ahnte, was jetzt erfolgen könnte, und jede
Muskel, jeder Nerv in ihm bereitete sich zu dem nöthigen
Empfange vor. Hinter dem raschen Nahenden sah er eine An=
zahl der Gesichter mit herankommen, welche durch die sonder=
bare Aufmerksamkeit, die sie ihm geschenkt, schon seine Auf=
merksamkeit erregt hatten, die aber jetzt nur die Neugierde
auf ein sich entwickelndes Schauspiel zeigten.

Field war bis auf zwei Schritte herangekommen und sprach
jetzt mit so lauter Stimme, daß alle in der Nähe befindlichen
Gestalten sich nach ihm kehrten: „Sie wollen also einem Manne,
dessen Vertrauen Sie betrogen haben, nicht die geforderte Ge=
nugthuung als Gentleman geben — nun so mögen Sie behandelt
sein, wie Sie es verdienen!" und mit den letzten Worten hatte
er auch eine starke, aus Ochsenhaut geflochtene Reitpeitsche
unter seinem Rocke hervorgezogen und geschwungen; ehe er in=
dessen zum Schlage gelangte, hatte bereits Eckarts linke Hand
den gehobenen Arm ergriffen und seine Rechte die Reitpeitsche
erfaßt. Ein momentanes Ringen entspann sich, in welchem es
indessen schien, als solle Fields jetzt deutlich hervortretende Wuth
und seine merkbare Gewohnheit derartiger Kämpfe die Ober=
hand erhalten; da ließ sich plötzlich die Stimme des jungen
Miners hören: „O das ist noch wegen Stockton und so habe
ich hierbei auch ein Recht!" rief er, zugleich mit sichtlicher Kraft
den Arm des Angreifers packend; aber ein vielfaches halb=
brüllendes: „Ehrliches Spiel, laßt sie allein!" der Umstehenden
that Einspruch und einzelne der Begleiter Fields sprangen
hinzu, um den unberufenen Helfer hinweg zu reißen.

„Jawohl, das heißt also hier ehrliches Spiel, einen harm=
losen, unbewehrten Menschen überfallen," rief der junge Miner.
sich kräftig gegen die neuen Angreifer wehrend, „aber Gott ver=
lasse mich, wenn ich's leide!" Und „Lily — Lily — Lily!
klang scharf und kurz abgestoßen sein lauter Ruf. Noch war
aber dieser kaum verhallt, als auch von allen Seiten die roth=
wollenen Hemden und verdrückten Filzhüte der anwesenden
Miner um die kämpfende Gruppe auftauchten. „Hier, das ist
unser Mann von Stockton, dem die amerikanischen Landhäy=

fische zu Leibe wollen! Drauf!" wurde von Neuem die vorige
Stimme laut und Eckart fühlte plötzlich seinen Gegner von sich
losgerissen, sah sich aber fast zu gleicher Zeit inmitten eines
Knäuels von Kämpfenden, der sich gebildet hatte, er wußte
kaum wie, und sich mit jedem Augenblicke zu vergrößern schien.
Er nahm nur Bedacht, sich gegen die rings um ihn hageldicht
fallenden Faustschläge, die allein von einzelnen lauten Wuth=
ausbrüchen der Amerikaner begleitet waren, zu decken, und
suchte nach einer Gelegenheit, sich der Schlägerei zu entziehen;
da sah er plötzlich eine Gestalt sich ihm entgegenwerfen — die
äußere Verwirrung wie die seines Innern, ließen ihm aber
kaum etwas Anderes bestimmt wahrnehmen, als den gegn ihn
gehobenen Revolver. Instinktmäßig hatte er die Waffe gefaßt,
sie aus der Hand seines neuen Gegners gerissen und in einer
ihn jäh überkommenden Wuth einen Schlag damit auf den
Kopf desselben gethan, ehe er sich nur selbst seiner Handlung
recht bewußt ward — knallend entlud sich ein Lauf des Revol=
vers und während dieser aus Eckarts Hand flog, stürzte sein
Gegner zu Boden. Fast schien es aber, als habe der Schuß
die allgemeine Rauflust nur noch belebt; wilde englische Flüche
erfolgten, die indessen jetzt auch in deutschen Kraftausbrüchen
ihr Echo fanden — da fühlte sich Eckart plötzlich an beiden
Armen gepackt und ehe er nur eine Gegenanstrengung zu unter=
nehmen vermochte, sah er sich aus dem Gewühle gerissen.

„Hierher und mit mir!" klang ihm eine bekannte Stimme
in die Ohren, „es war ein prächtiger, präciser Schlag, kann
ihm aber auch die Hirnschale gekostet haben und unangenehme
Folgen nach sich ziehen. Sie, Jakob, bleiben noch hier, damit
wir bald den Ausgang der Sache erfahren!"

„Warten Sie!" erwiderte Eckart hastig, der mit einem
wohlthuenden Gefühle Orlando in seinem Helfer erkannt,
„Talleyrand muß noch mitten in der Schlägerei stecken!"

„Dummes Zeug!" lachte der Freund, „wenn Sie sich selbst
lieb haben, so sträuben Sie sich keine Secunde, mit mir zu
kommen. Talleyrand ist ein Diplomat, der jeder handgreiflichen
Action ausweicht und, wenn er wirklich hier war, sich zu rechter
Zeit bei Seite gedrückt hat; für Sie aber kann es die unan=

genehmste Geschichte abgeben, wenn Sie Ihren Gegner todtge=
schlagen haben sollten und nicht ganz aus dem Wege wären.
Der Teufel spielt oft wunderlich und ich möchte wetten, daß
wir in zehn Minuten die Polizei hier haben!" Er hatte auf
keine weitere Aeußerung Eckarts gewartet, sondern diesen nach
dem erleuchteten Innern des Hauses die Treppe hinauf geführt.

Ein kleines Logirzimmer, in welchem Orlando schnell eine
Kerze entzündete, empfing sie; dann verriegelte dieser sorgfältig die
Thür, drückte den Freund in einen bequemen Lehnstuhl neben dem
Bette und warf sich auf das letztere, den Kopf auf den Arm stützend.

„So, nun wollen wir vorläufig die Dinge in Ruhe ab=
warten," begann er, „wenigstens soll mir bei Nacht nichts Feind=
liches hier in's Zimmer kommen; sagen Sie nur aber zuerst,
was Sie in Balltoilette in den Spielsalon gebracht hat, wo
Auftritte wie der heutige gar nicht so selten sind? Wollten
Sie nicht dieselben überflüssigen Kleidungsstücke hier verkaufen,
um sich Geld zur Abreise zu verschaffen — oder sind Sie schon
so vernünftig geworden, Ihre Absicht zu ändern?"

Eckardt drückte eine Weile die Hand gegen die Augen. „Ich
denke kaum, daß ich selbst im unglücklichen Falle Etwas zu
fürchten hätte," sagte er endlich, wie in gewonnener Selbst=
beruhigung; „ich habe mir nichts vorzuwerfen, da ich nur in
Nothwehr gehandelt und nicht einmal mit dem kleinsten Worte
den Angriff herausgefordert habe. Kann ich mich auch möglichen
Belästigungen entziehen — um so besser, natürlich! — Wegen
meines Anzugs aber," fuhr er, wie die Erinnerung an die statt=
gehabte Scene von sich werfend, fort, „so kam ich vom Balle —
drüben im Hause eines Senators Scott, wo beiläufig unsere
Lily, welche dort logirt, die Hauptrolle spielte. So viel ich
übrigens gemerkt habe," setzte er mit wiederkehrender Laune hin=
zu, als er sah, daß Orlandos Gesicht bei seinen letzten Worten
plötzlich einen lebendigen Ausdruck von Spannung annahm,
„kann die junge Dame ein unerwartetes Glück hier machen.
Der reiche alte Gentleman, der allein steht, will sie heirathen
— hat mir das selbst, als einem Freunde Lily's, mit unzwei=
deutigen Worten gesagt, und ich würde ihr durchaus nicht
verdenken, wenn sie ihre bisherige unsichere Existenz —"

Orlando hatte langsam den Oberkörper aufgerichtet und der wunderliche Blick desselben, welcher jedes Wort schon im Voraus errathen zu wollen schien, ließ den Sprechenden beim Nachsatze abbrechen.

„Bah!" rief Jener und warf sich in seine frühere Stellung zurück, „Sie sind ein nüchternerer Mensch, treuer Eckart, als ich Sie mir vorgestellt. — Sagen Sie mir doch," fuhr er wieder emporschnellend fort, „haben Sie denn in Ihrem Leben wohl schon einmal eine ordentliche Liebe gehabt?"

Der humoristische Ausdruck in Eckarts Mienen schwand. „Ich weiß nicht," erwiderte er, „was die Frage mit unserm augenblicklichen Gesprächsgegenstande zu thun hat."

„Nun trotzdem, beantworten Sie mir sie einfach und offen und dann werde ich Ihnen Etwas erzählen, sobald ein Verständniß durch den gegenseitigen Austausch sich nur einiger-maßen voraussetzen läßt."

„Gut, ich habe eine Liebe, die mein ganzes inneres Glück und mein noch größeres Elend bildet."

Orlando sah mit aufleuchtendem Blicke in die ernsten, fast traurigen Augen des Freundes. „Und doch konnten Sie von einem Mädchen wie Lily meinen —? doch Sie kennen sie eben nicht!" Er legte wieder langsam den Kopf auf den aufgestützten Arm zurück. „Sie werden mir nachher von sich selbst erzählen; jetzt will ich mit meinem Vertrauen Ihnen vorangehen! — Denken Sie sich," fuhr er nach einer kurzen Pause mit halbge-dämpfter Stimme fort, ein altes adeliges Geschlecht, das seine reichen Vorfahren in den Kreuzzügen suchen kann, das aber mit der Zeit durch leichtsinnige Verwaltung des Vermögens mehr und mehr verarmte, und dessen letztes Oberhaupt als einziges Mittel zur Wiederaufhülfe sich an großen Fabrik = Unter-nehmungen, wie die letzten zwanzig Jahre sie in Deutschland hervorgerufen, betheiligt; in der Unkenntniß der fremden Ver-hältnisse aber noch zum allergrößten Theile Das, was von dem frühern Wohlstande geblieben, verliert. Ich berichte Ihnen Dinge, die in kurzer Entfernung von der Haupt=Besitzung meiner Eltern vor sich gingen. In der Familie waren drei Kinder — zwei Söhne, die als Offiziere in verschiedenen Regimentern dienten, sonst aber nichts weiter gelernt hatten, und eine Tochter. Als der Schlag kam und die beiden noch übrigen Güter der Familie subhastirt werden sollten, erschoß sich der alte Freiherr, was indessen dem gerichtlichen Verfahren selbstverständlich keinen Einhalt that, und die als Vermögen der Kinder zuletzt übrig bleibende Summe war eine so geringe, daß, wenn es in drei Theile gegangen wäre, die Söhne, von denen der jüngere noch nicht einmal ins etatmäßige Gehalt gerückt war, ihre Carriere hätten aufgeben müssen. Es gab allerdings Verwandte, welche zu einigen Opfern für die Kinder bereit waren, dennoch hätten diese nach keiner Seite hin ausgereicht, wenn nicht die Tochter erklärt hätte, zum Besten ihrer beiden Brüder auf jeden An= theil der Hinterlassenschaft zu verzichten, sofern die Verwandten das noch nothwendig Werdende für Jene zuschießen wollten. Es erfolgte ein kurzer Kampf des Edelmuths zwischen den Ge= schwistern — das Mädchen aber hatte bereits die Zusage der Verwandten, die glücklich sein mochten, auf wohlfeilere Weise, als sie gefürchtet, davon zu kommen, in der Hand und war eines Morgens mit der zurückgelassenen kurzen schriftlichen Bitte, sich weiter nicht um sie zu kümmern und einem warmen Lebe= wohl an ihre Brüder verschwunden. Erst als man erfuhr, daß die Familie eines der Gutsverwalter, welcher durch den Verkauf aus seiner Stellung geworfen worden, nach Amerika ausgewan= dert war, ließ sich eine Vermuthung über den Verbleib der jungen Freiin fassen — sie hatte mit den Töchtern dieses Ver= walters in einer Art freundschaftlichem Verkehr gestanden. Die junge Dame aber, von der ich erzählt, ist kurzweg unsere Lily, oder Miß Bering, oder Freiin von Beringsdorf. Es ist möglich, daß ich in dem nachbarlichen Verkehr der Gutsbesitzer sie ein= mal gesehen habe, ich weiß aber nichts davon; ich war von jeher ein unruhiger Geist, der auf Frauenzimmer kaum Etwas gab und nach den Universitätsjahren verschiedene Reisen machte; bei meiner Heimkehr hörte ich allerdings die traurige Geschichte und sie hatte sogar kurz darauf einen bestimmenden Einfluß auf meinen ganzen weitern Lebensgang. Ich war an Selbst= ständigkeit gewöhnt, und doch gab es eine Menge der verschie= denſten Familien=Rückſichten, welche ich nothgedrungen zu beobachten hatte, die endlich mich sogar zur Wahl einer Frau, die am allerwenigsten mein Geschmack war, zwingen sollten. Ich hatte aber genug von der Welt gesehen, fühlte überhaupt noch nicht den geringsten Beruf zum Familienvater, und erklärte einfach, daß ich lieber wieder auf eigene Faust in die Welt gehen, als mich hier gegen meine Neigung binden lassen würde. Ich habe es später erst gefühlt, daß es eigentlich nur die Energie des Mädchens, die mich bei der Erzählung des Geschehenen wun= derbar angeregt, war, welche mich so leicht meinen Entschluß fassen ließ — Amerika mit seinen eigenthümlichen Verhältnissen hatte mich überdies schon längst gelockt. Mein Vater meinte wahrscheinlich mich zu bestrafen, wenn er mir kühl und ohne die Gewährung weiterer Mittel meinen Willen ließ; ich hatte aber noch Geld genug, um diesem für den Augenblick folgen zu können und nach einer kurzen Scene, die mir kaum eine andere Wahl übrig ließ, als der gehorsame Sohn zu sein oder mich auf eigene Füße zu stellen, packte ich meine Sachen. Ich schrieb meinem Vater, da ein nochmaliges mündliches Conferiren doch zu nichts führen konnte, noch einen langen Brief voller Vernunft, erhielt aber keine Erwiderung und da auch meine Mutter, als habe sie dem Familienzwist aus dem Wege gehen wollen, auf einem mehrtägigen Besuche bei unsern wohnenden Verwandten war, reiste ich am nächsten Morgen ab. Auf dem Schiffe, das mich über das Meer brachte, lernte ich Hanstein, oder Talleyrand, wie er sich mit seinem „Kneip=Namen' von der Universität her nannte, kennen, und wir beschlossen, für die erste Zeit bei einander zu bleiben.

„Um nun aber wieder auf Lily zu kommen," fuhr der Sprechende, sich kurz mit der Hand über das Gesicht streichend, fort, „so war ich ihr in Gesellschaft von Talleyrand einzelne Male in den New=Yorker Straßen begegnet und ich wußte beim ersten Momente, daß ich diesen Augen gegenüber ver= loren sein mußte, wenn ich ihnen hätte näher treten dürfen. Mein Arbeitsanzug aber behütete mich vor jeder Vorstellung und erst zuletzt, in Ihrer Gegenwart, durfte ich einige Worte an sie richten. Damals sagte sie zu mir: „Ich kenne mehr von Ihnen, als Sie wohl wissen!" ich bezog dies aber auf das,

was Talleyrand, der bisweilen in Gesellschaften mit ihr zu=
sammentraf, ihr von mir erzählt haben mochte — war ich mir
doch bewußt, dieser Erscheinung noch nie außerhalb New=Yorks
begegnet zu sein; aber ich sollte bald eines Andern belehrt
werden. Sie wissen, daß wir Drei zu einem Besuche bei ihr
eingeladen waren. Für mich war diese Einladung ein wie vom
Himmel heruntergefallenes Glück und ich säumte nicht, es zu
erfassen. — Nun," sprach er weiter, sich zurücklegend, und mit
der Hand die Augen bedeckend, „ich fand sie allein, und kaum
schien es, als sollte ein mehr als alltägliches Gespräch zwischen
uns in Gang kommen; ich war, ehrlich gestanden, befangen,
und sie eigenthümlich zurückhaltend; sie fragte, wie als Noth=
behelf, nach Ihnen und ich erzählte, froh, nur einen Gegenstand
zum Sprechen zu haben, von Ihrer musikalischen Begabung
und meiner Zuneigung für Sie, die Sie mit der ersten Be=
gegnung gewonnen. Da sah sie, mich plötzlich unterbrechend,
lächelnd auf und fragte nach einer meiner Schwestern, die wohl
in gleichem Alter mit ihr sein mag, und zwei weitere Worte,
die sie, über mein consternirtes Gesicht hell auflachend, folgen
ließ, zeigten mir mit einem Schlage, wen ich vor mir hatte.
Was nun eigentlich weiter gesprochen wurde, könnte ich Ihnen
kaum sagen — es war der Form nach wohl ganz salonmäßig;
hatte ich sie doch in Deutschland nicht einmal gekannt, während
sie nur den Eindruck meines Gesichtes aus größeren Gesell=
schaften behalten hatte — und doch waren wir uns durch wenige
Worte auf einmal so nahe gerückt, daß sie, sobald sie meiner
Kenntniß ihres früheren Schicksals versichert war, zu mir in
einer vertrauenden Harmlosigkeit plauderte, die mich völlig ge=
fangen genommen hätte, wenn ich es nicht schon längst gewesen
wäre. Sie hatte, als sie mit der sie begleitenden Verwalters=
familie Amerika erreicht, schnell erkannt, daß sie in den klein=
lichen deutschen Kreisen, welchen jene sich angeschlossen, nicht
auszudauern vermöge; zudem war sie mit der Vorstellung nach
dem neuen Lande gegangen, sich durch ihre mannigfachen Fähig=
keiten einen kleinen Wohlstand wieder zu erringen, was aber
eben nur in amerikanischen Kreisen möglich war; diese Fähig=
keiten aber und ihre äußere Erscheinung brachten sie, nachdem

sie sich einer amerikanischen Familie angeschlossen, in eine
Wirksamkeit, an welche sie früher nie gedacht — Sie kennen
diese ja aber, und wir haben schon darüber gesprochen. Ich
will Ihnen nur sagen, daß ich an dem Abende jenes Besuchs
bei ihr, an welchem ich mich auch offen über meine Verhält=
nisse gegen sie geäußert, wie berauscht nach Hause kam und mich
die ganze Nacht schlaflos auf meinem Lager wälzte. Während
meiner Anwesenheit in New=York hatte ich schon zwei Briefe
meiner Mutter erhalten, welche zur Aussöhnung mit dem Vater
und zur Rückkehr drängten, das heißt, ich sollte mich in Das
fügen, was das sogenannte Familien=Interesse verlangte; ich
hatte ausweichend darauf geantwortet, so sehr mir auch das
nothgedrungene Arbeiterleben hier zuwider war. Jetzt aber
war diese Art von Aussöhnung eine volle Unmöglichkeit für
mich geworden — und doch, wenn ich Lily auch ebenbürtig
gegenüberstand. wenn in mir auch die feste Ueberzeugung lebte,
daß sie mir nicht entgegen getreten wäre, wie sie es gethan,
wenn ich ihr ein völlig gleichgültiger Mensch war, so galt ich
doch hier nur als Arbeiter, der allenfalls sein eigenes Leben
fristen könnte, in solchen Verhältnissen aber nie eine Hoffnung
auf ihren Besitz hegen durfte. — Nun, ich bin nach Californien
gegangen und habe sie absichtlich vorher nicht wiedergesehen;
Sie mag vielleicht nur ahnen, was meine Empfindungen für
sie sind — glauben Sie denn aber trotz alledem wirklich." setzte
der Sprechende, sich rasch aufrichtend hinzu, „daß ein Mädchen,
das sich selbst zum Opfer für das Wohl ihrer Geschwister
gemacht, das in der wunderlichen Thätigkeit in welche es hier
geworfen worden, einzig dem Interesse der rechtswidrig Unter=
drückten gedient und trotz aller lockenden Aussichten noch hier
die als falsch erkannte Fahne verläßt, sich nur um des Geldes
willen von einem alten Senator erobern lassen wird? Wenn
sie es thäte — nun ja, so könnte ich mich vor dem Spiegel
stellen und mir als Gefühls=Esel eine Ohrfeige geben; ich
hätte aber dann eben nur eine Illusion verloren, so weh
der Verlust auch thäte —"

Eckart schüttelte kurz den Kopf und faßte rasch die Hand
des Freundes. „Ich danke Ihnen für Ihre Mittheilung, die

mich über Vieles klar macht," erwiderte er herzlich, „sagen Sie
mir nur noch das Eine: Glauben Sie keine Aussicht zu haben,
sich mit den Ihren ohne Bedingung wieder versöhnen zu können?"

„Ich dürfte Ihnen darüber ein einziges Wort sagen, um
Sie schnell über alle Verhältnisse aufzuklären," erwiderte Or=
lando nach einer kurzen Pause langsam, „aber Sie stehen Lily
als Freund zu nahe, als daß ich es aussprechen möchte. Sie
sollen aber wissen, daß ich sie morgen aufsuchen und eine offene
Frage an sie richten werde. Ich habe soviel Mittel und Er=
fahrung errungen, um hier mit einem kleinen Geschäfte beginnen
zu können — in die Minen gehe ich nicht wieder. Will sie um
meinetwillen von ihrer jetzigen hohen Stellung herabsteigen
und mein Loos theilen, so weiß ich, daß sie Die ist, an die ich
geglaubt und der ich sofort mein Leben opfern könnte —"

„Wissen Sie denn auch, wie scharf Sie den Bogen mit
einer solchen Zumuthung spannen?" fragte Eckart, mit einer
aufsteigenden Besorgniß im Gesichte; ihm standen in diesem
Augenblicke alle die angelegentlichen Fragen, welche Lily bei den
einzelnen Zusammentreffen mit ihm in Bezug auf Orlando ge=
than, vor der Seele und es war ihm jetzt klar, daß auch auf
ihrer Seite eine tiefere Neigung zu dem Freunde walten mußte,
daß sie wohl nur um dessenwillen sich in so besonderer Weise
ihm selbst angeschlossen; ob aber diese Neigung die ihr zuge=
dachte Feuerprobe aushalten werde, war eine neue Frage —
die Antwort des Andern wurde indessen durch einen Versuch,
die Thür zu öffnen und ein darauf hastig erfolgendes Pochen,
das von einem vorsichtigen: „Jakob ist es!" begleitet war, ab=
geschnitten. Orlando sprang auf und öffnete. „Nun wie steht's
unten?" fragte er den Eintretenden.

„Ja, wie steht's!" erwiderte dieser mit einer Handbewegung
nach dem Ohre und einem ängstlichen Blicke auf Eckart, „dem
Mister Field ist mit seinem eigenen Revolver der Kopf ein=
geschlagen worden, wovon gar nicht viel geredet würde, wie die
Andern meinen, wenn es nur nicht ein Deutscher an einem
Amerikaner gethan hätte; von den Gerichten soll auch nicht viel
zu fürchten sein, wie es heißt, da das Unglück in Selbstver=
theidigung geschehen ist; aber die Amerikaner haben darauf ge=

schworen, denselben Deutschen nicht lebendig zu lassen, wo sie ihn auch finden mögen —"

„Ist er denn todt?" unterbrach Eckart, mit entsetztem Gesichte seinen Stuhl verlassend, die Erzählung.

„Todt gerade noch nicht," zuckte Jakob die Achseln, „aber die zwei Doctors, welche in seinem Zimmer bei ihm sind, haben gesagt, daß sie für nichts stehen könnten — sonst ist Alles jetzt unten wieder ruhig. Ich wollte aber doch, wir hätten das Californien gar nicht gesehen — und nun, weshalb ich eigentlich gekommen bin! Es ist ein alter Herr da, der nach Mister Eckart gefragt hat und ganz pressant thut — Scott heißt er, und ich meinte, als Niemand von einem Eckart Etwas wissen wollte, Ihnen doch wenigstens Nachricht geben zu müssen."

„Lassen Sie mich handeln!" rief Orlando von dem Bette aufspringend und damit die Antwort des Freundes abschneidend, „ist es Ihr Senator Scott, den ich ohnehin einmal von Angesicht zu Angesicht kennen lernen möchte, so wird wenig Gefahr bei seinem Empfange sein und ich bringe ihn herauf." Er warf seinen Hut auf den Kopf, und verließ mit einem: „Verriegeln Sie die Thür hinter mir, Jakob!" das Zimmer.

„Es war doch ein recht unglücklicher Schlag," begann Jakob von Neuem, nachdem Eckart, des Kommenden harrend, seinen früheren Sitz wieder eingenommen, mit einem halbscheuen Blicke nach dem Dasitzenden, „gerade mit der Hahnspitze des Revolvers in den Schädel hinein. Nun ja, Sie konnten es nicht abmessen, aber ich mußte nur an die junge Frau denken — Herrgott ich sage ja nichts!" unterbrach er sich wie erschrocken, als Eckart mit einem fast wilden Blicke, aufsah, „ich wollte mich aber gern wieder am New-Yorker Hafen prügeln lassen und klug werden, wenn wir doch nur wenigstens aus dem Lande hier wären!"

Der junge Mann senkte den Kopf wieder, als habe Jakobs letzte Aeußerung etwas Gleichgestimmtes in ihm berührt, bis die Schritte Herankommender vor der Thür laut wurden und ein halbgedämpftes „Gut Freund!" Orlando's sich hören ließ.

Mit dem letzteren zugleich trat durch die entriegelte Thür der Senator Scott ein und faßte in sichtlicher Aufregung Eckarts Hand. „Verdammte Geschichte, Sir!" sagte er; „Ihr Freund

Hanstein hat mir eben Alles berichtet und verlangt, ich solle
Sie in meinen Schutz nehmen — kam extra deshalb wieder
nach meinem Hause. Wenn aber der Mann Field so gut wie
todt ist, wie es den Anschein hat, so ist da gar kein anderer
Schutz möglich, als daß Sie sich so geschwind als Sie können
davon machen. Sie sind bei der Sache ganz gewiß nur in
Ihrem Rechte gewesen, aber es ist jetzt eine schlimme Stimmung
gegen die Fremden in der Stadt; es haben in der letzten Zeit
verschiedene Todtschläge an Amerikanern stattgefunden und wenn
wir Sie auch bei der gerichtlichen Untersuchung frei durchbringen
sollten, so sind Sie gerade deshalb Ihres Lebens am wenigsten
sicher. Dem Allen entgehen Sie, sobald Sie sich wegen einer
raschen Abreise nicht lange besinnen. Miß Beringsdorf meint
das auch, und wenn Sie noch eine Stunde mit nach meinem
Hause kommen wollen, so kann ich Ihnen versprechen, Sie von
dort sicher nach dem „Eagle" zu bringen, der noch vor dem
Morgen seine Fahrt nach dem Isthmus antritt. Für Ihr
Gepäck soll dann ebenfalls gesorgt werden —"

„Mister Scott," unterbrach Eckart in augenscheinlicher
Verlegenheit den Sprechenden, „ich werde doch kaum Ihren
wohlgemeinten Rath in dieser Weise benutzen können, ich bin auf
eine so plötzliche Abreise durchaus nicht vorbereitet und da ich
vollkommen schuldlos an Dem, was geschehen ist, bin —"

„Fehlt Ihnen Etwas, so sagen Sie es offen," schüttelte
der Senator ungeduldig den Kopf, „Ihre Unschuld aber ist,
wie die Sachen stehen, nicht einen Cent werth. Ich habe
Miß Beringsdorf versprochen, Sie unter meiner Obhut nach
Hause zu bringen, und sie hat sich schon daran gemacht,
Briefe für Sie nach New-York zu schreiben — und nun
lassen Sie uns nicht warten, bis es den Menschen da unten
einfällt, das Haus nach Ihnen zu durchsuchen, was in solchen
Fällen nicht das erste Mal wäre —"

„Gehen Sie Eckart, der Mann hat Recht." sagte Orlando
deutsch, und es ist in einem solchen Falle wahrlich auch keine
Schande, sich die Reisekosten von einem reichen Grundbesitzer
zu entlehnen. Grüßen Sie Lily von mir und sagen Sie ihr,
daß ich sie morgen aufsuchen würde!" Er hatte, wie um jedes

weitere Zögern des Freundes zu beseitigen, diesem den Hut
auf den Kopf gestülpt; da klang von seitwärts eine halblaute
Stimme: „Was wird nun aber mit dem Jakob?" und Eckart,
den Kopf wendend, sah die Augen des Burschen mit einem so
wunderlichen Ausdruck von Schwermuth auf sich gerichtet,
daß er in einem raschen Entschlusse sich dem Senator zukehrte.
„Ich nehme Ihr Anerbieten mit dem dankbarsten Herzen an,
und will auch ganz offen sein," sagte er, die Hand des An=
geredeten ergreifend. „Ich habe das Reisegeld für mich wie
für den Burschen augenblicklich nicht baar daliegen; ihn kann
ich aber nicht so o'ne Weiteres zurücklassen, da er nur im
Vertrauen auf mich mir hierher folgte, und seiner ganzen ein=
fachen Natur nach hier zu Grunde gehen würde. Wollen Sie
mir nun den nöthigen Betrag anvertrauen, bis ich nur in
New=York mich eingerichtet —"

„Ich habe Ihnen ja gesagt, daß Sie offen aussprechen
sollen, was Ihnen fehlt" erwiderte Scott kurz und derb.
„So mag der Bursche gleich ihr Gepäck und das seine nach
meinem Hause schaffen, damit Allem, was etwa auf Sie lauert,
aus dem Wege gegangen wird. Für den Hotel=Eigenthümer
aber wird eine Zeile von mir genügend sein!" Er zog ein Notiz=
buch, warf einige Worte mit Bleistift auf ein herausgerissenes
Blatt, das Orlando mit einem: „Ich werde für das Nöthige
sorgen!" aus seiner Hand nahm und führte dann seinen Schütz=
ling zur Thür hinaus. Nur mit einem kurzen: „Wir bleiben
bei einander, Jakob!" vermochte Eckart noch den Genannten
mit dem Resultate des englisch geführten Gesprächs bekannt
zu machen, dann folgte er wie in einer ihn überkommenden
halben Betäubung seinem Führer, welcher ihn nach dem hintern
Theile des Hauses leitete, dort eine schmale Treppe mit ihm
hinabstieg und sodann seinen Weg durch einen mit einer
hoher Bretter=Einzäunung umschlossenen Hof nahm. Ein ein=
facher Riegel verschloß hier die hintere Ausgangsthür, und
Beide befanden sich bald in einer engen Seitengasse, welche
ins Freie führte.

„So, jetzt mögen sie nach Ihnen suchen!" begann Scott
in sichtlicher Befriedigung, die Richtung nach den Hügeln, an

deren Abhang seine Villa stand, nehmend; „— verdammte Ge=
schichte, und können wahrlich froh sein, so davon zu kommen;
es sah bitterböse aus, so ruhig es auch schien, als ich ankam.
Well, Miß Beringsdorf wird sich recht freuen. Und was ich
bei der Gelegenheit noch sagen möchte: Benutzen Sie doch die
Zeit, in der Sie mit ihr zusammen sein werden, um ein Wort
von Dem gegen sie zu reden, was ich Ihnen heute Abend schon
gesagt — es ist nur, daß ich nachher daran anknüpfen kann,
wenn ich selbst mit ihr spreche und nicht mit dem ersten
Worte zu kommen brauche — Sie werden ja auch gleich
selbst sehen, wie die Sache für mich steht!“

Je weiter Eckart mit seinem Begleiter vorwärts geschritten
war, je mehr fühlte er seine Gedanken in ein volles Durchein=
ander gerathen. Erst jetzt war ihm die klare Vorstellung, mög=
licherweise Field erschlagen zu haben, vor die Seele getreten;
sobald er sich aber im Gefühle seiner Schuldlosigkeit, von allen
Empfindungen, welche sich daraus entwickelten, losreißen wollte
und auch jeden sich ihm aufdrängenden Gedanken an Sidonie, wie
aus Furcht vor einem Gespenste, das jetzt lebenslang zwischen
ihr und ihm stehen mußte, selbst wenn er sie gefunden und seine
äußere Lage die günstigste gewesen wäre, von sich wies — so
trat wieder Orlando’s Mittheilung über Lily, die seine ganze
Theilnahme in Anspruch genommen hatte, vor ihm, während
dieser Senator Scott von ihm jetzt noch erwartete, daß er für
ihn den Freiwerber bei ihr mache. Der letztere Gedanke wurde
ihm durch die Vorstellung, daß der alte Mann, vielleicht nur
in Berücksichtigung der Unterstützung, welche er von dem
Deutschen erwartete, zu dessen Helfer werden wollte, endlich
so peinlich, daß er plötzlich seinen Schritt anhielt.

„Ein Wort vorher, Mr. Scott,“ sagte er, „ehe ich Ihre
Gastfreundlichkeit und weitere Hülfe in Anspruch nehme!“

„Ich habe Ihnen schon versprochen,“ fuhr Eckart fort, als
sein Begleiter, erwartungsvoll den Kopf hebend, gleichfalls
stehen blieb, „daß ich Miß Beringsdorf von Ihren so vortreff=
lichen Wünschen und Absichten unterrichten werde und mein
Versprechen würde ich in j e d e r Lage, in welcher ich mich be=
fände, halten. Ich mußte Ihnen aber auch sagen, daß ich in

keiner Weise für den Ausfall ihrer Antwort stehen kann, und jetzt, wo von Ihnen mir so freundlich beigesprungen wird, halte ich es für meine doppelte Pflicht, zu betonen, daß ich bei allem Vertrauen der Lady gegen mich weder das Geringste über ihre Gefühls= und Denkungsweise, noch über ihre materielle Lage kenne. — Ich nehme ja durchaus nicht an," setzte er rasch hinzu, als Scott eine unwillige Kopfbewegung machte, „daß Sie Ihre Güte gegen mich an eine bestimmte Bedingung knüpfen; in= dessen drängte mich mein Gewissen, Ihnen sogleich den Stand der Dinge zu zeigen!"

„Erkenne das!" nickte der Alte, „indessen habe ich von Ihnen nicht mehr verlangt, als daß Sie die erste Einleitung für mich treffen, habe es von Ihnen verlangt, weil erstens die Lady Vertrauen zu Ihnen hat und sich gleich offen aus= sprechen wird und weil zweitens, wenn es einen Fehlschlag gäbe, die Sache verschwiegen bliebe — daß ist Alles. Und nun kommen Sie!" —

Beide schritten jetzt schweigend des Senators Hause zu, aus welchem ihnen beim Näherkommen noch immer die Quadrillen=Musik entgegen klang.

„Treten Sie erst einen Augenblick mit in mein Zimmer," sagte Scott beim Erreichen der Vorhalle, den Arm des jungen Mannes fassend und ihn nach dem hintern Theile des Hauses führend, „habe das Fideln und Tanzen satt, und meine Tochter mit ihrem Manne verstehen es viel besser den angenehmen Wirth zu machen, als ich — wäre freilich etwas Anderes mit einer jungen Frau —!" Er ließ seinen Begleiter in die geöffnete Thür eines der rückwärts liegenden Zimmer treten, in welchem eine einsame Lampe brannte und eine Einfachheit der Einrich= tung beschien, welche einen eigenthümlichen Contrast zu dem glänzend ausgestatteten vorderen Theile des Hauses bot, und wandte sich, nachdem er die Zimmerthür wieder sorgfältig ge= schlossen, einem der gewöhnlichen durch die ganze Union gleich= mäßig gearbeiteten Schreibebüreaux zu. Eckart wußte noch nicht, was der Mann beabsichtigte; in der nächsten Minute aber sah er diesen zurückkehren und eine Reihe der sechseckigen califor= nischen Fünfzig=Dollars=Goldstücke auf den Mitteltisch neben

die Lampe zählen. „So! das wird für Sie und Ihren
Burschen reichen," sagte er kopfnickend, „das stecken Sie ein,
und dann will ich Ihnen den Weg zu Miß Beringsdorf
zeigen, die wohl schon auf Sie warten mag!"

„Senator," rief Eckart, von der Verfahrungsweise des
Mannes überrascht; „Sie geben Ihr Geld und Ihr Vertrauen
einem Ihnen verhältnißmäßig Unbekannten; ich nehme Beides
unter den obwaltenden Verhältnissen ohne Weiteres an — lassen
Sie mich Ihnen aber wenigstens eine Quittung oder einen
Schuldschein über den Betrag ausstellen —"

Ein rasches ungeduldiges Kopfschütteln Scotts unterbrach
ihn. „Stecken Sie ein und kommen Sie, damit die Zeit nicht
unnütz vergeht," erwiderte er; „Quittung ist die Hauptsache bei
jedem Geschäfte — wir machen aber kein Geschäft mit einander.
Können Sie mir das Geld wieder schicken, so werden Sie es
von selbst thun — können Sie es nicht, so nützt mir auch
die Quittung nichts." Er hatte sich bereits nach der Thür
gewandt und Eckart barg mit sonderbar gemischten Gefühlen,
halb Freude, halb wie leichte Demüthigung, daneben aber auch
unter einem entstehenden Drucke, welchen der Gedanke an die
bevorstehende Unterredung mit Lily auf ihn ausübte, das Gold
in seinem Portemonnaie. Was konnte er, nach seinem Gespräche mit Orlando, dem Mädchen sagen, um nur einiger-
massen seinem jetzigen Wohlthäter gerecht zu werden?"

Er war dem voranschreitenden Hausherrn die mit Teppichen
belegte Treppe hinauf nach dem erleuchteten Corridor des
obern Stocks gefolgt und der Alte pochte hier leicht an eine
der Thüren. „Nur immer herein!" klang es von innen und
Scott öffnete. „Da ist er mit heiler Haut noch, Miß," rief
der letztere, seinen Begleiter in das Zimmer schiebend; „mich
aber entschuldigen Sie wohl, wenn ich die Gesellschaft unten
nicht länger allein lasse!"

Eckart sah sich in einem reich möblirten Raume, in welchem
sich Lily soeben von einem mit Schreibmaterialien bedeckten
Seitentische erhoben hatte. „Ah, Sie acclimatisiren sich hier
wirklich schneller, als ich das bei Ihnen für möglich gehalten,"
lachte sie, „begehen, anstatt bei mir am Piano zu bleiben, die

schlimmsten Thätlichkeiten, daß Ihre Freunde Sie kaum zeitig genug aus dem Wege der Justiz schaffen können. Nun, was ich thun konnte, habe ich für den Verbrecher gethan; hier sind fast ein Dutzend Briefe für Sie an New-Yorker Familien, in denen nicht einmal ein Wort von Ihrer Sünde steht — also reisen Sie, so leid mir das in mancher Beziehung jetzt auch thut; ich hoffe selbst, Sie bald genug in New-York wieder sehen zu können. Sie wollte die Zahl der auf dem Tische liegenden bereits couvertirten Briefe zusammengreifen; aber Eckart unter= brach sie mit einem: „Wollen Sie mir noch zwei Minuten Ge= hör geben, Fräulein?" und das rasch aufblickende Auge des Mädchens traf auf einen so eigenthümlichen Gesichts=Ausdruck des Sprechenden, daß sie wie unwillkürlich in ihrer Bewegung innehielt. „Haben Sie mir noch etwas Besonderes zu sagen?" fragte sie, wie unter einer halben Spannung, während ein leichtes Roth in ihre Wangen trat. „Setzen Sie sich, Sie haben ja wohl noch etwas Zeit!"

„Nur zwei Bestellungen, an welche ich lebhaft durch Ihren Entschluß, Californien bald zu verlassen, gemahnt werde!" er= widerte er, sich, ihrem Beispiele nach, auf dem nächsten Stuhle niederlassend. Ein klarer Gedanke, wie nach jeder Seite hin sich zu genügen, war in ihm aufgetaucht. „Senator Scott," fuhr er ruhig fort, ohne den Blick aus ihrem erwartenden Auge zu lassen, „hat mir mitgetheilt, daß seine Tochter, die jetzige Repräsentantin des Hauses, San Franzisko verlassen will und er sich in Vermögensbeziehungen mit ihr gänzlich auseinander zu setzen gedenkt. Aber er mag in seinem großen Hause hier nicht allein bleiben und gedenkt einer jungen Gefährtin, die sich ihm als Mistreß Scott anschließen wollte, jeden möglichen Er= satz, so weit dies nur durch äußern Reichthum möglich, für das zu geben, was Persönlichkeit und Unterschied der Jahre ihr nicht zu bieten vermögen. Er glaubt nun, daß ich Ihr Ver= trauen in einem gewissen Grade besitze und hat mich gebeten, Ihnen in aller Offenheit seine aufrichtige Bewunderung für Sie mitzutheilen, Sie aber, im Falle, daß eine Hoffnung für ihn bestehe, zugleich um Erlaubniß zu bitten, sein eigenes Wort an Sie zu richten! —"

„Die zweite Bestellung —," fuhr er nach einer kurzen Pause zögernd fort, als er das Mädchen, völlig bleich geworden, die tiefen, großen Augen weit geöffnet, wortlos sich gegenüber sitzen sah; aber ein rasches Erheben ihrer Hand ließ ihm seine weiteren Worte abbrechen.

„Wissen Sie wohl, Herr Eckart," sagte sie in einem so gedrückten Tone, wie er diesen bei ihrem sprudelnden Wesen kaum für möglich gehalten, „daß ich mich recht sehr in Ihnen getäuscht habe? Der alte Mann hat Recht, ich habe eine Art von fast instinctivem Vertrauen zu Ihnen gehabt; ich habe geglaubt, daß Sie mein inneres Wesen, trotz des Amerikanisch-Fremdartigen, was Ihnen in meiner jetzigen Stellung entgegengetreten, bald genug, schon durch Ihr eigenes deutsches Gemüth, erkennen müßten — und jetzt frage ich Sie nur einfach: Glauben Sie wirklich, daß ich, so sehr ich auch den alten Mann als solchen achte, nur um des Geldes willen mein ganzes Leben verkaufen würde?"

Durch Eckarts Züge ging ein Ausdruck leichter Verlegenheit, welcher indessen unter einer durchbrechenden innern Befriedigung rasch verschwand. „Es handelt sich hier nur um einen nach jeder Seite hin ehrenvollen Antrag, Fräulein," erwiderte er, „und wenn Sie die große Zahl von Ehen, welche unter gleichen Verhältnissen auf amerikanischem Boden geschlossen werden, ansehen, wenn Sie sich einer früheren Aeußerung Ihrer selbst entsinnen, daß Sie in Ihrer hiesigen Wirksamkeit nichts gethan, als was dem Lande und seinen Sitten entsprechend ist, so dürfen Sie mich um der Uebernahme meiner jetzigen Bestellung willen nicht falsch beurtheilen. Als ich mein Versprechen dazu gab, kannte ich Sie noch nicht, Fräulein von Beringsdorf," fuhr er mit leuchtenderen Augen fort; „seit einer halben Stunde erst glaube ich besser unterrichtet zu sein, und kann es Sie befriedigen, so will ich Ihnen sagen, daß ich vor meinem Eintritt Ihre Antwort bereits ahnte. Dem alten Senator aber mußte ich Wort halten."

„Ich verstehe nicht, was Ihr ,besser unterrichtet sein' über mich bedeutet," entgegnete sie rasch, während das Roth in ihren Wangen kam und ging, „ich will Ihnen aber zugeben, daß mein Urtheil gegen den Bringer des Antrags übereilt war; ich will morgen selbst den ehrenwerthen Senator zu mir bitten lassen und ihm für seine freundlichen Absichten danken."

„Und ich danke Ihnen für diese Zusage, denn der Mann verdient es!" versetzte Eckart, leicht den Kopf neigend; „lassen Sie mich aber zu meiner zweiten Bestellung kommen, die ich jetzt freier überliefern darf. Es ist nur ein Gruß vom Baron von Rettinghaus der sich bei Ihnen für morgen früh anmelden läßt!" —

„Er ist also hier und Sie haben ihn gesprochen!" sagte sie, während ihr Blick unsicher ward, „will er hier bleiben, oder wissen Sie, was er zu unternehmen gedenkt?"

„So viel er mir gesagt, gedenkt er mit den erworbenen Mitteln und Erfahrungen hier seinen Anfang in einem kleinen Geschäfte zu begründen!"

Sie wandte, als wolle Sie den Ausdruck ihres Gesichtes verbergen, den Kopf nach dem Seitentische und schien die Adressen der dort liegenden Briefe noch einmal übersehen zu wollen.

„Nicht wahr, Sie sprachen von einem instinctiven Vertrauen zu mir?" unterbrach Eckart nach einer kurzen Weile die eingetretene Pause lächelnd. „Haben Sie mir ein Wort für ihn mitzugeben, so hoffe ich es noch bestellen zu können, denn ich glaube nicht, daß er mich ohne Abschied wegreisen lassen wird."

Sie bog den Kopf tiefer auf den Tisch und legte die Briefe sorgfältig zusammen; erst dann erhob sie sich langsam von ihrem Sitze, dem jungen Manne die Empfehlungen überreichend. „Sie haben mir heute ein Lied gesungen, das man in dieser Weise nicht nur von den Noten lernt," sagte sie, langsam und ernst die Augen zu ihm aufschlagend, „und so will ich Ihr Anerbieten benutzen. Sagen Sie ihm, daß er mir willkommen wäre, und wenn er auch im rothen Hemde des Miners käme. Und nun reisen Sie glücklich." Sie hatte ihm rasch die Hand entgegengestreckt und mit warmem Drucke die seine gefaßt; dann aber wandte sie sich ab und trat nach dem Tische zurück.

„Auf das Wiedersehen in einer schönern, bessern Zeit!" so

13*

heißt es ja auch im Liede!" erwiderte Eckart im vollen, herz-
lichen Klange seiner Stimme und verließ, als sie keine Bewegung, sich ihm wieder zuzuwenden machte, rücksichtsvoll das
Zimmer.

Als er die Treppe hinabgestiegen war, sah er in der Vorhalle bereits Jakob neben dem beiderseitigen Gepäck stehen,
während ein Stück zurück der Hausherr bereits auf ihn zu
warten schien. „Es wird gut sein," sagte dieser an ihn herantretend, „wenn Sie keine Zeit verlieren, um an Bord zu kommen
— wenigstens läßt mir der Hotelwirth eine Warnung zugehen,
Sie nicht hier zu beherbergen — ich mag dort durch meine
Frage nach Ihnen mich verrathen haben und die Sachen scheinen
eben böse zu stehen — ganz aus dem Wege ist also immer das
Beste!"

„Und wissen Sie nicht, wie es um Field steht?" fragte
Eckart mit neu aufspringender Sorge.

„Wird ja wohl todt sein, sonst wüßte ich nichts, wofür
der ganze Lärm wäre!" zuckte Scott die Achseln; sein Blick
richtete sich aber dabei zerstreut nach dem Ausgange, als beschäftigten ihn ganz andere Gedanken, und Eckart im schnellen
Verständniß dessen, wonach der Mann nicht fragen mochte,
beeilte sich die Hand desselben zu fassen. „Ich habe die Lady
nach bestem Gewissen von Ihren ehrenvollen Absichten unterrichtet, Mr. Scott," sagte er mit gedämpfter Stimme. „Sie
wünscht sich indessen mit Ihnen selbst auszusprechen und wird
Sie morgen früh bitten lassen, ihr eine Stunde in ihrem Zimmer
zu schenken!"

Das Gesicht des Alten hatte sich rasch nach dem Sprechenten gewandt und dem Ausdrucke desselben nach schien er den
Sinn jedes der gehörten Worte ergründen zu wollen; endlich
schüttelte er aber dem jungen Manne derb die Hand. „Ich
habe nicht mehr von Ihnen verlangt, und Sie hätten auch nicht
mehr für mich thun können, es ist Alles was ich erwarten konnte
— also haben Sie Dank und gehen Sie jetzt mit Gott!" sagte
er. „Zwei von meinen Leuten sind schon da, um das Gepäck
rasch mit fortschaffen zu helfen. — Keine Redensarten weiter!"
unterbrach er einen Versuch Eckarts, dessen eigenem Dank-

gefühle Worte zu geben, „machen Sie, daß Sie in Sicherheit kommen, und wenn Sie mir einmal in irgend einer Weise Hülfe leisten können, weiß ich, daß Sie es auch thun werden."

Ein Blick des jungen Mannes nach dem Ausgange zeigte diesem Jakobs, zu den verschiedensten Grimassen der Ungeduld sich verziehendes Gesicht, und mit einem wortlosen, kräftigen Händedruck nahm er Abschied von seinem Beschützer. —

„Herrgott, mir ist es, als wäre es die allerhöchste Zeit, daß wir fortkommen," ließ sich Jakob hören, als Eckart den beiden ihm zugegebenen Packträgern den Hügel hinab durch die Dunkelheit folgte; „es kann möglicherweise noch eine ganze Schlacht geben. Unser Gepäck mußte zur Hinterthür hinaus, weil die Amerikaner sich eben daran machen wollten, Sie aufzusuchen und vom Senator Scott hier war auch gesprochen worden. Der Herr Orlando aber hatte die ganzen Deutschen von der „Lily" zusammengerufen, es mochten wohl gegen fünfzig sein, und so hieß es, daß die Amerikaner nach Verstärkung in die Stadt geschickt hätten. Ich soll Ihnen nun sagen, daß, wenn Sie auf dem Wege nach dem Schiffe angehalten werden sollten, Sie nur an das Losungswort denken möchten, es würde schon Hülfe in der Nähe sein — besser wäre es aber doch, wenn Sie sich beeilten. — Da!" unterbrach er sich mit halbunterdrückter Stimme plötzlich, als sich am Fuße des Hügels in der nächtlichen Dunkelheit ein noch dunklerer Schatten zeigte, „ob da nicht schon Etwas ist — aber in Gottes Namen, wenn's doch nicht anders sein soll, die Fäuste sind noch ganz!"

„Ruhig, Jakob, erst abwarten!" gab Eckart halblaut zurück; „wahr ist es aber, daß auch der Friedfertigste hier nicht ohne Revolver sein sollte!" Er setzte, scharf beobachtend, seinen bisherigen Schritt fort.

Die Gepäckträger passirten unangefochten den dunkeln Punkt, der sich jetzt deutlich als eine Anzahl von Männern erkennen ließ; kaum aber war Eckart, für alle Fälle sich vorbereitend, in ihre unmittelbare Nähe gelangt, als ihm ein halblautes „Lily!" entgegenklang. — „Das magische Band!" gab er in gleicher Weise mit erleichtertem Herzen zurück und schritt, während ein leises Grunzen der Befriedigung von Jakobs Seite

hörbar wurde, vorüber. Hinter Beiden aber schwenkten die
Dastehenden auf die Straße herüber und folgten ihnen in kurzer
Entfernung. gleichen Schritt mit ihnen haltend.

„Ob mir's jetzt nicht ist, als könnte ich gleich für Drei
losschlagen!" brummte Jakob; Eckarts Auge aber suchte nach
den zeitweise im Hafen vor ihm aufblitzenden Lichtern, die ihrem
Scheine nach weit hinter denen der Stadt lagen. Die Erlebnisse dieses Tages in San Franzisko waren so Schlag auf
Schlag für ihn erfolgt, daß er sich augenblicklich kaum einer
bestimmten Empfindung klar war, daß es ihm aber schien, als
könne die Strecke bis zur Bai und den dort liegenden Dampfern
kaum ohne neue Hindernisse und Fährlichkeiten von ihm erreicht
werden.

Erst als indessen die Hauptstraße von der Stadt nach dem
Hafen erreicht war, ließ sich auf's Neue etwas Lebendiges entdecken; ein ähnlicher Trupp Männer, wie der bereits angetroffene
stand hier; Eckart aber hatte bereits in dem herüberfallenden
Lichte einiger entfernter Laternen die willkommenen Miner-
Gestalten wahrgenommen und schritt mit einem herzhaften
„Lilly" heran. Auch dieser Trupp bog auf die Straße herüber,
sich den bereits Folgenden anschließend und nur Einer desselben,
in welchem Eckart bei dessen erstem Worte seinen Beistand
gegen Field erkannte, trat an die Seite des Flüchtenden. „Es
ist gerade noch Zeit," sagte der junge Miner, „oben im ‚Graham-
House', wo die richtige Sorte, die alle Fremden aus dem Lande
haben möchte, mit einander verkehrt, schwärmt es wie ein Bienen-
stock, und ich hoffte kaum, daß Sie den Weg noch frei finden
würden!"

Aber sagen Sie mir doch nur," unterbrach ihn Eckart, „wie
ich Ihnen und Ihren Kameraden vergelten soll, was sie in so
aufopfernder Weise für mich unternommen!"

„Dummes Zeug — haben's schon vergolten!" war die
Antwort. „Wer auf unsere Seite tritt, wie Sie es gethan,
auf dessen Seite treten wir wieder, und wir wissen Alle recht
gut, daß Sie nur um unserer gerechten Sache willen Ihre ganze
hiesige Existenz aufgeben. — Dort liegt aber der ‚Eagle', fuhr
er fort, nach einer Seite des Hafens deutend, wo sich ein hell

erleuchtetes Dampfschiff zwischen den übrigen, nur von einzelnen
Lichtern bezeichneten Fahrzeugen hervorhob; „es sind nur noch
kaum hundert Schritte bis zur Landung und wir wollen sehen,
ob Alles klar ist." Er legte, seinen Schritt anhaltend, beide
Hände wie zu einem Sprachrohr geformt an seinen Mund und
ließ ein leichtes: „Lily!" erklingen.

„Lily!" tönte es nach wenigen Sekunden zurück und Eckart
sah die beiden Gepäckträger vor sich angehalten, während seine
Bedeckung hinter ihm ebenfalls ihren Schritt gehemmt hatte.

„So, treuer Eckart, jetzt vorwärts in Gottes Namen!"
klang bald darauf Orlando's Stimme, „Alles ist frei und Ihren
Rücken werden wir für den Nothfall decken! He, Jakob, das
schmeckt, so ohne Weiteres hier wegzukommen? aber Prügel
giebt es trotzdem auch noch anderwärts in der Welt!"

Eckart hatte warm die Hand des Freundes gefaßt, welcher
ihn indessen mit einem: „Nur rasch vorwärts jetzt, ich möchte
diesen Amerikanern auch nicht einmal eine Spur gönnen!" mit
sich fort zog, und binnen wenigen Minuten raschen Ganges
lag der „Eagle" klar vor ihnen. Die Gepäckträger standen bereits an der Landung, der Nachkommenden harrend.

„So, und nun einen kurzen Abschied

   — — bis wir uns einstens wiedersehen,
   Zu einer schönern, bessern Zeit!"

rief Orlando und wollte zu einem Abschiedskusse den Freund
kurz beim Kopfe fassen; dieser aber ergriff die beiden Arme
desselben. „Erst sollen Sie noch einen Dank von mir haben:
Lily wird glücklich sein, Sie morgen früh zu empfangen, und
wenn Sie im rothen Minerhemde kämen!"

„Hat sie das gesagt?" fragte Jener, nachdem seine Augen
eine Sekunde lang groß in denen Eckarts gehangen hatten.
„Wenn der Kern das ist, was die Worte auszudrücken scheinen,"
setzte er mit leuchtendem Blicke hinzu, „dann sehen wir uns
früher wieder, ehe Sie es nur vermuthen." —

Eine halbe Stunde darauf war Eckart mit Jakob in einer
„Cabin" des Dampfschiffs einquartiert und der Letztere erklärte,
daß, wenn es auch hier nicht so bequem, wie in ihrem Block-

hause in Alabama sei, er sich doch schon halb zu Hause fühle,
seit er nur mit Eckart wieder in einem Raume schlafen könne,
wie damals.

Neuntes Kapitel.

Eine Entdeckung.

New-York mit seinem Gewühl, seiner Herrlichkeit und seinem
Elende hatte seit einer Woche Eckart und seinen Begleiter nach
einer langen unangenehmen Fahrt wieder aufgenommen; noch
aber wußte der Erstere nicht, ob ein Zipfelchen dieser Herrlichkeit oder eine Existenz unter diesen Tausenden, die nur durch
Zufall, von einem Tage zum andern, ihr Leben fristeten oder
auch hungerten, sein Loos hier sein werde. Es war ihm von
Scotts Darlehen genug geblieben, um für die nächsten Wochen
seine Bedürfnisse zu bestreiten; fand er in dieser Zeit überhaupt
nur sicheren Verdienst, so mußte ihm der daraus entspringende
Credit über die Zeit, in welcher er noch keine Zahlungen fordern durfte, hinweg helfen — sein früherer Hotelwirth, den er
wieder aufgesucht, war ein freundlicher Mann und hatte die
beste Meinung von ihm. Mißglückten seine Bemühungen, so
stand ihm nur die eine Chance vor Augen, sich für die Abende
und Nächte in den Bierkellern als Pianospieler zu vermiethen;
damit aber wäre, ohne ganz besondere Glücksumstände, auch
jedes Wiederemporkommen abgeschnitten gewesen. Und die Erfahrungen der ersten Wochen waren nicht danach angethan, ihm
großes Vertrauen auf eine günstige Wendung seines Schicksals
zu geben.

Schon am zweiten Tage nach seiner Ankunft hatte er im
Visiten-Anzuge begonnen, die ihm von Lily übergebenen Briefe
an ihre Adressen zu befördern. Sein Empfang war überall
ein völlig befriedigender gewesen, man hatte ihn an einzelnen
Orten genöthigt, sich an das Piano zu setzen, er hatte auch
singen müssen, und aus der ganzen Begegnungsweise dieser

sonst in Bezug auf Fremde so exclusiven Amerikaner war ihm
hervorgegangen, daß Lily warm über seine Fähigkeiten und
seine Persönlichkeit geschrieben haben mußte; man hatte ihn
aufgefordert, so oft es seine Zeit erlaube, seinen Besuch zu er=
neuern — aber außer einzelnen unbestimmten Versprechungen,
daß man ihn als Musiklehrer bestens empfehlen werde, hatte
er von allen seinen Besuchen zuletzt nicht eine einzige Ausbeute,
auf die eine sichere Hoffnung zu gründen gewesen wäre, mit nach
Hause gebracht. Was ihm ein Anderer dabei hätte sagen können,
daß mit dem erlangten Eintritt in die aristokratische amerika=
nische Gesellschaft das größte Hinderniß für seine Zukunft be=
seitigt sei, daß er aber ruhig seine weitern Chancen abwarten
und während dieser Zeit den gewonnenen Vortheil immer ver=
folgen müsse, — das Alles sagte er sich selbst; er hatte aber
zum Abwarten eben nicht die Zeit; jeder Tag brachte ihn dem
Ende seiner Geldmittel näher.

Besseres Glück hatte Jakob gehabt, über dessen Unterkommen
Eckart, schon um sich einer moralischen Verpflichtung gegen den
Burschen zu entledigen, gleich anfänglich mit seinem Wirthe
gesprochen. Der deutsche Gärtner, welcher das Hotel mit Ge=
müse versorgte, hatte ihn als gute Arbeitskraft mit sich ge=
nommen und Jakob hatte, sich auf den Mund schlagend, ge=
schworen, daß ihn der Teufel nicht wieder beim Ohr nehmen
solle, er sei jetzt gescheut genug geworden. Indessen vergingen
immer nur wenige Tage, ohne daß er in sichtlicher Anhänglich=
keit gegen den bisherigen Gefährten diesem nicht einen Besuch
abgestattet hätte, um neben der Erzählung seiner kleinen Er=
lebnisse die zusammen verlebte Vergangenheit in guter Laune
die Revüe passiren zu lassen.

Es war ein kalter, unfreundlicher Abend und Eckart hatte
sich, unschlüssig wie ihn zu verbringen, in seinem Zimmer auf
den Stuhl am Fenster geworfen, in die dämmernde Straße,
die einen leichten, halb mit Regen gemischten Schneefall zeigte,
hinaus starrend. Es war, schwerer als je, wie die Erkenntniß
eines verfehlten Lebensweges in ihm aufgestiegen, die Erkennt=
niß, daß seine Natur am wenigsten geeignet sei, in diesem Lande
der unbeschränkten Freiheit, das aber Jeden nur auf sich selbst

anwies, eine nur erträgliche Zukunft, wie er sie sich geträumt,
zu erringen. Er fühlte ja Thatkraft und Energie im vollen
Maße in sich, aber ihm mußte zu deren Anwendung wenigstens
ein Fußhalt gegeben werden; hier fühlte er sich in der Luft
stehen; und hätte ihm auch nicht der Muth gefehlt in einer
Weise wie Orlando oder Talleyrand anfänglich seinen Lebensunterhalt zu verdienen oder als Biermusikant zu beginnen, so
sträubten sich doch alle, durch seine deutsche Erziehung ihm ein-
geimpften Gefühle mit einer Macht dagegen, die er niemals
glaubte überwinden zu können. Und einmal auf einer so niedern Stufe, wie hätte er sich wieder hinaufarbeiten sollen?
Im Hintergrunde seiner Seele aber lag noch ein anderes Weh,
das, so sorgfältig er es auch immer zurückgedrückt, in Stunden
wie die jetzige desto mehr sich seiner bemächtigt hatte und seinen
Gedanken eine um so trübere Färbung gab. Das war die Erinnerung an Sidonie, deren Bild, seit sie nach jener Nacht im
Walde ihn verlassen, nicht aus seiner Seele gewichen war. Erst
während der letzteren Tage war war er sich klar geworden, daß
er seine Empfindungen für die junge Frau niemals als ganz
hoffnungslose betrachtet hatte; war doch ihr Verhältniß zu Field
ein solches gewesen, daß es kaum ohne gegenseitige Pein für
immer halten konnte, meinte er doch dazu tiefer in ihrem Herzen
gelesen zu haben, als sie es wohl wußte. Weiter allerdings,
an die sichere Existenz seinerseits, die selbst bei der Bestätigung
aller seiner Voraussetzungen die erste Bedingung für eine mögliche Erfüllung seiner Hoffnungen war, hatte er kaum gedacht,
war er doch überhaupt nur erst beim Experimentiren in dem neuen
Lande begriffen gewesen. Jetzt, im Fall er sich nur hätte als
Musiklehrer in New-York einbürgern können, hätte sich auch
diese Bedingung erfüllen lassen und es lebte eine Ahnung in
ihm, die ihn an einer Wiederbegegnung mit ihr nicht zweifeln
ließ; seit der unglücklichen Katastrophe aber, die ihn zum Todtschläger Fields gemacht, hätte ihn auch alles geschäftliche Glück
in New-York seinem Ziele nicht mehr zuführen können; war
ihm doch die Unmöglichkeit, daß eine Frau den Todtschläger
ihres Mannes zum Gatten nehme, nur zu klar geworden. —
Er hätte in seiner augenblicklichen Stimmung den einfachsten

Handwerksgesellen mit seinen begrenzten Lebensansprüchen, aber
um so sichererm Wege, selbst seinen Jakob mit dessen leicht zu
befriedigender Einfachheit beneiden können.

Fast erschreckt fuhr er aus seinen Gedanken auf, als die
Zimmerthür sich geräuschvoll öffnete und ein hereinstolpernder
Tritt hörbar ward; kaum hatte er aber erkannt, daß es nur
Jakob war, der dieses Mal noch formloser als gewöhnlich sich
einstellte, als der Bursche, hörbar halb außer Athem und ohne
nur einen vorangehenden Gruß hervorstieß: „Ich habe sie gesehen, Herr Eckart, sie ist hier in New-York.“

Wie ein elektrischer Funke durchzuckte es den jungen Mann,
welcher noch völlig unter dem Einfluß der Bilder, die ihn beschäftigt hatten, lebte. „Wen haben Sie gesehen, Jakob?“
sagte er, sich mit einer Spannung aller seiner Züge erhebend.

Jakob starrte den früheren Gefährten groß an, als könne
er den Ton der Frage kaum begreifen. „Herrgott, nun ja doch
— ich meine die Sarah! Sie muß frei geworden sein und ist
in einem Hause dort oben in der Straße im Dienst!“

Eckart starrte den Burschen eine Weile wortlos an. Mit
dem Gefühle der Enttäuschung waren dennoch einzelne Gedanken, die er festhielt, in ihm aufgestiegen. Sarah war Sidonies „Eigenthum“, so viel er gehört, und war die Erstere
hier, so konnte dies nur auf Veranlassung der jungen Frau
geschehen sein. Jedenfalls durfte er in diesem Falle hoffen,
Etwas über Sidonies Aufenthalt und ihre Lage zu erfahren.
Nützen konnte ihm das Alles freilich jetzt nichts, aber er that
doch seinem Herzen damit genug. „Sie haben das Mädchen
gesprochen, Jakob?“ fragte er endlich.

„Gesprochen — nun ja, wie sich mit ihr sprechen läßt;
man weiß niemals, wie man mit ihr daran ist;“ war die Antwort. „Sie ging an mir vorbei und lachte mich an, als wolle
sie mich wegen meines überraschten Gesichts ausspotten; ich
hatte sie wohl schnell genug beim Arme, aber sie machte sich los.
‚Ein anderes Mal, wenns wieder so kommt?‘ sagte sie, ‚ich
bin dort oben in Nummer 56, wenn sonst Jemand nach mir
fragen sollte!‘ und damit war sie fort. — Sonst Jemand! als
ob ich —“ fuhr er fort, stockte aber mit dem letzten Worte und

ein besonderer Gedanke schien plötzlich in ihm zu erwachen. „Ja," sagte er mit groß geöffneten Augen, „wenn sie vielleicht gedacht hat, daß wo ich bin, müssen auch Sie sein, so könnte ja ebenso gut auch die Miftreß Field — 's ist ja möglich, daß sie von dem Californischen Unglücke noch gar nichts weiß!" setzte er rasch hinzu, als sich Eckart wegdrehte und nach dem Fenster wandte.

„Sie glauben das Haus finden zu können?" fragt der Letztere nach einer kurzen Pause.

„Nummer 56, dort oben in der Straße — könnte gar nicht fehlen."

„Gut, Jakob, so müssen Sie mir einen Freundschaftsdienst erweisen!" erwiderte der junge Mann, sich wie in einem kurzen Entschlusse wieder vom Fenster abwendend. „Es liegt mir nach dem, was in San Franzisko geschehen, viel daran, zu wissen, wie die Dinge ausgelaufen sind, und weiß hier Jemand Etwas davon, so können es nur Die sein, welche zu Fields Familie gehören. Ich möchte also das Mädchen einmal sprechen und zwar heute Abend noch — wenigstens liegt die Möglichkeit vor, Etwas von ihr zu erfahren. Ich werde Sie nach dem Hause begleiten — überall giebt es bei der besseren Wohnungen Neben-Eingänge für das Dienstpersonal und so dürfen Sie dort nur nach ihr fragen —"

Jakob nickte mit einem schlauen, halben Augen-Aufschlag. „Habe schon beim Gemüsebringen die Gelegenheiten kennen gelernt," sagte er; „nun ja — und das Uebrige geht mich nichts an. Wir können gleich gehen, denn jetzt weiß ich wenigstens, daß sie zu Hause ist."

Eckart schien nur die letzten Worte beachtet zu haben; er griff rasch nach Ueberwurf und Hut, und nach wenigen Minuten befanden sich Beide ohne ein weiteres Wort auf der Straße, eben so wortlos den von Jakob angedeuteten Weg verfolgend. Was Eckart durch die beabsichtigte Unterredung zu erreichen hoffte, wußte er eigentlich selbst nicht; für seine Lage wäre Ungewißheit über Alles, was die junge Frau betraf, das Beste gewesen, und doch drängte es ihn mit Macht, wenigstens einige Worte über sie zu hören.

Die bezeichnete Straße war bald erreicht, während sich indessen überall bereits das Licht der Gaslaternen zeigte, und Eckarts Auge hatte auch schnell genug die angegebene Hausnummer entdeckt. Jakob warf nur einige prüfende Blicke auf das sichtlich nur für eine Familie, wie gewöhnlich in Amerika, berechnete Haus und seine Umgebungen und öffnete dann mit einem beruhigenden Kopfnicken gegen seinen Begleiter die Gitterthür des kleinen Vorgartens, von hier seinen Weg nach einem Eingange zu dem erleuchteten Souterain nehmend. Er war auch nur wenige Minuten in dem letzteren unsichtbar geworden, als er schon mit einem stummen Lachen über das ganze breite Gesicht wieder zurückkehrte.

„Ob sie nicht darauf gerechnet hat, daß Sie bald genug kommen würden!" sagte er; „hier daneben soll ein enger Seitenweg sein, da möchten Sie nur auf sie warten; und ich gehe einstweilen spazieren — nun ja, thut aber nichts; sie scheint in Bezug auf unser Einen vornehm geworden zu sein, seit sie in New-York ist, was mich aber gar nicht anficht. Ich habe ein Mädchen mit ganz andern Knochen als sie kennen gelernt und noch dazu eine Deutsche, in der Nachbarschaft von meinem Gärtner — brauche sie gar nicht! — Richtig, da ist der Schlupfweg!" setzte er, nach dem Ende des Hauses vorangehend hinzu, „wird wohl nicht gerade sehr trocken sein, aber desto sicherer!"

Eckart war dem Sprechenden gefolgt; einen Augenblick regte sich sein Gefühl dagegen, eine dienende Farbige in einer schmutzigen Seitengasse zu einem Rendez-vous zu erwarten; in der nächsten Secunde aber war er sich schon klar, daß er damit nur den stattfindenden Verhältnissen Rechnung trage und bald stand er zwischen zwei hohen Bretterwänden an einer Thür, welche nach dem Hofe des Wohngebäudes zu führen schien, während Jakob wieder nach der Hauptstraße zurückgetreten war und dort hörbar auf- und abpatrouillirte. Nach kurzer Zeit öffnete sich auch vorsichtig die Hofthür und ein Kopf steckte sich heraus.

„Sarah!" sagte Eckart halblaut und die biegsame Gestalt der Mulattin schlüpfte an seine Seite.

„Gott, ich bin so froh, daß ich Sie in New-York weiß, wenn ich auch meiner Mistreß noch gar nichts davon sagen

mag," begann sie halblaut, „wir sind ja hier wie halbe Gefangene und wissen gar nicht, was endlich noch werden soll,
haben auch nicht einen einzigen Freund, gegen den man ein
Wort sprechen könnte!"

„Mistreß Field ist also ebenfalls hier?" fragte Eckart, die
in ihm mit plötzlicher Macht aufsteigende Erregung gewaltsam
zurückdrängend. „Erzählen Sie mir ruhig, was geschehen ist,
seitdem Mr. Field nach Californien gegangen war."

„Ach ja, nach Californien — ich hatte ja ganz vergessen,
daß Sie auch dort hinunter waren. Was geschehen ist? Er
will von ihr los, das ist Alles — aber sie meint, es sei gegen
ihre Ehre, zu thun, wie er wolle. Wir haben erst vorgestern
einen Brief von ihm bekommen und darüber hat sie den halben
Tag gesessen und geweint. Ich weiß recht gut, wie es steht
— die Miß Lucy, seine Cousine hat ihn fest im Garne und
die Schwester von dieser und der Doctor haben dazu nach
Möglichkeit gehetzt, wozu Ihr Singen und Spielen mit der
jungen Mistreß, seitdem Mr. Field abgereist war, auch gehörig
gedeutet worden ist —"

„Einen Augenblick!" unterbrach Eckart die Sprechende;
„vorgestern erst ist ein Brief von Mr. Field angelangt?"

„Ja, vorgestern! Er liegt krank, aber wird bald wieder
nach Hause kommen können, und dann soll sie sich entscheiden,
entweder wieder nach Alabama zu gehen und den Cousinen das
Regiment zu lassen, bis sie gelernt habe, was für Amerika nothwendig sei — oder sich mit ihm ganz auseinander zu setzen.
Sie hat ihm nämlich gesagt, als sie ihm nach New-Orleans
nachgereist war, daß sie unter einer Vormundschaft wie bisher
nicht leben könne, daß er sie entweder mit sich nach Californien
nehmen, oder ihr das Recht, was ihr im Hause zustehe, geben
möge — da hat er sie denn hierher nach New-York geschickt,
bis er wieder zurückkäme und sie hat mich gleich nachkommen
lassen — sie hat ja auch außer mir keinen Menschen, dem sie
sich anvertrauen könnte. Vom Anfange an aber wußten wir eigentlich, wie es im Hause hier mit ihr gemeint war. Die Familie
hält sich von ihr zurück, und der alte Gentleman thut beinahe,
als habe sie irgend ein Verbrechen begangen und sie sei nur

hier, um die Untersuchung abzuwarten; sie wird nirgends hinzugezogen, wenn einmal Gesellschaft ist, oder die andern Ladies in die Oper fahren; sie muß immer allein in ihrem Zimmer sitzen, wenn sie auch sonst haben kann, was sie verlangt; und wenn sie nicht einen so starken Charakter hätte, weiß ich auch, daß sie ihre Lage hier gar nicht aushalten könnte. Mr. Field soll aber, wie sie sagt, nicht einen einzigen gerechten Vorwand für sein Verfahren gegen sie haben; sie will ruhig aushalten, bis er kommt und dann sehen, was er eigentlich gegen sie vorzubringen vermag. Ich möchte ihr auch jetzt gar nicht sagen, daß Sie hier sind, denn ich glaube, das Unthier von alten Gentleman würde Sie nicht einmal zu ihr lassen, wenn Sie sie besuchen wollten — es war schon eine Noth, daß ich bei ihr sein sollte, aber sie setzte es durch."

„Und was ist der Mann — wie heißt er?" unterbrach Eckart den Bericht, dem man es anhörte, daß er aus einem langen Bedürfniß, sich auszusprechen, geflossen war.

„Green heißt er und muß Advokat oder dergleichen sein!"

„Und Mistreß Field glaubt, daß Alles, was hier in Bezug auf sie geschieht, von ihrem Manne so angeordnet worden sei?"

„O sie! sie spricht kein böses Wort hinter ihm, und was ich Ihnen erzählte, habe ich mir selbst nur so brockenweise sammeln müssen, wenn ihr zeitweise einmal das Herz überlief. Ich kann mir eigentlich selbst nicht recht denken, was er mit alle Dem bezwecken sollte, oder daß er Alles so gewollt. Ich weiß ja doch, wie er war, ehe die Cousinen ins Haus kamen, und weiß ja auch, wie lieb er zu Anfange die junge Mistreß gehabt — freilich, nachher kam Miß Lucy und dann ging der Unfrieden los!"

Eckart rieb sich einen Augenblick die Stirn. „Wenn ich auch jetzt Mistreß Field meinen Besuch nicht aufdrängen mag," sagte er, „so ist es doch vielleicht gut, wenn sie einen Freund in ihrer Nähe weiß, auf den sie in allen Lagen rechnen kann. Genau nach einer Stunde von jetzt ab soll Jakob wieder hier sein und Ihnen einige Zeilen von mir überbringen. Händigen Sie diese Ihrer Herrin ein; morgen Abend aber werde ich mich um dieselbe Zeit wieder hier einfinden, vielleicht haben Sie mir dann etwas Weiteres zu erzählen!" Er drückte der Mulattin ein bereit gehaltenes Goldstück in die Hand, was von dieser mit einem schlauen, verständnißvollen Nicken entgegen genommen ward und wandte sich dann mit einem leichten: „Vergessen Sie nicht, Sarah, genau in einer Stunde!" der Hauptstraße wieder zu.

„Schlechtes Geschäft, bei einem solchen Wetter auf Posten zu sein," empfing ihn hier Jakob, „wenn es sich noch dazu nicht einmal um ein Mädchen lohnt."

Eckart voll mit den in ihm treibenden Gedanken beschäftigt, hatte kaum ein Nicken als Erwiderung und nahm an der Seite seines Begleiters den Rückweg wieder auf. „Sie thut wunder wie vornehm, die Sarah," fuhr der Letztere, wie als Ergebniß seiner bis dahin gesammelten Gedanken fort; „bei Ihnen war sie freilich gleich bei der Hand; ich hätte aber wohl auf sie warten können, bis ich genug davon gehabt! — sah es ihr gleich an der ersten Miene an, als ich sie rufen ließ. Und doch ist mir hier gesagt worden, daß die Mulattinnen und Schwarzen, was ganz gleich ist, viel zu gering sind, um von einem Weißen geheirathet zu werden, daß es in früheren Zeiten gar nicht erlaubt und wie ein Verbrechen betrachtet worden ist, wenn ein Weißer mit einer Farbigen sich in ein Verhältniß eingelassen hat —"

„Das Wetter ist schlecht," unterbrach ihn Eckart, als seien eben nur Jakobs erste Worte in ihm haften geblieben; „Sie trinken aber jetzt ein Glas Punsch bei mir und thun mir dann die Liebe denselben Weg noch einmal für mich zu machen. Sarah wird Sie in einer Stunde erwarten und Ihnen den Brief abnehmen, den ich jetzt fertig machen werde."

Jakob ließ einen halb grunzenden Laut hören. „Nun ja, für Sie thue ich Alles," sagte er dann, „werde ihr dabei aber wenigstens zeigen, daß ich nicht ihretwegen komme. In Alabama, wo sie wahrscheinlich nichts Besseres hatte, war Jakob der Beste, wenn er einmal in der Nacht die drei Meilen hinüber zu ihr gemacht hatte. Wie gesagt, ich brauche sie jetzt auch gar nicht mehr!"

Schweigend legten Beide den ferneren Weg bis zu dem

Hotel zurück. Als Eckart hier in das allgemeine Gastzimmer
trat, um sich Schreibmaterialien zu verschaffen und die ver-
sprochene Stärkung für seinen Gefährten zu bestellen, hielt ihm
der Wirth ein geschlossenes Couvert entgegen.

„Ich habe es gleich mit von der Post holen lassen, da ich
Ihren Namen unter der Briefliste in der Zeitung fand," sagte
er, und der Eingetretene griff nicht ohne Ueberraschung nach
der Zuschrift, welche nur seinen Vor- und Zunamen als Adresse
zeigte. Wer konnte für ihn, der mit seiner Vergangenheit abgeschlossen und jetzt nirgends in New-York eine Verbindung
besaß, eine Mittheilung haben? Der erste Blick auf die Unterschrift des geöffneten Schreibens aber: „Talleyrand", löste ihm
das Räthsel und mit flüchtigem Blicke las er:

Liebster Freund!

„Da ich vermuthen muß, daß Sie wieder in New-York
sind, so gebe ich diese Zeilen in der Voraussetzung zur Post,
daß Sie wenigstens soweit amerikanisirt sind, um die tägliche
Briefliste zu lesen. Erstens also Gruß und Nachricht von
meiner Ankunft, die wahrscheinlich nicht so bald und so befrie-
digend erfolgt wäre, wenn Sie nicht, wie ich gehört, unserer
Lily den rechten Standpunkt klar gemacht und den Mann Field
kampfunfähig gemacht hätten. Zu Ihrer Beruhigung diene,
daß besagter Field wieder auf den Beinen ist, wohl aber noch
eine Zeit brauchen wird, ehe er mit seinem Verstande zu große
Sprünge machen darf. Ich wollte Ihnen hiermit also sagen,
daß Sie mich für die nächsten Tage bis 10 Uhr früh im Prescott-House treffen, und daß ich Ihnen gern, so weit ich es nur
kann und Sie es wünschen, mit Rath und That zur Seite
stehen will. Seien Sie wegen des letzten Ausdrucks nicht
empfindlich und denken Sie, daß ich im Vergleich mit Ihnen
sehr alt in Amerika bin. Kommen Sie bald, so werde ich
Ihnen noch einen ganzen Roman, in welchem Orlando der
Held ist und der in den Tagen nach Ihrer Abreise gespielt hat,
erzählen können — andernfalls ist es möglich, daß er selbst hier
eintrifft und Ihnen über manches mir noch Unklare beichtet;
ich habe schon gemerkt, daß er größere Stücke auf Sie hält,
als jemals auf mich, was aber der Freundschaft keinen Schaden

Die drei Vagabonden. 14

thun soll, — wir sind einmal nicht Alle in die gleiche Form
gegossen worden.

Also auf Wiedersehen im Prescott-House.

Ihr Talleyrand."

So sehr zu einer andern Zeit auch Eckarts Interesse von
der Zuschrift angeregt worden wäre, so berührte sie ihn im
Augenblicke doch nur flüchtig. Es war ein wohlthuendes Gefühl für ihn, einen Bekannten wieder in seiner Nähe zu wissen,
wenn auch Talleyrand, seiner ganzen Weise nach, nie zu einem
Herzens-Freunde für ihn hätte werden können, und er nahm
sich vor, ihn am nächsten Morgen aufzusuchen; damit wandten
sich aber seine ganzen Gedanken wieder den von Sarah erhaltenen Mittheilungen zu — und als er die geforderten Schreibmaterialien vor sich hatte, als Jakob sich mit einem dampfenden
Glase Punsch in eine Ecke zurückgezogen, begann er dem Gedanken Worte zu geben, welcher ihm schon auf dem Heimwege
vorgeschwebt:

„Gnädige Frau!

Ein freundlicher Zufall bringt mir die Nachricht zu, daß
Sie sich hier in New-York — unter völlig Fremden befinden.
Dieser letzte Umstand allein aber ließ mich den Muth fassen,
mich wieder vor Ihre Seele zu bringen — fürchten Sie keine
Unbescheidenheit, hochverehrte Frau, keine Näherung, die nicht
von Ihnen selbst veranlaßt würde — Alles, was ich will, ist
nur, Sie benachrichtigen, daß ein Freund in Ihrer Nähe ist,
über dessen ganze Kräfte in jeder Beziehung Sie zu disponiren
haben, und der kein höheres Glück kennen würde, als das Vertrauen, welches er doch wissentlich in keiner Weise verscherzt zu
haben glaubt, wieder zu erlangen. Sarah wird stets unterrichtet sein, wo ich zu finden bin; nochmals bitte ich aber herz-
lichst, sich von diesen wohl unberechtigten Zeilen nicht unange-
nehmer berühren zu lassen, als sie es verdienen; sie werden in
keiner Weise eine weitere Folge finden, ohne Ihre bestimmte
Genehmigung.

Gestatten Sie dem Landsmanne sich zu nennen Ihren
treuergebenen   Eckart."

Der Brief ward nach nochmaliger genauer Durchsicht sorg-

fältig geschlossen; die Wahl der Ausdrücke, sowie die ganze Ab-
fassung hatten dem Schreiber mehr Zeit gekostet, als er vermuthet, denn Jakob stand bereits harrend und den Zeiger der
großen Uhr über dem Kaminsims beobachtend. „Es wird gerade noch recht kommen," sagte er, das Couvert in Empfang
nehmend; „kann ich es aber nicht unterbringen — denn die
Mucken von einem solchen Frauenzimmer kann Niemand berech-
nen, wenn sie es nur mit unser Einem zu thun hat — so bringe
ich es wieder!"

Eckart wartete eine Stunde auf diese mögliche Rückkehr
seines Boten und suchte dann beruhigt, aber den Kopf voll
durcheinander treibender Gedanken sein Bett. Die von Sarah
erhaltene und durch Talleyrand bestätigte Nachricht von Fields
Leben, sowie dessen augenscheinliche Absicht, sich der jungen
deutschen Frau zu entledigen — Sidonie's Sträuben dagegen,
das nur aus der Sorge für die Wahrung ihrer Ehre hervor-
gehen konnte — seine eigene Existenzlosigkeit, die ihn zur Unthätigkeit verdammte, jetzt, wo vielleicht nur zu bald der günstige Augenblick zur Erringung eines Lebensglückes für ihn da
sein, aber unbenutzt auch eben so schnell entschwinden konnte
— abenteuerliche Gedanken und Pläne, wie schnell zu einem
festen Brote zu gelangen — dann wieder Bilder von der Weise,
in welcher Sidonie wohl seinen Brief aufgenommen, und daneben wieder Rückerinnerungen an einzelne mit ihr durchlebte
Scenen — Alles ging im völligen Chaos durch sein Gehirn,
bis er sich endlich an den einen Vorsatz klammerte, sich morgen
früh Talleyrand offen anzuvertrauen, der ja in Californien
bereits die Verhältnisse halb errathen zu haben schien und ihm
auch zur Erringung von Subsistenz-Mitteln den praktischsten
Rath zu geben vermochte — dann aber am Abend sich von
Sarah Nachricht über die Aufnahme seines Briefes zu holen. Er
fühlte, daß Beides kaum zu einem Wendepunkte in seiner Lage
führen konnte; indessen war es doch ein klarer Entschluß für
seinen nächst zu thuenden Schritt, aus welchem sich dann weitere
entwickeln konnten, und so fühlte er sich langsam ruhiger werden,
bis endlich auch der Schlaf über ihn kam. —

Die Luft war kalt und klar, als er am nächsten Morgen

14*

seinen Weg nach dem Prescott-House nahm, und der blaue
sonnige Himmel, wie das geschäftige Durcheinanderwogen des
New-Yorker Straßenlebens ließen ihm mächtig den erfrischen-
den Einfluß auf seine eigene Stimmung fühlen. Fast war es
ihm, als er die eleganten Treppen nach dem ihm angegebenen
Zimmer Hansteins, unter welchem Namen er Talleyrand im
Fremdenbuche des Hotels verzeichnet gefunden, hinanstieg, als
könne er gar nicht mit derselben Aussichtslosigkeit, die jetzt noch
vor ihm lag, wieder heimkehren.

„Hallo, da ist er!" rief ihm der Freund entgegen, als der
Angekommene nach einem kurzen Klopfen dem antwortenden
„Come in!" gefolgt war, und erhob sich, bereits völlig angekleidet, neben einem mit Papieren überdeckten Tische; „ich
habe ja gesagt, man soll an Niemand verzweifeln — er ist
schon so weit, ohne Briefträger zu einem Briefe zu gelangen,
selbst wenn er keinen erwartet! Setzen Sie sich auf's Sopha
— hier sind Cigarren, und nun sagen Sie mir, wie es Ihnen
geht."

„Erst eine Frage: störe ich Sie nicht?" fragte Eckart nach
den Papieren, mit welchen Jener augenscheinlich beschäftigt gewesen, deutend: „Ich möchte gern eine kurze Weile in Ruhe
mit Ihnen plaudern —"

In vollkommener Ruhe und so lange Sie wollen," war
die Erwiderung, mit welcher der Sprechende seinem Gaste ein
brennendes Zündholz entgegenhielt; „das ist nur eine gelegent-
liche Arbeit, die einer meiner faulen Gönner auf meine Schultern gelegt, und die noch sehr viel Zeit hat. Zum Verständniß
der Verhältnisse will ich Ihnen gleich sagen, daß ich durch
meine Commission nach Californien, deren Gelingen ich eigentlich zum großen Theil Ihnen verdanke, endlich zu dem äußersten
Zirkel einer künftigen Carriere hier gelangt bin; das heißt:
unsere Parteigrößen haben mich als sehr brauchbares Subjekt
erkannt und mir eins der kleinen Aemter übertragen, bei denen
sich aber doch mit einigem Geschicke mehr herausschlagen läßt,
als ein deutscher Ober-Regierungsrath zu verzehren hat — was
Sie freilich so glattweg nicht verstehen werden, was aber für
Sie auch gar nicht nothwendig ist. — Also wie geht's Ihnen,"

fuhr er fort, seine eigene Cigarre anzündend und sich neben
seinen Gast bequem auf's Sopha niederlassend, „Lily hat mir
gesagt, daß Sie von ihr mit Empfehlungsbriefen hierher versehen worden sind, und das war wirklich das erste Mal, daß
ich ihr für eine Handlung aufrichtig danken konnte, wie überhaupt das Mädchen — Pardon! jetzt ist sie die Frau Baronesse
von Rettinghaus, von welcher Verwandlung — merkwürdige
Geschichte übrigens! — ich Ihnen später erzählen werde! —
ich wollte nur sagen, wie sie mich überhaupt fast von manchen
bisherigen Ansichten hätte bekehren können, wenn ich nicht einen
zu tiefen Blick in die übrige amerikanische Frauenwelt gethan
hätte und längst zu der Ueberzeugung gekommen wäre, daß für
Leute meiner Natur Heirathen nur eine Geschäfts- oder Spe-
kulationssache sein kann. — Also erzählen Sie mir und sprechen
Sie frisch vom Herzen herunter!" setzte er mit einem Blick in
Eckarts Gesicht hinzu, das während seiner Auslassung einen
eigenthümlichen Ausdruck von Stille angenommen hatte.

Der Angeredete schnippte, wie halb in Gedanken, die Asche
von seiner Cigarre. „Ich sehe keinen Grund," erwiderte er
nach einer kurzen Pause, „warum ich mich Ihnen nicht ganz
offen geben soll; um so weniger, als Ihre Theilnahme an meinem
Ergehen wohl nur einen praktischen Rath für mich haben kann,
während Sie mich in anderer Beziehung zwar kaum mit dem
Herzen verstehen, aber dadurch vielleicht um so klarer in die
Verhältnisse sehen werden. — Ich würde hier für eine annehm-
bare Existenz als Musiklehrer die besten Chancen haben, wenn
ich Zeit hätte zu warten; dazu aber hat meine Californier Reise
mir die Mittel genommen."

„Warten? warum warten?" unterbrach ihn der Andere;
„einmal in guten Familien empfohlen, kann Ihnen ja doch ein
erträglicher Anfang gar nicht fehlen!"

Eckart gab eine kurze Schilderung seiner bisherigen Erlebnisse, welche Talleyrand mit einem immer schärfer hervortreten-
den Lächeln anhörte, dann aber mit einem eigenthümlichen
Nicken sagte: „Sie sprachen noch von einer Herzensangelegenheit, die ich nicht verstehen würde; gehen Sie gleich bis zum
Ende Ihrer Beichte, so kann ich Ihnen meine Meinung auf

einmal sagen. Eine Ahnung haben Sie mir ja schon in San
Franzisko gegeben, wenn es sich hier um dieselbe Angelegenheit
handeln sollte!"

Eckart rieb sich die Stirn; es widerstrebte ihm fast, dieser
ruhigen, berechnenden Natur sein Herz aufzuschließen; demohngeachtet war er so rathlos und der Mittheilung bedürftig, während zugleich die kalte Sicherheit seines Gesellschafters ihn zum
Herausfordern von dessen Meinungsäußerung lockte, daß er nach
kurzem Zögern sagte: „Ich will Ihnen Alles offen darlegen;
was aber in Ihrem eigenen Innern nicht anklingen sollte, das
bitte ich Sie wenigstens in Ihrer späteren Aussprache gegen
mich zu schonen!" Und somit begann er die Geschichte seines
ersten Zusammentreffens mit Sidonie, sowie die Mittheilung
Dessen, was aus eigener Erfahrung wie durch die Mulattin
über die häuslichen Verhältnisse des jungen Paares zu seiner
Kenntniß gekommen — bald aber, wie einem innern Bedürfnisse genügend, in voller Wärme über die weiteren mit ihr
durchlebten Scenen berichtend, sowie Dem, was er in ihrem
Herzen gelesen zu haben glaubte, Ausdruck gebend, bis sie auf
so eigenthümliche Art ihn verlassen und er erst gestern durch
einen Zufall von ihrem jetzigen Aufenthalte Nachricht erhalten.
Er fügte zu der letzteren Mittheilung alles Das, was er von
Sarah neu erfahren und ließ einen Streifblick auf seine eigene
Lage, die ihm verbot, in irgend einer Weise in das Schicksal
der jungen Frau einzugreifen, fallen.

Talleyrand hatte, so lange sich die Erzählung nur in den
Gefühls- und Familienscenen bewegt, mit halbgeschlossenen
Augen, ohne eine Miene zu verziehen, zugehört, nur dann und
wann ein leichtes Rauchwölkchen in die Luft blasend; als indessen der Schauplatz auf New-Yorker Boden verlegt ward,
hatte er langsam, wie im erhöhten Interesse, die Augen geöffnet
und durch einzelne, bestimmt hingeworfene Fragen eine Ergän-
zung der Mittheilung durch alle Einzelnheiten, welche der Er-
zählende anzugeben vermochte, herbeigeführt. Als endlich Eckart
mit auf dem Boden haftenden Blicke schloß, als wisse er kaum,
zu welchem Zwecke er in dieser Ausführlichkeit seine ganze innere
Welt preisgegeben, richtete sich Jener rasch aus seiner bequemen

Stellung auf und sagte: „Wissen Sie wohl, daß Ihre letzte Eröffnung mich auf das Lebendigste interessirt und daß ich — aber wir wollen der geschäftlichen Ordnung folgen und nicht Eins unter das Andere mischen, was wenigstens für mich nicht zusammen gehört. — Zuerst also Ihre Subsistenz," fuhr er, sich wieder zurücklehnend und seine Cigarre zum Munde führend, fort, während sich das frühere, halb sarkastische Lächeln auf's Neue um seinen Mund legte. „Haben Sie noch nichts von der großen amerikanischen Regel: ‚Zeit ist Geld!' gehört, die hier das oberste Gesetz bildet? Warum haben Sie denn bei den Ihnen gewordenen Empfehlungen nicht einfach gefragt: habe ich bestimmte Aussicht auf Beschäftigung, und wann darf ich diese beginnen, da ich meine Zeit hier oder anderwärts schnell besetzen muß? und Sie hätten sofort ein Resultat, wenn auch nur ein vorläufiges Anfangs-Resultat erzielt — Jeder hätte Sie verstanden, daß Sie nicht als Gentleman, dessen Mittel ihm ein bequemes Leben erlauben, sondern als Geschäftsmann gekommen wären — denn Kunst ist hier ein Geschäft wie jedes andere, und der Begriff ‚warten' existirt eigentlich im Geschäfts- leben gar nicht, da jede verlorene Stunde verlorenes Geld ist. Außerdem aber merken Sie sich doch für immer das Eine: daß der Amerikaner nur aus Dem Etwas macht, der aus sich selbst Etwas zu machen versteht, und mit Lily's Empfehlungen, die das öffentliche Geheimniß schnell genug erprobt, müßten Sie heute schon volle Beschäftigung haben. Sie sind eben als be- scheidener Deutscher unter die amerikanische Aristokratie getreten — das aber wird sich bald, wenn Sie mir nur folgen wollen, wieder gut machen lassen. — Nun aber zu dem Manne Green, wo Ihre unglückliche Sidonie schmachtet. Soll ich Ihnen sagen, warum sich der ganze Aufenthalt der jungen Frau hier dreht? Sie wird einen gut berechneten, festen Ehe-Contrakt besitzen, der ihren Mann, bei einer Trennung von ihr, in seinen Finanzen drückt, den sie unter irgend andern Bedingungen auf- geben soll, — ich kenne den Patron, in dessen Obhut sie ge- geben ist, und ich muß Ihnen sagen, daß es mir eine persön- liche Genugthuung sein wird, ihm in Ihrem Interesse und dem der jungen Frau einen Streich zu spielen, an welchen er nicht

denken soll. Zweierlei nur ist dazu nöthig: Wir haben die
Ankunft Orlando's mit seiner jungen Frau, die Beide Ihnen
völlig ergeben sind, abzuwarten — als Hauptsache aber: Sie
müssen Ihr Verhältniß zu der jetzigen Mistreß Field zur vollen
gegenseitigen Klarheit bringen, ehe ein Schritt geschehen kann.
— Fragen Sie mich jetzt über keine Specialitäten," unterbrach
er eine Bewegung Eckart's, „denn es ist eben nur ein allgemeiner Gedanke, der mir durch den Kopf gefahren ist; aber
er soll seine Frucht tragen, wenn Sie das Nöthige dafür thun!"

Talleyrand hatte sich, wie selbst aufgeregt von dem ihm
gekommenen Gedanken, während des Schlusses seiner Rede rasch
aufgerichtet. „Bringen Sie Ihre Herzenssache vor allen Dingen
in Ordnung!" fuhr er fort. „Sie interessirt es dabei natürlich gar nicht, daß Sie damit nebenbei ein ganz gutes Geschäft
machen werden — aber mich interessirt es um dieses Advokaten Green willen, dem ich schon einmal in einer kleinen
Angelegenheit gegenübergestanden habe — unbeschadet unserer
gegenseitigen Freundschaft in der Oeffentlichkeit — und der
wahrscheinlich schon geglaubt, ein unsauberes Geschäft fix
und fertig zu haben. Sie sollen sich auch die angenehme
Prosa des Lebens nur zufallen lassen, wenn die Sachen
so stehen, wie ich vermuthe — nach dem, was ich in Californien von Ihnen gesehen, glaube ich Ihre Denk- und Gefühlsweise einigermaßen kennen gelernt zu haben und Sie
würden wahrscheinlich aus purer Noblesse dem Mann Field die
ganze Ehescheidungsstrafe noch nachwerfen. Also vor allen
Dingen eine anständige Existenz für Sie, um damit eine Frau
ernähren zu können, dann findet sich das Andere!" Er ließ sich,
wie nachdenkend und seine Cigarre von Neuem in Brand bringend, wieder auf dem Sopha nieder, während in Eckarts ge-
spanntem Gesicht die verschiedensten Empfindungen sich spiegelten.
„Ich denke, wir werden schnell genug einen Einblick in die
Verhältnisse gewinnen," fuhr Jener nach kurzer Pause fort;
„ich bin wohl in den meisten Familien, an welche Sie Lilly
empfohlen, eingeführt und ein paar geschäftsmäßige Worte
meinerseits und in Ihrem Namen werden uns wenigstens zeigen,
worauf für den Augenblick gerechnet werden kann. Sobald

Lily hier ankommt, mag sie dann in Ihrem Interesse nach-
bessern; jedenfalls mögen Sie, wenn Ihnen eine Musiklehrer-
Existenz genügt, sich nur weiterer Sorgen entschlagen — diese
soll geschafft werden. Wollen Sie mich in einer Stunde in
Ihrer Wohnung erwarten, und mich während dieser Zeit meine
Arbeit bei Seite bringen lassen. so werde ich sofort einen Rundgang für Sie antreten — es ist nur das Wenigste, was ich
jetzt für Sie thun sollte!" unterbrach er abwehrend eine neue
Bewegung Eckarts; „ich denke aber, es soll eben nicht die einzige Hülfsleistung bleiben. Ich habe erlangt, wonach ich lange
geankert, Orlando scheint auch völlig erreicht zu haben, was er
gewollt, wenn mir über sein ferneres Leben auch noch Alles
dunkel ist — uns Beiden aber haben Sie indirekt und direkt
mit zu unsern Zielen geholfen, und so versteht es sich ja von
selbst, daß wir den Dritten im Bunde nicht auf dem Sande
sitzen lassen werden. — In einer Stunde also," schloß er, dem
Freunde kurz die Hand drückend und sich seiner Arbeit wieder
zuwendend, und Eckart trat seinen Rückweg mit einem Herzen
an, das hätte aufjauchzen mögen und dennoch ihm fast vor
Beklommenheit weh tat. „Bringen Sie erst vor Allem Ihre
Herzenssache in Ordnung!" waren die Worte, die fest in seinen
Ohren hingen; war er denn Sidonie's Liebe so sicher, kannte
er denn ihre jetzigen Verhältnisse so genau, daß er hätte so ohne
Weiteres nach seinem schönsten Ziele greifen dürfen?

Zehntes Kapitel.

Das Wiedersehen.

Es war dieselbe Stunde wie am Abend zuvor, als Eckart,
diesmal ohne Jakobs Begleitung, seinen früheren Standort
wieder eingenommen hatte, um Sarah zu erwarten. Es stand
ein großer Entschluß in ihm, auf jede Gefahr hin sich den
Weg zu seinem Glücke zu brechen — auf welche Weise war
ihm zwar selbst noch nicht klar, da ihm jede Ahnung über die

jetzige Gefühlsweise der jungen Frau fehlte. Hatte sie indessen das für ihn empfunden, was er während ihrer beiderseitigen Reise erkannt zu haben glaubte, so meinte er, daß sich ihm auch der rechte Weg dazu von selbst zeigen mußte. Talleyrand hatte nach seinem Versprechen am Morgen die Liste der Familien, an welche Eckart empfohlen war, von ihm abgeholt; das Resultat seiner Bemühung aber ihm nur durch einen kurzen Zettel zugehen lassen, in welchem es hieß: „Die Sache macht sich — morgen früh Näheres; bis dahin erwarte ich aber auch, daß Sie mir Etwas von gethanen Schritten Ihrerseits mittheilen können, ich habe schon meinen Plan in Bezug auf den Cerberus, der Ihre Schönheit bewacht, fertig — also vorwärts!"

Das Wie dieses „Vorwärts" aber konnte ihm eben nur Sarah sagen.

Das Mädchen ließ nicht lange auf sich warten, schien aber, ihrem haftigen Wesen nach, in großer Eile zu sein. „Ich hätte gar nicht wiederkommen sollen," sagte sie halblaut und flüchtig, „und kann mich auch nur einen einzigen Augenblick aufhalten. Sie hat mir verboten, jemals wieder eine Bestellung an sie zu übernehmen, wenn ich ihre Lage nicht noch bedrängter machen wolle! Und sie mag Recht haben; seit Jakob gestern Abend in der Küche war, scheint es, als ob jeder von meinen Schritten durch zehn Augen beobachtet würde, und wäre nicht der alte Gentleman heut Abend zu einem Logenfeste mit den Ladies außer dem Hause, so hätte ich mich kaum hier heraus getraut. Das ist Alles, was ich Ihnen sagen kann, und nun denken Sie nur jetzt an gar nichts Weiteres, damit ihr nicht das vielleicht Unschuldigste noch zur Last gelegt werden kann."

„Zwei Augenblicke noch, Sarah," rief der junge Mann gedämpft, als die Farbige eine Bewegung, wieder davonzuhuschen machte, und faßte deren Arm. „Haben Sie Ihre Mistreß lieb?" —

„Gerade deshalb möchte ich, daß Sie mir kein Wort weiter sagten und mich frei ließen."

„Warten Sie, Sarah," erwiderte Eckart drängend, „weder Ihre Herrin noch Sie kennen die Verhältnisse; schon das aber, was Sie mir über Mistreß Fields Lage im Hause erzählt, hätte einem so klugen Kopf, wie dem Ihren zeigen müssen, daß hier nicht Alles in Richtigkeit ist. Sie wissen selbst, wohin Mr. Field steuert, und ich sage Ihnen jetzt, daß wenn Sie Ihre Herrin wirklich lieb haben, Sie mich heute noch und so lange der Advokat mit seiner Familie außer dem Hause ist, zu ihr bringen werden, mit oder gegen ihren Willen — bei alle dem kennt mich Niemand im Hause und ich wüßte nicht, was ihr zuletzt bei dem kurzen Besuche eines Landsmannes zur Last gelegt werden könnte. Ich muß ihr eben in ihrem eigenen Interesse einzelne Mittheilungen machen und Sie sehen doch, daß die Gelegenheit dafür nicht günstiger sein könnte."

„Aber um Gotteswillen, ich darf es nicht wagen," rief die Farbige, sichtlich mit sich in Zwiespalt, „ich müßte denn von der ganzen Sache nichts wissen!"

„Wie Sie das einrichten wollen, Sarah! helfen Sie mir nur und denken Sie, daß Sie im besten Vortheil der Lady handeln; Ihren Schaden aber sollen Sie dabei auch nicht finden."

Das Mädchen stand unschlüssig, einen scheuen Blick nach dem erleuchteten Hintergebäude des Hofes zurückwerfend. „Wenn ich es thue," sagte sie endlich zögernd, „so thue ich es wahrlich nur, dem alten Gentleman zum Hasse, der mich zuerst nicht einmal bei ihr dulden wollte. — Lassen Sie mich erst nachsehen, ob sie im Stande ist, Sie zu empfangen — sagen werde ich ihr aber nichts!" fuhr sie rascher fort; „dann warten Sie an der Frontthüre, bis ich Ihnen öffnen werde und folgen Sie mir gradeswegs zu ihr hinauf — eine Verantwortlichkeit übernehme ich nicht!" Sie schlüpfte mit einer bezeichnenden Kopfbewegung in den Hof zurück, hier leise die Thür schließend und Eckart, in dessen plötzlich voll werdender Brust erst jetzt die ganze Gewagtheit des zu thuenden Schrittes zum Bewußtsein kam, nahm seinen Weg nach dem vorderen Eingange.

Er hatte hier nicht lange Zeit noch einmal mit sich Rath zu pflegen, die Thür that sich bald genug ein wenig auf und in die erleuchtete Vorhalle eintretend, sah er die Mulattin flüchtig vor sich her die Treppe hinaufeilen. Er säumte nicht, ihr in gleicher Weise zu folgen, sie aber öffnete auf dem obern

Corridor eine der Thüren und sagte nur kurz: „Madame, der
deutsche Gentleman, der Sie durchaus sprechen möchte!" dann
gab sie schnell dem Angemeldeten den Eingang frei und eilte
davon.

In dem mild erleuchteten Zimmer hatte sich soeben Sidonie,
wie aufschnellend, aus dem Schaukelstuhle erhoben und Eckart
sah in ein todtenbleiches Gesicht, dessen bekannte, ihm so liebe
Züge ihn wie in einer Art von Entsetzen anstarrten, und er
wußte kaum, welche Empfindung augenblicklich in ihm mächtiger
war, die Sorge, die junge Frau beleidigt zu haben, oder sein
inneres Glück, sie wieder zu sehen. „Ich bitte mit allen meinen
Kräften um Verzeihung, Mistreß Field, wenn ich Sie in dieser
Weise überfallen habe." sagte er mit hörbarer Bewegung im
Tone, „aber glauben Sie mir doch, daß mich zu diesem Schritte
nur die allerdrängensten Umstände in Ihrem Interesse treiben
konnten, besonders da mir von Ihnen so streng der Weg einer
weiteren schriftlichen Mittheilung verlegt wurde. Lassen Sie
mich," setzte er bittend hinzu, „ein kurzes Gespräch mit Ihnen
haben und Sie werden meine Verfahrungsweise vielleicht selbst
rechtfertigen."

Ihre Züge hatten auch während seiner Rede den frühern
eigenthümlich starren Ausdruck beibehalten. „Wenn es mein
Interesse ist, in welchem Sie kommen," erwiderte sie in kaum
hörbarer Stimme, „so bitte ich Sie, dies darin zu beweisen,
daß Sie kein weiteres Wort zu mir reden und auch in keiner
Weise einen Schritt thun wollen, mich wieder aufzusuchen —"

„Mistreß Field, um Gotteswillen," unterbrach er sie, seine
Stimme vorsichtig dämpfend, und einige Schritte ihr entgegen
thuend, „ich weiß ja völlig genau, was Sie mir über die Vorsicht, die Sie hier grundsätzlich beobachten, erzählen könnten,
ebenso wie über die Strenge, die Sie mir auferlegt, um auch
den kleinsten Vorwand zu einem Vorwurf seitens Mr. Fields
von sich abzuweisen — Sie aber kennen keinesfalls ganz die
Verhältnisse, in welchen Sie hier leben, und wäre es nicht so
dringend nothwendig, Sie über diese klar zu machen, Sie, welche
sicher die wenigste Fähigkeit haben, eine Sie umspinnende amerikanische Intrigue zu bekämpfen — handelte es sich nicht um

Menschenglück von ganzen Lebenszeiten, so sähen Sie mich wohl kaum so hier. Es war eine Zeit, Mistreß Field," fuhr er wärmer fort, „wo die ‚unter fremden Elementen verlorene Seele‘ ihr volles Vertrauen dem ehrenhaften Landsmanne gab — und hat er denn dies wirklich in irgend einer Weise verscherzt?"

Ihr Gesicht hatte bei seinen letzten belebten Worten einen Anflug von Röthe angenommen, aber ihre Augen blickten in fast noch erhöhter Aengstlichkeit. „Ich möchte jetzt nichts hören und nichts wissen," sagte sie in erregterem Tone, „und da Sie die Verhältnisse so genau zu kennen scheinen, so hätte Ihnen auch nicht entgehen sollen, daß gerade Ihr Besuch hier," — ein plötzliches Roth überzog ihre Wangen, und wie ihrer selbst nicht sicher, wandte sie sich rasch ab. Eckart aber trat im aufwallenden Gefühle ihr nach.

„Ich will nichts von dem reden, was Sie nicht hören wollen, ich will nur eine Frage an Sie thun," sagte er mit durchbrechender Wärme, „weßhalb wollen Sie sich so mit Macht an einen Mann ketten, der längst nicht mehr Ihre Neigung hat und der eben so wenig zu schätzen weiß, was er in Ihnen errungen hatte — warum mit Aufbietung so vieler Kräfte für eine Stellung und eine Heimath kämpfen, die doch nur wieder zum Unglück Ihres Lebens würde — warum alle Dem für immer entsagen, was wohl noch ein künftiges Glück erbauen könnte? Um Ihrer Ehre willen! ich weiß es, Mistreß Field, denn von materiellen Interessen würde bei Ihnen niemals die Rede sein — aber ist denn die Ehre so groß, da fest zu halten, wo alle innern und äußern Gründe zu einer Loslösung drängen?"

Sie hatte ihm langsam das wieder bleich gewordene Gesicht zugewandt. „Wollen Sie mir wohl sagen," erwiderte sie jetzt langsam, „mit welchem Rechte Sie derartige Fragen an mich richten dürfen?"

Eckart sah in das fast ausdruckslose, früher so lebendige Auge und es überschlich ihn schwer und drückend der Gedanke, ob nicht wohl Vieles, was er für Sidonie's Herzensempfindungen gehalten, nur in seiner Einbildung gelegen, daß seine geträumte Zukunft da scheitern könnte, wo er es am wenigsten

gefürchtet. „Wenn in Ihnen nicht schon die Anerkennung eines
Rechts für mich zur Stellung einiger Fragen, die nur der tiefsten
Theilnahme entsprungen sind, lebt," sagte er gedrückt und mit
leichter Verbeugung, „dann gnädige Frau, habe ich allerdings
kein Recht, um eins bitte ich nur noch, Alles, was Ihnen an
meinem Besuche unangenehm gewesen, dieser tiefen Theilnahme
für Sie und Ihr Ergehen allein zuzuschreiben." Er wandte
sich zögernd nach dem Ausgange und nicht eine Bewegung von
ihr schien ihn zurückhalten zu wollen; erst als er fast die Thür
erreicht, hörte er einen Laut hinter seinem Rücken, der ihn wieder
an die kurzen seligen Stunden der letzten Vergangenheit mahnte:
„Herr Eckart, ich will hören, was Sie mir zu sagen haben,"
und als er sich rasch umwandte, sah er in ihrem Gesichte ein
sonniges Lächeln, wie durch schwere Wolken durchdringen; „Sie
haben Recht, Sie darf ich nicht so abspeisen, da Sie doch nun
einmal hier sind. Nehmen Sie Platz und ich werde hören."
Sie ließ sich zugleich selbst im Schaukelstuhle nieder und der
junge Mann, in dessen Herzen es wie ein neuer Morgen auf-
ging, beeilte sich der Aufforderung nachzukommen; noch hatte
er aber nicht den Sitz in ihrer Nähe gewonnen, als rasch die
Thür aufsprang und Sarah behutsam, aber in voller Hast her-
einschlüpfte. „Der Alte ist schon wieder im Hause," rief sie
halblaut, „scheint wahrscheinlich nur einmal revidiren zu wollen,
und ich müßte ihn schlecht kennen, wenn er nicht in fünf Minuten hier oben wäre, jetzt ist der Hinterweg der beste," wandte
sie sich an Eckart, „kommen Sie nur rasch und so gehen wir
ihm aus dem Wege!" Der Letztere warf einen zögernden Blick
nach Sidonie, welche wie erschrocken sich bei der Meldung erhoben hatte. „Erlauben Sie mir, gnädige Frau, nicht den
Hinterweg zu nehmen," sagte er, „sondern in bester Form Ihren
Wirth zu begrüßen, glauben und vertrauen Sie mir, daß es
unter allen Umständen der beste Weg ist. Was ich Ihnen
Hauptsächliches mitzutheilen hatte, soll Ihnen morgen schriftlich
durch Sarah zugehen und Sie werden dann sicher zu einem
ganz anderen Blicke in Ihre eigene Lage gelangen." Er faßte
nach ihrer Hand, die sich nur scheu in die seine legte und zog
sie an seine Lippen, dann ging er mit einem lächelnden: „Jetzt

Sarah, führen Sie mich zu Ihrem Ungethüm," der Mulattin nach dem Ausgange voran.

Er hatte noch kaum die Treppe erreicht, als er schon am untern Ende derselben einen Mann wie überrascht von den herniederkommenden festen Tritten, erwartend zurückweichen sah. Der junge Mann nahm indessen seinen Weg indessen in gerader Richtung auf ihn los. „Mister Green, wenn ich nicht irre," sagte er höflich, „ich bin recht glücklich, Sie wenigstens jetzt noch sprechen zu können, da ich schon nicht mehr darauf rechnete." Aber nur ein unmuthiges Brummen ward ihm als erste Antwort. „Es werden in meinem Hause keine Besuche empfangen, die ich nicht kenne," sagte er sodann, den vor ihm Stehenden einer genauen Musterung unterziehend, „andere Besuche mögen am Tage nach meiner Office kommen!"

„Aber Sie werden doch jedenfalls Mistreß Field nicht wehren können, Besuche bei sich zu sehen, die Ihnen fremd sind, sie hat unter der besten Gesellschaft einige neue Landsleute hier, die erst jetzt von ihrer Anwesenheit Kenntniß erhalten haben und von denen sie bald genug begrüßt werden wird. —"

„Kann in meinem Hause wehren, was ich will!" unterbrach ihn der Alte. „Wer hier lebt, hat sich der Hausordnung zu fügen, selbst die Ladies."

Eckart verbeugte sich jetzt nur mit einem ironischen Lächeln vor dem Hausherrn. „Ich sehe klar, daß Mrs. Field nirgends besser als hier aufgehoben sein könnte!" sagte er, und mit nochmaliger leichter Verneigung war er über die Schwelle, ehe der Advokat wieder Worte finden konnte.

In sonniger Stimmung schritt er durch die Straßen, um einen kurzen Blick in sein Hotel zu thun und dann schnell den diplomatischen Freund aufzusuchen. Doch kaum hatte er das Gastzimmer betreten, als ihn zwei nervige Arme vom Rücken her faßten und eine sonore Stimme den Ueberfall mit dem Ausruf begleitete: „Getreuer Eckart! Grüß' Gott!"

„Orlando!" Und die Vagabonden hielten einander umschlossen.

„Aber Sie hier, Baron?" fuhr Eckart lebhaft fort, nachdem sich der erste Sturm gelegt. „Wollten Sie denn nicht in

San Franzisko ein Geschäft gründen? Aufgegeben, um der schönen Gattin willen, was? Ich gestehe Ihnen, daß ich schon beim ersten Aussprechen Ihrer geschäftlichen Ideen meine leisen Zweifel über die Durchführung derselben hatte — trotz des rothen Minerhemdes, welches Ihnen Lily zu Ihrem Besuche bei ihr erlaubt."

Orlando schüttelte mit einem hellen Ausdrucke von Befriedigung den Kopf. „Sie sollen mit einigen Worten Alles wissen," sagte er, den Freund auf das Sopha ziehend, „denn Talleyrand, durch welchen Sie jedenfalls die Nachricht von meiner Verheirathung erhalten, hat Ihnen doch nichts Weiteres mittheilen können. Vor allen Dingen natürlich dürfen wir bei diesem Wiedersehen nicht trocken sitzen bleiben, denn ich habe verschiedene Toaste im Kopfe, die ich mit einem vertrauten Freunde heute Abend noch anbringen möchte. — Wären Sie nicht zu sehr Lily's Freund gewesen," fuhr er fort, als der Kellner mit der erhaltenen Bestellung das Zimmer verlassen, „der mich ihr, unseres beiderseitigen Glückes halber, hätte verrathen können, so hätte ich Ihnen schon in San Franzisko ein Wort gesagt, das Ihnen mein jetziges Hiersein völlig erklären würde. Aber, Liebster, mir lag unsäglich viel daran zu wissen, ob sie wirklich das Mädchen sei, das in meinem Herzen stand; hätte sie nicht mögen mit mir durch niedere Verhältnisse gehen, so hätte ich auch Kraft gefunden, meine Leidenschaft für sie auszulöschen. Indessen," fuhr er leuchtenden Auges fort, „ihre Neigung zu mir war so echt als es ihr ganzer Charakter überhaupt ist. Lassen Sie mich Ihnen nichts von den Einzelnheiten meines Besuchs bei ihr sagen, dergleichen Dinge wollen durchgefühlt sein, aber glauben Sie mir, daß mich eine volle Bewunderung für sie erfaßte, als sie, immer unter dem Eindrucke meiner niederen Geschäftspläne, mit überquellenden Augen ihre Hand in die meine legte und sagte: „Sie werden wissen, was Sie thun; ich gehe mit Ihnen, wohin es auch sei!"

Der Kellner unterbrach ihn durch das Aufpflanzen von Flaschen und Gläsern und Orlando, rasch zwei der letzteren füllend, fuhr fort: „Meine früheren heimathlichen Verhältnisse hatte ich Ihnen bereits einmal mitgetheilt, Sie waren aber während der letzten Tage meines Aufenthalts in Californien in ein ganz anderes Stadium getreten. Mir war von New=York ein ein= gelaufener Brief meiner Mutter zugekommen, worin sie mir im Auftrage meines stark kränkelnden Vaters mittheilte, daß ich jetzt ohne weitere Bedingung nach Hause zurückkehren möge, daß mir selbst die künftige Wahl einer Frau überlassen bleibe, sobald diese nur standesbürtig sei und daß mir in New=York ein Credit eröffnet worden, um mir das zur Arrangirung meiner Verhältnisse und zur Heimreise nöthige Geld zahlen zu lassen. Erst nach diesem Schreiben aber erhielt ich den Muth, mein Auge in bewußter Absicht auf Lily zu richten — und nun, liebster Freund, sind wir eben hier, um die nächsten Wochen als Abschiednehmende unter Lily's Freunden zu verleben. Natür= lich habe ich den speciellsten Auftrag, Sie für morgen und alle Tage zu uns einzuladen; Sie finden auch ein Piano, indessen dürfte ich heute Abend schon nicht wieder zu Lily heimkommen, wenn ich ihr nicht auf das genaueste berichten könnte, wie es mit Ihnen und Ihren hiesigen Verhältnissen steht. Also," fuhr er sein Glas hebend fort, „erst einmal tüchtig die Zunge genetzt und dann beichten Sie!"

„Immer auf der richtigen Fährte!" wurde in diesem Mo= mente eine kräftige Stimme laut; „dachte ich mir doch, daß der Mensch, da er mich nicht getroffen, nirgends anders, als bei seinem getreuen Eckart zu finden sei und ich sehe zugleich, daß ich sonst auch im rechten Augenblicke komme!"

„Kellner, noch ein Glas! Hierher Talleyrand!" rief Or= lando dem eingetretenen Freunde die Hand entgegenstreckend; dieser aber wandte sich, nach einem derben Händeschütteln mit dem Begrüßenden an Eckart. „Erst muß ich hier einige Neuig= keiten auspacken; mich hat beim Eintritt hier unser Wiederzu= sammensein so angeheimelt, daß auch der Dritte im Bunde sich im neuen Glücke fühlen muß. Zuerst also," fuhr er fort, seinen Tisch am Stuhle einnehmend, und nach kurzer Prüfung des ihm eingeschenkten Weines das Glas mit einem befriedigten Nicken halb leerend, „neue Unterrichtsstunden, mit denen die Existenzfrage als beseitigt anzusehen ist, andere werden aber schnell genug folgen! Sodann, was die Haupturfache, die Herzensfrage anbetrifft, so denke ich, wird Alles ganz glatt gehen, wenn Sie nur heute Ihre Schuldigkeit gethan haben —"

„Eine Herzensangelegenheit — und hier in New-York?" unterbrach Orlando, lebhaft den Kopf hebend, den Sprechenden, während Eckarts hell aufleuchtendes Gesicht die Worte des Ersteren im Voraus errathen zu wollen schien; „das ist ja die erste Ahnung, die ich davon erhalte — treuer Eckart, heißt das Gegenseitigkeit?"

„Lassen Sie mich nur reden," unterbrach Talleyrand Eckarts Ansatz zur Antwort, „er soll bald genug davon hören und selbst so viel darin thätig sein, als er nur wünscht. — Allerdings eine Herzenssache, sogar eine pikante Herzenssache," wandte er sich dann lachend an Orlando zurück, „mit der Aussicht auf eine herbeigeführte Entwickelung, wie sie theils ganz in Ihrem, theils ganz in meinem Geschmacke ist. Davon läßt sich aber hier im öffentlichen Lokale nicht weiter reden, ich fühle auch ausnahmsweise jetzt kein anderes Bedürfniß, als mich unseres neuen Zusammentreffens zu freuen — ich trinke darauf, der Wein ist gut! und nun, treuer Eckart, dort an's Piano — ich denke, es hat sich Keiner von uns zu beklagen; also:

Und da wir jetzt vereint uns wiedersehen!"

Eckart, sein Glas hastig austrinkend, war bereits auf den Füßen; Orlando erhob sich mit aufglänzendem Gesichte und rief: „Ob das nicht der erste gemüthvolle Gedanke ist, den der Mensch hier in Amerika hat!" schon aber tönten die ersten Accorde vom Piano und in der kräftigen Weise der Melodie, wie in voller Andacht, erklang es aus dem Munde des Kleeblatts:

„Und da wir jetzt vereint uns wiedersehen
Zu einer schönern, bessern Zeit,
So sei das erste Wort aus unserm Munde,
Das erste volle Glas in unserer Runde
Auch der Erinnerung geweiht!"

Elftes Kapitel.

Die drei Vagabonden.

Das Lied war verklungen und Eckart sprang nach kurzer Pause rasch von seinem Sitze auf. „Gut, der Erinnerung war es geweiht, aber ich bin noch nicht so ruhig, daß ich heute Abend nur von der Erinnerung zehren könnte. Mag es aller= dings schon ein Glück sein, den Hafen vor sich zu wissen, so will ich doch auch die Aussicht darauf behalten und ihm nicht den Rücken drehen, um nach vergangenen Dingen zurückzublicken. Wollen wir eine Treppe höher gehen, so können wir in meinem Zimmer allen unseren Herzensergüssen freien Lauf lassen. Ich muß vorwärts," setzte er hinzu, eine der Weinflaschen in seinen Arm nehmend, „was hinter uns liegt, mag in ruhigerer Stunde sein Recht erhalten — vorwärts!" und damit nahm er auch, von den beiden Uebrigen lachend gefolgt, den Weg nach der Thür.

Wenige Minuten später saß die kleine Gruppe ohne Sorge, durch unberufene Lauscher behelligt zu werden, hinter Schloß und Riegel, jeder in der Stellung, die ihm die bequemste war, die vollen Gläser tönten auf's Neue zusammen und bald löste sich die Zunge Eckarts, um seinem ausspruchsbedürftigen Herzen Luft zu machen. Orlando's Augen leuchteten in ernstem Glanz dabei, und so oft sie denen des Erzählers begegneten, schien innigeres Mitgefühl, herzlichere Theilnahme in ihnen ausgeprägt. Talleyrand's Gesicht dagegen verrieth kaum Etwas von den Vorgängen in seiner Seele. Während des größten Theils der Geständnisse, die Eckart bald trüb, bald lebhaft ablegte, schien Jener nur bemüht, seine Nase zu beobachten, wie sie sich im Wein spiegelte, sobald er sich über das Glas beugte. Als indessen die Herzensgeständnisse geendet und Orlando stumm die Rechte über den Tisch streckte, um Eckarts Hand zu ergreifen, legte sich der Arm Talleyrands wie ein Secundirschläger dazwischen. „Halt!" sagte er entschieden, „dieser Gemüthsmensch, unser Getreuer, hat Dir nur den poetischen Abschnitt seines Romans vorgetragen. Mit der

15*

Poesie allein aber kommen wir hier nicht weit, und die Hauptsache bleibt jetzt die prosaische Seite!"

„Schon gut!" unterbrach ihn Orlando, welcher nichts als einen Dämpfer auf die gehobene Stimme zu erwarten schien.

„Leider ist es nicht schon gut," fuhr Jener unbeirrt fort, „jedoch wir wollen es zum Guten führen, und ich rechne dabei stark auf Sie und die weiland Gräfin Beringsdorf!"

„Haben Sie schon einen praktischen Plan zur Hülfe für unseren Freund," erwiderte Jener aufmerksam werdend, „so wissen Sie, daß Sie auf mich und Lily rechnen dürfen, wenn ich auch im Augenblick noch nicht einsehe, wie —" ein kurzes, überlegenes Kopfnicken Talleyrands unterbrach den Satz.

„Ist auch nicht eher nothwendig, als bis Sie mich gehört haben," erwiderte er mit einem leichten sarkastischen Lächeln, „wenn es den Thurm einer verzauberten Prinzessin zu stürmen gäbe, würden Sie allerdings mehr Rath wissen, als eine junge, unglückliche Frau den Fingern eines geriebenen Spitzbuben wie dieses Green, der noch dazu die Staatsgesetze hinter sich hat, zu entreißen. Für dieses Letztere aber ist ein voller Kriegsplan meinerseits entworfen und es gilt nur zuerst die junge Dame über ihre eigene Lage, die wahrscheinlichen Zwecke ihres Mannes und den Charakter dieses Green vollständig klar zu machen. In ihr selbst muß es drängen, die freie Bewegung für alle ihre Schritte wiederzuerhalten, denn ohne dies würden auch alle unsere Bemühungen für sie nutzlos sein. Diese erste Aufgabe aber fällt dem Hauptbetheiligten zu," fuhr er fort, den Arm straff gegen Eckart ausstreckend. „Morgen früh muß eine klare Darlegung der Dinge, wie sie liegen, in den Händen der Lady sein —"

„Sie erwartet dieselbe schon," warf Eckart dazwischen.

„Desto besser, bitte mich aber nicht zu unterbrechen," nickte Talleyrand, „es versteht sich nun von selbst, daß Sie bei dieser Gelegenheit keines Ihrer Gefühle gegen die junge Frau zu verhüllen haben. Es ist dies eigentlich der rechte Knotenpunkt. Wird sie nach der Aufklärung über ihre Lage von Ihrer warmen Aussprache so erschreckt, daß sie unseren Vorschlag zurückweist, so haben Sie eben nie rechte Aussichten bei ihr gehabt und verlieren also auch jetzt nichts an ihr; im anderen Falle aber liegen, je deutlicher ihre Aussprache gewesen ist, die Verhältnisse für Sie, ohne daß nur noch ein Wort gesprochen zu werden brauchte, um so klarer. Vor Allem heißt es natürlich, das Zartgefühl der Lady schonen und es ist deshalb nöthig, daß nicht wir die wirklichen Laufgräben eröffnen, sondern Frau von Rittinghaus. Sie werden also schreiben, daß sich die Frau Baronin bei Mistreß Field für morgen Abend anmelden läßt, und werden Letztere dringend und um ihrer ganzen Zukunft halber bitten, die Anmeldung nicht zurückzuweisen. Gleichzeitig werden Sie darauf hinwirken — das Wie bleibt Ihnen überlassen — noch im Laufe des morgenden Vormittags Antwort zu erhalten und nach dieser wird sich die ganze Taktik zu richten haben, welche wir zur Ent=führung der Prinzessin aus dem vom Drachen bewachten Thurme anwenden müssen. Das Speziellere also morgen Mittag. — Glückt das Werk, so wird es Ihre Sache sein," wandte er sich nach Orlando, „der Schutzlosen vorläufig ein Asyl unter den Flügeln Ihrer Frau zu geben und was dann folgt, liegt, wie Vater Homer sagt, im Schooße der Götter." Er erhob sein Glas, als wolle er es den Göttern bringen, und trank es dann, wie im Gefühl voller Befriedigung langsam hinab. Eckart hatte während der Rede den Blick wie unter schweren Gedanken zu Boden sinken lassen und auch jetzt noch ging es bald wie eine Gewitterwolke, bald wie sich wieder aufhellender Himmel über seine Stirn; Orlando aber betrachtete die Farbe des Weins gegen das Licht und sagte, „das kann so möglicher Weise ein Stück Hausfriedensbruch, nächtlicher Ueberfall und dergleichen wie mir ahnt, abgeben, wenn die Sache nicht sehr klug angefangen wird. Talleyrand nickte mit seinem eigen=thümlichen Lächeln, „darum habe ich auch die Sache in die Hand genommen," sagte er, „und Sie werden nur als schweres Ge=schütz Ihren Nachdruck zu geben haben. Jetzt aber scheint es mir das praktischste, wenn unser sinnender Freund hier seine Gedanken nicht verfliegen läßt; beim nüchternen Morgen tragen sie vielleicht eine ganz andere Färbung als jetzt!"

Eckart sah rasch auf. „Ja ich will schreiben," rief er, wie

das, was ihn bis jetzt innerlich beschäftigt, von sich schüttelnd, „an mir soll es nicht liegen, wenn sie sich unglücklich macht — und mich mit ihr!" setzte er mit sinkendem Tone hinzu. Er stürzte rasch den Wein in seinem Glase hinunter, erhob sich dann und durchschritt aufgeregt das Zimmer, bis Orlando, der ebenfalls seinen Platz verlassen, seine Hand auf die Schulter des Ruhelosen legte. „Nur klaren Kopf und muthiges Herz!" sagte Jener, „so wird Alles recht, wenn man nur weiß, daß man die richtige Straße geht, und das werden Sie ja morgen früh erfahren. Haben Sie sich nicht getäuscht, dann werde ich zu Ihnen stehen, wie Sie zu mir gestanden. Morgen um zwölf, damit es bestimmt sei, treffen wir alle wieder zusammen in meiner Wohnung! Jetzt benutzen Sie Zeit und Stimmung für Ihre Arbeit!"

Eckart schlug seine Hände mit entschlossen gehobenem Kopfe in die gebotenen Hände der beiden Freunde. „Es ist die große letzte Frage an mein Schicksal, die ich thun soll," sagte er, „und es wird mich nicht zögernd oder feig finden."

„Morgen Mittag also," erinnerte Orlando, mit derbem Handschütteln und in der nächsten Minute sah sich Eckart allein. —

Wie sich ganz seinen Gedanken überlassend, schenkte er sich von dem Rest des Weines sein Glas wieder voll und durchschritt dann in tiefes Sinnen sich versenkend, langsam das Zimmer, bis er endlich den Kasten an einem Seiten=tische aufzog, daraus Schreibmaterialien entnahm und sich mit diesen an dem Mitteltische niederließ. Einen Moment noch starrte er mit glühenden Augen auf das Papier vor sich, dann begann die Feder ihre ruhelose, ununterbrochene Arbeit, gleich=mäßig, ohne Stocken, Seite nach Seite an einander reihend.

Es mochten Stunden vergangen sein, ehe er endete, den Oberkörper wie ermüdet zurückbog und eine Minute lang die Hand gegen die Augen drückte, dann bog er sich langsam wieder vor und begann sein Werk von Anfang an zu durchlesen:
„Theure verehrte Frau!
Meinem Versprechen gemäß, entledige ich mich zuerst der Freundespflicht, Ihnen die nöthigen Andeutungen zur eigenen

Beurtheilung Ihrer Lage, so lange Sie sich Ihrem jetzigen
Aufenthaltsorte nicht entziehen können, zugehen zu lassen. Haben
Sie sich noch nicht gefragt, zu welchem Zwecke bin ich in ein
völlig fremdes Haus gesandt worden, dessen Besitzer mich wie
eine Gefangene behandelt — noch nicht gefragt, unter welchem
Eindruck oder Auftrage hat dieser Advokat Green sein Benehmen gegen mich bestimmt — warum soll ich nicht ausgehen
und warum Niemand empfangen? Sie haben wohl in dem
eigenthümlichen Gefühl der Würde, welche in dieser Weise nur
der deutschen Frau eigen ist, alle diese Fragen von sich gedrängt
und gemeint, durch ein ruhiges, gehaltenes Ausharren das was
Ihnen jetzt feindlich ist, entwaffnen zu können. Sie haben
aber nichts damit gethan, als Ihren Gegnern das Spiel wider
Sie nur bequemer zu machen. Sie werden eifersüchtig bewacht,
damit Niemand das wahre Verhältniß, in welchem Sie in
des Advokaten Hause leben, erkenne. Green ist der Hort für
alle Ehescheidungsuchenden und was in dieser Beziehung menschliche Durchtriebenheit für einen Andern leisten kann, das vermag
er für seine Clienten. Mister Green aber ist seit Langem der
New-Yorker Rechtsanwalt von Mister Field. Würde es Ihnen
jetzt wohl noch zu schwer werden, sich eine Antwort auf die
Fragen zu denken, unter wessen Auftrage handelt der Mann
und zu welchem Zwecke bin ich eigentlich in diesem fremden
Hause? Man wird Sie sicherlich nicht direkt peinigen, man
wird aber die Ausdauer und Energie der jungen deutschen Frau,
die man hier mittel- und freundlos glaubt, mürbe machen —
Ihre Gegner haben sehr viel Zeit und Ihre Erlösung hängt
nur davon ab, daß Sie in eine Ehescheidung, nicht nach den
Bedingungen Ihres Ehekontrakts, sondern wie Ihnen diese
dictirt werden, willigen. Ihr gerader Sinn mag das für unmöglich halten, aber glauben Sie mir nur, daß in Amerika
in rechtlicher Beziehung Alles möglich gemacht werden kann,
besonders einer jungen, unerfahrenen Frau gegenüber.

Aber in Einem verrechneten sich Ihre Feinde — Sie
haben Freunde, Freunde, die jedes Opfers für Sie fähig sind,
wenn Sie sich nur ihren Händen anvertrauen wollen und Sie
werden dieselben, so wenig Sie auch bis jetzt eine Ahnung

von ihnen haben, von meiner Hand entgegennehmen. Wohl
sehe ich wieder den kalten Zug in Ihrem Gesichte, der mich
ob dieser letzten Worte in meine Schranken zurückweisen soll
und höre Ihre Frage wieder, wer mir ein Recht giebt, in
dieser Weise zu reden — — nun! ich will es Ihnen sagen,
was mir ein Recht giebt, nicht von Ihnen zu weichen, so
lange ich Sie in Gefahr weiß: Es ist meine treue, reine Liebe
für Sie, deren ich mir mit dem ersten Momente bewußt war,
als ich, aus dem magnetischen Schlafe erwacht, von Ihrem Blicke
getroffen wurde, die sich, wäre Ihre Lage eine glückliche und
befriedigende gewesen, in das innerste Heiligthum meines
Herzens zurückgeflüchtet hätte, die aber stets wie ein Riese
zu Ihrem Schutze sich erheben wollte, wenn das Gedrückte
Ihrer Stellung vor meinen Blick trat und dennoch wieder
niedergekämpft werden mußte, da sie, wie die Verhältnisse
früher standen, ein halbes Verbrechen war. Sie ist das jetzt
nicht mehr, Sidonie, er ist dabei zum Verbrecher an Ihnen
geworden und ich darf frei vor Gott und Sie hintreten und
sagen: vertrauen Sie sich dem Freunde an, den Sie kennen
müssen, wenn in Ihnen überhaupt mehr als eine kühle
Empfindung für ihn lebt, der Sie treu und ohne jeden Anspruch, den Ihr Herz ihm nicht freiwillig zugesteht, in völlig
geschützte, und Ihrer würdige Verhältnisse leiten wird.

Ich weiß aber wohl, daß ohne eine weitere Erklärung ein
solcher Entschluß von Ihnen nicht gefaßt werden könnte, darum
lassen Sie mich noch die folgenden kurzen Worte hinzufügen:
Ein genauer Freund von mir ist der Baron von Rittinghaus,
der kürzlich mit seiner liebenswürdigen, jungen Frau — einem
weiblichen Wesen, das ich nach Ihnen in dieser Welt am
höchsten achte — von Californien zurückgekehrt ist, wo er Mister
Field, allerdings nicht in freundlicher Weise, kennen gelernt hat,
dann aber auch von dessen häuslichen Verhältnissen und seiner
Verfahrungsweise gegen Sie unterrichtet worden ist. Die Dame,
in deren Herz Sie das Ihre voll ergießen dürfen, wird sich
morgen Abend Zutritt bei Ihnen verschaffen und Ihnen in ihrer
Familie ein sicheres Asyl bis zum Austrag Ihrer Scheidungs-
Angelegenheit anbieten und wozu Sie sich auch entschließen

mögen, so bitte ich doch von ganzem Herzen der werthvollen jungen Landsmännin mit vollem Vertrauen entgegenzukommen.

Ich habe nichts mehr zu sagen, Gott, der die Herzen der Menschen lenkt wie Wasserbäche, möge Sie in Ihrem Entschlusse leiten.

Ihr treuester Freund

Herrmann Eckart."

Eckart stützte, als er die Durchsicht des Geschriebenen geendet, die Ellbogen auf den Tisch vor sich und legte das Gesicht in beide Hände. Es war ihm, als stehe er vor der Entscheidung seines ganzen Lebens.

Blieb Lily nur noch einige Monate in Neu=York, so wußte er, daß er durch sie sich so weit in einem Theile der städtischen Aristokratie eingebürgert haben würde, um jeder Sorge für seine fernere Existenz ledig zu sein, daß er durch eigene Kraft sich in der ihm gewordenen Stellung weiter heben konnte — eine Stellung, die sich um so mehr befestigen mußte, wenn er ihr durch eine eigene Häuslichkeit, durch eine Frau, die sich in dem Tone der fashionablen Welt heimisch fühlte, eine solide Grundlage gab. Ohne sein Wollen entrollte sich vor ihm ein Bild ruhiger, behaglicher Arbeit und süßer, paradiesischer Häuslichkeit, eine Stellung, wie er sie bei seinen wenig für Amerika geeigneten Fähigkeiten kaum erwünschter hätte finden können; im gleichen Augenblick aber traten auch zwei dunkele Schatten darüber, die Frage: würden ihr die Ver= hältnisse, welche er ihr bieten konnte, genügen, selbst wenn er voraussetzte, daß er sich in ihrer Zuneigung für ihn nicht ge= täuscht — und dann die Erinnerung an die erst noch zu lösende Verbindung mit Field, da Sidonie schon um ihrer Ehre willen nicht als schuldiger Theil und ohne die ihr zustehende Ent= schädigung in die Lösung ihrer jetzigen Ehe willigen konnte.

Er saß noch eine lange Weile, seinen Gedanken und Em= pfindungen freies Spiel lassend, dann erhob er sich mit einem halben Seufzer, brachte den beendigten Brief mit den Schreib= materialien nach dem früheren Verwahrungsorte derselben und suchte, das Licht löschend, sein Lager. Lange währte

es aber noch), ehe die immer wieder neu vor ihm aufsteigenden Bilder im Schlafe verschwammen. — —

Eckart hatte am nächsten Morgen kaum sein Frühstück beendet und überlegte, in's Gastzimmer tretend, mit einiger Sorge,
auf welche Weise seine nächtliche Zuschrift in die rechten Hände
zu bringen sei, als er auch die stille Erwartung, unter welcher
er, fast ohne sein Wissen, den Brief abgefaßt, erfüllt sah:
Jakobs breites Gesicht erschien in der geöffneten Thür.

„Wollte blos fragen,“ sagte der Bursche in gedämpftem
Tone und wie in halber Verlegenheit eine Schulter nach der
andern in die Höhe ziehend, „wie die Geschichte gestern
Abend ausgelaufen ist; wir haben eben jetzt zu Hause nicht
viel zu thun, so dachte ich, gehst du einmal mit herein, vielleicht, daß du wieder gebraucht werden könntest.“

Eckart faßte schweigend des Eingetretenen Arm und
führte ihn nach seinem Zimmer. „Gott weiß es, daß ich
auf Sie rechnete, Jakob,“ sagte er hier, „wenn ich auch
keinen rechten Grund dafür hatte; ich denke, es wird die
Zeit kommen, wo ich thatsächlicher anerkennen kann, was Sie
aus reiner Freundschaft für mich thun.“

Der Bursche ließ ein kurzes, wohlgefälliges Grunzen
hören. „Wüßte nicht, was S i e anzuerkennen hätten, ich
denke, Sie haben mich noch jedesmal aus dem Moraste ge-
holt. Sagen Sie mir nur gleich, was ich thun soll.“

„Wieder den alten Weg gehen,“ erwiderte Eckart, den
bereits couvertirten Brief aus der Seitentasche ziehend. „Sie
werden im Laufe des Morgens erwartet, es blieb aber keine
Zeit, eine gewisse Stunde dafür zu bestimmen; Sie müssen zusehen, wie Sie den Brief am Besten in Sarah's Hände bringen
— Sie kennen ja die Gelegenheiten dort! Nöthig ist es aber,
daß ich durch Sie Antwort zurück erhalte und Sarah wird
Ihnen jedenfalls sagen, wann und wie. Stärken Sie sich
unterwegs,“ fuhr er fort, seinem Portemonnaie ein Geldstück
entnehmend, „aber werden Sie nicht ungeduldig, wenn die
Sache nicht so rasch geht, wie Sie es wünschen möchten.“

„Wird unter den Verhältnissen wohl ziemlich langstielig
werden,“ brummte der Bursche, mit der einen Hand Brief

und Geldſtück in Empfang nehmend, mit der andern ſich
hinter das Ohr fahrend, „ſoll aber beſorgt werden — wenigſtens
iſt früh der alte Bär nicht zu Hauſe.“ —

Eckart hatte ſich wieder nach dem Gaſtzimmer begeben
und nahm, um auf irgend eine Weiſe die Zeit todt zu ſchlagen,
die politiſchen Morgenblätter zur Hand; für ihn aber waren
alle Nachrichten=Sätze ohne Klang und Sinn. Er warf ſie
zur Seite und ſchritt wohl eine halbe Stunde auf und ab,
ſich bemühend, ſeinem Boten geiſtig auf beſſem Wege zu
folgen, ſich die verſchiedenſten Möglichkeiten als Erlebniß
deſſelben vor die Seele zu führen und eine Reihe daraus ſich
entwickelnder Folgen an jede zu knüpfen, bis er, endlich das
peinliche und nutzloſe dieſer Phantaſien erkennend, nach ſeinem
Notizbuch griff, um in Betrachtung der Namen, welche Talley=
rand ihm als die Familien ſeiner neuen Schüler bezeichnet,
ſich andere Bilder zu ſchaffen. Heute ſchon hätte er gern einzelne
Beſuche gemacht, um ſich den unbekannten Gönnern vorzuſtellen
— das war jetzt für den nächſten Morgen verſchoben; in=
deſſen blieben ſeine Gedanken an dem neuen Gegenſtande haften,
ſich zu Vorſtellungen von ſeinem künftigen Leben als Muſik=
lehrer bildend und in weiterer Folge ſchon den von ihm ein=
zuſchlagenden Lehrgang entwickelnd. Die Zeit verſtrich, kaum
daß er es gewahr wurde. Andere Gäſte hatten ſich eingeſtellt,
ohne daß er ſich, bequem in eine Fenſterecke zurückgelehnt, in
ſeinem Gedankengange dadurch hätte ſtören laſſen und faſt
ſchrak er auf, als Jakobs halblaute Stimme neben ihm hörbar
wurde: „Das hat Geduld und Ohrenſpitzen gekoſtet, konnte’s
aber beim beſten Willen nicht eher fertig bringen und die
Sarah muß mich aus lauter Vergnügen haben warten laſſen.“
Er hielt ihm ein elegantes, geſchloſſenes Couvert hin, welches
der junge Mann raſch ergriff, indem er indeſſen zugleich
ſeine Uhr zog. Es war bereits Elf vorüber; die Verwun=
derung jedoch, wie er ſo den Lauf der Zeit habe verträumen
können, wurde ſchnell durch den Drang, den Inhalt der er=
haltenen Antwort kennen zu lernen, erſtickt.

„Geben Sie meinem Jakob was er zu ſeiner Erfriſchung
braucht!“ rief er dem Kellner hinter dem Schenktiſche zu

und verließ mit einem: „Ich bin bald wieder zurück!" gegen
Jakob mit raschen Schritten den Raum. Erst als er sein
Zimmer betrat, fühlte er eine innere Erregung, wie eine plötz=
liche Wallung über sich kommen; er wußte, daß der Brief in
seiner Hand den Ausschlag über ein künftiges glückliches oder
ödes Leben für ihn gab und er mußte erst einigemal das
Zimmer durchmessen, ehe er die nöthige Ruhe und Sammlung
gewann, deren er zu bedürfen meinte, um seinem Schicksal
gefaßt in's Auge blicken zu können. Endlich blieb er am Fenster
stehen, den feinen Bogen entfaltend, aus welchem ihm die
zierlichen deutschen Schriftzüge, die er bereits so wohl kannte,
entgegenblickten und las, mit noch leise zitterndem Auge:

„Was nun, da Sie mir gesagt haben, was niemals in
unserem Verkehr hätte ausgesprochen werden dürfen? Haben
Sie damit nicht auch den Anfang zu jeder neuen, freundlichen
Beziehung zwischen uns ein für alle Mal unmöglich gemacht?
Oder glauben Sie vielleicht, daß es einer Frau, so lange sie
den Namen ihres Mannes trägt, unter irgend einem Ver=
hältnisse erlaubt sei, eine gegen sie ausgesprochene Liebe neben
sich zu dulden — selbst wenn auch alles Das in ihr lebte,
was Sie in meinem Innern in Bezug auf sich voraus=
zusetzen scheinen? Ich sehe, daß ich völlig offen gegen Sie
sein muß, denn ich habe Sie nahe genug kennen gelernt, um
zu wissen, daß Ihren Zeilen nur edle Motive zu Grunde
liegen und wünsche auch, daß ich von Ihnen, den ich von
Herzen gern Freund nennen möchte, richtig beurtheilt werde.

Wenn es einestheils die weibliche Ehre ist, welche mich
treibt, in meinen jetzigen unglücklichen Verhältnissen zu ver=
harren, da sie es nicht dulden will, sich wie eine zur Last ge=
wordene Sache abschütteln zu lassen, so bestimmt mich hierzu
noch mehr die Rücksicht für meine Familie in Deutschland, die,
zwar in höheren Verhältnissen lebend, doch ohne besondere
Mittel, in meiner Verheirathung mit Field eine lebenslängliche
Versorgung für mich sah. Was ich bereits geahnt, daß es jetzt
Field nicht um eine ehrliche kontraktliche Auseinandersetzung
mit mir zu thun sei, hat Ihr Brief zur vollen Klarheit in mir
gebracht. Ginge ich aber auf eine andere Lösung unserer Ehe

ein, so würde ich zum ‚schuldigen Theile‘ werden, einer An=
nahme, welcher ich selbst mit Aufopferung jedes ferneren Glücks
vorzubeugen habe. Wollte aber Field den Bedingungen unseres
Kontrakts genügen, so würde er mehr zu opfern haben, als es
mit seiner ganzen Weise zu leben verträglich wäre. Der einzige
Halt für meine Ehre als Frau also ist die strenge Wahrung
meiner Unbescholtenheit, und böte sich mir jetzt auch ein Glück,
ich würde es nur mit einem Theile meines guten Rufes und
mit dem Gram meiner Eltern, die meine Zukunft auf so sichern
Grund gebaut, erkaufen können. Ich werde ausharren und
sehen, was da kommen möge; w i e viel schwerer dies mir aber
werden müßte, wenn ich Ihren Zeilen auch nur den geringsten
Anklang in mir gestattete, welcher Gefahr in diesen kritischen
Verhältnissen ich daneben entgegenginge, wird Ihnen das Obige
bereits gesagt haben. Nehmen Sie dies nicht als den Aus=
druck einer flüchtigen Regung, ich bin durch die Erfahrungen
der beiden letzten Monate um zehn Jahre geistig älter ge=
worden, und von Herzen bitte ich Sie, mir den Kampf, der
mir noch bevorsteht, mit keinem weiteren Worte zu erschweren.

Dem F r e u n d e aber danke ich aus voller Seele für die
Theilnahme an meinem Schicksale; ich habe erst jetzt recht das
hülflose alleinige Angewiesensein auf mich selbst, und die gefahr=
volle Lage, in welcher ich mich befinde, erkannt, ich werde also
Frau v. Rittinghaus mit demselben offenen Herzen empfangen,
welches ich nur für eine bewährte Freundin haben könnte, werde
auch dafür zu sorgen suchen, daß sie möglichst unbelästigt zu
mir gelange und mich gern Ihrem Rathe über meine ferner
zu thuenden Schritte füge. Mögen Sie darin erkennen,
daß ich mit dem vollen Vertrauen, welches Sie mir früher
eingeflößt, noch immer bin

Ihre ergebene Freundin Sidonie Field, geb. Mühling.“

Eckart war wohl schon zum Schlusse der Zuschrift ge=
langt, aber sein Blick ruhte noch immer auf dem Blatte, als
sei er sich selbst noch nicht klar über den Eindruck, welchen
die Zeilen auf ihn gemacht. Eins nur wußte er, daß seine
Hoffnung eine verlorne war, aber er hätte dies lieber in
einer Form erfahren, die ihm das Recht gegeben, seinem

Schmerze und seinem Unmuth in bittern Worten freien Lauf
zu lassen; hier aber war nicht eine Zeile, die nicht trotzdem in
warmem, offenem Tone gehalten gewesen wäre, die nicht das
vollste Vertrauen für ihn bekundet hätte, und doch fiel jedes
Wort durch die darin herrschende Ruhe wie ein kalter Tropfen
in seine heißen Empfindungen. Je mehr er sich dem Gefühle
der Täuschung, die ihm geworden, hingab, je mehr glaubte
er auch zu erkennen, daß von einer Erwiderung seiner Leiden=
schaft, wenn auch nur im Geheimsten ihres Herzens, niemals
die Rede gewesen sein konnte. „Die Liebe rechnet nicht, sie
überlegt nicht und im Opfer liegt ihre größte Genugthuung!"
Ihr Brief aber erschien ihm jetzt kaum anders, als die
sorgfältigste Wahrung ihres Interesses. Es mochte ihr an=
genehm sein, ihn sich als Freund zu erhalten; die Aufgabe
des kleinsten Vortheils f ü r ihn, und hätte dies nur in der
leisen Andeutung einer Hoffnung für die Zukunft bestanden,
war zu viel für sie gewesen. Sie mochte Recht haben, sie
w a r zehn Jahre älter und kälter geworden.

Er hatte mechanisch den Bogen zusammengefaltet und ihn
in das Couvert zurückgeschoben, dann machte er einen lang=
samen, nachdenklichen Gang durch's Zimmer. Wie seine An=
gelegenheit jetzt auch zu ihr stand, so konnte dies natürlich
nicht den geringsten Einfluß auf d i e Schritte ausüben, welche
zu ihrer Rettung aus den Schlingen ihres Hauswirths unter=
nommen werden sollten, und mitten in dem bitteren Gefühle
der Täuschung, welche Eckart eben erfahren, erhob sich in ihm
eine eigenthümliche Befriedigung, wenn er daran dachte, daß
er trotz ihrer selbstsüchtigen Zurückweisung ihr Helfer werden
würde. War sie aber einmal in einem sicheren Asyle, dann
wußte er auch, daß alle Beziehungen, welche zwischen ihnen
Beiden noch bestehen mochten, zu seiner eigenen Ruhe ein
Ende haben mußten. Er griff nach seinem Hute, um den Weg
nach Orlando's Hotel anzutreten; ehe er aber das Zimmer
verließ, mußte er noch eine Minute lang stehen bleiben, um
den Schmerz, welcher, erst jetzt ihm vollkommen bewußt, mit
ganzer Macht über ihn kommen wollte, niederzukämpfen.

Im Gastzimmer saß Jakob, aufmerksam durch die offene

Thür jeden aus dem Innern des Hauses Passirenden beobachtend. Endlich erschien Eckart, schritt indessen, sichtlich
nur mit sich selbst beschäftigt und ohne des Zurückgelassenen zu
gedenken, nach der Straße. Jakob, anfänglich wie verdutzt über
diese Nichtbeachtung, hatte im nächsten Augenblick seine Mütze
auf den Kopf geworfen und war dem Davongegangenen in
kurzer Entfernung gefolgt. Er sah ihn nach längerem Gange
in einer der fashionabelsten Straßen ein großes Haus betreten,
und blieb kopfschüttelnd davor stehen, dann ging er langsam
über den Fahrweg hinüber und setzte sich auf der steinernen
Treppe des gegenüberliegenden Hauses nieder, aufmerksam und
mit klugem Auge die Fensterreihen des Gebäudes beobachtend,
in welchem Eckart verschwunden war. Wer eine Ahnung von
dem Verhältnisse Beider hatte, dem mußte sich unwillkürlich
bei dem Anblick des Burschen der Gedanke an den treuen
Bulldog, der seinen Herrn erwartet, aufdrängen. — — —
Es war nahe an acht Uhr Abends, als Eckart in der Nähe
des Hauses, welches Sidonie barg, wartend auf und ab ging.
Um acht Uhr sollte Lily zu ihrem Besuche bei Sidonie sich
einstellen; dieser Besuch aber war als Gelegenheit bestimmt,
die Letztere aus Green's Hause zu entfernen. Der Plan dafür
war am Nachmittag so genau, als man es konnte, zwischen
den drei jungen Männern festgesetzt worden. Eckart aber hatte
sich dabei, um der zu Entführenden nicht wieder zu begegnen,
die Rolle der äußeren Schildwache ausbedungen. Noch war
er mit allen seinen Gefühlen für Sidonie im Streit; er hatte
am Mittag, als er Orlando's Wohnung aufgesucht und nachdem die erste Begrüßungsscene zwischen ihm und Lily vorüber
gewesen, dieser, welche sich bereits mit allen Verhältnissen
unterrichtet gezeigt, Sidonie's Brief ohne ein Wort der eigenen
Beurtheilung übergeben, und sie hatte nach aufmerksamem
Durchlesen die glänzenden Augen gegen den jungen Mann
gehoben und gesagt: „Wissen Sie wohl, daß, wenn ich noch
unentschlossen über meine Theilnahme an Ihrem Plane gewesen wäre, ich jetzt alle meine Kräfte für die heldenmüthige
Dulderin aufbieten würde, und daß ich Ihnen nur Glück zu
der Wahl wünschen kann, welche Ihr Herz getroffen?"

„Glück wünschen? Nach dieser Zurückweisung?" war Eckart's verwunderte Frage gewesen.

Lily hatte ihn mit einem eigenthümlichen Lächeln angesehen und dann erwidert: „Hätten Sie denn wirklich gewünscht, daß sie, noch in fremden Banden und unter fremden Pflichten, Ihnen anders entgegengetreten wäre, oder hat sie nicht das Aeußerste gethan, was eine junge Frau in ihren Verhältnissen nur zu thun vermag?"

Diese Erinnerungen waren es, welche, während sein Auge die Straße hinab nach den erwartenden Bundesgenossen schweifte, seinen Geist beschäftigten. Ihm wäre es viel natürlicher erschienen, daß Sidonie fest und bestimmt seine Hand gefaßt und gesagt hätte: Helfen Sie mir, daß ich frei werde und fordern Sie dann von meinem Herzen Ihren Lohn! und Alles, was Lily wohl zu ihrer Rechtfertigung hätte anführen mögen, erschien ihm nur berechnet und kalt. Er hatte eben in Sidonie's Gefühlen für ihn geirrt, was ihn allerdings jetzt nicht abhalten konnte, seiner vollen Pflicht gegen sie, einer Pflicht, die er sich selbst auferlegt, zu genügen.

Er hatte nicht lange zu warten, als ein verdeckter Wagen die Straße herauf kam und kurz vor dem Hause hielt. In der auf den Fußweg herausspringenden Dame erkannte er im Scheine der nächsten Straßenlaterne schnell Lily's schlanke Gestalt, welche sich rasch den Thürstufen von Green's Hause näherte. Wenige Sekunden später sprangen Orlando und Talleyrand aus dem Wagen und verschwanden an der kleinen Nebenstraße in dem Schatten des Hauses. Das Fuhrwerk aber bog nach der gegenüberliegenden Seite des Fußweges und blieb dort halten.

Eckart nahte sich leichten aber raschen Trittes dem Hause und sah, wie soeben die Thür desselben sich öffnete, ehe die junge Dame noch nach der Klingel gegriffen.

„Kommen Sie rasch Ma'am," klang es heraus und Eckart erkannte Sarah's halblaute Stimme, „meine Mistreß erwartet Sie bereits!" In diesem Augenblicke aber ward von innen die Thür weit aufgerissen und in der erleuchteten Vorhalle stellte sich der Eintretenden Greens Gestalt entgegen. Eckart konnte von seinem Standpunkte aus jede Person unterscheiden und jedes Wort hören. Der Advokat schien von dem Aeußern der Eingetretenen sichtlich überrascht zu sein.

„Wen wünschen Sie zu sehen, Ma'am?"

„Ich habe mit Mistreß Field zu sprechen," erwiderte Lily, den Frager groß und stolz anblickend, „und bin um diese Stunde von ihr herbeschieden worden; ich bin doch sicher im rechten Hause!"

„Glaube kaum Ma'am, daß Mistreß Field, ohne mir ein Wort zu sagen, Besuche empfangen würde," gab der Advokat, merkbar von der Weise der jungen Dame etwas eingeschüchtert, zurück, „ich bin wenigstens für jeden ihrer Schritte verantwortlich."

„Oh!" erwiderte die junge Frau, während sich ein eigen= thümlicher Aufblitz von Muth in ihrem Gesichte zeigte; „ist sie vielleicht Ihre Gefangene, Mister Green, daß sie nur mit Ihrer Genehmigung Besuche empfangen darf? Ich würde ihr in diesem Falle sofort meine eigene Wohnung anbieten und ihre unbelästigte Uebersiedelung zu bewerkstelligen wissen. Ich glaube, man hält selbstständige Ladies hier zu Lande nicht auf diese Weise unter Schloß und Riegel."

„Sie ist in meinem Hause und unter meinem Schutze, Ma'am," erwiderte der Advokat augenscheinlich geärgert, „und hat sich dem zu fügen, was in meinem Hause als Gesetz gilt. —"

„Und wenn Sie sich dem nicht fügen will, werden Sie ihr hoffentlich nicht den Weg aus Ihrem Hause vertreten dürfen!" erwiderte Lily, während eine eigenthümliche Energie in ihrem Auge aufzublitzen begann. „Ich ersuche Sie, mir freien Weg zu dem Zimmer der Lady zu geben, oder noch heute Abend der Folgen gewärtig zu sein, welche eine solche Beschränkung der persönlichen Freiheit nach sich ziehen muß. Glauben Sie nicht, daß die junge Dame ohne Freunde und Schützer hier in New=York steht!"

In Eckarts Seele zuckte es, seinen gedeckten Platz zu ver= lassen und der muthigen jungen Frau zur Seite zu treten; ehe er aber seinen Plan zur Ausführung zu bringen vermochte, sah er Talleyrand rasch an sich vorbeistreichen und die Halle betreten.

„Hallo, Mister Green!" rief der Letztere, „ich höre ja da im Vorbeigehen ein ganz wunderliches Gespräch. Unter= thänigster, Mistreß Rittinghaus! Was der Teufel, Sie alter Gesetzesfuchs, wollen Sie denn morgen eine Klage wegen Beschränkung der persönlichen Freiheit auf dem Halse haben, daß Sie eine junge Lady in Ihrem Hause, wie ich eben höre, als Gefangene behandeln?"

„Ich werde vertreten, Sir, was ich in meinem Hause thue", erwiderte Green, die Augen finster zusammenziehend, „ersuche Sie aber jetzt, mein Haus zu verlassen, wenn Sie sich nicht selbst die Folgen eines nächtlichen Eindringens zuziehen wollen."

„Nicht so hoch gesprochen, Mister Green!" erwiderte der Eingetretene, „Sie wissen, daß das Gericht einen Theil der Praxis, mit welcher Sie sich als Helfer aller scheidungslustigen Ehemänner beschäftigen, kennt; ich will Ihnen sogar sagen, daß die junge Dame, jetzt unter Ihrem Schutze, noch heute Ihr Haus verlassen will, und daß, wenn Sie dieser Dame hier, die gekommen ist, um sie mit sich zu nehmen, den ge= ringsten Widerstand in den Weg legen, Sie die Folgen sich selbst zuzuschreiben haben werden. Sie kennen ja wohl das Gesetz wegen Beschränkung der persönlichen Freiheit? Ist denn Niemand hier, der Mistreß Field von der Ankunft der Mistreß Rittinghaus benachrichtigen könnte?"

Sarah, welche beim Beginn des Auftritts in sichtlicher Spannung zurückgetreten war, sprang jetzt mit einem: „Ich werde es ihr melden," rasch die Treppe hinauf; zugleich aber trat auch Orlando hoch aufgerichtet zu der Hausthüre herein.

„Mister Green?" wandte er sich fragend an den Haus= herrn. „Ich will hoffen, Sir, daß meine Frau, welche auf den Wunsch einer Freundin hier in's Haus gekommen ist, so behandelt wird, wie sie es beanspruchen darf; ich würde sonst gezwungen sein, ihr die nöthige Achtung zu verschaffen."

Der Advokat trat einen Schritt zurück. „Sie sind hier in meinem Hause," rief er, „und ich bitte mir die nöthige Ach= tung aus!" während sein Gesicht dennoch etwas bleicher wurde.

„Ganz gut, Sir, erwiderte Orlando, „da Sie aber, wie ich höre, in diesem Ihrem Hause fremden Interessen, die mir nahe liegen, Gewalt anthun wollen, so werden Sie mir erlauben, zum Schutze derselben hier zu bleiben, bis sie aus Ihren Händen gerückt sind. Für das, was Ihnen in meiner Verfahrungsart nicht recht erscheint, steht Ihnen morgen auf irgend eine Weise Genugthuung zu Diensten."

In diesem Augenblicke erschien Sidonie in Begleitung Sa= rah's, welche zwei stark gefüllte Reisetaschen trug, am oberen Ende der Treppe, Beide reisefertig, und kam raschen Schrittes herab.

„Mister Green", sagte sie, dem Genannten ruhig ent= gegentretend, „Sie werden einsehen, daß ich nach der Weise, in welcher ich in Ihrem Hause gehalten werde und die fast der einer Gefangenen gleich kommt, meiner eigenen Ehre halber schon nicht mehr hier verweilen darf. Mister Field ist bereits von dem Schritte, welchen ich jetzt zu thun ge= zwungen bin, unterrichtet. Wer mich suchen sollte, findet mich im Prescott=House in der Familie des Baron von Rittinghaus. Mein Gepäck, von welchem ich hier ein Ver= zeichniß zurück lasse, wird morgen früh abgeholt werden."

Green biß mit zusammengezogenen Brauen die Zähne auf die Lippen. „Ich werde Mister Field von dem Stand der Dinge benachrichtigen," sagte er; „im Uebrigen habe ich kein Recht, Ihr Gepäck zurückzuhalten, so zweckmäßig es auch vielleicht wäre, und Mister Field mag selbst über das Weitere entscheiden."

„Dann vorwärts in Gottes Namen!" rief Orlando. „Ich bin der Baron von Rittinghaus, Mister Green, der nöthigen= falls für Alles einsteht, was jetzt hier geschehen ist und unter dessen Schutz sich Mistreß Field begiebt; der aber diesen Schutz auch in jeder möglichen Weise geltend machen wird. Meine Wohnung ist im Prescott=House."

Tallehrand hatte bei den letzten Worten bereits die Vor= flur verlassen und einem raschen Winke Orlando's folgend, schritten die beiden jungen Damen, von Sarah gefolgt, nach der Thür. Einen Augenblick nur schweifte Sidonie's Auge wie suchend durch den Raum; aber Der, nach welchem sie umherblicken mochte, stand außerhalb der Thür tief in den Schatten des Hauses zurückgetreten.

„Wann darf ich nach den zurückgelaſſenen Sachen ſenden?"
fragte Orlando, ſich gleichfalls zum Gehen wendend; „die
Schwarze hier dürfte dabei wohl jede beſondere Beglaubigung
unnöthig machen und wird das ihrer Herrin Zugehörige am
beſten kennen."

„Ich werde den Auftrag hinterlaſſen, das Eigenthum der
Miſtreß Field morgen zu irgend einer Tagesſtunde an Sarah
auszuliefern," erwiderte Green mürriſch; „behalte mir im
Uebrigen aber jeden etwa nöthig werdenden Regreß, ſobald
ich von Miſter Field Nachricht habe, an Ihnen ſelbſt vor."

Die Frauen hatten bereits das Haus verlaſſen, während
von außen das Raſſeln des vorfahrenden Wagen hörbar
wurde, und ſchritten von Orlando gefolgt, an dem im tiefen
Schatten verborgenen Eckart vorüber, ohne dieſen zu bemerken.

Sarah, die beiden Reiſetaſchen dem Kutſcher hinauf=
reichend, nahm gewandt neben dieſem Platz; die beiden Damen
verſchwanden im Innern des Gefährts, der harrende Talley=
rand trat mit Orlando ihnen nach und der Wagen rollte
davon. Mit einem ſtarken Schlage ſchloß ſich die Haus=
thür und aus dem Schatten löſte ſich Eckarts Geſtalt, lang=
ſam mit geſenktem Kopfe den Heimweg antretend.

Es war indeſſen nur wenige Häuſer im vollen Durchein=
andertreiben ſeiner Gedanken vorwärts geſchritten, als plötzlich
Jakobs Stimme neben ihm laut wurde „Nun ja, Sie dürfen
mir es nicht übel nehmen, daß ich auch da bin; aber es lag
mir den ganzen Tag in den Knochen, ſeit Sie mich hatten
in der Straße ſitzen laſſen, als müßte nach den Briefen von
heute Morgen dort in dem Hauſe etwas Beſonderes vorgehen,
und da dachte ich, meine Fauſt iſt auch nicht von Stroh, wenn
es zu etwas Handgreiflichem kommen ſollte. So habe ich eben
den Abend abgewartet — es war doch zu Hauſe nichts zu thun,
und habe in Ihrem Hotel einmal den Vornehmen geſpielt, bis
Sie zum Abendeſſen kamen und dann das Haus wieder ver=
ließen; ich konnte mir ſchon denken, wohin es gehen würde,
und machte mich für alle Fälle hinterdrein — nun ja, 's iſt
nicht ſo ſchlimm gekommen, wie ich dachte, wenn es aber auch ſo
geweſen wäre, ſo hätten Sie ſich auf den Jakob verlaſſen können!"

Eckart reichte dem Burschen die Hand und sagte: „Ich danke Jakob, kommen Sie jetzt mit mir und nehmen Sie noch Etwas zu sich. Haben Sie aber morgen früh Zeit, so melden Sie sich in demselben Hause, in welches Sie mich heute Mittag treten sahen; fragen Sie nach dem Baron von Rittinghaus und sagen Sie: ich sende Sie, um der Sarah beim Abholen der Sachen für Mistreß Field behülflich zu sein."

„Bah, Sarah! sie thut ja kaum, als wäre ihr unser Einer gut genug; aber ich werde es thun, wenn Sie wollen!"

Beide schritten schweigend Eckarts Hotel zu, Eckart dort die leibliche Sorge für Jakob dem Kellner empfehlend und sich dann in sein Zimmer zurückziehend, um sich seinen eigenen Gedanken zu überlassen. Sidonie war jetzt unter guter Ob= hut und so wußte er, daß der Zeitpunkt gekommen war, wo er mit seiner Sorge und seiner Liebe für die junge Frau abzuschließen hatte. Alle seine ferneren Gedanken mußten jetzt der Gründung einer sicheren Existenz für sich gelten, und dieser beschloß er sich mit allen Kräften zu widmen, ohne sich auch nur der Gefahr wieder auszusetzen, durch ein weiteres Zusammentreffen mit Sidonie seinen Gefühlen für diese von Neuem die Uebermacht über sich gewinnen zu lassen. Er zog das Notizbuch, worin die Wohnungen derjenigen Familien aufgeführt waren, welche ihm von Talleyrand nam= haft gemacht worden, hervor, und bezeichnete sich für seine morgenden Besuche die kürzesten Wege; dann mit einem eigenthümlichen Gefühle der Erleichterung, den kommenden Tag besetzt zu haben, ohne in die Versuchung gerathen zu müssen, Orlando's Wohnung wieder aufzusuchen und damit der jungen entführten Frau begegnen zu müssen, schritt er nach dem Gastzimmer hinab, wo Jakob, sich den Mund wischend, bereits seiner harrte; empfahl diesem nochmals, sich zeitig im Prescott=House der Mistreß Field zum Abholen ihrer Sachen zur Verfügung zu stellen, und suchte dann, müde durch die mannigfachen Seelenaufregungen, sein Lager. Als er endlich einschlafen wollte und trotz aller Vorsätze Sidonie's Bild noch immer vor seiner Seele stand, welches indessen langsam weiter und weiter vor seinem inneren Blicke zurückwich, bis es zuletzt wie in grauem Nebel verschwand, überkam es ihn, als wisse er gar nicht, wofür sich eigentlich hier abmühen und quälen, und er erkannte noch niemals so deutlich als jetzt, daß der Stern, welcher ihm seit seiner Ansiedelung in Ala=bama bis jetzt vorangeleuchtet, doch nur Sidonie gewesen war; zugleich aber bildete sich auch der Vorsatz in ihm, sie, die kaum eine stärkere, als eine wohlwollende Empfindung für ihn hegen mochte, so selten als nur möglich wieder zu sehen. Und als er endlich zu diesem Entschlusse gelangt war, als er sich mit seinen Gedanken in die künftige musikalische Wirk=samkeit, welche sich ihm bot, vertiefte, kam nach und nach eine stille Ruhe über ihn, die ihn bald ins Reich der Träume ver=senkte. — —

Zwölftes Kapitel.

Neue Pläne.

Es war fast eine Woche vergangen und Eckart hatte nichts gethan, als den ihm vorgeschriebenen Adressen nachzugehen, und überall merkte er, daß ihm durch Talleyrand oder Lily bereits vorgearbeitet worden. Er ward als ein schon Angekündigter stets auf das Wohlwollendste empfangen und da, wo die Ver=hältnisse die Annahme eines neuen Pianolehrers nicht sofort erlaubten, an andere Familien empfohlen. Deutsche hatten zu dieser Zeit fast eine Art Monopol des Musikunterrichts in New=York, und Eckarts äußere vertrauenerweckende Erscheinung, sein gewandtes Spiel und seine wohlklingende Stimme, welche hören zu lassen er stets genöthigt wurde, hatten ihm schon in den ersten Tagen volle Beschäftigung gegen einen Preis ge=geben, der alle äußeren Sorgen von ihm zu nehmen versprach. Nur zu seiner Orientirung in den zu verwendenden Musik=stücken, welche in New=York zu erhalten waren, hatte er sich noch eine kurze Frist bis zum Beginn seines Unterrichts ausbedungen.

Mit dem glücklichen Gefühle, seine nächste Zukunft sicher gestellt zu sehen, trat er, während der Dämmerung von seinen letzten Gängen zurückkehrend, in das Gastzimmer seines Hotels und hier klang ihm schon beim ersten Schritte Orlando's Stimme entgegen.

„Sind Sie denn gestorben oder verdorben, daß man von Ihnen keinen Zipfel mehr zu sehen bekommt? ich bin schon einige Male während der letzten Tage hier gewesen, ohne Sie nur jemals zu Hause anzutreffen; heute aber hatte ich mir vorgenommen, Ihre Heimkunft abzuwarten, um wenigstens meinen Ladies den Grund Ihres auffallenden Ausbleibens angeben zu können. Meine Frau ist deshalb ganz ehrlich böse auf Sie und ich habe ihr versprechen müssen, Sie heute in Gutem oder Bösem mit mir zu nehmen. Wir haben übrigens Nachrichten aus Ihrem Alabama, was Sie vielleicht um unseres jungen Gastes, der Mrs. Field, willen interessiren dürfte und da sich möglicherweise meine Abreise nach Deutsch= land schneller machen könnte, als ich früher geglaubt, so hoffe ich, Sie schlagen mir den Besuch für heute Abend nicht ab."

Eckart nahm die Hand des Freundes fest in die seine und zog ihn in die nächste Fenstervertiefung. „Wissen Sie Etwas von diesen Nachrichten in Bezug auf Sidonie?" fragte er, „ich gestehe Ihnen offen, daß ich dieser jungen Frau, die eine Zeit lang der Stern meiner Zukunft war, bis sie es vor Kurzem selbst darauf anzulegen schien, mir trotz der nur schwer aus= zugleichenden Differenzen mit ihrem Manne jede Hoffnung in Bezug auf sie zu nehmen, um meinetwillen nicht gern wieder entgegentreten möchte. Ich bin kaum einigermaßen zu einer gewissen Ruhe in diesem Punkte gelangt und wünschte nicht auf's Neue in alte Kämpfe zurückgeworfen zu werden."

Orlando nickte mit einem eigenthümlichen Lächeln. „Es ist allerdings ein Brief von Mister Field, der sich in Ruhe von seinen californischen Strapazen zu erholen und auch der weib= lichen Pflege nicht zu entbehren scheint, eingetroffen, und die junge Dame, welche wohl durch das in unserer Familie erhaltene Asyl eine Art Pflicht der Offenheit gegen uns fühlen mag, hat meine Lily in ihr Vertrauen gezogen. Danach sieht mir die Sache ganz so aus, als wenn dieser Mister Field völlig zu= frieden wäre, den eingegangenen Ehekontrakt mit ihr lösen zu können, um so mehr, als durch die Art von Gefangenschaft, in

welcher die junge Frau hier gehalten worden, sie das volle
Recht zu einer Scheidungsklage gegen ihn, nebst dem Anspruche
auf das in dem Kontrakte stipulirte bedeutende Ehescheidungs=
quantum hätte. Er schlägt ihr also aus dem Grunde, daß ihre
verschiedenen Anschauungen von Welt und Dingen immer
störend für Erlangung eines gemeinsamen Glückes zwischen
ihnen sein würden, vor, sich in gegenseitigem Einverständniß
von einander zu trennen, und daß sie als Abstands=Quantum
einen wohlkultivirten Grundbesitz in Ohio von ihm annehmen
möge. Dieser Grundbesitz aber hat, wie Mistreß Field wissen
will, zwei Cousinen Fields, welche jetzt in seinem Hause leben,
zu Eigenthümerinnen und ist verpachtet, da die jungen Ladies
nicht gewohnt zu sein scheinen, in einem Staate, der keine Sklaven
duldet, zu leben, und es läßt sich somit vermuthen, daß Field
nach der Scheidung die Jüngere dieser Verwandten, die schon
vor seiner jetzigen Verheirathung ein starkes Auge auf ihn ge=
habt haben soll, durch seine Hand, die Aeltere aber auf irgend
eine andere Weise entschädigen würde. Ich muß Ihnen sagen,
daß Mistreß Field, so wenig sie auch mit Ihrem Manne har=
moniren mag, dennoch bis jetzt unschlüssig gewesen ist, ob den
Vorschlag anzunehmen oder nicht; sie scheint eine derartige Ab=
findung fast als gegen ihre Ehre laufend zu betrachten, und
dazu kommt wohl noch, daß sie keine Neigung haben mag, mit
der aus dem Besitzthum etwa zu lösenden Summe wieder nach
Deutschland zurückzukehren, während sie doch kaum im Stande
sein würde, ihr neues Grundeigenthum selbst zu bewirthschaften.
Ich habe ihr einfach vorgeschlagen, als sie mich ins Vertrauen
zog, unter allen Umständen Fields Rathe in so fern zu folgen,
als sich die Farm in dem gesegneten Staate wenistens einmal
anzusehen und sich einen Bodenverständigen zur Beurtheilung
des allgemeinen Ertrags mit zu nehmen. Die Entscheidung
bleibt ihr dann ja noch immer vorbehalten, und dies scheint
sie so weit angesprochen zu haben, daß sie den Plan nicht
mehr mit ganz unfreundlichen Augen ansieht und bereits
daran gedacht hat, wenn sie sich zur Annahme des Vorschlags
entschließen sollte, Ihren Jakob, der als Bauer wohl einen
richtigen Blick für Grund und Boden hat, als Begleiter mit

sich zu nehmen. Was im Falle ihrer Annahme allerdings
aus der thatsächlichen Bewirthung werden sollte, da sie keines=
falls von dem einfachen Pachtgelbe, selbst unter den günstigsten
Umständen, würde existiren können, ist eine andere Frage und
ich bin in Bezug auf ihre Pläne darin völlig im Unklaren.
Alles was ich weiß, ist nur, daß sie jetzt ernstlich damit um=
geht, die Reise nach Ohio zur Besichtigung des Grundstücks
zu machen und dann erst ihren Entschluß zu fassen. Wann
dies geschehen soll, hängt vielleicht nur von einigen Zufällig=
keiten ab, da ich selbst nicht weiß, wie kurz oder lange sich
mein hiesiger Aufenthalt gestalten wird. Lassen Sie uns also
den heutigen Abend mit einander zusammen verleben; Sie
sehen, daß die Sachen anders stehen als Sie gewußt; wer
weiß ob wir morgen wohl noch mit derselben Ruhe bei
einander sitzen würden, als es heute geschehen mag." —

Eckart erhob sich und machte sichtlich erregt einen raschen
Gang durch das Zimmer. "Gut, ich gehe mit Ihnen!" sagte
er endlich stehen bleibend, "ob zu meinem Glücke oder Un=
glücke weiß ich nicht, jedenfalls erfordert es nach Ihrer Mit=
theilung meine Pflicht, schon Ihrer Gattin meinen Besuch zu
machen, der möglicherweise zum Abschiedsbesuche werden könnte."

Das grelle Läuten der Glocke, welche zum Abendessen
rief, brach das Gespräch ab.

"Charmant!" rief Orlando, von der Einwilligung Eckarts
augenscheinlich in gute Stimmung versetzt; "ich lade mich
gleich bei Ihnen zu Gaste und so sind wir, sobald wir nach
meinem Hotel kommen, völlig ungestört." — —

Eine Stunde später bogen die beiden Freunde in das
Prescott=House ein und Orlando, seinem Freunde rasch die
breite Treppe hinauf voranschreitend, öffnete im ersten Stocke
eine der hohen Thüren. "Angenehmer Besuch!" rief er in
das hell erleuchtete, große Zimmer hinein, zugleich den Freund
durch die Thür schiebend, und von dem Divan erhob sich
Lily, mit aufglänzendem Gesichte und ausgestreckter Hand
dem eingetretenen Gaste entgegeneilend.

"Endlich also wirklich einmal?!" rief sie wie im halben
Necken und halben Schmollen, während er ihre Hand an seine

Lippen zog; „darf ich Sie gleich zuerst einer neuen Freundin vorstellen?"

Neben dem seitwärts stehenden offenen Piano, halb durch dieses verdeckt, richtete sich Sidonie von ihrem Sitze auf, während ein helles Roth ihr ganzes Gesicht überstrahlte.

„Die Herrschaften kennen sich ja wohl und so wird mir die weitere Mühe erspart!" rief Lily lächelnd.

Eckart, obwohl auf das Begegnen der jungen Frau vorbereitet, fühlte doch in diesem Augenblicke den ganzen Reiz, welcher über ihre Erscheinung ausgegossen war, mächtiger als je auf sich wirken. Unwillkürlich streckte er seine Hand aus, um die ihrige zu erfassen; aber sie bot nur leicht die Fingerspitzen seinem Händedrucke und er meinte ein Beben darin wahrzunehmen, das seine ganzen Nerven eigenthümlich durchrieselte. Beide standen einen Moment wie ihrer selbstvergessen, Auge in Auge, bis sie plötzlich ihren Blick wegwandte und ihm ihre Finger entzog. Eckart fühlte eine Befangenheit über sich kommen, die er früher kaum gekannt, und fast seiner Bewegung unbewußt, nahm er den Sessel am Piano ein, nach einem raschen Läufer über die Tasten wie mechanisch das Vorspiel zu dem von Sidonie gehörten Liede:

„Nur wo Dein Herz im treuen Glüh'n —"

beginnend.

„Oh, charmant!" rief Lily, „das ist dieselbe kleine Piece, die ich von Ihnen in San Franzisko hörte, und die Ihnen so lieb schien."

Eckart hob fast unwillkürlich den Blick nach der zur Seite getretenen Mistreß Field, in deren Wangen das zurückgewichene Blut, wie in der Erinnerung an frühere Scenen, von Neuem aufgestiegen war; sein Auge aber hatte plötzlich einen so erhöhten Ausdruck gewonnen, daß sie, als er, nur halb den Blick von ihr wendend, nochmals lebhaft in die Tasten griff und, jetzt sichtlich in vollem Bewußtsein, das Vorspiel wiederholte, kaum die Wirkung der bekannten Töne von sich weisen zu können schien und wie magnetisch angezogen sich dem Piano wieder näherte.

Eckart begann mit seiner wohltönenden Stimme wie in
stiller Begeisterung:

> „Nur wo Dein Herz im treuen Glüh'n
> Ein anb'res hat gefunden —"

und als er zum Ende des Verses das Nachspiel angeschlossen,
trat in die, während des Gesanges bleich gewordenen Wangen
der jungen Frau ein neues, feines Roth; sie setzte mit ihrem
weichen, klangreichen Organe prompt beim Beginn des zweiten
Verses ein, obwohl es wie ein leichtes Beben in ihrem Ge=
sange zitterte; es war fast, als trete in diesem ein lange
verschlossenes Geheimniß in scheuem Zagen zu Tage; ihr
Vortrag warb aber mit jedem Tone kräftiger, und Eckart,
wie sich ganz in diese Klänge versenkend, neigte den Kopf
tief nach den Tasten des Instruments. Als aber nach be=
endigtem Nachspiel der junge Mann, wunderbar von ihren
Tönen durchzittert, den dritten Vers mit einer Weichheit, die
er nicht aus seiner Stimme zu bannen vermochte, einleitete,
schlang sich plötzlich Sidonie's Gesang, in Duett, wie klarer
Lerchenjubel, wie der Ausdruck eines schwer erkämpften und
endlich siegreich gewonnenen Entschlusses durch seine Melodie:

> „Drum wo sich Dir ein treues Herz
> In Liebe hat ergeben,
> O, halt es fest in Lust und Schmerz
> Mit Deinem ganzen Streben.
> Klar hat der Himmel nun geblaut,
> Wo Treue hält, was Lieb' erbaut."

Selbst dem einfachsten Zuhörer hätte es klar werden
müssen, daß in diesen sich ineinander schmiegenden, wie von
Begeisterung getragenen Tönen ein anderes Interesse lebe,
als nur das rein musikalische, und als Sidonie noch vor be=
endigtem Nachspiele in sichtlicher Erregung vom Piano trat,
erhob sich Lily rasch, nahm sie in ihre Arme und führte sie
dem Fenster zu. Eckart aber ließ langsam und mit ge=
senktem Kopfe die Hände von der Klaviatur gleiten, als
komme erst jetzt die ganze Empfindung, welche ihn seit seiner
ersten Begegnung mit Sidonie an die junge Frau gefesselt,
mit voller Macht wieder über ihn. Orlando, wie in einiger

Verlegenheit über die eingetretene Stimmung, verließ seinen
Sitz und sagte, als wolle er nur die plötzliche Stille unter=
brechen: „Wenn ich mir die Sache recht überlege, so könnte
unser Freund Eckart, der doch im Augenblick noch seine
musikalische Beschäftigung nicht begonnen hat, den Geleits=
mann für unsere junge Freundin nach der Ohio=Farm, die sie
übernehmen soll, abgeben; es würde gerade eine Ausfüllung
der Zeit sein, bis seine Unterrichtsstunden hier beginnen und
außerdem müßte doch Jakob, selbst wenn er sich zur Mit=
reise entschlösse, einen ziemlich plumpen Cavalier abgeben.“

Sidonie hob, rasch aufsehend, den Kopf, während es über
Eckarts Gesichts wie ein heller Sonnenstrahl ging.

„Um ganz ehrlich herauszusprechen“, fuhr der frühere
Redner fort, wie von einer befriedigenden Idee belebt, „so
weiß ich kaum, wie lange mein und Lily's Bleiben hier noch
ist. Einmal aber nach geschehener Besichtigung des Grund=
stücks den Vorschlag dieses Mr. Field angenommen, würde
für unsere Freundin sofort eine neue sichere Heimath ge=
schaffen sein und ich habe den Gedanken, daß unser Jakob,
sobald er sich nur mit der amerikanischen Feldwirthschaft be=
freundet, einen ganz tüchtigen Verwalter abgäbe. Jedenfalls
würde er wohl auch nicht lange zögern, sich eine Frau zu=
zulegen, wenn sich auch sein Verhältniß zu Sarah, aus
welchem sich mir erst Etwas entspinnen zu wollen schien,
nicht machen sollte. Alles Uebrige, in Betreff der Aus=
einandersetzung mit Field, könnte ja leicht nach der Be=
sichtigung durch einen hiesigen Advokaten geschehen und so
jeder direkte Verkehr, bis auf die durchaus nothwendigen
Begegnungen mit dem jetzigen Besitzer, vermieden werden.“

Ehe Eckart, der einen Blick voll scheuer Forschung in
Sidonie's Augen geworfen, zu antworten vermochte, öffnete
sich nach kurzem Klopfen die Thür und Talleyrand trat mit
einer Verbeugung gegen die Anwesenden ein.

„Gerade der Mann, den ich zu sehen wünschte,“ rief
Orlando, „er würde das Arrangement der Angelegenheit
am Besten übernehmen können und so ließe sich sogar un=
angenehmen Wiederbegegnungen vorbeugen.“

„Wenn es sich um ein gerichtliches Geschäft handelt, wie es scheint," begann der Eingetretene, „so muß ich mir erst Zeit erbitten, die Ladies zu begrüßen." Er drückte, sich verneigend, den beiden Frauen, welchen sein Besuch durchaus gewöhnlich erschien, die Hände und blieb dann vor Eckart stehen.

„Ich kann Ihnen nur sagen, Liebster," fuhr er fort, diesem die Hand auf die Schulter legend, „daß Sie ein ganz splendides Geschäft in New-York machen werden. Wo ich nur hingehorcht, habe ich Complimente über Sie hören müssen und ich würde Ihnen rathen, sobald als möglich mit Ihrem Unterricht, selbst wenn auch zuerst mit einer kleinen Anzahl Schülerinnen, zu beginnen."

„Ich denke," erwiderte Eckart, sich die Stirn reibend, „daß vierzehn Tage bis zu Anfang meines Unterrichts keinen großen Unterschied machen werden und in dieser Zeit würde ich dem, was Mistreß Field von meinen Dienstleistungen nöthig haben dürfte, vollkommen genügen. „Es handelt sich", fuhr er leicht erklärend gegen Talleyrand fort, „um die Besichtigung eines Grundbesitzes in Ohio, welcher unserer Freundin hier gewissermaßen als Abstandsquantum von ihren bisherigen Rechten an Field zufallen soll, und wenn sich auch in einer Trennung vielleicht die beiderseitigen Wünsche begegnen, so wird doch vor Allem eine nähere Prüfung dessen, was Field als Entschädigung bietet, nöthig. Die spätere Ordnung der ganzen Angelegenheit würden Sie dann vielleicht als Rechtskundiger und Unbetheiligter übernehmen können."

„Oh!" zog Talleyrand, während sich in seinem Gesichte plötzlich ein Ausdruck von schlauem Verständniß zeigte, „und Mistreß Field bedarf natürlich zu besagter Besichtigung eines Beistandes; das ändert freilich die Dinge und ich sehe sogar die Nothwendigkeit der Maßregel ein." Ein lächelnder Blick streifte von Eckart nach Sidonie hinüber, welcher dieser ein leichtes Roth in die Wangen trieb. „Ich acceptire als gutes Omen für meine Zukunft bestens das erste Geschäft für meine künftige Rechtspraxis, zu der ich doch über kurz oder lang werde greifen müssen. Im Uebrigen denke ich, wir lassen für den Augenblick die Angelegenheit bei Seite und besprechen sie

morgen früh ernfter; so viel ich weiß, werden wir unfern
Orlando mit feiner liebenswürdigen Gattin kaum noch lange
hier haben, und so wäre es Sünde, die Zeit mit Dingen zu
verbringen, die eben so wohl etwas später verhandelt werden
können. Ich schlage Ihnen vor, daß Sie mich morgen bei
guter Zeit befuchen; denn Sie, bei Ihren jetzigen Vor=
bereitungen für den künftigen Beruf, anzutreffen, ist etwas
schwierig, wie ich aus den Erfahrungen der letzten Tage weiß;
hier haben wir auch für die nöthigen Informationen die Haupt=
person gleich bei der Hand — und nun, denke ich, hören wir
etwas Mufik, wenn es den Damen recht ist; ich habe leider
beim Nachhausefommen nur die letzten Klänge, die hier laut
wurden, auffangen können. Da ist zum Beispiel das aller=
liebste schottische Lied, das ich früher nur einmal von unserer
Frau Baronin gehört habe und gern einmal wieder hörte:

> „Trifft ein Jemand einen Jemand
> Dort im Korn allein. —"

Orlando lachte hell auf. „Das wird seit Californien nicht
mehr gesungen; Lily weiß, daß sie mich damit eiferfüchtig macht."

Ein erhöhtes Roth trat in die Wangen der Letzteren, „O!
Du sollteft nicht spotten", sagte sie lächelnd, „ich werde es
sogleich als eine mir sehr liebe Erinnerung noch einmal hören
laffen. Es ist die reine Eiferfucht," wandte sie sich an Eckart,
„die mir den Rückblick nach Californien verwehren will. Damals
war es daffelbe Lied, welches mir beinahe die Ehre verschaffte,
Miftreß Scott zu werden, und er kann mir es heute noch nicht
verzeihen, daß ich die guten Absichten des einfamen, alten
Capitäns, deffen Gaftfreundschaft ich genoß, nicht schroffer von
mir wies. Sie wiffen wahrscheinlich nicht," fuhr sie fort, „daß
ich hier in New=York noch einen Brief des alten Mannes
erhielt, den gegenwärtiger Herr von Rittinghaus, als ich ihm
die Unterschrift zeigte, mir mit ganz rothem Gesichte aus der
Hand nehmen wollte. Ich hätte ihn mehr peinigen sollen,
als es mein gutes Herz erlaubte, und so mußte er denn nur
zu seiner Strafe lesen, daß der alte Capitän mir für meine
Uneigennützigkeit, die nicht nach amerikanischer Weise ohne

Weiteres nach seinem Vermögen gegriffen, dankte und mich benachrichtigte, daß er, mit seiner Tochter wieder auf guten Fuß gelangt, bei dieser in Stockton lebe, sein Haus in San Franzisko verkauft und sich von dem politischen Treiben ganz zurückgezogen habe. Strafe aber muß sein," rief sie, lebhaft sich erhebend, „Sie haben ja wohl noch die Harmonie im Kopfe, Herr Eckart!" und ihren leichten Wink sofort ver= stehend, sprang der Angeredete, von Lily gefolgt, nach dem Piano, wo die Letztere im vollen, klingenden Muthwillen das:

> „Trifft ein Jemand einen Jemand
> Dort im Korn allein,
> Küßt der Jemand dann den Jemand —
> Muß der Jemand schrein?"

begann. —

Es war ein Abend voll eigenthümlichen Angeregtseins aller Theilnehmenden; selbst Sidonie schien unter dem allgemeinen Geiste frisch aufzuleben, und als Eckart sich vom Piano erhob, traf ihn aus ihrem Auge ein so warmer, sichtlich ihrer selbst unbewußter Blick, daß er fast wie mechanisch sich ihr zuwandte. „Sind Sie denn mit dem Plane unseres Freundes Ritting= haus, daß ich Sie nach Ohio begleite, einverstanden?" fragte er, fast unwillkürlich ihr die Hand entgegenstreckend; „wenn es so wäre, würde ich rasch die nöthigen Arrangements treffen, um den Reiseplan baldmöglich in Ausführung zu bringen."

Sie legte langsam die kleinen Finger in seine Rechte und ihre großen Augen wurden dunkel, als wollten sie sich mit Thränen füllen. „Wenn Sie gehen," erwiderte sie in einem eigenthümlich tiefen Tone ihrer Stimme, mit dem Blicke nach Orlando, der mit lächelnder Miene seine vom Piano zurück= getretene Frau empfangen hatte, deutend, „wer bleibt mir denn in dem weiten Amerika noch?"

Seine Hand schloß sich fest um die ihre. „Denken Sie an das Wort," erwiderte er, mühsam seine Stimme dämpfend, „ich werde Sie zu rechter Zeit daran mahnen; bis dahin be= trachten Sie mich als das, was ich von dem Augenblicke unseres ersten Zusammenseins gewesen bin — als einen

Freund der gern bereit ist, sein Leben für das, was er liebt,
zu geben. Morgen hören Sie Weiteres von mir. Was
einmal geschehen soll, ist am besten rasch gethan!" Er wandte
sich mit einem kräftigen Händedrucke schnell ab, als wolle er
damit die hörbar in seiner Stimme sich ausdrückende innere
Bewegung verbergen und trat zu Talleyrand. „Ich werde
morgen in guter Zeit bei Ihnen sein, um Sie in Ihren
übrigen Geschäften nicht aufzuhalten," redete er diesen flüchtig
an, „instruiren Sie mich dann in Bezug auf das, was Sie
für die Reise nach Ohio als nöthig erachten; ich gedenke, da
sie einmal unternommen werden soll, sogleich die mir noch
freibleibende Zeit dafür zu benutzen." Er wartete die Antwort
nicht ab und nahm seine Richtung nach Orlando. Wenn es
Ihre ernstliche Meinung war, daß ich unsere beiderseitige
Freundin dort nach Ohio begleite," sagte er, diesen bei Seite
ziehend, „so muß die Idee rasch ausgeführt werden, damit ich
rechtzeitig zum Beginn meiner Unterrichtsstunden wieder hier
sein kann. Erlauben Sie mir also, mich für jetzt zu em=
pfehlen, um vielleicht schon morgen früh der Mistreß Field
über die zur Reise nöthigen Vorbereitungen, wozu besonders
die Benachrichtigung Jakobs gehört, Bericht erstatten zu
können. Ich muß für meine Abwesenheit von hier die wenigen
Tage, welche mir noch frei bleiben, wohl zu Rathe halten."

„Prompt und exact!" lächelte der Freund, des Sprechers
Hand ergreifend und in diese kräftig einschlagend. „Erlauben
Sie mir nun aber eine Frage, die Sie einem Schicksalsgenossen
nicht übel nehmen dürfen: Reisen mit Damen und Dienerschaft
kostet Geld und Sie haben in Californien kein Gold gegraben.
Darf ich Ihnen denn für unvorhergesehene Fälle eine Summe
anbieten, die Sie mir ja, sobald nur Ihre regelmäßige Be=
schäftigung hier beginnt, leicht wieder zurückzahlen können?"

Aus Eckarts Gesichte schwand die Farbe und kehrte wieder
zurück. „Ich habe im Interesse der jungen Frau kein Recht,
Ihr freundliches Anerbieten abzulehnen; "sagte er endlich, kräftig
die Hand des Anderen drückend, „so gern ich mich auch im
Stande sähe, es thun zu können. Sie werden aber verstehen,
daß nicht der Mangel an Freundschaft diesen Wunsch erzeugt. —"

„Halten Sie einmal inne und machen Sie keine Redens=
arten!" lachte der Andere halblaut. „Ich wäre ohne Sie wahr=
scheinlich nie zu meiner Lily gekommen, und wenn ich jetzt Ihnen
gern einen ähnlichen Dienst erweisen möchte, so heißt es nur
Zug um Zug gehandelt! Sobald Sie wieder zurückkehren,
werden wir mit einander abrechnen, und nun kommen Sie zu
den Damen."

Sidonie hatte wieder an Lily's Seite Platz genommen,
während der herangetretene Talleyrand eben ein Gespräch mit
Beiden einleiten zu wollen schien, als Orlando mit einem
launigen: „Ein Spielverderber, der mit einem Male so viel zu
thun hat, daß er nicht mehr hier bleiben kann!" den Freund
herbeiführte, „dafür aber hat er sich morgen früh zur Straf=
parade hier wieder einzustellen."

„Und wenn mir die Gunst einer solchen Strafparade ge=
währt wird," lächelte Eckart, „so hoffe ich dabei auch die be=
friedigensten Gründe für mein jetziges Scheiden darlegen zu
können."

Er nahm mit einer Verbeugung die von der sich erhebenden
Baronin ihm mit einigen bedauernden Worten gebotene Hand
leicht in die seine, und faßte dann Sidonie's ihm fast scheu
gereichte Finger mit einem warmen Drucke. „Morgen früh
ein Weiteres," sagte er halblaut, „und rechnen Sie fest auf den
Freund, der bis jetzt nur von Ihrer Seite gewichen war, wenn
Sie ihn selbst hinweggewiesen!" Er fühlte ihre Hand wie zag-
haft sich um die seine schließen, während ihre Augen mit einem
Ausdruck von Tiefe sich zu den seinen hoben, daß er meinte,
bis hinab in ihre zitternde Seele sehen zu können. „Morgen
früh!" wiederholte er halblaut, ihre Hand fester zwischen die
seine nehmend, „und sollte ich auch etwas spät kommen, so hoffe
ich doch, Ihnen völlig bestimmte und befriedigende Nachricht
über unseren beabsichtigten Ausflug bringen zu können." Einen
Moment lang blieben noch die Hände Beider zusammengekettet,
während ihre Augen, wie sich gegenseitig ineinander versenkend,
eins in dem andern hingen; dann wandte sie sich plötzlich, leicht
ihre Hand befreiend, ab, als wolle sie das helle Roth, welches
in ihre Wangen stieg, verbergen, und drehte sich der Freundin

wieder zu: einen Augenblick nur sah ihr Eckart mit aufstrahlendem Gesichte nach, dann trat er mit einem kurzen: „Bis
morgen früh also!" die Hand des Gastgebers schüttelnd, zu
diesem, nickte Talleyrand, wie in nochmaliger Bestätigung seiner
früheren Aeußerung zu und verließ dann mit einem allgemeinen
Gruße, von Orlando bis zur Thüre geleitet, das Zimmer.

Als er nach einem Gange durch die Straßen, dessen Länge
er bei den in ihm arbeitenden Gedanken kaum gewahr wurde,
sein Hotel erreicht hatte und das Gastzimmer betrat, sah er
seinen Jakob einsam hinter einem Glase Bier unweit der Thür,
und das frische Aufleben in des Ankommenden Gesicht zeigte,
wie willkommen ihm die Erscheinung war. Der Dasitzende
selbst erhob sich beim Anblick des Eintretenden rasch mit auf-
leuchtenden Augen.

„Ich konnte es gar nicht mehr aushalten," sagte der Erstere,
Jenem die Hand entgegenstreckend, „ohne daß ich recht wußte,
wie es hier mit Ihnen stand; es ist ja eine halbe Ewigkeit her,
daß ich Sie nicht gesehen habe!"

Eckart drückte kräftig die Finger des Burschen, welche er
kaum zu umspannen vermochte. „Nun ja, es giebt mancherlei
Neues," erwiderte der Erstere, sichtlich angeregt sich neben Jenem
niederlassend und den Kellner zur Herbeiholung einer neuen Er-
frischung für Beide heranwinkend, „und ich freue mich, Sie zu
sehen; zuerst aber sagen Sie mir, wie Sie mit der Sarah
stehen! Es handelt sich darum, daß Sie eine Lustreise, wenn
es auch gerade keine Jahreszeit dafür ist, mit der Mistreß Field
und mir nach Ohio machen, wo die Lady ein Stück Grundeigenthum übernehmen soll. Ich habe gedacht, Sie würden
am ehesten einen Blick für den Boden und was dazu gehört
haben; ganz besonders, da es möglichenfalls darauf hinauslaufen
würde, daß Sie die Farm mit dem Vieh und Geschirr, was
dazu gehört, pachtweise übernehmen könnten."

Jakobs Augen hatten sich während der kurzen Rede weit
geöffnet. „Farm übernehmen — und Sarah?" sagte er nach
einer kleinen Pause hastig den Kopf schüttelnd. „Ich weiß nicht,
ob Sie wegen der Farm mit mir Spaß treiben — es soll teufelmäßig gutes Land in Ohio sein; aber die Sarah könnte ich am

wenigſten zu dem Geſchäfte brauchen; da heißt es feſt anpacken und die Schwarzen mögen ganz gute Barbiere oder Kammer-jungfern abgeben, aber was ſie bei rechtſchaffener Arbeit ſind, iſt mir ſchon genug vor die Augen gekommen. Drum habe ich mir ſagen laſſen, daß die Grundbeſitzer im Süden auch gar nicht ohne die Peitſche mit ihren Schwarzen auskommen können. Sie mag zu ihrem farbigen Barbier laufen, den ſie ſich hier aufgegabelt hat — ich habe ſie ſchon ein paar Male mit ihm zuſammen geſehen — und mag für die feinen Herren in den Hotels waſchen — weiter will ich von dem Geſchäfte gar nichts geſagt haben. Hat ſie doch einmal zu mir gemeint, als ich ihr begegnete und einen Spaß mit ihr trieb: es könnte ſchon zwiſchen uns Beiden Etwas werden, wenn ich nur etliches ſchwarzes Blut in mir hätte, das mich manierlicher machte — ja, die Manier-lichkeit, die ſich noch für jeden Fußtritt bedanken möchte, mag mir vom Halſe bleiben! Wenn die Miſtreß Field ein Mädchen zu ihrer Begleitung braucht, ſo werde ich ihr eins ſchaffen, das ſich vielleicht nicht ſo ſchmiegen und biegen kann, wie die Sarah, aber das wenigſtens ein aufrichtiges Herz und Luſt zur Arbeit hat und auf das ſie ſich verlaſſen kann, wie auf mich ſelber, wenn ſie einmal die Farm an einen ehrlichen Menſchen über-geben wollte!"

„Gut, Jakob," erwiderte Eckart ſich kurz die Stirn reibend, „Sie mögen in mancher Beziehung Recht haben; ſagen Sie mir nur, wie bald Sie von hier abkommen können, um mit uns die Reiſe zu machen; ich werde dann mit Miſtreß Field ſprechen und das Nöthige darnach einzurichten ſuchen."

„Wie bald?" rief Jakob, „ja lieber Gott, mich hält hier nichts! Für ſchwere Arbeit verdient ſo ein Grüner, wie ich hier bin, gerade ſein tägliches Brod; es meint Jeder, der Arbeit zu vergeben hat, aus den grün Angekommenen ſeinen beſten Profit machen zu müſſen — alſo mich hält nichts, je eher, je beſſer. Und wollen Sie, daß ich das Mädchen, von dem ich geſprochen, noch heute benachrichtige, ſo kann ſie ſchon morgen früh ſich der Miſtreß Field vorſtellen."

Eckart verließ ſeinen Sitz und machte einen kurzen Gang durch das Zimmer. „Gut, ich denke es wird das Kürzeſte und

Befte fein!" entgegnete er endlich, wieder vor dem Burschen
stehen bleibend. „Können Sie die Zeit erübrigen, so stellen
Sie sich morgen früh nach 10 Uhr, womöglich mit dem Mädchen
selbst, im Prescott-House ein und ich hoffe dann, schon vorher
der Mistreß Field das Nöthige mitgetheilt zu haben."

Jakob nickte und erhob sich rasch. „Dann wird es aber
Zeit, daß ich gehe, wenn es sonst nichts weiter ist!" sagte er,
„es wird ohnedies schwer halten, sie noch heute Abend aus dem
Hause zu locken. Dort geht Alles mit den Hühnern schlafen."

„Recht, Jakob," gab Eckart befriedigt zurück, „denn wir
haben keine Zeit zu verlieren. Trinken Sie aber erst aus,"
setzte er hinzu, auf das von dem Kellner gebrachte Bier deutend,
„und dann in Gottes Namen los; morgen früh sehen wir uns
im Prescott-House wieder."

Beide leerten ihre Gläser, und schieden dann mit einem
kräftigen Händedrucke — Jakob, sichtlich erst jetzt voll zum
Bewußtsein der Bilder gelangt, welche Eckarts Worte in ihm
geweckt haben mochten — Eckart, sein Zimmer suchend und,
sobald er sich in sein Bett geworfen, die Ereignisse des Abends
wieder an sich vorüber ziehen lassend. Es war ihm, wenn er
an seine Begegnung mit Sidonie dachte, als sei ihm erst heute
das Morgenroth einer glücklicheren Zukunft aufgegangen; Scene
für Scene rief er sich in dem Gesichtsausdruck der jungen Frau
und die mit ihr gewechselten Worte zurück, bis endlich seine
Erinnerungen sich in rosige Träume hinüber spannen. — —

Zwei Tage darauf saßen Eckart und Sidonie, Jakob und
sein Gärtnermädchen, letzteres als Dienerin der jungen Dame,
in einem Wagen einer der westwärts führenden Eisenbahnlinien,
und als Eckart den Sitz neben seiner Begleiterin eingenommen,
während die beiden Uebrigen seitwärts Plätze gefunden, hatten
ihn alle die Gefühle wieder überkommen wollen, welche ihn bei
der früheren Eisenbahnfahrt, von Alabama aus, beherrscht.
Indessen lag jetzt über Sidonie's Gesicht eine so stille Ruhe
ausgebreitet, und ihr bisweiliger Aufblick zu dem jungen Manne
war so klar und wie oft von dem Scheine eines inneren Glücks
erhellt, daß Jener wiederum den vollen Unterschied zwischen der
damaligen und jetzigen Reise fühlte.

Sidonie hatte nicht sogleich auf Sarah verzichten und einen Ersatz für diese annehmen wollen, bis die Schwarze herbeigerufen und, mit dem Stand der Dinge bekannt gemacht, erklärt hatte, daß, einmal von ihrer Herrschaft nach einem freien Staate gebracht, sie damit frei geworden sei, und daß, trotz ihrer Anhänglichkeit an Mistreß Field und trotz aller Versprechungen, sie wieder hierher zurückzubringen, sie doch keinen Fuß wieder in einen Sklaven-Staat setzen möge, und sie sei überzeugt, daß von Ohio aus die Reise doch wieder nach Alabama, wenn auch nur zur Auseinandersetzung mit Mr. Field, gehen werde. Orlando, nach kurz eingeholter Erkundigung über die Wahrheit des von ihr wegen ihrer Freiheit behaupteten Satzes, hatte der jungen Frau gerathen, ihr sofort den Laufpaß zu geben und damit war auch die Annahme des Gärtnermädchens als Dienerin ausgesprochen worden; Jakob aber hatte nur still zu dem Entlassungsakte genickt und gesagt: „Hier habe ich die Sorte von Menschen erst auskennen lernen; Alles falsch wie Galgenholz!" Orlando aber hatte ihm auf die Schulter geklopft und erwidert: „Richtig, Jakob, aber die Weißen haben sie durch ihre Unterdrückung erst dazu gemacht. Sie mag sich jetzt goldene Berge vormalen; ich sehe sie indessen noch einmal wieder kommen, wenn es zu spät ist."

Eckart hatte im Verlaufe des ersten Tages der Fahrt die volle Zurückhaltung gegen die junge Frau beobachtet, welche er ihr unter den jetzigen Verhältnissen schuldig zu sein glaubte, während Jakob und seine „Marie", wie der junge Mann das Mädchen oft von ihrem Gesellschafter nennen hörte, im vollen Genusse der Freiheit und Unthätigkeit, sich kaum genug lachend zu erzählen wußten und ihre Mitreisenden ganz darüber vergessen zu haben schienen. Selbst an den verschiedenen Haltepunkten zur Einnahme der nöthigen Mahlzeiten war Eckart in seinen Dienstleistungen gegen Sidonie nicht weiter gegangen, als er es gegen jede andere Dame unter seinem Schutze gethan haben würde; Beider Gespräch hatte sich auch nur immer stückweise mit langen Zwischenpausen, kaum ihnen naheliegende Verhältnisse berührend, fortgepflanzt, als halte Beide eine leise Scheu zurück, während dieses Alleinseins unter Fremden, Dinge tieferer Natur, wie sie in Beider Seelen leben mochten, oder auch nur das vor ihnen Liegende mit ihren sich daran knüpfenden Folgen zwischen sich zur Sprache zu bringen. Erst als sich bei Dunkelwerden der Nachtzug sofort an die bis jetzt zurückgelegte Tour schloß und die junge Frau, wie müde, die Stirn in die Hand sinken ließ, erhob sich Eckart, nahm die Polster von zwei unbesetzten Doppelsitzen und begann mit einem warmen: „Lassen Sie mich für Ihre Bequemlichkeit sorgen und schlafen Sie, Sidonie, Sie werden morgen Ihrer Kräfte noch bedürfen!" ihr ein bequemes Lager für den Kopf und Oberkörper zurecht zu machen. Es war das erste Mal, daß er ihren Vornamen in seiner mündlichen Anrede gebrauchte und ihr Auge hob sich trotz ihrer vorherigen Müdigkeit klar und voll, wie fast erschrocken, gegen ihn; dann aber reichte sie unter einem wundersamen Lächeln mit einem leichten Drucke ihm die kleine Hand und sagte: „Ich will Ihnen folgen!" und ihren Reisehut abnehmend, ließ sie den Kopf bequem auf das bereitete Lager sinken, während ihre Augen mit dem vollen Ausdrucke des Dankes und eines völlig hingebenden Vertrauens zu ihm emporblickten, die Lippen aber ein so süßes, verlockendes Lächeln umspielte, wie es Eckart kaum noch an ihr wahrgenommen zu haben meinte und das wie berückend auf ihn wirkte. Ohne seines Handelns sich fast bewußt zu sein und nur einem plötzlich in ihm aufsteigenden Drange folgend, hatte er sich rasch niedergebogen und seinen Mund einen Moment lang fest auf den ihren gelegt; dann wandte er sich, als komme er zum plötzlichen Bewußtsein seiner Schuld, rasch ab und durchschritt die ganze Länge des Wagens. Sein erster Blick, als er langsam wieder zurückkehrte, galt Jakob und dessen Begleiterin; Beide schienen aber längst vom Schlaf überkommen zu sein; Jakob, in der harten Ecke lehnend, während das Mädchen, seine Brust als Kopfpfühl benutzend und von seinem Arme umschlungen, sicher neben ihm ruhte. Ein Blick nach Sidonie hinüber zeigte ihm dort auch bereits geschlossene Augen und regelmäßige Athemzüge; um ihren Mund aber stand ein leises, glückliches Lächeln. Fast wie in der Furcht, ihre Augen sich wieder öffnen zu sehen, nahm er behutsam, ohne ihre Kleider zu berühren, das Polster

von seinem Sitze und bettete sich auf dem leeren Platze hinter
ihr; aber es bedurfte einer langen Zeit, ehe seine drängenden
Gedanken und Gefühle vom Schlafe überwältigt wurden.

Wie oft die Unbequemlichkeit des Lagers in dem stoßenden
und rüttelnden Wagen auf der mangelhaften Eisenbahn ihn
zum Halbwachen während der Nacht gebracht, wußte er nicht,
als er durch das Läuten der Glocke am Dampfwagen, begleitet
von der unharmonischen Musik verschiedener anderer kleiner
Glocken, aus seinem Schlafe emporfuhr. Sidonie saß bereits
aufrecht, den Hut auf dem Kopfe und blickte den Erwachenden
mit einem so stillen, glücklichen Lächeln an, daß er es wie
Sonnenschein in sein Herz ziehen fühlte, während Jakob die
Arme reckte, das Mädchen an seiner Seite aber die ihm ent-
fallene Mütze vom Boden hob und ihm in das wirre Haar
drückte; die übrigen Passagiere indessen schienen bereits im vollen
Aufbruch nach dem Frühstück begriffen zu sein.

„Springfield!" rief der Conducteur; „die Herrschaften nach
Greene-, Warren- und Clermont-County steigen aus. Eine
halbe Stunde Wartezeit!"

Eckart winkte seinem Jakob auffordernd zu und trat dann,
Sidonie den Arm bietend, ihren beiden Begleitern voran ins
Freie. Die junge Frau schloß sich in dem sich aus den Eisenbahnwagen ergießenden Menschengewühle so dicht und vertraulich an ihn, daß es in ihm zuckte, zu besserer Sicherheit gegen
eine augenblickliche Trennung den Arm um ihre Taille zu legen;
aber sie hatten den kurzen Weg bis nach dem Speisesaale der
Stationen bereits geendigt und nahmen dort, dem ihnen folgenden Paare voran, am Ende einer der langen, gedeckten Tafeln
Platz. Nach kaum länger als einer Viertelstunde rief indessen
die Pfeife der Lokomotive und die laute Benachrichtigung des
Conducteurs: „Nach Cincinnati!" die geradeausgehenden Passagiere wieder von ihrem Frühstück ab und bald nahm die Stelle
des wieder davonbrausenden Zuges ein neuer, kleinerer ein, in
welchem sich die zurückgebliebenen Reisenden mit möglichster
Behaglichkeit einzurichten begannen. Jakob schimpfte auf die
Geldschneiderei, die einem hungrigen Menschen nicht einmal
Zeit zum Verzehren des theueren Essens lasse, beeilte sich aber

doch, dem davongehenden Paare, seiner augenblicklichen „Herrschaft", mit seiner Begleiterin zu folgen. Eckart, die beweg-
liche Lehne eines der Sitze im Passagierwagen zurückschlagend,
nahm der jungen Frau dicht gegenüber Platz und Beider Augen
ruhten ineinander, als könne kaum Etwas Fremdes, ihr stilles,
inneres Glück Störendes noch zwischen ihnen liegen. Es fiel
von Beiden kein Wort und doch meinte Eckart fast, als sie
nach einiger Zeit, wie zum Bewußsein ihres Sichgehenlassens
gekommen, mit einem leicht aufsteigenden Roth in ihren Wangen
den Blick ins Freie hinaus wandte, ein langes Gespräch über
eine unfern liegende, glückliche Zukunft mit ihr geführt zu
haben.

Es war fast Mittag, als der Conducteur eine kleine Station ankündigte, welche dem jungen Manne als das Ziel ihrer
Eisenbahnreise, nur eine halbe Stunde von der zu besichtigen-
den Farm gelegen, bezeichnet worden war. Die Gegend schien
eine der bewohntesten und somit fruchtbarsten im Staate Ohio
zu sein, denn überall hielten Wagen, mit den Ackererzeugnissen
des Landes für die Weiterschaffung auf der Eisenbahn bestimmt,
beladen, während mehrere Lohnkutschen neue Passagiere aus
dem Innern gebracht zu haben schienen. Eckart, nachdem er
das ausgelieferte Gepäck unter die Obhut Jakobs gestellt, beeilte sich, eine der sichtlich auf Rückpassagiere wartenden Fuhr-
werke nach dem Ziele ihrer Reise, dessen Lage hier völlig bekannt zu sein schien, zu engagiren, und nach kurzem Aufenthalte rollten die beiden Paare der Farm entgegen.

Schon nach verhältnißmäßig kurzer Fahrt wies der deutsche
Kutscher, welcher sich bei den ersten Worten der Reisenden ihnen
als Landsmann vorgestellt, mit der Peitsche nach einem weiter-
hin sanftaufsteigenden Hügel, an dessen Fuße sich, deutlich bemerkbar, ein kleiner Fluß hinschlängelte. Obst- und Reben-
pflanzungen, an denen das gelbe und rothe Laub noch zähe fest-
zuhalten schien, wurden erkennbar, und nach einer weiteren
Näherung trat auch zwischen dem Laube ein sauberes, weiß ge-
tünchtes Wohnhaus mit grünen Jalousien geschmückt hervor.

„Dort das Wasser," sagte der Kutscher erklärend, „fließt
gerade in den Ohio hinein und trägt leichte Fahrzeuge, mit

denen Obst und dergleichen nach dem Flusse hinunter geschafft
werden kann, ganz gut. Es ist ein hübsches Stückchen Land,
ich kenne es recht wohl; ist aber nur etwas verwildert, da es
nur ein paar Frauenzimmer zu Eigenthümerinnen hat und der
Pächter, der in der Nähe eine größere Farm besitzt, sich kaum
um die Instandhaltung kümmert. Wenn Sie etwa kaufen
wollen, so mögen Sie nur immer zugreifen; das Stück Land
ist mehr werth, als es jetzt aussieht, die schöne Aussicht und
die schöne Lage gar nicht gerechnet."

Während Eckart und Sidonie der andeutenden Peitsche
ruhig mit den Augen folgten, kniff Jakob mit einer wunderbaren Gesichtsverziehung und mit pfiffig geschlossenem linken
Auge nach dem Hügel deutend, seine Nachbarin in den Arm,
was diese indessen nur mit einem zustimmenden Nicken beantwortete, als verstehe sich der Sinn der Pantomime von selbst,
und der Wagen rollte jetzt auf der wohlunterhaltenen Straße
rasch seinem Ziele zu. — —

Es war schon fast dämmerig, als die Reisenden, mit Aus-
nahme Jakobs, den Rückweg nach der Eisenbahnstation mit
demselben Gefährt nahmen, welches sie hergebracht. Auf Eckarts
Gesicht lag ein stiller, sinnender Ausdruck, während Sidonie's
Augen hell auf der Umgegend, welche trotz des vorgeschrittenen
Spätherbstes noch immer den buntesten Blätterschmuck in den
sorgsam gepflegten Besitzungen umher zeigte, ruhten. Sie hatten
von dem Pächter, der indessen mit dem völligen Ausräumen
seiner Habseligkeiten beschäftigt zu sein schien, nachdem Sidonie
diesem ihre Beziehung zu Field genannt, erfahren, daß Letzterer
ihm bereits einen möglichen Besuch von New-York in Aussicht
gestellt, daß er, der Pächter, indessen schon daran gedacht habe,
das Vieh nach seiner eigenen Farm hinüberzubringen, um sich
während der kommenden unfreundlichen Jahreszeit das Halten
eines Knechts hier zu ersparen. Er hatte sodann mit seinen
Gästen einen Rundgang durch die Besitzung angetreten, während Jakobs Marie im Hause zurückgeblieben war, um von
dem einzigen sich vorfindenden Lebensmittelvorrathe, einer Düte
Kaffee und einer Anzahl weißer Dauerzwiebäcke (Crackers),
einen Ersatz für das ausfallende Mittagsmahl zu schaffen.

Jakobs Augen hatten während des Ganges über den reichen
Boden der Felder, von dem er einzelne Stücke in der Hand
zerbröckelte, aufgeleuchtet und wenn sich auch oft daran ein
finsterer, kritisirender Blick über einzelne verfallene Einzäunungen
und sonstige Zeichen der Verwilderung schloß, so ging dieser
doch bei einem allgemeinen Blicke über die reichen Obst- und
Weinpflanzungen in ein behagliches Lächeln über. „Das sollte
im Frühjahr ganz anders aussehen, wenn ich nur hier gleich
anfassen dürfte!" hatte er, an Eckart herantretend, diesem zu-
geraunt und schien damit eine verwandte Idee in dem jungen
Manne geweckt zu haben.

„Mistreß Field hier wird, nach Mr. Fields Wunsche, die
Besitzung als ihr besonderes Eigenthum übernehmen, um einen
kühlen Aufenthalt für die Sommermonate zu haben," wandte
der Letztere sich an den Pächter. „Es dürfte also schon jetzt
im Herbst nothwendig werden, Etwas für die bessere Instand-
setzung des Platzes zu thun. Da Sie nun bereits zur Räumung
entschlossen sind, so könnte der junge Mann hier, der das Nöthige
von der Landwirthschaft und Gärtnerei versteht, gleich zurückbleiben, um, so lange es sich noch thun läßt, mit der nöthigen
Arbeit zu beginnen. Wollen Sie ihn dabei mit in Ihre Kost
nehmen und erforderlichenfalls mit Rath und That an die
Hand gehen, so wird er immer mit den Mitteln versehen
sein, um für jede Dienstleistung die nöthige Vergütigung zu
bezahlen."

Der Farmer hatte, nachdenklich vor sich hinblickend, einige-
male mit dem Kopfe genickt. „Wenn das Grundstück einmal
nicht wieder verpachtet werden soll," sagte er, „so kann es mir
nur lieb sein, wenn ich gleich davon loskomme. Mr. Field
wird mich ja wohl das Nöthige darüber wissen lassen; im
Uebrigen mag der Bursche in Gottes Namen seine Mahlzeiten
bei mir nehmen, für das Vieh, was hierher gehört, sorgen, und
in Stand setzen, was er eben kann. Arbeitskräfte sind außerdem
im Winter nicht theuer, wenn er nicht allein fertig werden
könnte, und an Rath soll es ihm nicht fehlen, wenn er ihn annehmen will."

„Gut!" war Eckarts Antwort in sichtlicher Befriedigung

gewesen, „so mag er es sich noch heute hier zu Hause machen, und ich bitte Sie nur, ihm für die ersten Tage, bis er die Gelegenheiten kennen lernt, an die Hand zu gehen. Umsonst soll, wie gesagt, nichts verlangt werden."

Damit hatten sie schweigend den weiteren Rundgang vollendet, während Jakobs Auge, in scharfer Beobachtung des ihn Umgebenden, einen ganz neuen Geist zu entwickeln schien, und langten in dem Hause wieder an, eben als Marie vergebens alle Kasten und Schränke öffnete, um mehr als eine Tasse für den dampfenden Kaffee aufzutreiben. Der Pächter, sichtlich in guter Stimmung, brachte einige kleine braune Töpfe herbei und eilte dann mit einem gleichen Geschirre ins Freie hinaus, augenscheinlich, um von einer der umhergrasenden Kühe sich die nöthige Milch zu verschaffen; Jakob aber zog nach seiner Entfernung den Reisegefährten bei Seite und fuhr sich mit der Hand hinter's Ohr. „Es mag bei der wenigen Arbeit langweilig genug im Winter werden," sagte er wie in in halber Verlegenheit, „wenn doch nur Marie bei mir sein könnte; freilich geht das nicht sogleich; wenn Sie aber nur zu ihren Eltern reden wollten, daß sie mich nicht zu lange hier warten ließe — ich habe, dort, gleich das nächste Haus an der Straße, das Wort Friedensrichter gelesen und damit könnten wir ja Alles, was zwischen uns nothwendig ist, hier kurz abmachen. Wir sind schon lange mit einander einig!"

Eckart nickte, und einen Augenblick überkam es ihn fast wie Neid über diese beiden einfachen Naturen, denen jedes einigermaßen gesicherte Verhältniß recht war, um Schulter an Schulter dem Leben den erforderlichen Unterhalt abzuringen. „Sagen Sie ihr das Nöthige," erwiderte er, „und es soll mir lieb sein, wenn Mistreß Field, sobald sie einen neuen Besuch hier machen sollte, gleich eine geordnete Wirthschaft vorfindet. Mein Wort soll bei Marie's Eltern nicht fehlen. Jetzt gehen Sie aber," setzte er beim Wiedereintritt des Farmers hinzu, „und benachrichtigen Sie den Kutscher, daß der Kaffee fertig ist, damit er nicht ohne einen Schluck Warmes bleibt."

Eine Stunde darauf stand Jakob, von Eckart vorläufig mit allem ihm entbehrlichen Gelde versehen, allein neben dem

bisherigen Pächter vor der Thür des Hauses, dem mit den
Uebrigen davonrollenden Wagen nachblickend. Jedenfalls mußte
das nöthige Verständniß zwischen dem Burschen und der Gärtnerstochter stattgefunden haben, denn noch eine lange Weile
winkte sie beim Davonfahren mit ihrem Taschentuche ihm Ab-
schiedsgrüße zu; Eckart aber faßte in einer ihn plötzlich überkommenden warmen Regung Sidonie's Hand, und diese schloß
sich, nach einem kurzen Aufblicke ihrer Augen nach ihm, fest
und warm um die seine. Nur ein Händedruck! und doch wußten
Beide, daß ein ganzes, wenn auch wortloses Gelöbniß für die
Zeit ihres Lebens darin enthalten war.

Erst bei Einbruch der Dunkelheit erreichten sie die Eisenbahnstation wieder; mußten aber hören, daß wohl erst nach
einer Stunde oder länger der Nachtzug zur Rückkehr eintreffen
werde, und Sidonie schien von einem plötzlichen Gedanken erfaßt zu werden. Sie ließ sich in ein Nebenzimmer weisen und
verlangte nach Schreibmaterialien, während Eckart ein substan-
zielleres Abendbrot forderte, als sie heute überhaupt hatten erlangen können. Noch ehe dieses indessen erschien, sah er durch
die halbgeöffnete Thür des Nebenzimmers die junge Frau von
erleuchtetem Tische sich erheben und wie nach ihm suchend
herausblicken. Mit wenigen Schritten war er, die Thür hinter
sich schließend, bei ihr und sie reichte ihm wortlos, aber mit einem
wunderbaren Ausdruck in ihrem Blicke, das von ihr beschriebene
Blatt. Es war ein Brief an Field, worin sie dessen Anerbieten,
die Besitzung in Ohio als Abstandsquantum aller ihrer Ansprüche an den Genannten unter der Bedingung annahm, daß
ihre Scheidung, ohne jeden öffentlichen Gerichtsscandal und
durch die Zustimmung Beider kurz erledigt, herbeigeführt werde.
Sie wünschte ihm zum Schlusse ein besseres Glück, als er durch
sie genossen, und der ganze Brief sprach eine solche Ruhe des
Entschlusses und der klaren Anschauung der Verhältnisse aus,
ohne dennoch in die leiseste Bitterkeit zu verfallen, daß Eckart,
welcher mit eigenen Augen ihre frühere Lage beobachtet, fast
bewundernd den Blick nach ihr hob und, das Blatt bei Seite
legend, im vollen Drange seiner Empfindung beide Hände nach
ihr ausstreckte. Einen Augenblick nur hob sie die tiefen, dunklen

Augen nach seinem Gesicht, dann warf sie sich plötzlich, wie ihrem ganzen Gefühle freien Raum gebend, an seine Brust, schon im nächsten Momente aber wieder aus seinen Armen emporschnellend und zu dem Fenster tretend, hier den Vorhang zurückschlagend und in die dunkle Nacht hinausblickend. Er war ihr mit raschen Schritten nachgetreten. „Sidonie!" sagte er weich.

Sie wandte sich langsam nach ihm. „Lassen Sie mich jetzt!" sagte sie, das bewegte Auge zu ihm hebend und ihm leicht die Hand entgegenstreckend; „die Zeit wird kommen, wo es mir nicht als Sünde angerechnet werden kann, dem eigenen Herzen zu folgen — gerade jetzt aber würde es mir als Schuld erscheinen."

Eckart fühlte den leisen Druck der von ihm gefaßten kleinen Finger; dann trat sie rasch von ihm, schloß den Brief mit einer der vorräthigen Oblaten und versah ihn sodann in flüchtigen Schriftzügen mit der Adresse. „Bringen Sie ihn selbst nach dem Briefkasten!" sagte sie lächelnd, während dennoch wie vor innerer Bewegung die Thränen in ihre Augen traten; Eckart aber, wunderbar von ihrem Wesen berührt, zog ihre Hand an seine Lippen und eilte dann zur Besorgung des Schreibens, welches ihm in diesem Augenblicke wie ein vollgültiger Wechsel auf ein ganzes rosiges Leben erschien, aus dem Zimmer. Als er zurückkehrte, sah er die junge Frau mit der Dienerin zu dem bereits aufgetragenen Imbiß ihre Plätze einnehmen — er folgte dem Beispiele; aber es war ein sonderbar schweigsames Mahl, dem eigentlich nur die Dienerin mit völlig gesundem Appetite die rechte Ehre anthat, und kaum mochte das nöthigste Bedürfniß befriedigt sein, als auch schon die von Weitem her-tönende Glocke die Ankunft des Nachtzuges verkündete. Nach wenigen Minuten saßen die Reisenden wieder im Innern eines Eisenbahnwagens, sich dieses Mal jedes Einzelne selbst für die Nachtruhe einrichtend. Ehe indessen Eckart seiner vollen Bequem-lichkeit genug that, mußte er seine Hand noch einmal nach seiner Begleiterin ausstrecken. Sie legte ihre Finger warm und fest um die seinen. „Und nun schlafen Sie!" sagte sie mit ihrem süßen Lächeln. „Sie haben noch von letzter Nacht nachzuholen!" — —

Es war spät am folgenden Abend, als der Zug in den New-Yorker Bahnhof rollte und Eckart konnte nur mit Mühe, bei der Masse der auf den letzten Stationen eingestiegenen Reisenden, eine Lohnkutsche erhalten; indessen gelang es und die kleine Gesellschaft fuhr dem Prescott-House zu, in welchem ebenfalls die Gärtnerstochter für die Nacht untergebracht werden sollte. Zu Eckarts Erstaunen sah er Orlando's Zimmer noch hell erleuchtet, und beim Eintritt in dasselbe bot sich ihm ein vollkommenes Bild der Unordnung und Wirrsal. Orlando war beschäftigt, unter Hülfe einiger Arbeiter verschiedene große Kisten zu packen, während Lily unter Beistand eines Mädchens ganze Berge von Garderobenstücken zusammenlegte. Mit einem Ausrufe der Ueberraschung fuhr der Erstere beim Eintritt der kleinen Gesellschaft auf, während die Letztere mit einem vollen Ausdrucke der Freude auf Sidonie zueilte.

„Gerade vor Thoresschluß, lachte der Erstere, dem Freunde kräftig die Hand schüttelnd; „Sie sehen, wie es hier steht und wären Sie einen Tag später gekommen, so hätten Sie nur ein schriftliches Lebewohl von mir vorgefunden. Ich muß eilen, um nach einer heute erhaltenen Nachricht meinen Vater noch am Leben zu treffen und glücklicherweise segelt schon morgen einer der flinkesten Dampfer hinüber.

„Und ob wir uns dann einstens wieder sehen,"

liegt wahrscheinlich nur in Ihrer Hand, denn ich habe gerade genug von dem amerikanischen Leben genossen, ebenso wie Lily, daß wir uns nicht besonders wieder nach dieser Küste sehnen werden; eins indessen haben wir dabei nicht vergessen. Unsere Sidonie hat noch für volle drei Wochen, für welche der Betrag für unseren Unterhalt bereits bezahlt war, das Recht, mit einem dienstbaren Geiste hier zu logiren und wir hofften, daß sie zeitig genug zurückkehren würde, um durch uns selbst davon benachrichtigt zu werden. Die Wirthin, welche sie ja bereits kennt, hat außerdem versprochen, sie unter ihren speciellen Schutz zu nehmen."

„Herzlich für den Augenblick angenommen!" rief Eckart, welcher das helle Roth bemerkte, das in Sidonie's Wangen geschossen, als habe sie die schutzlose Lage, in die sie plötzlich gerathen war, hinreichend erkannt. „Es wird wohl genügende Zeit sein," fuhr er fort, „um unsere Freundin von ihren bisherigen Fesseln frei zu machen und dann hoffe ich als ihr natürlicher Beschützer einzutreten."

Orlando nickte wie im vollen Verständniß und reichte dem früheren Gefährten die Hand. „Ich hatte schon eine halbe Ahnung an dem Abend vor Ihrer Abreise, wie es kommen würde!" sagte er launig; „eins aber müssen Sie mir versprechen: daß, wo Sie auch einmal eines helfenden Freundes bedürfen sollten, Sie sich zuerst an den Orlando wenden, dessen Adresse im gewöhnlichen Leben ich Ihnen zurücklassen werde."

Lily hatte hoch aufgehorcht, streckte jetzt beide Hände der jungen Frau entgegen, und führte sie, wie zur traulichen Aussprache bei Seite; Eckart aber hatte warm die Hand des Freundes gefaßt und sagte: „Verlassen Sie sich wenigstens darauf, daß ich Sie niemals vergessen werde und daß, wenn das Unglück mich zum Hülfesuchenden machen sollte, ich Ihrer jetzigen Worte eingedenk sein werde. Nun aber will ich nicht länger Ihre Vorbereitungen unterbrechen und bitte nur um zweierlei unserer Begleiterin hier eine Stelle für die Nacht zu gönnen und mir zu erlauben, morgen früh ein ungestörtes Adieu von Ihnen nehmen zu dürfen."

Er hatte sich von dem Freunde den Damen zugewandt, führte Lily's Finger an seine Lippen und reichte dann seiner jungen Begleiterin die Hand, während die Blicke Beider, wie fast ihre Umgebung vergessend, sich tief ineinander senkten und sich kaum gegenseitig trennen zu können schienen. Dann aber, wie sich gewaltsam losreißend, eilte der junge Mann mit einem raschen: „Auf morgen also!" aus dem Zimmer.

Epilog.

Es war vor einem Jahre, als der Verfasser obiger Schil-
berung die amerikanische Küste verließ, um das deutsche Vater=
land wieder aufzusuchen. Mit ihm, in derselben Cajüte, reiste
eine Familie, welche aus einem noch verhältnißmäßig jungen
Manne, einer eleganten Frau und drei Kindern bestand, und
einzelne Aeußerungen des Ersteren über den Standpunkt der
Musik und Kunst in den Vereinigten Staaten führten in dem
sich darüber entwickelnden Gespräche bald zu einer gegenseitigen
Annäherung zwischen diesem und dem Erzähler. Die Reise
war lang und das Bedürfniß der Unterhaltung und gegenseitigen
Aussprache verschaffte dem Verfasser schnell genug die Mittheilung der bis jetzt erzählten Thatsachen; denn der neu gewonnene Bekannte war der „Professor of Music" Eckart aus
New=York, welcher den Ausfall seiner Beschäftigung während
des heißen Sommers benutzte, um mit Frau und Kindern die
erste Besuchsreise, seit er Europa verlassen, bei den Verwandten
seiner Frau und andern zurückgelassenen Freunden zu machen.
Was uns von diesen Mittheilungen noch zu erwähnen bleibt,
ist, daß die Scheidung Fields von seiner bisherigen Frau
durch das gegenseitige Einverständniß Beider völlig glatt vor
sich ging und acht Tage darauf die Vereinigung Sidonie's
und Eckart's erfolgte, während der Letztere in kurzer Zeit sich
zu einem der beliebtesten Musiklehrer, dem zu gleicher Zeit durch
den Einfluß mehrerer seiner Gönner eine bedeutende Organisten-
und Chor-Dirigentenstelle übertragen wurde, aufschwang; daß
Marie's Vater die Einwilligung zur Verheirathung seiner
Tochter mit Jakob erst gab, als er sich von der bedeutenden
Ertragsfähigkeit der an den Burschen pachtweise überlassenen
Farm in Ohio selbst überzeugt, dann aber auch Eckart zum
Verkaufe derselben an ihn vermocht und bei seinen Kindern sich
als Rathgeber zur Ruhe gesetzt hatte; daß Talleyrand, der
seinen ehrlichen, deutschen Namen ins Englische übertragen,
bald zu einem der geriebensten Aemterjäger geworden war und
sich in dem aus seiner Wirksamkeit geschöpften Fette ganz be-

haglich fühlte. Orlando aber hatte, den von Eckart erhaltenen Mittheilungen nach, erst kurz vor dem Hinscheiden seines Vaters die Heimath erreicht; rechtzeitig genug indessen, um die letzten Augenblicke des strengen Mannes durch seine Ankunft versüßen zu können und den väterlichen Segen auch für seine junge Frau zu erhalten. Von Field war Eckart keine Nachricht wieder zu Ohren gekommen, um so weniger, als ihn durchaus kein Inter-esse getrieben, sich über das Ergehen desselben zu unterrichten; wahrscheinlich hatte er nach seiner Trennung von Sidonie den früher vereitelten Verbindungsplan mit seiner jüngeren Cousine zur Ausführung gebracht. An den Senator Scott in Califor-nien hatte Eckart das erste erübrigte Geld zur Tilgung seiner Schuld gesandt und dafür die Einladung, ihn bald in Stockton zu besuchen, da es wenig derartige ehrliche Leute in Californien gäbe, erhalten, der aber selbstverständlich keine Folge gegeben worden war.

Schon damals schrieb der Erzähler der bis hierher mitge-theilten Ereignisse die Hauptpunkte derselben nieder, und wenn die Fassung der Letzteren nicht ganz den Anforderungen eines regelrechten Romans entspricht, so haben sie doch das Verdienst, aus dem wirklichen und nur zu oft abenteuerlichen, deutsch-amerikanischen Leben geschöpft worden zu sein.

www.ingramcontent.com/pod-product-compliance
Lightning Source LLC
Chambersburg PA
CBHW020337030726
47496CB00007B/1926